詩壇ジャーナリズムと詩人たち

戦後詩の成立、現代詩の展開

加藤邦彦
KATO Kunihiko

花鳥社

詩壇ジャーナリズムと詩人たち——戦後詩の成立、現代詩の展開——

目次

はじめに　11

第Ⅰ部　近代詩人とメディア

第一章　宮沢賢治と『アラビアンナイト』——『春と修羅』収録詩篇を中心に——……21
一、「電線工夫」の改変　21
二、『アラビアンナイト』と日本近代文学者たち　24
三、宮沢賢治はどのテキストで『アラビアンナイト』に触れたか　27
四、「電線工夫」と『新訳アラビヤンナイト』　31
五、「屈折率」と「アラヂンと不思議なランプ」　35

第二章　中原中也と安原喜弘——一九三五年四月二九日付書簡をめぐって——……41
一、中原中也の書簡　41

二、書簡の言葉は誰に向けられているのか　44
三、「薔薇」に籠められたメッセージ　52

第Ⅱ部　戦後詩から現代詩へ

第一章　「荒地」というエコールの形成と鮎川信夫「現代詩とは何か」……65
一、「現代詩」の「現代」性とは何か　65
二、「現代詩とは何か」がもたらしたもの　68
三、「荒地」というエコールの形成　74

第二章　近代詩人の死と空虚――鮎川信夫「死んだ男」の「ぼく」と「M」をめぐって――……82
一、「すべての始まり」としての「死んだ男」　82
二、「遺言執行人」と「ぼく」の抱える空虚　84
三、「内なる人」と「外なる私」の「二重性」　90

第三章　谷川俊太郎の登場、その同時代の反応と評価
――『二十億光年の孤独』刊行のころまでの伝記的事項をたどりつつ――……101

一、『二十億光年の孤独』の登場　101
二、受験雑誌への投稿　103
三、「文學界」への掲載と「詩学」の反応　108
四、一九五一―五二年の雑誌掲載　112
五、出発期の谷川が詩の世界に与えた影響　115
第四章　谷川俊太郎『二十億光年の孤独』が「宇宙的」な詩集になるまで……120
一、『二十億光年の孤独』は「宇宙的」な詩集か　120
二、谷川と宇宙の結びつき　121
三、『二十億光年の孤独』における宇宙関連語　126
四、初期詩篇ノートから　133
第五章　谷川俊太郎の詩をどうやって読めばいいか……146
一、谷川俊太郎の詩集の多さ　146
二、『CD‐ROM　谷川俊太郎全詩集』について　147
三、電子書籍『谷川俊太郎〜これまでの詩・これからの詩〜』について　150
四、複数の本文の成立　152

第六章　「宿命的なうた」に至るまで——戦後の中原中也受容における大岡信の位置——……158
一、大岡信と中原中也　158
二、旧制一高の系譜　159
三、「現代詩試論」から「宿命的なうた」まで　162
四、中原中也研究における「宿命的なうた」の意義　164
五、中原中也から浮かび上がる戦後詩、現代詩の課題　168

第七章　形而上的な問い——広島の同人誌「知覚」「囲繞地」を中心に——……176
一、戦後詩のメルクマールとしての一九五五年　176
二、呉市の同人詩誌「知覚」の創刊　178
三、「知覚」における『荒地』グループの業績研究」の成果　181
四、「囲繞地」と鮎川信夫　185

第八章　現代詩のなかの宗左近——「歴程」との関わりを中心に——……194
一、現代詩における宗左近の位置　194
二、「歴程」同人としての宗左近　195
三、「歴程」詩人たちからの影響　198

第九章　宗左近・『炎える母』に至るまで――その成立過程をめぐって――……204
一、東京大空襲から『炎える母』刊行までの二二年　204
二、罪意識というテーマの発見　205
三、『炎える母』以前に描かれた母の喪失　210
四、『炎える母』と「火垂るの墓」の接点　214
五、『黒眼鏡』『河童』の世界　216
六、「思想と呼べるもの」の不在　222

第十章　飯島耕一と定型詩……229
一、「定型論争」の勃発　229
二、マチネ・ポエティクと飯島耕一　231
三、定型詩を主張するまで　233
四、「わが「定型詩」の弁」について　237
五、押韻定型詩の難しさ　240

第十一章　中原中也は「押韻定型詩」を書いたか――飯島耕一による評価をめぐって――……247
一、飯島耕一の中原中也評価　247
二、押韻定型詩の主張　248

三、北川透による押韻定型詩批判　252
四、押韻定型詩と中原中也　258
五、詩の型をめぐって　263

第Ⅲ部　詩壇ジャーナリズムのなかの詩誌「現代詩」

第一章　新日本文学会と「現代詩」……275
一、「詩壇ジャーナリズムの第一期の黄金時代」と「現代詩」　275
二、「現代詩」の創刊　276
三、関根弘と「狼論争」　279
四、「文学者の戦争責任」論争　284
五、編集母体の変更　287
第二章　新日本文学会から現代詩の会へ――「現代詩」・一九五八年――……292
一、「現代詩」発行所の変遷と編集組織の動き　292
二、新日本文学会詩委員会の再編　295
三、「現代詩の面白くなさ」問題　298

四、新日本文学会からの独立　303
五、現代詩の会の成立　307

第三章　「現代詩」と関根弘——一九六〇—六二年の雑誌の展開と安保闘争の関わりを中心に——……314
一、現代詩の会における関根弘の位置　314
二、全学連と関根弘　317
三、現代詩の会の安保デモへの参加　321
四、関根弘の日本共産党除名とその余波　325
五、単独編集長時代の終焉　332

第四章　「現代詩」の終焉——一九六二—六四年の現代詩の会の動向を中心に——……339
一、単独編集長から輪番編集制へ　339
二、編集体制の変更に伴う世代交代　340
三、年間企画「日本発見」のスタート　343
四、「現代詩」終盤期の動向　346
五、現代詩の会の解散　350
六、詩誌「現代詩」の一〇年間　354

第五章　一九六〇年前後の詩壇ジャーナリズムの展開と藤森安和
——詩誌「現代詩」を中心に——……360
一、「詩壇ジャーナリズム」と「現代詩」　360
二、「現代詩」の試みと新人賞　362
三、詩集『15才の異常者』の反響　370
四、藤森安和の波紋　375
五、藤森安和と「現代詩」　382

付録①
弟・藤森安和のこと　杉山高昭氏にうかがう　389
藤森安和　未発表詩抄　394

付録②
「現代詩」関連年表　401
初出一覧　407
あとがき　411
索引　422

詩壇ジャーナリズムと詩人たち——戦後詩の成立、現代詩の展開——

はじめに

一九四五年の終戦を日本が迎えてから、まもなく八〇年が経過しようとしている。その間、夥しい数の詩が書かれてきた。一般的に、それらは戦前に書かれた近代詩と区別するために「現代詩」と称され、そのなかには戦時下および終戦直後の時代的雰囲気を色濃く反映した「戦後詩」と呼ばれる詩も含まれている。また、現代詩を扱った批評や詩論も膨大な数にのぼる。

しかし、批評や詩論と比較すると、現代詩を研究した学術的な論考は圧倒的に少ないといわざるをえない。鮎川信夫を筆頭とする、終戦直後より詩人としての活動を新たに展開する「戦後詩の第一世代」は徐々に研究が進められているが、その世代よりも少しあと、一九五〇年以降に詩の世界に登場した大岡信、飯島耕一ら「戦後詩の第二世代」については、これまで本格的な研究はなかったに等しい。[1]後者に分類される谷川俊太郎にしても、山田兼士がいうように「この十年ほどで状況はかなり変化した」ものの、「長らく、本格的に論じられることが比較的少なかった」[2]。

なぜ現代詩を研究した学術的論考は批評と比べて少ないのか。その理由は一概にはいえないが、思いつくままにいくつか記してみたい。

まず、詩の読者は実作者でもあることが多い点が挙げられよう。実作するうえで、研究が必要とする厳密性はどれほど役に立つのか。そのことが、詩の読み手でもある書き手を、研究ではなく批評へと向かわせている面はあると思われる。

また、日本近現代文学の研究者からしばしば聞かれるのが、詩は難しいからよくわからない、という声だ。近代詩にも同様の発言を聞くが、現代詩になると特にその傾向が顕著である。これは近年に限った話ではなく、一九五〇年代からいわれ続けていることではあるが、[3]そのイメージが詩を読むことだけでなく、研究することからも人々を遠ざけているだろう。だからこそ、詩に関する論考の執筆者はそのジャンルに精通している詩人が多いともいえる。

　そのこととも関係するが、そもそも詩の読者が少ないことも理由のひとつとしてあると思われる。書店に行くと詩のコーナーがないことが大半で、あったとしても小説よりはるかに小さなスペースしかない。そのことは、谷川俊太郎を例外として、[4]文学愛好者たちにも詩が読まれていないことを示している。ほとんどの人にとって、詩は初等・中等教育の国語の授業のなかで触れるものでしかないのだ。ところが、時間の都合などで授業で詩がまったく取り上げられないことも多い。国語の授業でもっと扱えば詩の読者が増えるといいたいわけではないが、触れてみなければ関心が生まれないのはどんな分野にも当てはまるだろう。ましてや、詩に触れたことのない人たちに研究の意義を理解してもらうのは至難の業だ。大学で専門的に学べば、詩の研究を志す学生や大学院生は増えるかもしれない。しかし、文学部のある大学でも詩の研究者はほとんど不在であり、いたとしても授業で扱われるのは近代詩ばかりで、現代詩が取り上げられることは少ない。そもそも文学部や日本文学を専門的に学ぶ学科・コースを廃止した大学も多く、研究ポストも減少している。そんななか、人々が現代詩に触れる機会はますます少なくなっているのが現状だ。読者が少なければ研究したいと考える人も少ない、とは図式的過ぎるだろうか。

　ほかにも現代詩を研究した学術的論考が批評と比べて少ない理由はあるだろうし、おそらくそれらが複合的に重なり合った結果としていまの状況があると思われる。いずれにしても現在、現代詩に関する研究が決定的に不足していることは間違いない。

　それでも、戦後が「現代」であるうちは、まだよかったかもしれない。わざわざ研究しなくても、おのずと了解される時代的雰囲気というものがあるのだから。しかし、「現代」は時間の経過とともに絶えず移動するものであり、[5]

早い時期に書かれた詩であればあるほど、それらの根底にある時代がみえにくくなってしまっている。

思えば、ここ一〇年の間に多くの戦後詩人、現代詩人が鬼籍に入った。つまり、現代詩に関する生き証人たちが年々失われているのである。そうした現状にあって、いま現代詩に関する本格的な研究に着手しなくては、近い将来さらに多くのことがわからなくなってしまうに違いない。本書の問題意識は、そのような危機感から発生している。すでに遅きに失するかもしれないが、いまこそ、いまのうちにこそ、現代詩を批評ではなく研究の俎上に載せなければならないのだ。


一方、現代詩を研究した学術的論考の少なさとは対照的に、膨大な数の批評や詩論がこれまで残されてきたことは、さきに述べた。もちろん、批評と研究を明確に区別することは不可能だ。批評といわれるなかにも研究に近いものはあるし、批評寄りの研究もある。また、多少なりとも批評を含まない研究などありえない。それでも、これまで日本近現代文学を研究してきた立場からいえば、日本現代詩を扱った批評のなかには文学研究ならば当然行なわれなければならない調査をないがしろにしているものが少なくないように感じられる。もちろん、批評には批評の役割があり、わたし自身もそれらからたくさんのことを教わってきたが、なかには調査不足のため事実誤認が目につき、批評として成立しているか疑わしいものがあることは否定できない。

文学研究において当然行なわれなければならない調査とは、たとえば作品の初出や初版本にあたること、研究対象である作家の作品や関連する先行論すべてに目を通すこと、作家の伝記的事項や社会的・歴史的文脈をきちんと把握すること、などである。既知の事柄でも、なるべく誰かの発言に頼らず、可能な限り自分自身で再確認することは研究の基本だ。その過程で、通説が覆ることは頻繁にある。研究において、Wikipedia に依拠することが奨励されないのはそのためである。また、それと同時に新たな資料の発掘調査も行なわれる必要がある。これまで知られていなかったひとつの資料の出現によって、作家像が刷新されることも少なくない。

詩に関する発言ではないが、佐々木敦は批評全般について「研究発表とは違うので、そういう情報とか知識とかいうものの精度とか詳細さみたいなことで計られるものじゃないと思う」[(6)]と述べている。しかしながら、「研究発表」に必須である情報や知識は、思索の土台となるものだ。土台が崩れてしまうと、そのうえに成り立つ考察や解釈が揺らいでしまう。だからこそ、右に述べたような調査は研究であっても批評であっても決して軽視されてはならない。

一例を挙げてみよう。一般的に、詩の読者の少なさを反映して、詩集は発行部数が少ない。その結果、出版から時間が経てば経つほど入手するのが困難になる。そんなときに頼りになるのが、さまざまな事情で手に入れにくくなった詩集を廉価で人々に届けるという目的のもと、一九六八年に創刊された思潮社発行の現代詩文庫だ[(7)]。この文庫は、ある詩人の作品をとりあえず読んでみたいときには大いにありがたい。しかし、この詩集を本文として用いるには細心の注意が必要だ。

現代詩文庫で、谷川俊太郎の第二詩集『六十二のソネット』（創元社、一九五三年一二月）は『続続・谷川俊太郎詩集』（思潮社、一九九三年七月）に収録されている。同書で「44（私は闘士であったから）」という詩篇を読むと、第三連は「だが私の中の知られるものと／私の外の知られぬものと／それらのつながりの上で私は眩暈してしまう」[(8)]となっている。ところが、初版本では一行目の「知られる」は「知られぬ」[(9)]であった。

本文が異なれば、詩のイメージも解釈も当然変化する。だからこそ、どの作品を論じる場合でも、初版本や諸本の調査は行なわれなくてはならないのだ。それでも「そういうことをやりたいわけじゃないですよこっちは」[(10)]といわれたら、個人の志向の違いという以外にない。

いうまでもなく、研究の目的とは何かを明らかにすることだ。したがって、たんに右に述べたような調査を行なっているだけでは不十分で、何かが明らかにならなければ意味がない。明らかにする事柄は、研究対象によって異なる。しかし、一見するとばらばらにみえる研究でも、積み重ねることでみえてくるものがあるだろう。

以上のような考えのもと、本書では主に一九五〇―六〇年代に詩の世界に登場した日本現代詩人たちを取り上げ、可能な限りの調査を通じて、それらの詩人たちを近代から続く日本の詩の歴史の潮流に位置づけることを目的とする。同時に、その検証のなかで、当時の詩人たちの問題意識や現代詩の内包していた課題を発見すること、戦後における詩の展開や社会的状況をいまの時代からあらためて捉え直すことを目指す。

その際に注目するのは詩雑誌だ。一九五〇―六〇年代に発行されていた商業詩雑誌は「詩壇ジャーナリズム」と総称される。この言葉が最初に確認できるのは「詩学」一九五三年九月号に掲載された「座談会　同人詩誌への直言」で、山本太郎の発言のなかにみられる。[11]ただし、この言葉が商業詩雑誌を指すものとして一般化するのは「世代」一九五八年九月号の特集「新らしき現代詩入門」に清水康雄が執筆した「詩壇ジャーナリズムを斬る」以降であろう。そのなかで清水が取り上げたのは、一九四七年八月創刊の「詩学」、一九五四年七月創刊の「現代詩」、一九五六年一〇月創刊の第一次「ユリイカ」であった。[12]まもなく一九五九年六月に「現代詩手帖」が創刊され、この四誌によって「詩壇ジャーナリズムの第一期の黄金時代」[13]が到来する。これらの雑誌は詩人たち、特に「戦後詩の第二世代」に活躍の場を与えるとともに、さまざまな特集を組むことで戦後詩、現代詩の進むべき方向性を切り拓いていった。戦後に登場した詩人たちは詩壇ジャーナリズムのなかでどのようにみずからの詩を構築していったのか。あるいは詩の展開や詩人たちの問題意識を詩壇ジャーナリズムがどう導いたのか。そのことを意識しながら、一九五〇―六〇年代の詩を中心に検討を行なう。

本書の構成は以下の通り。

第Ⅰ部「近代詩人とメディア」では、戦前に活動した宮沢賢治と中原中也を取り上げ、それぞれ書物（挿絵）、手紙というメディアに注目して考察する。宮沢賢治は「ユリイカ新書　現代詩論シリーズ」の一冊として刊行された中村稔『宮沢賢治』（書肆ユリイカ、一九五五年六月）以降、しばしば現代詩において論争の種となった。[14]一方、中原中也は第一次「ユリイカ」や「現代詩手帖」が特集を組むことで、戦後詩、現代詩が乗り越えなくてはならない対象としてこれからの詩が進むべき方向性の指針の役割を担う。[15]その宮沢賢治や中原中也に関する論考を本書のはじめに配置することは、戦後の詩人たちを戦前からの詩の歴史の潮流に位置づけるには不可欠であると考え、戦後詩、現代詩を主な研究対象とする本書にあえて収録した。いずれも前著『中原中也と詩の近代』（角川学芸出版、二〇一〇年三月）の拾遺というべき論考で、もともと戦前、一九三〇年代の詩を中心に検討していた自分自身の問題意識の継続性や研究手法を提示するという意味合いもある。

第Ⅱ部「戦後詩から現代詩へ」は、鮎川信夫、谷川俊太郎、大岡信、広島の同人詩誌、宗左近、飯島耕一についてそれぞれ考察する。検討内容は対象によって異なるが、常に念頭にあるのは「近代詩」あるいは「前現代詩」と区別される「現代詩」の「現代」性とは何か、「戦後詩」はどのように成立し、「現代詩」とどう区分されるか、という問いである。[16]個々の詩人が詩という表現形態を通して戦後あるいは現代という時代とどう対峙したか、そこから浮かび上がってくる詩の問題はどういうものか、みつめたい。

第Ⅲ部「詩壇ジャーナリズムのなかの詩誌「現代詩」」は、「詩壇ジャーナリズムの第一期の黄金時代」を築いた詩雑誌のひとつ、「現代詩」の創刊から廃刊までの約一〇年間の歩みを概観しながら、その時々の詩の問題を検証する。これまで、詩壇ジャーナリズムを形成した商業詩雑誌四誌を中心に据えて一九五〇―六〇年代の詩史を辿ったものはほとんどない。おそらく、現代詩に関する研究がただでさえ多くないうえに、従来の研究は個々の詩人単位で行なわれることが大半だったためだろう。しかし、商業誌には編集者が存在し、そのエディターシップのもとに特集などが企画され、原稿執筆依頼があり、その求めに応じて文章を書く以上、詩人たちは必ずしも内発的な要因のみに基づいてみずからの活動を定めているわけではない。詩人たちの問題意識や行動は、詩壇ジャーナリズムによって誘導され、かたちづくられているともいえる。そのなかで、詩誌「現代詩」はどのような役割を果たし、そこにはどんな詩の問題があらわれているのか。時代状況と関連させながら考えたい。

「付録」には、第Ⅲ部で言及する藤森安和に関する資料として、実兄の杉山高昭氏へのインタビューと、藤森の未発表詩の一部を収録した。今日ほとんど忘れられている藤森安和は、一九六〇年にはマスコミで大きく取り上げられ、世間で話題となった詩人である。静岡という地方在住の若い職人がどのような状況や環境のもとで詩を書くことを志したか知ることは、本書の検討とは別の角度から戦後詩、現代詩について考えるきっかけとなるだろう。また、第Ⅲ部で概観した詩誌「現代詩」の関連年表も掲載した。

なお、引用に際し、原則として旧字は新字にあらため、一部を除いてルビは省略した。

注

（1）戦後詩の世代区分は、田村圭司「一九五〇年代の詩」、『現代詩大事典』三省堂、二〇〇八年二月、三七六―三七七頁を参照。
（2）山田兼士『谷川俊太郎全《詩集》を読む』思潮社、二〇二三年一二月、三頁。
（3）本書第Ⅲ部第二章参照。
（4）本書第Ⅱ部第五章参照。
（5）本書第Ⅱ部第一、七章参照。
（6）佐々木敦『「批評」とは何か？　批評家養成ギブス』メディア総合研究所、二〇〇八年一二月、三八頁。
（7）現代詩文庫については、本書第Ⅱ部第五章も参照。

（8）谷川俊太郎「44（私は闘士であったから）」『続続・谷川俊太郎詩集』思潮社、一九九三年七月、六二頁。ここでは二〇〇〇年七月発行の第三刷を用いた。

（9）谷川俊太郎『六十二のソネット』創元社、一九五三年一二月、九一頁。ここでは同年同月発行のものを用いた。なお、この箇所は全詩集シリーズ版『谷川俊太郎詩集』でも「知られる」で、現代詩文庫は同書を底本にしていると考えられる。『谷川俊太郎詩集』思潮社、一九六五年一月、二六九頁。

（10）佐々木敦、前掲書（6）、三八頁。

（11）扇谷義男・大滝清雄・山本太郎・嵯峨信之・木原孝一「座談会　同人詩誌への直言」、「詩学」第八巻第九号、詩学社、一九五三年九月、九四頁参照。

（12）清水康雄「詩壇ジャーナリズムを斬る」、「世代」第一巻第九号、世代社、一九五八年九月、二七―二九頁参照。

（13）小田久郎『戦後詩壇私史』新潮社、一九九五年二月、一三六頁。

（14）中村稔『私の昭和史・戦後篇』下巻、青土社、二〇〇八年一〇月、二五七―二五九頁などを参照。「ユリイカ新書現代詩論シリーズ」については本書第Ⅱ部第一章も参照。

（15）本書第Ⅱ部第六章参照。

（16）本書第Ⅱ部第一、七章参照。

※本書の三校中、谷川俊太郎氏の訃報に接した。日本現代詩の巨星が失われたことはもちろん、本書の危機感がまたひとつ現実となり、遺憾に堪えない。謹んで哀悼の意を表します。

第Ⅰ部　近代詩人とメディア

第一章　宮沢賢治と『アラビアンナイト』
――『春と修羅』収録詩篇を中心に――

一、「電線工夫」の改変

宮沢賢治がいったん完成したかにみえた自分の作品にその後も手を加え続けたことは、今日ではよく知られている。そのことを広く世間に知らしめたのは『校本宮澤賢治全集』（筑摩書房、一九七三年五月―一九七七年一〇月）であるが、その校本全集が賢治作品において時々の「完成」がしばしば無視される傾向を招いてしまったのではないかということを、かつて述べたことがある。(1)しかし、賢治は改稿のために改稿を行なったわけではないはずだ。そのことを検証するために、わたしが例として挙げたのが『春と修羅』（関根書店、一九二四年四月）所収の「電線工夫」という作品だった。

次に引用するのは、『春と修羅』初版本に賢治自身の加筆修正がメモされていた宮沢家本の「電線工夫」手入れ後の本文である。

　　でんしんばしらの気まぐれ碍子の修繕者

雲とあめとのそのまつ下のあなたに忠告いたします
それではまるでアラビヤ夜話のかたちです
からだをそんなに黒くかつきり鍵にまげ
雨着の裾もぬれてあやしく垂れさがり
ひどく手先を動かすでもないその修繕は
アラビヤ夜話のあんまりひどい写しです
あいつは黒い盗賊団か、
悪魔のためにあすこのとこに
つけられたのだと云はれても
どうまああなたは辯解できるおつもりですか

初版本と比較すると、改稿の主眼は音数律を整えることに置かれている。なかでもとりわけ目を引くのが「アラビヤ夜話」への改変だ。この語を含む三、七行目は、初版本ではそれぞれ「それではあんまりアラビアンナイト型です」「あんまりアラビアンナイト型です」となっていた。この「アラビアンナイト型」から「アラビヤ夜話」への改変について、金子民雄は次のように述べている。

面白いことには、ここで「アラビアンナイト型」とした部分に、のちに「アラビア《ママ》夜話のかたち」と自筆の書き入れがしてあることだ。『春と修羅』の出版が大正十三年の初めで、同じ年に『全訳新アラビア《ママ》夜話』（飯田敏雄訳）が出ているが、アラビア夜話とした例は大正時代に他に聞かないから、彼はのちこれを知って『春と修羅』に一部修正として、書き入れたのであろうか。[2]

金子はこの改変を当時の『アラビアンナイト』の翻訳の出版状況から考えようとしている。しかし、ここにもやはり音数律への志向性が関係しているのではないだろうか。八音の「アラビアンナイト」は七五調の音数律のなかでは使いにくい。しかし、「アラビヤ夜話」に助詞「の」を付属させるとちょうど七音になり、音数律が整う。それが、「アラビアンナイト」から「アラビヤ夜話」へと改変されたもっとも大きな理由だったと思われる。

ただし、それ以上に気になるのは、「アラビアンナイト」であれ「アラビヤ夜話」であれ、この語の意味するところを捉えるのが大いに困難であることだ。「電線工夫」である「あなた」は、「からだをそんなに黒くかつきり鍵にまげ／雨着の裾もぬれてあやしく垂れさがり／ひどく手先を動かすでもな」く碍子を修繕している。その姿が「アラビアンナイト型」あるいは「アラビヤ夜話」の「あんまりひどい写し」だというのである。一体そのどこから『アラビアンナイト』が想起されるというのだろうか。そのことが長らくわたしの気にかかっていたが、納得できる回答をこれまでみつけることができなかった。

賢治が「アラビアンナイト」あるいは「アラビヤ夜話」と呼ばれるテキストに触れていたことは間違いない。右の引用で金子は、飯田敏雄訳『全訳新アラビヤ夜話』（日本書院出版部、一九二四年三月）に言及しているが、この本を賢治が読んだ確証はない。また、仮にこの本のタイトルが「電線工夫」の改変に何らかの影響を与えているとしても、そのことは詩のイメージの理解にほとんど役に立たない。そもそも同書はロバート・ルイス・スティーヴンソンのオリジナルの著作で、『アラビアンナイト』ですらないのである。

では、賢治はいつ、どのように『アラビアンナイト』に触れたのだろうか。また、『アラビアンナイト』の内容を踏まえて「電線工夫」やほかの賢治の詩を読み返してみると、そこから何が浮かび上がってくるだろう。以下、日本における『アラビアンナイト』の受容を確認しながら、賢治と同書の関係について、『春と修羅』収録詩篇を中心に検討していきたい。

二、『アラビアンナイト』と日本近代文学者たち

『アラビアンナイト』は「千一夜物語」あるいは「千夜一夜物語」とも呼ばれている。[3] 昔、シャフリヤールという王がいた。あるとき王は、自分の留守中に妻が不貞を働いていたのを知り、妻を殺害。そのことをきっかけに女性不信に陥った王は、生娘とひと晩を過ごしては首をはねるという所業を繰り返していた。それが何年も続いた結果、街には生娘がいなくなってしまった。そのことに大臣が頭を悩ませていたところ、事情を知った大臣の娘シェヘラザードが王の妃に立候補する。彼女にはひとつの秘策があった。それは、王に夜ごと面白い話を語り、朝日が差し始めたらやめるというものである。続きが気になれば王は自分を殺害しない。話が終われば「もっと面白い話がある」と王の興味を煽り、新たな物語を聞かせる。こうして約二年七ヶ月間、王に物語を聞かせ続けたシェヘラザードは、暴君を改心させることに成功し、正式な妃となった、というのが物語の骨子である。この全体の基盤となる話を枠物語という。また、その枠物語の間に夜な夜な語られる話が挿入され、それら全体が『アラビアンナイト』という物語を構成している。

この話が広く知られるようになったのは、フランスの東洋学者アントワーヌ・ガランによるところが大きい。ガランはどこかで「シンドバード航海記」のアラビア語写本を手に入れ、フランス語訳に取りかかった。その過程で「シンドバード航海記」が『アラビアンナイト』の一部だと知ったガランは、今度はその写本を入手、翻訳した。こうして一七〇四年に刊行されたのが『アラビアンナイト』である。同書は大変な人気を博し、次々と巻を重ねた。また、その評判によって『アラビアンナイト』は各国で翻訳された。イギリスではガラン版の登場からわずか二年後、*The Arabian Nights' Entertainments* というタイトルで出版されている。日本での『アラビアンナイト』という呼

称は、おそらく英語版から日本語に重訳されたためであろう。

ところで、いま「シンドバード航海記」に触れたが、どうやらこの物語はもともと『アラビアンナイト』のアラビア語原典には含まれていなかったらしい。しかし、ガランの誤解によって、原典になかったはずの「シンドバード航海記」は『アラビアンナイト』中の物語のひとつとして流布してしまった。原典に存在していなかったとみられる作品はほかにもあり、そのなかには「アラジンと魔法のランプ」「アリババと四十人の盗賊」などの有名な物語も含まれている。ガラン以後の訳者たちも、これらを『アラビアンナイト』に収録した。もちろん、宮沢賢治もこれらの物語を『アラビアンナイト』の一部として疑うことなく受容したと思われる。

ガラン以後の翻訳のなかで、日本近代文学者たち何人かの興味を強く引いたのが、バートン版だ。(4) ガラン版の刊行後、『アラビアンナイト』への関心が高まり、さまざまなアラビア語写本を寄せ集めた印刷本が出版された。バートン版は、そのうちのひとつをもとにイギリスのサー・リチャード・フランシス・バートンが翻訳した英訳本である。

一九二四年ごろ、バートン版全一七巻を一五〇円で手に入れた芥川龍之介は「リチャード・バアトン訳「一千一夜物語」に就いて」(「書物往来」一九二四年五―八月)で次のように述べている。

> バアトンは本文を、一話一話に分けないで、原文通り一夜一夜に別けてゐる。又、韻文は散文とせずに韻文に訳出してゐる。之を以て観てもバアトンが如何に原文に忠実であつたかは推察出来ると思ふ。
>
> 例へば、亜剌比亜人の形容を其儘翻訳して居るのに非常に面白いものがある。男女の抱擁を『釦が釦の孔に嵌まるやうに一緒になつた』と叙してある如き其の一つである。(中略)
>
> 概して言ふと、下がゝつた事も、原文が無邪気に堂々と言ひ放つてゐるのを其儘訳出してあるから、近代の小説中に現はれるLove sceneよりも猥褻の感を与へない。(5)

芥川が評価しているのは、バートン版が「下が、つた事」でも「原文に忠実」に「其儘訳出して」いる点である。

また、一九二六年ごろバートン版を入手した谷崎潤一郎の「蓼喰ふ虫」（「大阪毎日新聞」「東京日日新聞」一九二八年一二月—一九二九年六月）には、次のような場面がある。

> 「大人の読むアラビアン・ナイトつて、子供のとまるきり違ふんですか、お父さん」
> 高夏の言葉におぼろげながら好奇心を感じたらしい弘は、さつきから父の手の蔭になつた挿絵の方へ探るやうな眼を光らしてゐた。
> 「違ふところもあるし、同じところもある。——アラビアン・ナイトと云ふものは全体大人の読む本なんだよ。その中から子供が読んでもい、やうな噺だけを集めたのが、お前たちの持つてゐる奴さ[6]」

右のなかにみられる「父の手の蔭になつた」部分には、「裸体の女群が遊んでゐるハレムか何かの銅版の挿絵[7]」が描かれていた。つまり、谷崎もまた芥川と同じく「大人の読む本」として『アラビアンナイト』を評価していたのである。

この「蓼喰ふ虫」の記述について、杉田英明は次のようにいう。

> この作品が発表された一九二八—二九年の段階では（中略）明治末以降徐々に浸透してきていた児童文学としての『アラビアン・ナイト』という捉え方は、この時期にはごく一般的な通念になっていただろう。弘の言葉の背後には、そうした児童向け叢書での経験が存在する。それに対し、要は大人向けの本という新たな視点を息子に教え込むのである[8]。

このように、芥川や谷崎は「大人向けの本」として『アラビアンナイト』を受容した。それは、もともと「好色文学としての一面があった」この物語を、彼らが「ことさらに性的な箇所を強調し、場合によっては加筆した[9]」バートン版で読んだからである。というよりも、バートンによって「好色文学」の側面が強調されたからこそ、彼らはこの物語に興味を持ったと捉えたほうが的確だろう。

ただ、彼らと同じように宮沢賢治が「好色文学」として『アラビアンナイト』を受容したかは疑わしい。むしろ、童話作家でもある賢治は、それ以前の一般的な見方のように、「児童文学」として『アラビアンナイト』を受容したのではないだろうか。

三、宮沢賢治はどのテキストで『アラビアンナイト』に触れたか

ここで問題になるのが、賢治がどの版あるいはテキストで『アラビアンナイト』に触れたかということである。『新校本宮澤賢治全集』の年譜によると、一九二一年一二月下旬ごろ、賢治は同僚の堀籠文之進と「英語の勉強のため丸善から取り寄せた「アラビアン・ナイト」の原書を読みあっ[10]」ていた。その原拠は次の堀籠の証言である。

花巻農学校の教師として宮沢さんと一緒に働く様になつてから、わたくしが結婚するまで、宮沢さんは雨の日も風の日もかまわずに、毎晩の様にわたくしの下宿を訪ねて来た。二人で英語研究などもやつて「アラビヤンナイト」や「A sha love affair」などの原書を釈し合つた。又話題は文学、宗教に及ぶのが常であつた。[11]

年譜と右の証言を比較すると、賢治が『アラビアンナイト』を英語で読んでいたのは確かなようだが、「丸善から取り寄せた」かどうかははっきりしない。また、「英語研究」のために読んだというのが気にかかる。このころ、英語学習者のためのテキストがいくつも出版されていた。[12]そのうちのひとつ、一九〇九年六月に英語研究社より刊行された『初等英語叢書』第七編「アラディンのラムプ」を国立国会図書館デジタルコレクションでみてみると、[13]同書は英語と日本語の対訳形式になっており、ページ下方には単語や文法の解説が記されている。英語の学習のために読んでいたならば、こういう類で賢治が『アラビアンナイト』に触れた可能性は十分ありうる。ただし、賢治が

それらを読んだという確証はない。

賢治が読んだテキストについて、金子民雄は「彼が読んだのは英訳か邦訳であったろう」[14]としたうえで、次のように述べている。

賢治が邦訳で読んだとすれば明治三十七年刊の『アラビアンナイト物語』（深沢由次郎訳）以降、昭和初期までの十種ぐらいの中からだったにちがいない。その読んだと思われるテキストがにわかにどれと決められないのは、賢治のふれたアラビアン・ナイトの内容が具体的でなく、あくまで表面的な描写でしかないからである。彼はよくこれらの寓話を消化し、自家薬籠中のものにしたといえよう。ただ、彼は最初、洋書で読んだかもしれない。[15]

賢治が『アラビアンナイト』に触れたのは『春と修羅』が刊行される一九二四年より前であることは間違いない。その時点で邦訳は「十種」どころか、もっとたくさん出ていた。ただ、賢治が「よくこれらの寓話を消化し、自家薬籠中のものにし」ているために、「その読んだと思われるテキストがにわかにどれと決められない」のは金子の指摘する通りである。そのことは「電線工夫」からもうかがわれ、「それではあんまりアラビアンナイト型です」「それではまるでアラビヤ夜話のかたちです」という詩行から『アラビアンナイト』の具体的な内容を想像するのは難しい。

また、金子は次のようにも述べている。

賢治が大正十年前後の比較的早いころに、「アラビアン・ナイト」を目にしたことは、ほぼ間違いない。しかし、これらはごく簡略な英訳か邦訳版の少年少女向きに出版された中の、せいぜい一、二種ぐらいではなかったかと思われる。なぜなら、大正時代までにわが国で訳された「アラビアン・ナイト」は、ほとんどがエドワード・W・レーン訳の『千一夜物語』を底本にしたものだった。[16]

レイン版は、アラビア語原典を約五分の二に省略した英訳本で、「道徳的観点からの削除や改変が見られるという点では原典の全貌を伝えたとは言いがたいが、逆にその味わいを知るには手頃な分量に圧縮され、かつ青少年にも安心して薦められるという利点があ」[17]った。レイン版の邦訳として、大正末から昭和初めにかけて刊行された日夏耿之介、森田草平それぞれによる完訳本のほか、児童文学では中島孤島訳『新訳千一夜物語』（大日本雄弁会、一九二四年八月）などが知られている。ただし、この時期の『アラビアンナイト』の翻訳底本がレイン版ばかりだったわけではないし、レイン版のみが『アラビアンナイト』が児童文学であるというイメージを広めたわけでもない。日本において「子供向けアラビアンナイトが次々と出版されていく」[18]ようになったのは、杉谷代水訳『新訳アラビヤンナイト』上下巻の刊行がきっかけだった。

杉谷代水訳『新訳アラビヤンナイト』上下巻は、模範家庭文庫の第一、二巻として一九一五年一二月、一九一六年二月にそれぞれ発行された。模範家庭文庫は冨山房が一九一五年から三三年の間に計二四冊出版した叢書で、もともとは若くして亡くなった杉谷の遺稿を出版するために企画されたものらしい。ところが、出版されると「前後二十年、こんなに長く読まれた児童物もすくな」く、「児童図書の一新紀元を劃したやうにいはれ」[19]るほどだった。なかでも特によく読まれたのが、杉谷訳『新訳アラビヤンナイト』である。杉田英明によると、一九二五年までに上巻は一二刷、下巻は一三刷に達し、版が摩滅したうえに震災の影響もあって、一九二七年には改訂増補である『大アラビヤンナイト』が出版された。[20]いま、わたしの手元に一九三六年九月に発行された『大アラビヤンナイト』第一巻の改訂五版がある。内容は『新訳アラビヤンナイト』上巻を改版したものだが、続刊が出た形跡はなく、もしかしたら下巻の改版は出版されなかったのかもしれない。

翻訳底本はスコットランドの古典学者アンドルー・ラングが編纂したもの。『新訳アラビヤンナイト』上巻の「解説」によれば、そこから「童幼のため特に文芸的価値の秀でた物語四十余篇を択んで」翻訳したという。もちろん、翻訳のなかには「海員シンドバッドの七航海」も「アラヂンと不思議なランプ」も「アリ・ババの話」も含まれている。

杉田によれば、『新訳アラビヤンナイト』の特徴として「第一に訳文の卓越性、第二に装幀や挿画の芸術性[21]」が挙げられるが、後者において大きな役割を果たしたのが、目次末尾の挿画執筆者に名前がみられる小杉未醒、岡本帰一、小林永二郎のうち、岡本帰一である。岡本は、一九二二年創刊の児童雑誌「コドモノクニ」を代表する画家。『新訳アラビヤンナイト』の挿画の多くは翻訳底本から転写されたものらしいが、その作業は岡本自身の作品にも影響を及ぼし、なかでも扉絵は「本書全体を象徴するかのごとき見事な作品に仕上がっている[22]」。なお、岡本は『新訳アラビヤンナイト』をきっかけに「歌の北原白秋、曲の中山晋平と鼎立して、児童芸術界を三分するに至つた[23]」が、一九三〇年、わずか四二歳で没した。

もうひとつの『新訳アラビヤンナイト』の特徴は「定価が三円（のち三円八十銭）と高価で、普及が中流家庭以上の子弟に限定されがちだったこと[24]」である。一九二七年創刊の岩波文庫の夏目漱石『こころ』が四〇銭だったから[25]、その高価格は推して知るべしだ。

ちなみに、模範家庭文庫で『アラビアンナイト』に接したひとりに大岡昇平がいる。大岡は「冨山房から出ていた『ロビンソン・クルーソー』『ガリヴァ旅行記』『アラビヤンナイト』の小学上級用の厚い絵入りダイジェストを読んだ[26]」のを記憶している。このころの大岡家は、第一次大戦の特需によって生活が豊かになっていた[27]。

以上のことを考慮すると、児童文学者であり、家が裕福だった宮沢賢治が模範家庭文庫の『新訳アラビヤンナイト』を読んでいた可能性は大いにありうるだろう。

四、「電線工夫」と『新訳アラビヤンナイト』

ここであらためて宮沢賢治の「電線工夫」に目を向けたい。この詩は、電線工夫が電信柱に取りつけられている碍子を修理している様子を歌ったものである。さきにも確認したように、「電線工夫」である「あなた」は「からだをそんなに黒くかつきり鍵にまげ／雨着の裾もぬれてあやしく垂れさがり／ひどく手先を動かすでもな」く碍子を修繕している。どうしてそれが「アラビアンナイト型」あるいは「アラビヤ夜話のかたち」なのか。そのことについて、金子民雄は次のように述べている。

黒い雨合羽を着て、雨の降るなかを柱によじ登って仕事をしている工夫の姿が、アラビアン・ナイトの中の悪魔の仕業のような、なにか幻想的な一場面を思い起こさせたのであろう。(28)

確かに、電線工夫が碍子を修繕する様子は『アラビアンナイト』と直接的に重なるものではなく、そこから連想された「幻想的な一場面」であるように思える。だが、それではこの詩のイメージを漠然としか摑むことができず、それが長らくわたしの気にかかっていたことはすでに述べた。

このたび、模範家庭文庫の『新訳アラビヤンナイト』に、この詩に歌われている電線工夫にぴったりのイメージの挿画が掲載されているのを発見した。

最初に目に留まったのは、「アラヂンと不思議なランプ」中の【図版1】だ。これは、魔法使いにそのかされてランプを取りにいくことになったアラヂンが、その道中で宝石の生る樹を目撃し、果物ならばよかったのにと思いながらも宝石を手にする場面の挿画である。柱と樹という違いはあるものの、よじのぼって作業する姿は電線工夫と通じている。ただ、そのアラヂンと、「からだをそんなに黒くかつきり鍵にまげ／雨着の裾もぬれてあやしく垂れ

【図版1】「アラヂンと不思議なランプ」挿画
（『新訳アラビヤンナイト』下巻、冨山房、一九一六年二月、四九頁）

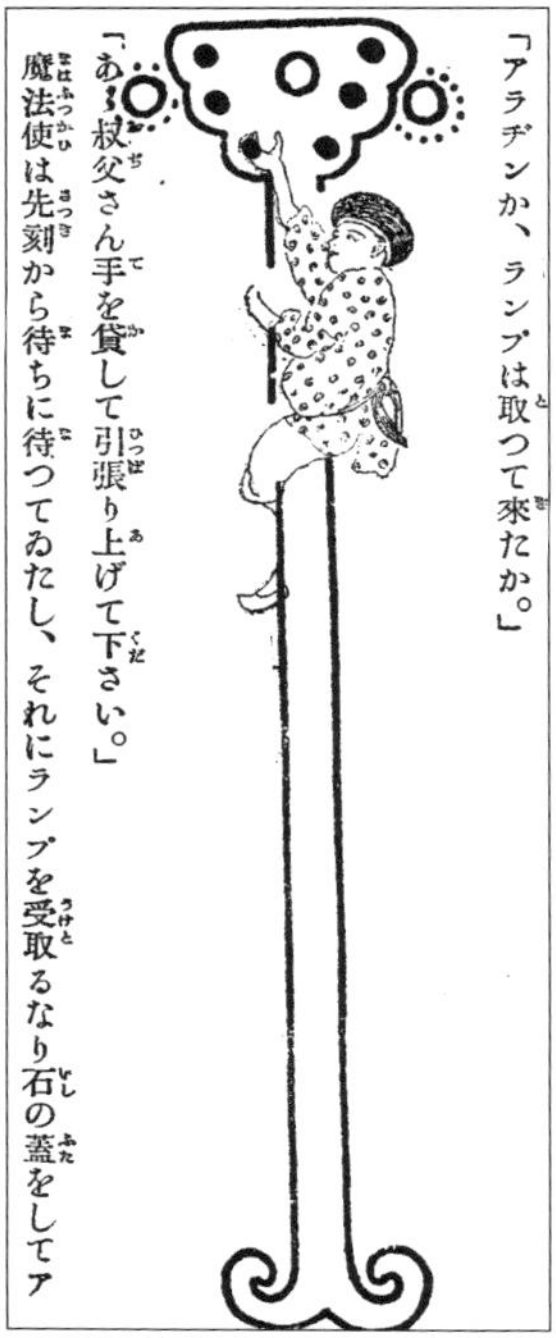

【図版2】「海員シンドバットの七航海」第五航海　挿画
（『新訳アラビヤンナイト』上巻、冨山房、一九一五年一二月、二三七頁）

さがり／ひどく手先を動かすでもない」電線工夫のイメージの間には、少々距離があるようにも思う。

そこでさらに『新訳アラビヤンナイト』をみていくと、【図版2】を発見した。これは「海員シンドバットの七航海」のうち、第五航海のエピソードの冒頭に掲げられている挿画で、シンドバットとその肩に乗る老人が描かれている。この老人は「海爺」と呼ばれ、自分を肩車した人物をことごとく絞め殺すが、どうしたことかシンドバットは殺害されず、足や土台としてこき使われた。海爺が着ているのはおそらく雨着ではない。しかし、裾の垂れ下がった黒い服を着ており、しかも背中を丸めているところが、「からだをそんなに黒くかつきり鍵にまげ」という電線工夫のイメージとぴたりと重なっている。

しかも、この挿画は一度みたら忘れがたいほどのインパクトがある。さきに模範家庭文庫の『新訳アラビヤンナイト』を読んだ文学者として大岡昇平の名前を挙げたが、そのときの印象を大岡はこう記している。

『アラビヤンナイト』もアラディンの不思議なランプと開け胡麻あたりまでしか知らなかったので、シンドバッドの航海談は私を驚喜させた。一つ目鬼退治や地下の流水トンネルの話も面白かったが、背負うと離れなくなる「海の老人」のぞっとする話の印象が強烈だった。(29)

「背負うと離れなくなる「海の老人」」の話が「海員シンドバットの七航海」の第五航海のエピソードを指しているのは明らかだ。大岡は少年期にこの話を読み、「ぞっとする話」として強烈な印象を抱いたというが、その記憶は『新訳アラビヤンナイト』中に掲載されている挿画とも少なからず関係があると思われる。

賢治が「アラジンと魔法のランプ」や「シンドバード航海記」を知っていたことは、あとで触れる『春と修羅』所収の「屈折率」に「(またアラッディン、洋燈とり)」という詩行があること、『春と修羅　第二集』に収録された「海蝕台地」下書稿の抹消部分に「シンドバード」(30)という文字がみられることから間違いない。とすれば、賢治は『新訳アラビヤンナイト』の「アラヂンと不思議なランプ」や「海員シンドバットの七航海」中の挿画から「電線工夫」という詩のイメージを得たのではないだろうか。あるいは、電信柱の碍子を修繕する電線工夫の姿をみた際、『新訳アラビヤンナイト』中のこれらの挿画が賢治に想起されたのではないか。もちろん、「アラジンと魔法のランプ」も「シンドバード航海記」も有名な話なので、賢治がこれらを複数のテキストで読んだ可能性はあるだろう。しかし、「電線工夫」の内容から考えると、なかでも特に模範家庭文庫の『新訳アラビヤンナイト』がもっとも強く賢治の印象に残っていたのではないかと考えられる。

一方、挿画だけでなく『アラビアンナイト』の物語内容からも、「電線工夫」について考えてみたい。『春と修羅』初版本で「あいつは悪魔のためにあの上に／つけられたのだと云はれたとき」とされていた詩行が、宮沢家本では「あいつは黒い盗賊団か、／悪魔のためにあすこのとこに／つけられたのだと云はれても」に改変されている。「悪魔」は『アラビアンナイト』に頻出する（「アラジンと魔法のランプ」のランプの精もそのひとりとされる）ので、そこから作品のイメージを摑むのは難しいが、「黒い盗賊団」についてはただちに連想される話がある。それは「アリババと四十人の盗賊」だ。

ある日、アリババは森のなかで盗賊団が宝を洞窟に運び込むのを目撃した。その洞窟から金貨を盗み出したところ、兄のカシムにばれてしまう。カシムも洞窟に侵入するが、そこから出ようとしたとき、扉を開ける呪文が思い出せない。結果的にカシムは洞窟に戻ってきた盗賊団にみつかり、殺害されてしまった。

次の引用は『新訳アラビヤンナイト』の「アリ・ババの話」より、アリババが洞窟のなかでカシムの死体を発見する場面である。

　翌る朝早くアリ・ババは驢馬を牽いて森に入り、例の洞の前へ来て見ると、騾馬もカシムも見えないで、其処らに血が流れてゐる。これでは愈々やられたのか知らぬと胸を轟かせながら、例の呪文で岩の戸を明けて入ると直ぐ、四つに斬つた兄貴の屍体が戸の裏に吊してあるのが目に入つたので、総身がブル〳〵震ひました。

この「戸の裏に吊」されている「兄貴の屍体」と、「電線工夫」で「黒い盗賊団」によって「でんしんばしら」につけられている「気まぐれ碍子」とは、イメージが重なりはしないだろうか。とすれば、「電線工夫」は手入れに際して、『アラビアンナイト』との関係がより深まるように書き換えられたのである。従来知られていなかった賢治と『アラビアンナイト』の関係が、ここにはある。

なお、「電線工夫」における「アラビアンナイト型」から「アラビヤ夜話」への改変について付け加えれば、『新訳アラビヤンナイト』の坪内逍遙による序文に「「アラビヤ夜話」の如きは此自然生の話の部類に属する」、「我国空前の「アラビヤ夜話」だと言つて差支ない」とあり、「アラビヤ夜話」という語がみられる。このことは、同書が刊行された時点で「アラビヤ夜話」という呼称がすでに一般化していたことを示しているだろう。したがって、「アラビアンナイト型」から「アラビヤ夜話」への改変は、音数律の調整以外に深い理由はなかったのではないかと思われる。

五、「屈折率」と「アラヂンと不思議なランプ」

賢治が『アラビアンナイト』を複数の書物で読んでいた可能性があるにしても、主に依拠したテキストが判明すれば、これまでとは違った角度から賢治作品の分析ができるようになる。ここでは、その一例として『アラビアンナイト』と直接関連する『春と修羅』所収のもうひとつの作品、「屈折率」について考えてみたい。

七つ森のこつちのひとつが
水の中よりもつと明るく
そしてたいへん巨きいのに
わたくしはでこぼこ凍つたみちをふみ
このでこぼこの雪をふみ
向ふの縮れた亜鉛《あえん》の雲へ
陰気な郵便　脚《き〔や〕く》夫《ふ》のやうに
（またアラツディン、洋燈《ラムプ》とり）
急がなけ〔れ〕ばならないのか

「アラツディン」が「アラジンと魔法のランプ」の主人公を指していることは、いうまでもない。そのことを踏まえたうえで「屈折率」をどう解釈するか。まずは『新訳アラビヤンナイト』の「アラヂンと不思議なランプ」をみてみよう。

アラヂンは、父が亡くなって以後の家計の支えを母に任せて毎日ぶらぶらしていた。そんなある日、彼のもとを叔父と偽った魔法使いが訪ねてくる。魔法使いは母子を信頼させたのちアラヂンを連れ出し、石板で封じられている地下から魔法のランプを取ってくるよう彼にうながす。魔法使いはアラヂンに「その宝がお前の手に入ると、世界で一番偉い王様より未だ金持になれるのだぞ。そしてお前の外誰れも宝に手を掛けてはならんのだから、今俺の云ふ事をよく覚えて其の通りにしなくちや可かんぞ」と語る。

この箇所は、諸本と『新訳アラビヤンナイト』とで若干異なっている。たとえばバートン版では「お前以外、この広い世間にだれもあれを開けきるものがないし、お前を別とすると、お前のためにとってある、この魔法の宝庫にどんな人間も足をふみこめんのじゃ[31]」というように、ランプのある地下に降りるための石板を開けられるのはアラジンただひとりということになっているが、『新訳アラビヤンナイト』はそうではない。魔法使いがアラヂンにランプを取りにいかせるのは、次のような理由からである。

> 彼れが亜非利加の棲所から遥々支那へ来た所以は、自分の有つてゐる魔法書の中で不思議なランプの記事を読んだからである。其のランプが手に入ると彼れは世界第一の強者になれるのであつた。そしてランプの在処もちやんと分つてゐるが、自身で取つて来ては効がなく、是非とも他人の手から好意的に貰はねばならなかつた。そこで此の目的を果たすために愚かなアラヂンが選ばれたのであつた。

魔法使いは「自身で取つて来ては効がな」いため、ランプを取りにいく役目をアラヂンに与えた。彼が選ばれた理由は「愚か」だったからであり、アラヂンでなければならなかったわけでは必ずしもない。

奥山文幸は、「屈折率」の「アラッディン」という英語風の表記が、バートン版の「アラジンは、〈信仰（アル・ディン）の高さ、または栄光（アラ）〉の意味で、本来はアラーッディーンと発音する」という注に対応していることから、「賢治はこの時期に英語でアラジンの話を精読・味読したと推定される」(32)としたうえで、次のように述べている。

賢治が、敢えて「アラッディン」と表記したのは、「信仰の高さ」という意味を封じこめてあることの標識だとすれば、「(アラッディン　洋燈取り)」とは、《信仰篤き者であると共に修羅を背負う者》と《ある行為に関して世界で唯一人選ばれてある者》との濃密な比喩になっていると言えよう。(33)

賢治がバートン版で『アラビアンナイト』を読んだと仮定したうえでの刺激的な解釈である。しかし、賢治がこの話を『新訳アラビヤンナイト』で「精読・味読」したとなれば、詩の読み方は当然変わってくる。

『新訳アラビヤンナイト』の「アラヂンと不思議なランプ」で、アラヂンは魔法使いから「宝がお前の手に入ると、世界で一番偉い王様より未だ金持になれるのだぞ」とそそのかされてランプを取りにいく。彼はみずからの意思でランプを取りにいくわけではない。そのため、魔法使いから「種々の色の果物が鈴生りに下がつてゐるが、そんな物に構はずに」進んでいくようにいわれるが、「果物ではなくて宝石」が下がっているのをみると、「未だ宝石の貴さを知ら」ないにもかかわらず、魔法使いの忠告を無視してそれらを衣服に詰め込む。

つまり、『新訳アラビヤンナイト』のアラヂンは「信仰篤き者」でも「世界で唯一人選ばれてある者」でもない。たまたま魔法使いから選ばれた「愚か」な人物として、その欲深さばかりが強調されているのである。

そのことを念頭に置いて「屈折率」をあらためて読み返してみると、そこから浮かび上がってくるのは具体的でない理想像に向かって、消極的ながらも険しい道を進んでいかなければならない「わたくし」の苦しみではないだろうか。「わたくし」は、「水の中よりもつと明るく／そしてたいへん巨き」な「七つ森」の「こつちのひとつ」に安住していたい。しかし彼は、魔法使いにそそのかされて「洋燈とり」に向かう「アラッディン」のように、ほかの誰かあるいは己の欲深さに突き動かされて、よくわからない目的地に向かって急かされている。金子民雄は、この作品を書いたときの「賢治の精神状態はかなり不安定だったと思う(34)」と述べているが、同感だ。ここには、信仰の篤さや信心深さよりも、それを持ち続けることの困難やつらさが示されているのではないだろうか。『新訳アラビヤンナイト』の「アラヂンと不思議なランプ」を踏まえて「屈折率」を捉え直すと、以上のような解釈が可能であると思われる。

さて、ここまで宮沢賢治と『アラビアンナイト』の関係について検討してきた。このたびは『春と修羅』所収詩篇を中心に考察したが、童話などにも目を向けて再検討する必要があるだろう。一方、さきにも触れたように、『アラビアンナイト』に興味を抱いた文学者は賢治ばかりでない。もちろん、そこには戦後に活躍した作家も含まれている。日本近現代文学と『アラビアンナイト』の関係について、今後さらに考察を深めていきたい。

注

（1）拙稿「書く行為の背後にあるもの――宮沢賢治と中原中也――」『中原中也と詩の近代』角川学芸出版、二〇一〇年三月参照。

（2）金子民雄『宮沢賢治と西域幻想』中央公論社、一九九四年七月、二九二頁。

（3）『アラビアンナイト』の物語内容や成立過程に関しては、国立民族学博物館編『アラビアンナイト博物館』（東方出版、二〇〇四年九月）、西尾哲夫『アラビアンナイト――文明のはざまに生まれた物語』（岩波書店、二〇〇七年四月）、グループSKIT編著『「千夜一夜物語」の謎を楽しむ本』（PHP研究所、二〇一三年一一月）などを参照した。

（4）日本における『アラビアンナイト』の受容に関しては、特に杉田英明『アラビアン・ナイトと日本人』（岩波書店、二〇一二年九月）を参照した。

(5) 芥川龍之介「リチャード・バアトン訳「一千一夜物語」に就いて」『芥川龍之介全集』第一一巻、岩波書店、一九九六年九月、一八五―一八六頁。
(6) 谷崎潤一郎「蓼喰ふ虫」『谷崎潤一郎全集』第一四巻、中央公論新社、二〇一六年一月、一一五頁。
(7) 同右、一一四頁。
(8) 杉田英明、前掲書(4)、一七九頁。
(9) 西尾哲夫、前掲書(3)、八〇頁。
(10) 『新校本宮澤賢治全集』第一六巻下「補遺・資料　年譜篇」筑摩書房、二〇〇一年一二月、一二九頁。
(11) 堀籠文之進「賢治さんの憶ひ出」、「四次元」第七巻第一〇号、宮沢賢治友の会、一九五五年一〇月、二頁。
(12) 杉田英明、前掲書(4)、資料一覧六一―六二頁参照。
(13) 『初等英語叢書』第七編「アラディンのラムプ」英語研究社、一九〇九年六月　https://dl.ndl.go.jp/pid/871121(二〇二四年一〇月二八日　最終アクセス)。なお、国立国会図書館デジタルコレクションでの登録タイトル名は『アラディンと不思議のランプの物語』。
(14) 金子民雄、前掲書(2)、二九〇頁。
(15) 同右、同頁。
(16) 同右、二九五頁。
(17) 杉田英明、前掲書(4)、一五五頁。
(18) 西尾哲夫、前掲書(3)、一五七頁。
(19) 『冨山房五十年』冨山房、一九三六年一〇月、五三九頁。
(20) 杉田英明、前掲書(4)、一二八頁参照。
(21) 同右、一一八頁。
(22) 同右、一二二頁。
(23) 前掲書(19)、五四〇頁。
(24) 杉田英明、前掲書(4)、一二七頁。

(25)「岩波書店　文庫豆知識」https://www.iwanami.co.jp/news/n15821.html（二〇二四年一〇月二八日　最終アクセス）参照。
(26) 大岡昇平「少年――ある自伝の試み――」『大岡昇平全集』第一一巻、筑摩書房、一九九四年一二月、一九五頁。
(27) 同右、一三六頁参照。
(28) 金子民雄、前掲書（2）、二九一―二九二頁。
(29) 大岡昇平、前掲文（26）、二〇二頁。
(30)『新校本宮澤賢治全集』第三巻「校異篇」筑摩書房、一九九六年二月、七五頁。
(31) 大場正史訳「アラジンと不思議なランプ」『アラビアンナイト　バートン版　千夜一夜物語拾遺』角川書店、二〇一三年一〇月改版、二七頁。
(32) 奥山文幸「賢治 vs. 賢治――括弧付け表現の位相」『宮沢賢治『春と修羅』論――言語と映像』双文社出版、一九九七年七月、七三―七四頁。
(33) 同右、七四頁。
(34) 金子民雄、前掲書（2）、三〇二頁。

※宮沢賢治『春と修羅』は『新校本宮澤賢治全集』第二巻「本文篇」（筑摩書房、一九九五年七月）を、杉谷代水『新訳アラビヤンナイト』は初版本（冨山房、上巻一九一五年一二月・下巻一九一六年二月）をそれぞれ本文とした。

第二章　中原中也と安原喜弘

――一九三五年四月二九日付書簡をめぐって――

一、中原中也の書簡

中原中也の友人、河上徹太郎は「中原の死後、（中略）彼の私宛の手紙を通読した」結果、「そこには果して私にとつて彼の詩集を読むより興味も価値もあるものを発見した」(1)と述べている。自分に送られた書簡のほうが中原の詩集よりも価値がある、と河上はいうのだ。しかし、わたしたちの評価が河上のそれと一致する必要はない。河上と違い、わたしたちは中原書簡の直接的な受信者ではないのだから。また、中原の書簡は「すべて彼の気儘なその時々、その場所と気分によって放たれるメッセージであって、受信者の方でも、特に取っておくという気にはならない程度のものであった」(2)と語る大岡昇平のように、直接的な受信者たちがすべて河上と同様に感じていたわけでもない。同じ直接の受信者でも、発信者との関係によって書簡に対する印象は異なる。したがって、中原の書簡について考えようとするならば、発信者である中原と受信者との関係が必然的に問われなければならないだろう。

いまここで注目したいのは、中原が安原喜弘に宛てて送った書簡である。現在知られている中原の書簡は『新編中原中也全集』第五巻（角川書店、二〇〇三年四月）に収録されている二二五通に、その後発見された八通を加えた

【資料A】中原中也　年別、受信者別書簡数一覧

	一九二五	一九二六	一九二七	一九二八	一九二九	一九三〇	一九三一	一九三二	一九三三	一九三四	一九三五	一九三六	一九三七	不明	計
阿部六郎													2		2
安西禧男											1				1
石川道雄													1		1
伊東静雄											1				1
井上究一郎													1		1
大谷従二													1		1
河上徹太郎			3	1	3	6		1					1		15
小出直三郎					1			2							3
後藤信一													1		1
小林秀雄		6	2												8
更科源蔵												1			1
清水一継												1			1
神保光太郎													1		1
鈴木信太郎												1			1
高田博厚							2								2
高橋新吉			1												1
高森文夫											1				1
瀧口武士												1			1
竹下彦一													1		1
竹田鎌二郎										5	4		1		10
津村信夫										2	3	1	3		9
富永家	2														2

富永次郎	富永太郎	友野代三	中垣竹之助	長谷敏男	中原フク	中村古峡	西川マリヱ	西川満	長谷川泰子（小林佐規子）	本田茂光	前川佐美雄	正岡忠三郎	松田利勝	安原喜弘	山岸光吉	吉田進	計
	2											3					7
												3					9
					3							1					10
									2			1					4
1									2								7
					2									10			18
					1				1				2	18			24
									2				1	30	1		37
									1					19			20
											4			14		1	26
			1						2		4			9			26
			3										1	2	1		12
		1	1	1	5	1	1	1		1				7			32
														1			1
1	2	1	5	1	11	1	1	1	10	1	8	8	4	110	2	1	233

＊一九二五―三七年の中原中也の書簡を、年別、受信者別にまとめた。

＊『新編中原中也全集』刊行後に発見された以下の書簡も含む。
昭和7年7月21日付山岸光吉宛、昭和10年4月17日付高森文夫宛、昭和11年1月1日付鈴木信太郎宛、昭和11年5月27日付瀧口武士宛、昭和11年12月付中垣竹之助宛、昭和12年2月27日付神保光太郎宛、昭和12年9月23日付竹下彦一宛、日付不明　安原喜弘宛（推定）。

＊昭和12年1月13日付中原フク・孝子宛書簡は、フクのみにカウントした。また、日付不明の安原喜弘宛（推定）書簡は、安原にカウントした。

計二三三通。[3] その内訳を年ごと、受信者ごとに示したのが【資料A】の「中原中也　年別、受信者別書簡数一覧」である。これをみれば一目瞭然のように、安原はおそらく中原からもっとも多く書簡をもらった人物で、封筒のみのものを含めると一一〇通、それらを除いても一〇三通もの安原宛書簡が現存している。[4] 一般的に、書簡は発信者と受信者の間にある程度の空間的な距離がなくては書かれることが少ない。ところが、中原は安原が京都大学に在籍していた一九二九―三二年だけでなく、安原が東京に戻ったのちも頻繁に書簡を送付している。ここに、ふたりの友情の特異さがあるといえる。ただ、もしかするとそれはふたりの友情というより、中原の友情のあり方の特異さなのかもしれない。さきの一覧をみると、中原は安原だけに頻繁に書簡を送っていたようにみえるが、現在知られていないだけで、ほかの友人たちにも同様に中原は書簡を送っていたかもしれないからだ。しかし、友人の多くは中原の書簡を何らかの事情によって失ったが、安原はそれを常に大切に所持していた。「戦時中も肌身離さず命のように[5]」中原の書簡を保管していたのである。安原にとって中原はそれほど特別な友人だったということだろう。

ところが、ふたりの関係に変化が訪れる。それは一九三五年のことだ。本章では、そのきっかけとなった四月二九日付書簡を中心に中原の書簡をいくつか取り上げ、そこから浮かび上がってくる中原の意識、および中原と安原の関係について考察したい。

二、書簡の言葉は誰に向けられているのか

一九三五年四月二九日付安原宛書簡に、中原は次のように書いている。

昨晩は失礼しました　左に書きます所は何も今日此の頃といふ日に書かなくてはならぬ事柄ではないのですが、一寸書いてみたいと思ひます

安さんがひどく沈黙家であるわけは、自分の判断を決して話すまいとする、非常に遠慮深い気持から来るのだと思ひます　そこでその事が相手にとつてはどういふことになるかを、聊か独断的になるかも知れませんが、書いてみます　相手としては、可なり気味の悪い感じが先づ尠くも最初はするのです　何を考へられてゐるのか分らないので。で結局カンに頼つてあと話しつゞければつづけるといふことになりますが、カンといふ奴は瞬間的な役には立ちますが、長いことには間に合ひません　それにまた、話の極く具体的な点で、従てカンに頼つて話しつづける限り随分見当を違へて話すことも出て来ます　（つまり例で以て云ひますと）「昨夜はAと一緒だつた」と云つて、またBも其処にゐた場合、あとでBの話が出ると、「アラBもゐたのか」といふことになり、またAと自分とで起つた而もBがゐては起りさうもないことの話が出ると、（事実はBはもうその時帰つてゐたとします）「変だな」といふことになり、それを「変だ」と言はれないとすると、相手はたゞ顔色が変つたことだけを気付き、さりとてベンメイするのも妙な場合はともあれ話しつゞけて行かなければならないのです。すると話す方は余計な気を使つて、使つただけ話は一層不憶かとなつたりするやうなわけです。勿論世間一般では此のやうな場合話し手の方はともかくキマリキツタことだけを云ふことにするのですが、僕なぞそんな芸当のない者ですから、なんだか辛いことになります。それが二人だけの場合はまだいいのですが、もう一人誰かゐて、そいつに向つて話すことを、沈黙家が自分も聞いて判断しつつある場合、その人はどう聞きつつあるかゞまるで分らないので、ともかく沈黙家を非常に避けるやうにして話をするより他なくなるのです（中略）

思つてゐることの半分も現せませんし、もともと余程僕には表現困難な事柄なのですが、一口に云へば、「もつと苦情を云つて欲しい　察しだけで話が始まるとは思へない」といふやうなことなのです　こつちは五里霧中で、そこで気のよさだけでしやべれば、相手は益々五里霧中ではなくなりこちらは益々五里霧中を深めるのでは堪りませんし又、その上ででではどうしようと考へやうもないことなのです。

引用が長くなったが、この書簡で展開されているのは安原の「沈黙家」ぶりに対する批判である。後年、安原は『中原中也の手紙』という著作で、自分宛の中原書簡を引用しながらそれを読んだときの心境を述べているが、この書簡については次のように記されている。

> 初めて見る私への笞。同時にこれは又、これまで六年余の間変ることなく持続され来つた私達の在り方に対する痛烈な批判でもあつた。私は詩人の笞を甘受し、己れの罪深さに茫然とした。私は崩れゆくものを凝視し、祈るような気持でこの手紙を読んだ。(6)

安原は中原から送られた書簡を「私への笞」であると同時に「私達の在り方に対する痛烈な批判」と捉えた。一方、安原のこのような理解に異を唱えたのが中村稔である。

> これは「私達の在り方に対する痛烈な批判」ではない。中原と安原の交友の在り方に対する批判ではない。安原の在り方に対する批判である。つまりは、それが正当であるかどうかはともかくとして、中原は、安原が「観賞者」の立場に固執して、中原の魂にふれるような姿勢で対応しないことに苛立ち、安原との訣別に近い宣言をしているのだ、とみるべきなのである。(7)

確かに、中原の書簡ではふたりの交友というよりも「安原の在り方」が批判されているようにみえる。書簡で述べられている中原の願いは「もつと苦情を云つて欲しい　察しだけで話が始まるとは思へない」ということであり、安原に変化してほしいということだ。中原は「私達の在り方」を批判しているわけでは決してなく、安原に対してみずからの要求を一方的に突きつけているのである。

しかし、「凡そ人を審判《さば》く所の人よ爾推諉《なんぢいひのがる》べきなし爾他人を審判くは正《まさし》く己の罪を定む也そは審判く所の爾も同《おなじ》く之を行へば也」(8)という『新約聖書』の言葉を引用するまでもなく、相手に向けた言葉はほとんど常に発言者自身にも向けられていることをわたしたちは知っている。たとえば、よく知られている一九三三年一月二九日付の安原宛書簡。

昨夜は失礼しました。

其の後、自分は途中から後が　悪いと思ひました。といひますわけは、僕には時々自分が一人でゐて感じたり考へたりする時のやうに、そのまゝを表でも喋舌つてしまひたい、謂ばカーニバル的気持が起ります。その気持を格別悪いとも思ひませんが、その気持の他人に於ける影響を気にしだすや、しつこくなりますので、そこからが悪いと思ひました。

右の書簡は中原の伝記的事項を考える際に重要なものだが、いまは問題にしない。この書簡において、中原は安原に自分の「カーニバル的気持」に由来する前日の行動を謝罪するとともに、自分の「カーニバル的気持」の「他人に於ける影響」を意識し、それを「しつこく」相手に問い質すみずからの行為を反省している。「時々自分が一人でゐて感じたり考へたりする時のやうに、そのまゝを表でも喋舌つてしまひたい」という「カーニバル的気持」を持つこと自体は否定されていない。問題にされているのは、その「感じたり考へたり」したことをそのまま人前で口にしてしまう行為、そしてその発言に対する反応を相手に執拗に求めてしまうことだ。中原はこの書簡に安原への謝罪を記すと同時にみずからの態度を振り返り、自分自身に対する戒めの言葉を記しているのである。

「感じたり考へたり」したことをそのまま口にする行為を戒めるとは、みずからに人前での安易な発言を禁じ、沈黙を課すことにほかならない。そのことを念頭に置きながら、やはりよく知られている一九二九年六月三日付小林佐規子宛書簡をみてみたい。

今日中村屋で、一番本当の意味で流れてゐなかつたのはあんたです。あんたは一番根のある人なのだが、一番純粋に根のある人といふものはとかく損得の感情に乏しく、正直で気が好すぎて、慾気はなしに自分自身ならざることを平気でやれるのです。欲気がないので実感のないことに平気で慣れるのです。——が、それまでは何でもない。寧ろ慾気のないことなど賞讃すべきだ。

然るに、恐いのは、遂に自分を見失ふといふことです。見失つた人は意味（言葉）が解せなくなる。そして遂に、たとへばあんたのやうな一番根のある人が、一番根のない時間を過ごし、そして温しくも自分は根がないなと何時の間にやら信ずることです。そしてもう何もかもが判然摑めなくなる。――その時です。「我に職を与へよ」だの「何をすればよいか」だのと考へ出すのは。

それではそんなになることを防ぐにはどうすればよいか。

それは、純粋な人はとかく「流す」ことが好きなものだが、それを出来るだけ喰止めればよい。もつとよくいへば、例へば外出なら外出を制限するといふより寧ろ、むやみに外出したくならない気持、つまり自分自身であればよい、（だいたいよく外出する人は、その本心では外出したくながる側の人だといふことはお分りでせうね？）それにはただ沈黙が大事なのです。自分であることがね。つまり強くなければなりません。（中略）

自分自身でおありなさい。弱気のために喋舌つたり動いたりすることを断じておやめなさい。断じてやめようと願ひなさい。そしてそれをほんの一時間でもつづけて御覧なさい。すればそのうちきつと何か自分のアプリオリといふか何かが働きだして、歌ふことが出来ます。

実に、芸術とは、人が、自己の弱みと戦ふことです。その戦ふ力が基準となつて、諸物に名辞なりイメッヂなりを与へる力です。


またもや長い引用になったが、中原はこの書簡で佐規子に対し、「自分自身」であるために「喋舌つたり動いたりする」のをやめ、「沈黙」することを奨励している。だが、「カーニバル的気持」について記されていたさきの安原宛書簡を思い起こせば、「沈黙」が必要だったのはほかならぬ中原自身だったはずである。安原宛書簡が書かれたのは、この小林佐規子宛書簡が書かれた約三年半後。しかし、ここでは両者のタイムラグや前後関係はさほど重要視する必要はないと思われる。というのも、右の佐規子宛書簡には「芸術の動機」という題が付され、どのように「歌」や「芸術」が生まれるかを中原が開示する内容になっているからだ。中原は、「詩人の資質を立派にもつた」小林佐規子にどのようにして「歌」が生まれるかを語りながら、詩人であるみずからの「歌」が生起する瞬間を自己確認している。そのなかで発見されたのが「沈黙」の重要性だ。つまり、詩人である以上、中原自身にも「沈黙」は必要不可欠なのである。とすれば、右の書簡の言葉はたんに小林佐規子に向けられているのではない。佐規子と同時に、詩人であるみずからに対しても向けられているのである。中原は、自分自身に言い聞かせながら佐規子宛書簡を綴っているのだ。

ここでふたたび、さきの一九三五年四月二九日付安原喜弘宛書簡に話を戻そう。確かにこの書簡は安原の「沈黙家」ぶりを批判したものにみえる。しかし、中原の主張をあらためて詳細にみてみると、中原が安原の「沈黙家」ぶりを批判するのは、安原が「何を考へられてゐるのか分らない」からである。分からないので、中原は「カンに頼つて」話すしかない。しかし、「カンに頼つて話しつづける限り随分見当を違へて話すことも出て来」てしまう。特に困るのは自分がうまく説明できない場合で、聞き手から「変だ」といわれないと、話す側は相手の「顔色が変つたことだけを気付き」、そのせいで「余計な気を使つて、使つただけ話が一層不慥かとなつ」ていく。それは、自分のような「キマリキツタことだけを云ふ」芸当を持たない人間にはつらい、というのが中原の言い分である。

中原の批判の矛先が「沈黙家」安原に向いているのは間違いない。安原がもっと言葉を発してくれれば、中原はこんな苦労を味わわずに済んだのである。引用の中略部分には「それに沈黙家といふものは、事実誤解を屢々してゐるのではないでせうか。それに、多少とも独善的でない沈黙家といふものは僕には考へられません」とも書かれ、だんだん「沈黙家」を批判する語調が激しくなっていくが、それは自分の記した言葉に中原が徐々に興奮していったためであろう。

ただし、これまでの考察を踏まえれば、この書簡はたんに安原を批判しただけではないはずだ。安原が何もいってくれないので「カンに頼つて」話をするが、その「カン」が得てして見当違いだからこそ中原はつらいのである。また、自分が最初から相手にうまく説明できていれば、相手の顔色が変わることも相手に余計な気を使う必要もあるまい。つまり、中原は安原の心境をうまく読み取れない自分自身に対して苛立っているのである。中原の批判の矛先は「沈黙家」安原に向いていると同時に、自分自身に対しても向いているのだ。

すでに確認したように、安原はこの中原の書簡を「私への咎」、「私達の在り方に対する痛烈な批判」と捉えた。わたしには、この理解は正当であるように思われる。非があるのは、中原にあまり多くを語らなかった「沈黙家」安原ばかりではない。そのような安原だからこそ、どんなときもみずからに寄り添うことができたのは、一九二八年以来の安原との交友のなかで中原自身よく承知していたはずだ。中原との交友を振り返って、河上徹太郎は「彼は前へ据ゑて話を聞いて貰ふ友人を求めて訪問して歩いた。（中略）対談の際に自ら真理を発見すると共に相手の心理を微妙に感応した。此の敏感さは非常に鋭いと共に、一方非常に一面的であつた」[9]と述べているが、安原の感情が察せられないことは、たとえ「一面的」であれ、「相手の心理を微妙に感応」するのに長けていた中原には大いに不本意だったろう。その苛立ちを、中原は書簡を通じて安原にぶつけた。しかし、安原の感情をうまく察することができないのは、「相手の心理を微妙に感応」するのに長けているようにみえながら、どんな相手にもそれが可能というわけではない中原自身の問題でもあったのである。安原はもっと語るべきだったし、中原はもっと尋ねるべきだった。その意味で、さきの中原書簡に対する安原の「私達の在り方に対する批判」という見解は妥当といえよう。

交友関係に問題があるとき、どちらか一方にのみ非があるわけではないということ。このような両者の関係は、中原の小説「青年青木三造」にもみることができる。未完に終わったこの小説の主人公青木三造は「何か、言ふべきことがあるやうな気がし」ているのに結局は「押し黙」ってしまう人物で、そのモデルが安原であるのは疑う余地がない。この小説において、「作者」なる語り手は次のように述べている。

今、三造は、世間の知らないことを感じてゐる。それを語り出でるためには時間と意志とが必要である。然るに彼の意志は強いとばかりはいへない方だし、それに三造の身辺には絶えず三造を世間並のものにしようとする誘惑物がないとはいへぬので、三造と世間との調停役を、いつてみれば作者は買つて出ようとしてゐるのである。勿論、三造が世間並になるとしても、嘆くがものは誰にもないのであるが、世間が知らないことを感じてゐる者は、それを明白な形に迄して、世間に呈出する方がよいのである。

三造は「世間の知らないことを感じてゐる」が、「それを語り出でるためには時間と意志とが必要」である。その三造に代わって、「作者」は彼の「感じてゐる」内容を「世間」に知らしめ、社会における三造の位置を確立しようとしている。「三造と世間との調停役」を買うとは、そういうことだ。

しかし、その「作者」にも、右の引用部分の少し前に「それでは、彼には何が語りたかつたのであらう？　何が語りたかつたのであらうか？　蓋し、語る言葉はなかつたかもしれぬ、歌ふべきことがあつたかもしれぬが、それは今の事ではない」と書かれているように、三造の心中はよくわからない。三造の感じていることを世間に紹介しようにも、「作者」はそれを十分に理解していないのだ。この話が長くは続かず中断されてしまったのは、おそらくそのせいだろう。そもそも、三造に「語る言葉」があったかどうかすら理解できていない「作者」が「三造と世間との調停役」を買って出ること自体、無謀だったのである。そして、青木三造のモデルが安原であるならば、この「作者」の無謀さは「青年青木三造」の作者、中原の無謀さでもあるに違いない。やはり非は、安原ばかりに一方的にあるわけではないのである。

三、「薔薇」に籠められたメッセージ

ところで、一九三五年四月二九日付書簡は、中原が安原の「沈黙家」ぶりを批判した最初のものではない。一九三一年七月一四日付（推定）の安原宛書簡に、[10] 中原は次のように書いている。

会つて話したいと思ひます、先日の君の手紙に、僕は返事をしてゐませんが、僕には君の今の気持に手紙で返事したくなかつたのです、（中略）僕は早く会つて話してみたいのです。君はあんまり無言すぎます。それでは誰もどうにもなりません。

この時点ですでに中原は安原が「無言すぎ」ることを批判している。つまり、中原は一九三五年より前から安原の口数の少なさに不満を持っていたし、その不満を口にしてもいたのである。ただし、右の書簡について『中原中也の手紙』に何も記されていないことから想像すると、安原はこの批判を深刻には受け取らなかったと思われる。また、さきに取り上げた「青年青木三造」は一九三二年前半の執筆と推定されており、[11] おそらく中原はこのころより安原の「沈黙家」ぶりを何とかしようとしていたのだろう。ところが、その試みが首尾よくいかなかったのは、すでに確認した通りだ。

それ以降、一九三五年四月二九日付書簡が書かれるまでの間に、中原と安原の間に果たして何があったのか。もちろん、この書簡の冒頭に「左に書きます所は何も今日此の頃といふ日に書かなくてはならぬ事柄ではないのですが」と記されているように、安原に対する批判がこのときなされたことに深い理由などないのかもしれない。また、続く六月五日付書簡に「唐突な手紙差上げ、唐突には如何にも唐突だと、その後日を経るにつれて感じてゐました」と記されていることから考えると、四月二九日付書簡が書かれたのは突然の思いつきだった可能性もある。しかし、

『中原中也の手紙』において、この書簡を引用する直前に安原が次のように記していることをみると、一方の当事者たる安原のほうには、このころ中原との付き合い方について決して小さくはない心境の変化があったようだ。

昭和三年秋以来六年半に渡る詩人と私との交友にも今漸く転機が訪れた。

詩人は家庭生活に入り、一児をもうけ、その交友の範囲も次第に拡がり、詩名も漸く一部の人々の間に認められるところとなつた。この間私は私なりに唯一筋の心情を以て詩人の身辺に寄り添い、それは謂わば極めて個人的な雰囲気の中での持続であつたのだが、この様な私の心情も私のささやかな努力も今はその必要を失つた。心届かず、無能で失敗ばかりであつた私の介抱も最早や無用となりそれは寧ろ詩人にとつて大きな負い目とすらもなりつつあることを私は感じ出していた。（中略）

尚又、昭和八年の一月頃を絶頂とする彼の魂の動乱時代、日々のあわただしい行き来の間にふと生じた様々な疑惑（中略）が私に対しても解き得ぬ誤解としてその儘彼の心に残り、彼の心の淵深く固定しているのを全く思いがけなくも知つた時、私は唯々茫然とするばかりであつたのだが、私は何か身の証しをたてたいと希い、既に或る決意をしたのである。私は彼の周囲から身を引きつつあつた。殊更らにそれと彼の気付かぬ如く、意識して少しずつ詩人の世界から離脱しつつあつた。(12)

中原の境遇の変化に伴い、安原は「或る決意」をして中原から「身を引きつつあつた」という。とすれば、一九三五年四月二九日付書簡は、中原がそのことを察知して行なった批判だったと取れなくもない。さきにみたように、「非常に一面的」ながらも「相手の心理を微妙に感応」することに長けていたのが中原だった。

一方、安原の側に「或る決意」があったように、ふたりの関係についての批判を行なうに際して、中原のほうにも何かしらの決意はなかったか。そのことを考える際、一九三四年一二月三〇日付で安原に寄贈された「薔薇」という詩篇は重要であると思われる。

開いて、ゐるのは、
あれは、花かよ？
何の、花かよ？
薔薇の、花ぢやろ。

しんなり、開いて、
こちらを、むいてる。
蜂だとて、ゐぬ、
小暗い、小庭に。

あゝ、さば、薔薇《さうび》よ、
物を、云つてよ、
物をし、云へば、
答へよう、もの。

答へたらさて、
もつと、開《さ》かうか？
答へても、なほ、

ジツト、そのまゝ？

安原は「珍らしく毛筆で和半紙に描かれている」[13]この作品を「長く大切にし、年老いた日に、格別丁寧な表装にして掛け軸にした」[14]。この軸は二〇一二年、中原中也記念館の特別企画展「中原中也の手紙――安原喜弘との交友」で公開されたが、それをみていて気づいたことがある。

語り手は「薔薇」に対して「物を、云つてよ」と訴えている。何か発言してくれれば、語り手はそれに対して「答へよう」がある。答えたら薔薇が「もつと、開」くか、「ジツト、そのまゝ」かはわからない。しかし、「物を、云つて」くれなければ「答へよう」はないし、そうである以上自分と「薔薇」の関係はいつまでも変わらない、というのがこの詩の主旨である。「薔薇」が安原のことを指しているのは、これまでの考察より明白だ。ちなみに、さきに取り上げた「青年青木三造」でも主人公は花にたとえられており、「彼は、押し黙る。押し黙つた顔といふものは、人の前で、つづくものではない。それはやがて花のやうに萎む」、「彼は朝顔の花のやうに夏の朝、感じてゐるが、それは彼の心中、形なき歌ともなるが、彼が声を出して歌つてゐるのをみたものはない」と記されている。

ところで「薔薇」は、もともと「（なんにも書かなかつたら）」という全三節の詩篇の第二節として書かれたもので、それを独立させて安原に寄贈されたものである。第一節は以下の通り。

なんにも書かなかつたら
みんな書いたことになつた

覚悟を定めてみれば、

此の世は平明なものだつた

夕陽に向つて、
野原に立つてゐた。

まぶしくなると、
また歩み出した。

何をくよくよ、
川端やなぎ、だ……

土手の柳を、
見て暮らせ、よだ

冒頭二連は『新編中原中也全集』で指摘されているように、おそらく一九三四年一二月の『山羊の歌』出版に関連しているだろう。[15]「覚悟を定めて」詩集を出してみれば、「なんにも書かなかつた」はずなのに「みんな書いたことにな」り、その結果、難解で混迷しているように思われていた「此の世」が「平明なもの」にみえるようになった、という語り手自身の感覚の変化が第一―二連で歌われている。第五連「何をくよくよ、／川端やなぎ」は『新編中原中也全集』に何も注記されていないが都々逸の一節で、高杉晋作の作ともいわれているが、もっと古くの歌謡にも用例があるらしい。(16)この一節を取り入れた「東雲節」が明治三〇年代に流行した。(17)「東雲節」は「ストライキ節」ともいわれ、演歌師によって全国に広められた。さまざまな歌詞のヴァリエーションがあるが、そのうちのひとつを引用する。

なにをくよ〱　川端柳
焦がるる　なんとしょ
水の流れを　見て暮らす
東雲の　ストライキ
さりとはつらいね　てなこと
おっしゃいましたかね(18)

この歌詞の「水の流れを　見て暮らす」という部分は「(なんにも書かなかつたら)」では「土手の柳を、／見て暮らせ」とされているが、この改変は中原の記憶違いではなく、一種のパロディであると思われる。「水の流れを見て暮らす」だと主体は「川端柳」であり、「くよ〱」しているそれは何かに対して「焦がるる」気持ちを抱きながら、その感情をいかんともしようがなく、ただ「水の流れを　見て暮ら」している、という意味に取れる。一方、「(なんにも書かなかつたら)」の「何をくよくよ、／川端やなぎ、だ……」では、「川端やなぎ」は対象化されている。また、最終二連は、世間では「何をくよくよ、／川端やなぎ」といわれるけれども「川端やなぎ」のように「水の流れを　見て暮ら」していてはいけない、いつまでも「くよくよ」などしておらず、そこから前進してむしろ「土手の柳」をみて暮らしていかなければならないのだ、ということが詩の読者あるいは語り手自身に言い聞かせるように歌われていると理解することできよう。この解釈は、第三―四連における「また歩み出」すイメージとも合致している。語り手は、いま自分がいるところから一歩足を踏み出そうとしているのである。そして、この詩が『山羊の歌』の出版に関連しているとすれば、語り手の心境は、詩集出版を契機に中原にもたらされた感情そのものであるに違いない。

さきの引用で安原が「詩人は家庭生活に入り、一児をもうけ、その交友の範囲も次第に拡がり、詩名も漸く一部の人々の間に認められるところとなつた」と述べていたように、『山羊の歌』を刊行したころの中原は、生活環境や自分を取り巻く周囲の状況が変わりつつあった。そうした変化とともに、安原との関係についての心境の変化があり、「(なんにも書かなかつたら)」第二節を独立させた「薔薇」があったのではないだろうか。おそらく中原は「薔薇」を安原に寄贈することで、自分とともに変わることを安原に要求しているのである。双方の変化によって、ふたりの関係を次なるステージへと移行させようとしていたのだ。だからこそ、「薔薇」では「あゝ、さば、薔薇よ、／物を、云つてよ、／物をし、云へば、／答へよう、もの」と歌われているのではないか。ここに示されているのは「薔薇」とのコミュニケーションの可能性である。「薔薇」が「物をし、云へば」、自分はそれに答えることができる。そのためには、まずは自分から相手に「物を、云つて」ほしいと要求しなくてはならない。変化する必要があるのは安原だけではない。安原の「沈黙家」ぶりにこれまでほとんど何もいってこなかった自分自身も変化しなければならないのである。そうしたみずからの変化を示すとともに相手にも変化してほしいという願望を歌っているのが、「薔薇」という詩篇であると考えられる。

さらに重要なのは、中原がその願望を詩によって安原に伝えようとしたことだ。中原は安原を詩人として認識していた節がある。「青年青木三造」にも、すでに引用したように「彼には何が語りたかつたのであらう?(中略)語る言葉はなかつたかもしれぬ、歌ふべきことがあつたかもしれぬ」、「彼は朝顔の花のやうに夏の朝、感じてゐるが、それは彼の心中、形なき歌ともなるが、彼が声を出して歌つてゐるのをみたものはない」などの記述がある。中原は安原を、語る言葉は持たないけれども歌うべきものはあった人、歌になるような感情はあるがそれを言葉にしない人、と理解していた。安原の子息喜秀は父のことを「自らは詩を書かなかったけれども詩人であった人」という意味で「(詩人)」と呼んでいるが、まさしく中原はそのような認識を安原に対して持っていたのである。[19]

詩を書かない詩人、というのは巷でしばしば耳にする奇妙な表現だが、このような言い方が成り立つのは安原がもともと詩を書いていたからである。安原は、中原と知り合う以前より詩や文章を書き、みずからの関わりのある雑誌等にそれらを発表していた。中原と面識を得たあとにも、安原は同人誌「白痴群」に作品を発表している。そのうちのひとつ、一九二九年七月発行の第二号に掲載された「詩一篇」が「八月私は雑誌に小さな詩を発表した。中原と私との交遊が真に始まつたのはこの詩を機縁としてである」と安原がいうところの「この詩」に該当することとは、安原喜秀による指摘がある。また、その「詩一篇」が「白痴群」創刊号の巻頭を飾る中原の「詩友に」への応答歌であることを中原豊が指摘しているが、そのことはふたりの関係を考えるうえで非常に重要だ。中原が「詩友」に向けて「白痴群」創刊号に掲げたメッセージに、安原は詩をもって応えたのである。つまり、中原にとって安原はみずからの呼びかけに詩で応えてくれた、まさしく「詩友」だったのだ。一九三三年に同人誌「紀元」の創刊が決まると、中原は「別に五月蠅いこともないのですから、ともかく這入つてみられればよいと思ひます」(七月二〇日付書簡)と安原に同人加入を熱心に勧めているが、その勧誘も右のような安原に対する中原の認識に由来していると思われる。[20][21][22][23]

その安原へのメッセージを、中原が「薔薇」という詩篇に託して送ったこと。このとき中原は、「薔薇」が指し示すものやこの詩に籠められたメッセージを「詩友」である安原ならば理解してくれるかもしれない、という期待を抱いていたのではないか。そして、『山羊の歌』の刊行によって自分の状況が変化しつつある現在、これを機会にふたりの新たな関係を構築し、これからも自分とともに詩人として歩んでいってほしい、という希望を安原に対して持っていたのではないだろうか。安原へのメッセージが書簡ではなく詩で、しかももともとは全三節だった「（なんにも書かなかつたら）」の第二節をわざわざ独立させて安原に寄贈した理由は、以上のように推測できる。

ところが、「薔薇」が自身を指していることに、安原は気づかなかった。安原は『中原中也の手紙』に「薔薇」に同封されていた書簡を引用したのち、「この手紙と一緒に久々で一篇の詩が送られた。それは『薔薇』と題する美しい小品で[24]」あったと記しているが、それ以上のことは特に語られていない。つまり、安原にとってこの詩篇は「美しい小品」でしかなかったのである。安原は、この詩の「薔薇」を字義通りの「薔薇」としか捉えていないのだ。

この寄贈への感謝を安原がどう伝えたかはわからないが、おそらくその返答は中原を失望させるに十分だったであろう。少なくとも、「薔薇」の意味するものを安原が理解できなかったことに中原が気づいたのは間違いない。それを理解してもらえなければ、いくら中原が安原に変わってほしいと願っても、変わるはずがないのである。そもそも中原には、安原が「薔薇」の象徴するものを理解しているかどうかさえわからない。その安原に対する苛立ちが、彼の考えをうまく読み取ることができない自分自身への苛立ちと相俟って、ふたりの関係のあり方を批判する書簡を中原に書かせたのではないだろうか。

一九三五年四月二九日付安原宛書簡は、「薔薇」の寄贈を通じて安原がもはや「詩友」でないと中原に認識されたからこそ書かれたようにわたしには思える。その意味では、この一九三五年四月二九日付書簡は「詩友」安原との訣別が述べられたものだったといえよう。

注

（1）河上徹太郎「中原中也の手紙」、「文學界」第五巻第一〇号、文藝春秋社、一九三八年一〇月、二五四頁。

（2）大岡昇平「解説〔『中原中也全集』（創元社）第三巻〕」『大岡昇平全集』第一八巻、筑摩書房、一九九五年一月、五三頁。

（3）二〇二三年までに発見されている書簡をカウントした。

（4）ただし、うち一通の宛先は推定であり、安原宛と断定することはできない。佐々木幹郎「【新発見資料】安原喜弘宛（推定）・中原中也書簡　解題　チェホフと中原中也」、「中原中也研究」第一八号、中原中也記念館、二〇一三年八月、一三八―一四〇頁参照。

（5）安原喜秀「『在りし日への径』補遺　「手紙」と「核の傘」」、「シュリンプ」第一〇号、しゅりんぷ詩舎、二〇〇九年一一月、六二頁。

（6）安原喜弘編著『中原中也の手紙』玉川大学出版部、一九七九年四月、一八二頁。なお、二〇一〇年に出版された講談社現代文庫版では引用中の「筶」が「答」となっているが、誤植と思われる。安原喜弘著・編『中原中也の手紙』講談社、二〇一〇年四月、一六九頁。

（7）中村稔「中原中也と安原喜弘」『中原中也私論』思潮社、二〇〇九年九月、二八六頁。

（8）「達羅馬人書」、『引照旧新約全書』米国聖書会社、一九〇四年三月、二二六頁。『引照旧新約全書』は中原中也が所持していた聖書。佐々木幹郎・中原豊「一枚の写真と高森文夫宛中原中也書簡他の発見――若山牧水記念文学館・高森文夫展示資料」、「中原中也研究」第一〇号、中原中也記念館、二〇〇五年八月、一〇八―一〇九頁参照。

（9）河上徹太郎、前掲文（1）、二五五頁。

（10）前掲書（6）では六月一四日付とされている。日付が七月に訂正された事情については『新編中原中也全集』第五巻「解題篇」角川書店、二〇〇三年四月、三八六頁を参照。

（11）『新編中原中也全集』第四巻「解題篇」角川書店、二〇〇三年一一月、三八二頁参照。

（12）安原喜弘、前掲書（6）、一七六―一七七頁。

（13）同右、一六八頁。

(14) 安原喜秀「在りし日への径――中原中也以後の安原喜弘」、「シュリンプ」第九号、しゅりんぷ詩舎、二〇〇七年一二月、一二三頁。
(15)『新編中原中也全集』第二巻「解題篇」角川書店、二〇〇一年四月、三六五頁参照。
(16) 西沢爽『日本近代歌謡史』下巻、桜楓社、一九九〇年一一月、二三三四頁参照。
(17) 堀内敬三『音楽明治百年史』音楽之友社、一九六八年九月、一〇九頁参照。
(18)『新版日本流行歌史』上巻、社会思想社、一九九四年九月、一七二頁。
(19) 安原喜秀「あとがきにかえて」、安原喜弘編著『中原中也の手紙』青土社、二〇〇〇年二月、二五九頁。
(20) 安原喜弘、前掲書(6)、一八頁。
(21) 安原喜秀「在りし日への径――中原中也以後の安原喜弘」、「シュリンプ」第六号、しゅりんぷ詩舎、二〇〇四年一二月、七〇―七二頁参照。
(22) 中原豊・福島泰樹・加藤邦彦「シンポジウム 中原中也の手紙――その友情の軌跡」、「中原中也研究」第一八号、中原中也記念館、二〇一三年八月、一一二―一一三頁参照。
(23)「詩友に」の読者対象については、拙稿「中原中也、その文学的出発――「朝の歌」から「白痴群」創刊前後まで――」(『中原中也と詩の近代』角川学芸出版、二〇一〇年三月)を参照。
(24) 安原喜弘、前掲書(6)、一六八頁。

※中原中也の文章はすべて『新編中原中也全集』全五巻、別巻上下(角川書店、二〇〇〇年三月―二〇〇四年一一月)を本文とした。

第Ⅱ部　戦後詩から現代詩へ

第一章　「荒地」というエコールの形成と鮎川信夫「現代詩とは何か」

一、「現代詩」の「現代」性とは何か

「現代詩」とは、果たしていつからいつまでの期間に書かれた詩を指すのだろうか。日本の文学史においては、戦後に書かれた詩を「現代詩」と捉えるのが一般的である。しかし、あらためて考えてみると、この問いに答えるのは容易ではない。というのも、「現代」とは絶えず移りゆくものであるからだ。

「現代詩」の用例を過去に探ってみると、(1) 書名や論文名に限定しただけでも、たとえば松原至文「一面観――現代詩人の自然観」(『白鳩』一九〇五年一一月)、西出朝風「短歌と現代詩」(『創作』一九一三年九月)など、明治・大正期より多数みられる。大正後期には、一九二〇年一〇月から二一年四月にかけて新潮社が『現代詩選』として「百田宗治詩集」「川路柳虹詩集」「富田砕花詩集」「柳沢健詩集」の計四冊を刊行。(2) つまり、百田や川路らは当時を代表する「現代詩」の担い手たちだったのだ。

右の例からうかがわれるように、明治期には明治期の、大正期には大正期の「現代詩」があった。したがって、「現代詩」の指す範囲を時代によって区切るのは不可能に近い。いつの時代に成立したものであっても、書かれた当

時、その詩は常に「現代詩」なのである。二〇〇八年に三省堂より刊行された『現代詩大事典』について、大岡信は「時代でいえば、明治、大正、昭和という、政治的にも社会的にも大きな激動を経験した近代日本をすべて包含し、その昭和時代を受け継いで、今も伸展しつつある平成時代をも結集した」[3]と述べているが、「現代詩」の事典であるにもかかわらず、明治期や大正期に書かれた詩まで「結集」しているのは、そのような事情が関係していると思われる。

しかし、いまわたしたちがイメージする「現代詩」と明治期や大正期の詩との間には大きな隔たりがある。では、書かれた時代以外の両者の違いはどこにあるのか。換言すれば、「近代詩」あるいは「前現代詩」と区別される「現代詩」の「現代」性とは、一体何なのだろう。そこでふたたび過去の用例をみてみると、戦後において、明治期からみられた「現代詩」がやはり戦前より用いられている「詩論」という言葉と結合し、「現代詩論」という用語が登場するのに気づく。この用例は戦前には多少みられるものの、管見の限り、書名としては『現代芸術叢書』第四篇として一九三一年に刊行された『現代詩論集』が唯一である[4]。一方、戦後になると、一九五五年に書肆ユリイカが「ユリイカ新書　現代詩論シリーズ」として大岡信『現代詩試論』、中村稔『宮沢賢治』、関根弘『狼がきた』、杉本春生『抒情の周辺』を刊行[5]。さらに、一九六五年には思潮社より『現代詩論大系』全六巻の刊行が開始される。このような名称のシリーズが刊行されること自体に、戦後における現代詩論の位置がもっとも端的に示されているだろう。

おそらくそれは、戦後において詩論が詩作品から切り離され、自立するようになったあらわれである。そして、この現代詩論にこそ、「近代詩」「前現代詩」と区別される「現代詩」の「現代」性がもっとも色濃く示されているのではないだろうか。北川透は次のようにいう。

ぼくらは戦前において、朔太郎以外には、詩の啓蒙や解説としての詩論ではなく、詩を中核に包みながら、それ自体がどうしようもなく思想論として自立しているような詩論をもつことがなかった。戦後詩において、鮎川信夫の詩論が、位置するところは、まさにそれである。彼の詩論は戦後詩の根幹を支える〈詩の原理〉であり、朔太郎以上に苛烈に、戦後世界の危機を、受像することによって、思想論としても、まったく独創的に自立を遂げている。(6)

「詩を中核に包みながら、それ自体がどうしようもなく思想論として自立しているような詩論」を有すること。それこそが「近代詩」「前現代詩」にはみられなかった「現代詩」の特徴であり、「現代」性である。そして、その現代詩論の根幹となる論理を戦後において誰よりもさきに、かつ強固に構築したのが鮎川信夫だった。

戦後における最初の本格的な現代詩論「現代詩とは何か」において、鮎川は次のように述べる。

われわれは詩を、——詩そのものを、単独に切り離して論ずることが出来るだろうか。それは勿論不可能である。しかるに詩そのものを、それだけ切り離すことが出来るかのように、詩を他から孤立した一概念、或いは絶対化した一形式として取り扱おうとする傾向が、いまだに根強く存在している。そして詩論の中で語られる詩の法則は、たいてい詩の実作のあとからうまれ、経済学者や歴史家のつくつた社会法則のように、決してわれわれの前にではなく、常にわれわれの後から現れるものである。こうして定められた詩の法則は、しばしば一般に詩が不変の概念であるかのような錯覚を与えてしまう。(「I　詩人の条件」)

また、この詩論では、詩と日常生活の関係について次のように記されている。

素朴に言つてわれわれの日常生活は、詩よりも詩でないもののうちに多く生きているように見える。しかしわれわれが、われわれ自身を見出すのは、あくまで言葉の上に於てである。「詩といふ概念が成立するのは、詩と詩でないものとの境界に於てである。詩と詩でないものとの間に生きている人間にとつて、彼を詩に駆り立てるものはむしろ詩でないものである」という意見は、われわれが詩を書く立場をよく示している。われわれを詩に駆り立てるものは、詩そのものの空虚な美的価値の世界にあるのではなく、詩でないもの、つまりわれわれが生きている現実の生活の中にあるのだ、ということを知つていただきたい。（「Ⅰ　詩人の条件」）

それまでの詩は、社会や日常生活から切り離され、「空虚な美的価値の世界」で完結していた。しかし、「われわれを詩に駆り立てるもの」は「われわれが生きている現実の生活の中」にある。また、「空虚な美的価値の世界」で完結していた詩においては、常に詩論は詩作品に従属するものであり、後発的なものでしかない。そのような考えを「不変の概念」とせず、「詩と詩でないもの」をつなぐことこそ、この文章すなわち現代詩論の使命である、ということが、右のふたつの引用では示されている。つまり、詩作よりも詩論の側から「いま、詩を書くこと」の意味を問うているのが、詩論「現代詩とは何か」だ。

この「現代詩とは何か」には、戦後の詩の展開を考えるうえで多くの重要な問題が含まれている。ここではまず、その検討の手始めとして、この詩論が収録されている『荒地詩集 1951』（早川書房、一九五一年八月）に注目し、「荒地」というエコールの形成について検討していきたい。

二、「現代詩とは何か」がもたらしたもの

鮎川信夫「現代詩とは何か」は、『荒地詩集 1951』の「Ⅱ　エッセイ」に収録されている。相当な分量の詩論で、『荒地詩集 1951』全二四八頁のうちの六九頁を占めており、字数に換算すると優に三万字を超えている。そのせいで、『荒地詩集 1951』は書物としてのバランスを欠いているようにみえるほどだ。ただしこの詩論は、『荒地詩集 1951』所収のほかの詩篇やエッセイと同様、同書のための書き下ろしではなく、すでに雑誌発表されていたものを転載し、一括収録したものであった。各章の初出は以下の通り。

Ⅰ　詩人の条件

初出「人間」第四巻第七号、一九四九年七月号。初出タイトル「現代詩とは何か」。

Ⅱ　幻滅について

初出「詩学」第四巻第九号、一九四九年一二月号。初出タイトル「詩人の条件（1）」。

Ⅲ　祖国なき精神

初出「詩学」第五巻第二号、一九五〇年二・三月号。初出タイトル「祖国なき精神——詩人の条件（2）」。

Ⅳ　なぜ詩を書くか

初出「詩学」第五巻第三号、一九五〇年四月特別号。初出タイトル「なぜ詩を書くか——詩人の条件（3）」。

Ⅴ　詩と伝統

初出「詩学」第五巻第五号、一九五〇年六月号。初出タイトル「詩と伝統——詩人の条件（4）」。

Ⅵ　詩への希望

初出「詩学」第五巻第六号、一九五〇年七月。初出タイトル「詩への希望——詩人の条件（5）——」。

「Ⅰ　詩人の条件」以外は「詩学」に発表されている。第五巻第一号（一九五〇年新年号）、同巻第四号（同年五月号）には掲載がないが、おそらく前者では「全日本詩集」および「現代詩への提言（各誌の立場より）」、後者では「全国詩雑誌推薦詩人集」という特集が組まれたためと思われる。

初出と『荒地詩集1951』所収の本文を比較すると、細かな異同が無数にある。さらにいえば、『鮎川信夫詩論集』（思潮社、一九六四年五月）所載の本文とも異同が多い。宮崎真素美は「鮎川が初出、再録、再々録とヴァージョンを重ねるごとに細かく詩句の改変を行っている」ことに注目し、「現在鮎川研究における急務と考えられるのは、作品校異の作成である」(7)と指摘しているが、その必要性は詩篇のみではないだろう。

ただし、そのことよりむしろ重要なのは、『荒地詩集1951』が既発表の作品を改変して収録したアンソロジーという点である。そのことに関して、北川透は次のように述べている。

> 転載と改稿という表現のもつ運動性は、（中略）「荒地」の初期同人たちの作品やエッセイの成立過程が、共通にもっている性格である。（中略）それらの現象を通して、鮮明に浮き上がってくるのは、いわば「荒地」の詩人たちが、それぞれの多様な個性を、それとして生成する過程が、同時に、〈荒地〉という詩的な共同性、その共感の磁場の形成と緊密に重なりあっているという問題である。（中略）
> おそらく『荒地詩集』一九五一年版とは、同人たちの過去数年の作品やエッセイを集めたというにとどまらない。それは〈荒地〉の詩的共同性、その共感の磁場の生成過程、それらの運動域自体を集約するという意味を、客観的にはもたらされてしまったのだ。幾つかの雑誌を舞台にした〈荒地〉の詩的共同性は、いってみれば混沌たる生成の段階を、みずから集約することにおいて、完結させてしまった、とみることはできないか。[8]

大岡信によれば、もともと「「荒地」グループの詩人たち」は「同じグループにあつても詩に対する観方、重点のおき方がそれぞれ異つてい[9]」た。しかし、右の引用で北川が指摘しているように、『荒地詩集1951』は「同人たちの過去数年の作品やエッセイ」を収録することによって、「〈荒地〉の詩的共同性、その共感の磁場の生成過程、それらの運動域自体を集約するという意味」を担ってしまったのである。そのような意味は、一九五八年まで続く『荒地詩集』の刊行に際しておそらく同人たちが最初から企図したものであっただろう。『荒地詩集1955』に、鮎川は次のように記している。

> 「荒地」が現代詩の世界において、バラバラに分離していた各要素を結合させて「共感の場」をつくり出したことは、今後の詩の発展にとつても、また「批評の場」を活潑にする上にもいろいろ役立つにちがいないと思う。[10]

「現代詩の世界」における「共感の場」の創造。それが、「荒地」の活動において鮎川がねらいとしたものであった。その目的のために行なわれたのが、引用という方法である。大岡信は次のようにいう。

「現代詩とは何か」とか、鮎川さんが戦後広い読者に向かって書いた最初の時期のいくつかの長篇評論というのは（中略）、俺たちはこういうことをやっているんだ、ということの説明のために、自分達のグループの詩を次々に引用してたわけだけど、あそこで引用されている詩はもう恐るべき感じがしましたね。これで参っちゃったという感じがあるね。[11]

周知のように、この引用という方法は「荒地」というグループ名のもととなっているT・S・エリオットの「荒地」にもみられるものだ。その方法を自分たちの詩作品および詩論に自覚的に用いたのが、「荒地」同人たちであった。

しかし、「荒地」同人たちは、そしておそらく鮎川自身も、その行為が自分たちにどのような評価をもたらすかということに、少なくとも『荒地詩集 1951』が刊行された時点では気づいていなかったと思われる。

佐々木幹郎がいうように、「「荒地」というのは、鮎川信夫、田村隆一、それから北村太郎や他の詩人も含めて、すごく詩語の交流関係があって、それこそオリジナリティをほとんど無視したグループ[12]」である。「詩語の交流」は、同人たちに理念の共通化をもたらす。鮎川が語る「現代詩の世界」における「共感の場」の創造という目的に大きな役割を果したのが『荒地詩集 1951』に収録された鮎川の「現代詩とは何か」、および同書巻頭に無署名で掲載された「Xへの献辞」であるが、後者については「献辞を作ろうということになって、鮎川に執筆を頼んだ。鮎川が「できたよ。諸君、聞いてくれよ」と自分の草稿をもってきて読んだ。（中略）たしか一カ所変えただけで、これを五人のアンソロジーのトップにそのまま載せようと決めた[13]」という北村太郎の証言がある。鮎川によれば、この巻頭文は「あの頃はみんないつも会っていた。みんなが言っていたことをある程度まとめた、というか集めて書いたもの[14]」だが、根本にあるのが鮎川の言葉であることは疑い得ない。つまり、「Xへの献辞」は、鮎川によって書かれたものであるにもかかわらず、その言葉を鮎川以外の同人たちはみずからの言葉としてしまっているのである。実際はそんなことを考えていないかもしれないのに、同人たちは鮎川に自分たちの思想を代弁させているのだ。

さらに重要なのは、『荒地詩集 1951』に無署名で掲載された「Xへの献辞」だけでなく、鮎川の記名がある「現代詩とは何か」についても、右のような認識を「荒地」同人たちが持っていたことだろう。さきの引用で大岡信が指摘していたように、「現代詩とは何か」には「荒地」同人の詩が多数引用されているが、その特徴のひとつに、詩論中に引用されている作品の多くが、『荒地詩集 1951』の「Ⅰ　詩」のパートにも収載されていることがある。

たとえば、「現代詩とは何か」の「Ⅰ　詩人の条件」中に引用されている田村隆一「一九四〇年代・夏」は、「正午」という標題にまとめられた田村の一四篇中のひとつとして『荒地詩集 1951』の「Ⅰ　詩」にも収録されている。「一九四〇年代・夏」は初出不詳だが、「現代詩とは何か」の初出に引用されていることから、詩集収録以前にどこかに発表されている可能性が高いと思われる。しかし、「現代詩とは何か」には引用の出典として「田村隆一「一九四〇年夏《ママ》」」と注記があるのみで、『荒地詩集 1951』の別のパートに収められていることには特に触れられていない。これは、さきに確認したように、もともと雑誌に発表された詩論を『荒地詩集 1951』に転載し、「現代詩とは何か」というタイトルで一括収録したためであろうが、引用作品が同じ書物に収められているにもかかわらず、「現代詩とは何か」でまったくそのことに触れられていないのは少々奇妙な印象を受ける。しかも、鮎川の引用によってタイトルや詩句に異同が生じ、ヴァリアントが成立するという興味深い事態が起こっているが、いまは問わない。また、「現代詩とは何か」の「Ⅱ　幻滅について」に引用されている中桐雅夫「終末」と黒田三郎「死の中に」、および「Ⅵ　詩への希望」中の北村太郎「雨」「センチメンタル・ジャアニイ」と田村「一九四〇年代・夏」も、同じく『荒地詩集 1951』の「Ⅰ　詩」に収録されているものの、そのことについてはやはり何の言及もない。[15]

いずれにしても、右のことで「現代詩とは何か」は、『荒地詩集 1951』に収められた各詩篇の解説としての役割を担うことになった。翌年刊行された『荒地詩集1952』所収の中桐雅夫・鮎川信夫・黒田三郎・田村隆一による座談会「『荒地詩集』をいかに読むか」の「附記」における「『荒地詩集』五一年版には鮎川信夫のエッセイ「現代詩とは何か」が掲載され、われわれの詩についての解説的な役割りを果した」[16]という記述は、「荒地」同人たちの「現代詩とは何か」に対する認識をよくあらわしているだろう。

『荒地詩集1952』の出版と同じころ、中桐雅夫が「詩学」に「『荒地詩集』批判に答へる」という文章を発表している。そのなかには次のように記されている。

われわれは、われわれが書く詩の技術、いかに書くか、といふ問題を常に考へてゐる。詩と言葉の問題、詩とイメーヂの問題、さういふことを「ぐんぐんほり下げて、日本語で詩を書くものとして、血のにじむやうな苦しみをしてゐる」のである。「荒地詩集」に収録された鮎川信夫の「現代詩とは何か」といふエッセイが、このやうな観点からの詩論ではないといふ批判は、実は批判にも何にもなつてゐない。（中略）われわれが「荒地詩集」にわれわれの詩の方法論を収録しなかつたのは「現代詩とは何か」にふれてゐない「荒地」の詩法いかんといふ問題は、偏見にとらはれてゐない読者ならば、「荒地詩集」所載の詩作品によつて、容易に解答できると信じたからである。[17]

右において中桐は、『荒地詩集』に向けられた批判に対して、鮎川の「現代詩とは何か」があたかも自分自身の書いた詩論であるかのように反駁している。だが、「現代詩とは何か」は鮎川個人による「荒地」同人たちの作品解説であって、「荒地」同人たちの総意として書かれたものではないはずだ。にもかかわらず、同人たちは鮎川の記した言葉を「荒地」を代表するものとみなしているのである。鮎川は、いつの間にか同人たちから「荒地」の代表者にさせられてしまっているのだ。

もちろん、このような事態を招いたのは、ほかならぬ鮎川自身であっただろう。北川透は次のようにいう。

一九五一年版『荒地詩集』のエッセイ「現代詩とは何か」のなかで鮎川信夫は、「Xへの献辞」の無性格な抽象性をはみだしたところでよく語っている。しかし、先にも書いたように、わたしが「Xへの献辞」を書かなければならなかった鮎川を不幸だと思うのは、この「現代詩とは何か」のなかでも、結局は「荒地」の詩人の作品を、その共同理念化の素材として扱う批評に終始してしまっているからである。〈荒地的なもの〉の呪縛からむしろ個々の作品を解き放って、それを個へ返すようにこのエッセイは書かれず、共同なるものへ、〈荒地的なもの〉へと、同人の多種多様な作品が収斂していくように論理は展開される。(18)（傍点原文）

鮎川は「現代詩とは何か」において「荒地」同人たちの詩を多数引用したが、それらは終始「共同理念化の素材」として使用されている。その結果、同人たちにもたらされたのは「個」としての自覚ではなく、「共同なるもの」「〈荒地的なもの〉」という意識だ。「荒地」におけるオピニオンリーダーとしての鮎川の役割は、引用というみずからの行為が招いたものなのであった。

三、「荒地」というエコールの形成

さきに確認したように、鮎川が「荒地」の活動を通じて創造しようとしていたのは、「現代詩の世界」における「共感の場」だった。しかし実際には、その活動のなかから創造された「現代詩の世界」を広く覆うものではなく、「荒地」という党派を束ねるものでしかなかったように思われる。さきに取り上げた中桐雅夫「「荒地詩集」批判に答へる」は、このときすでに「荒地」が周囲からエコールとしてみられていたことを、まさしくそのタイトルが示している。だが、すでに述べたように、そこで名前の挙げられている「現代詩とは何か」に記された言葉は、たとえ同人たちの作品が多数引用されているとしても鮎川個人のものであって、「荒地」を代表するものでも、ましてや中桐自身のものでもない。「「荒地詩集」批判に答へる」という文章を執筆したとき、中桐はそのことに気づいていたかどうか。

しかし、鮎川はみずからの詩論に「荒地」の立場を代表させる同人たちにも、そうした事態を招いた自分自身の行為に対しても批判を向けることはない。その批判の矛先は、たとえば「「荒地」が一つの運動と見做される場合、たいてい芸術運動というものに対する論者の先入観によつて、適当に歪められていることが多い[19]」、「『荒地詩集』にしたところで、どのように読まれ、どのように理解されているかという段になると、すこぶる心細い状態である[20]」というように、もっぱら周囲の認識に向けられる。さきに引用した『荒地詩集1955』の記述に続けて、鮎川が次のように書いているのは、周囲の詩人たちが「荒地」を「現代詩の世界」ではなく、小さなエコールに押し込めようとしていることへの反発と捉えることができよう。

> 現代詩のtouchstoneとしての役割を少しでも果したことが認められるなら、運動としての「荒地」はその目的の半ばを達したと言つてもよい。（中略）しかし、言うまでもなく、僕たちにとつて運動がすべてではない。すべてではないどころか、文学運動としての今までの「荒地」の外観は、僕たち個々の詩的活動の背景から生れた単なる副産物にすぎないのである。このことは、（中略）何よりも「荒地」の個々の詩人の在り方が、それを証拠立てていると思う。それに、ある意味では、文学運動としての「荒地」は、一九五一年版で終つている[21]。
>
> （傍点原文）

もちろん、ここに鮎川の首尾一貫のなさを読み取ることも可能であろう。さきにみたように、「共同なるものへ、〈荒地的なもの〉へと、同人の多種多様な作品が収斂していくように」論理を展開していったのは、ほかならぬ鮎川自身ではなかったか。にもかかわらず、周囲の詩人たちが「共同なるもの」「〈荒地的なもの〉」を認めると、鮎川はそこから逃れ出ようとする。このことについて、『荒地詩集1951』が「同人たちの過去数年の作品やエッセイを集め」ることで「混沌たる生成の段階を、みずから集約することにおいて、完結させてしまった」と北川透が指摘していることにはすでに触れたが、わたしはやはり『荒地詩集 1951』刊行後の「荒地」に対する周囲の評価が鮎川にこのようにいわせたのだと理解したい。

鮎川が創造しようとした「現代詩の世界」における「共感の場」とは、同じ時期に書かれたのにまったく別の時代に、あるいは時代性をまったく無視して書かれたかのようにみえる当時のさまざまな詩を貫く、共通感覚のことだったといえよう。「現代詩とは何か」では次のように述べられている。

われわれにとつて唯一の共通の主題は、現代の荒地である。戦争と戦争に挟まれた時代に生き、一度は戦場に生身を賭けたわれわれは、今もなお暗い現実と引き裂かれた意識から脱することが出来ずに、冷たい戦争の成行きを見守つている。われわれの生活は、ヨーロツパやアメリカのような共通理念としての〈文明〉というものを持つていなかつた。伝統の根のないところによく言われる植民地的文化の雑草が生えていただけである。守らなければならないところの〈文明〉を持たない民族にとつては、戦争も天災地変のような偶然の災難であつたに過ぎない。

戦争という共同体験を持つことによつて戦後の荒地に生き残つたわれわれは、われわれ自身の生活と共に、新らしい時代の課題に直面することになつたのである。そして第一次大戦後の荒廃と虚無の中からエリオツトの『荒地』が生れたのは一九二三年であるから、今では四半世紀以上の年月が経過しているにも拘らず、依然として現代に於ける荒地の不安の意識は去らないのである。「破滅的要素に浸れ、それが唯一の道である」と言つたスティーヴン・スペンダーの言葉と共に、われわれは荒地のなかに、描かれた文明の幻影のなかに、われわれを救うものを求めて入つていつたのである。(「I　詩人の条件」)

戦前の日本が「ヨーロツパやアメリカのような共通理念としての〈文明〉というものを持つていなかつた」こと。

ここで問題にされているのは、おそらく「〈文明〉」を持っていなかったことではない。むしろ重点が置かれているのは「共通理念」のほうである。共通する理念がないからこそ、それぞれの認識する「〈文明〉」は層が薄くなり、「戦争」という「天災地変」によって燃やしつくされてしまったのだ。そんななか、日本人がはじめて手に入れた「共通の主題」が「荒地」である。第一次大戦は西欧にエリオットの「荒地」を生んだが、「戦争という共同体験」によって、いまようやく日本に「荒地」という「共通の主題」が誕生した。眼前に広がるのが「荒地」であるという感覚は、大半の人にとって「不安」でしかないだろう。しかし、その「荒地の不安の意識」は、日本人にはじめてもたらされた共通感覚であり、そこにこそ新たな道、すなわち救いの可能性が生じるのだ、というのが鮎川の主張である。その共通感覚が、鮎川のいう「共感の場」なのではなかったか。

このとき鮎川は、戦後という時代のなかに、たんに「現代詩の世界」にとどまらない、もっと大きなものをみている。しかし、周囲の詩人たちはその「共感の場」を「荒地」の狭い枠内の理念と理解してしまった。もちろんそれは、すでにみたように「現代詩とは何か」が「「荒地」の詩人の作品を、その共同理念化の素材として扱う批評に終始してしまっ」たためであるが、一方で、戦後の詩が目指すべき「共感の場」を鮎川が「荒地」という語に集約させてしまったためではないかとも思う。

自分たちがかつて出していた雑誌名にちなんで『荒地詩集』と名づけたアンソロジーにおいて、「われわれにとつて唯一の共通の主題は、現代の荒地である」と主張することが、果たしてどのような印象を周囲の人々に与えるか。いうまでもなくそれは、『荒地詩集』に集う同人たちの間には「荒地」という言葉に集約される共通認識があり、それが彼らの党派性を支えている、というイメージである。『荒地詩集 1951』の巻頭に無署名で掲げられた「Xへの献辞」にも、「荒地」に関して次のように記されている。

現代は荒地である。そして僕達は、それが単に現在的なものの徴候によつてのみ、充分に測定され得るものとは思つていない。現代社会の不安の諸相と、現代人の知的危機の意識は、その発端を、過去という記憶と資料の援けをかりなければならない世界に有している。科学の進歩に追随し、或は経済学に対する課題的要求が強まれば強まるほど、僕等の生活は惨めなものとなり、現代の空はますます暗澹としてくるのである。人間が機械に隷属し、個人が集団の中に解消せしめられる時代、そして人類を破滅の淵に追い落す戦争恐怖の時代、——かかる時代に空を仰ぐ者は、人類の文化に対して、自分がある精神的不安の血を受継いでいることを感じとるに相違ない。

そして彼が、さらにこの二十世紀の半ばに立つ人間の運命について深く考えるならば、そこに人類の遺産と罪の伝承を認めることによつて、荒地に生きているという暗い経験世界の終末的な幻滅感から一条の光線を摘みとることだろう。亡びの可能性は、一種の救いに外ならぬ。なぜならばそれは遂にこの生に何等かの意義を与えるからである。破滅からの脱出、亡びへの抗議は、僕達にとつて自己の運命に対する反逆的意志であり、生存証明でもある。(22)

「現代は荒地である」という認識。「亡びの可能性は、一種の救いに外ならぬ」ということ。このように、「Xへの献辞」には鮎川の「現代詩とは何か」と同様のことが述べられている。とすれば、「Xへの献辞」と同じことが記されている鮎川の名前で発表された「現代詩とは何か」を、周囲の詩人たちが「荒地」の理念を代表して述べたものとみなすのも無理はない。そして、その理念をもっとも象徴的に集約するものこそ、『荒地詩集 1951』のタイトルとも関連する、「荒地」という言葉であった。

鮎川が一九五五年の時点で「文学運動としての「荒地」は、一九五一年版で終つている」と述べたのは、みずからの目指した「現代詩の世界」における「共感の場」の創出を、周囲の詩人たちが「荒地」という狭い枠内で捉えようとしたことへの反発からだったのではないか。だがじつは、そうした周囲の認識は、鮎川自身が行なった引用という方法や「荒地」という言葉の使用によって引き起こされているのである。

ここで注意したいのは、さきにも触れたが、鮎川の批判は「荒地」の立場を自分に代表させる同人たちにも、そうした事態を招いた自分自身の言表行為にも決して向けられない、ということだ。もしかしたら、「荒地」をひとつのエコールとして捉えたのは、ほかならぬ同人たち自身だったかもしれない。しかし、少なくとも鮎川はそのようには捉えなかった。

そのことは「現代詩とは何か」と同じく、『荒地詩集 1951』に収録されている鮎川の詩篇「アメリカ」をみてもわかる。この一六二行にわたる長篇詩は「断片を集積」したもので、そのなかで「かなり烈しく剽竊をやった[23]」と鮎川はいう。いわばコラージュのように他人の言葉を詩句としてつぎはぎしているのが「アメリカ」という作品だ。黒田三郎によれば、そこに引用されているのは「フランツ・カフカやトーマス・マンやさては僕ら友人仲間の詩や文章の端切[24]」であるが、宮崎真素美の指摘するように、「それらは彼らの共有財産であり、その作者本人たちもふくめて、言わずもがなの雰囲気が当然のこととしてあったであろう[25]」。「僕ら友人仲間の詩や文章の端切」が「共有財産」としてあるということ。さきに、中桐雅夫の「「荒地詩集」批判に答へる」という文章について、鮎川の「現代詩とは何か」を中桐があたかも自分自身の書いたもののようにみなしていることを指摘したが、まさしくこれが「荒地」同人たちに特有の感覚なのである。だが、いうまでもなくその感覚は同人以外には理解しがたい。

「われわれにとつて唯一の共通の主題は、現代の荒地である」という「現代詩は何か」は、こうして「現代詩の世界」における「共感の場」の創出を目指しながらも、「荒地」が周囲からエコールとして認識されるという事態をみずから招いてしまった。その結果、「現代詩とは何か」で提示された問題は、戦後詩あるいは現代詩のそれとして、「荒地」以外の同時代の詩人たちに共有されることが少なかったようにみえる。そのことは、現代詩の展開を検討するなかでおのずと浮かび上がってこよう。

注

（1）用例の調査は、三浦仁編『日本近代詩作品年表』明治篇・大正篇・昭和篇（秋山書店、一九八四年二月―一九八六年二月）、国立国会図書館デジタルコレクション（https://dl.ndl.go.jp/ja/）、日本近代文学館　図書・雑誌検索（http://webopac.bungakukan.or.jp/）などを参照した。
（2）『新潮社一〇〇年図書総目録』新潮社、一九九六年一〇月、九〇―九一頁参照。
（3）大岡信「発刊のことば」、『現代詩大事典』三省堂、二〇〇八年二月、ⅱ頁。
（4）詩文学社編『現代詩論集』現代評論社、一九三一年七月。なお、同書は「詩論」六篇、「ヱッセイ」一五篇、「民謡論」六篇、「紹介研究」一〇篇より構成されているが、論文名に「現代詩論」という用語はみられない。
（5）田中栞『書肆ユリイカの本』青土社、二〇〇九年九月、一八三―一八八頁参照。このシリーズについて、中村稔は「私の考えでは、詩書出版社としての書肆ユリイカはユリイカ新書三冊によって『戦後詩人全集』による第一歩からさらに一歩、歩を進めた」と述べている。中村稔『私の昭和史・戦後篇』下巻、青土社、二〇〇八年一〇月、二六一頁。なお、中村は杉本『抒情の周辺』には言及していない。
（6）北川透「「荒地」の詩人と危機の時代　『鮎川信夫詩論集』を読んで」『北川透　現代詩論集成』第一巻「鮎川信夫と「荒地」の世界」思潮社、二〇一四年九月、三六四頁。
（7）宮崎真素美「鮎川信夫研究の現在」『鮎川信夫研究――精神の架橋』日本図書センター、二〇〇二年七月、一六頁。
（8）北川透「「荒地」の文明批評的な性格をめぐって」、前掲書（6）、七三―七四頁。
（9）大岡信「戦後詩論の焦点」、「詩学」臨時増刊「現代詩・戦後十年」第一〇巻第六号、詩学社、一九五五年六月、一一三頁。
（10）鮎川信夫「『荒地』に関する二つのエッセイ」、『荒地詩集1955』荒地出版社、一九五五年四月、一八五頁。
（11）北村太郎・大岡信・菅野昭正・長田弘「討議　生の経験と感情　鮎川信夫の詩と詩論」、「現代詩手帖」第一八巻第八号、思潮社、一九七五年八月、一六七頁。
（12）佐々木幹郎・野村喜和夫・城戸朱理「起源・反起源　吉岡実・堀川正美」、『討議　詩の現在』思潮社、二〇〇五年一一月、五八頁。

(13) 北村太郎『センチメンタルジャーニー　ある詩人の生涯』草思社、一九九三年九月、一二八―一二九頁。
(14) 鮎川信夫・中桐雅夫・黒田三郎・三好豊一郎・北村太郎・木原孝一「「荒地」の意図と成果」、「現代詩手帖」一月臨時増刊「荒地　戦後詩の原点」第一五巻第二号、思潮社、一九七二年一月、七五頁。
(15) ちなみに、「荒地」同人の作品のうち、『荒地詩集 1951』に収録されていない「現代詩とは何か」引用詩篇は、北村太郎「残酷時代」(「Ⅰ　詩人の条件」)と黒田三郎「賭け」(「Ⅵ　詩への希望」)の二篇。「Ⅲ　祖国なき精神」「Ⅳ　なぜ詩を書くか」「Ⅴ　詩と伝統」には、同人たちの詩の引用はない。
(16) 中桐雅夫・鮎川信夫・黒田三郎・田村隆一「「荒地詩集」をいかに読むか」、『荒地詩集 1952』荒地出版社、一九五二年六月、二三九頁。
(17) 中桐雅夫「「荒地詩集」批判に答へる」、「詩学」第七巻第二号、詩学社、一九五二年二月、七七頁。
(18) 北川透「「荒地」その共同理念の軋み　「Xへの献辞」をめぐって」、前掲書(6)、四四四―四四五頁。
(19) 鮎川信夫「詩人への報告」、『荒地詩集 1954』荒地出版社、一九五四年二月、二二〇頁。
(20) 同右、二三〇頁。
(21) 鮎川信夫、前掲文(10)、一八五頁。引用部分については、本書第Ⅱ部第七章も参照。
(22) 「Xへの献辞」、『荒地詩集 1951』早川書房、一九五一年八月、三頁。
(23) 鮎川信夫「「アメリカ」覚書」、前掲書(22)、五〇頁。
(24) 黒田三郎「一九四七年の詩壇と『アメリカ』」、「純粋詩」第二巻第一二号、純粋詩社、一九四七年一二月、六頁。
(25) 宮崎真素美「「アメリカ」」、前掲書(7)、二三七―二三八頁。

※鮎川信夫「現代詩とは何か」はすべて『荒地詩集 1951』(早川書房、一九五一年八月)を本文とした。

第二章　近代詩人の死と空虚

――鮎川信夫「死んだ男」の「ぼく」と「M」をめぐって――

一、「すべての始まり」としての「死んだ男」

「死んだ男」は、戦後詩を思想的な評論によってリードした鮎川信夫を代表する初期作品のひとつである。「純粋詩」一九四七年一月号に発表されたのち、長篇詩論「現代詩とは何か」やほかの「荒地」同人たちの詩などとともに『荒地詩集 1951』（早川書房、一九五一年八月）に収録された。諸本の異同は多いが、ここでは『鮎川信夫詩集 1945-1955』（荒地出版社、一九五五年一一月）所載の本文を引用する。

たとえば霧や
あらゆる階段の跫音のなかから、
遺言執行人が、ぼんやりと姿を現す。
――これがすべての始まりである。

遠い昨日……
ぼくらは暗い酒場の椅子のうえで、
ゆがんだ顔をもてあましたり、
手紙の封筒を裏返すようなことがあつた。
「実際は、影も、形もない？」
――死にそこなつてみれば、たしかにそのとおりであつた。

昨日のひややかな青空が
剃刀の刃にいつまでも残つている、
だがぼくは、何時何処で
きみを見失つたのか忘れてしまつたよ。
短かかつた黄金時代――
活字の置き換えや神様ごつこ――
「それが、ぼくたちの古い処方箋だつた」と呟いて……

いつも季節は秋だつた、昨日も今日も、
「淋しさの中に落葉がふる」
その声は人影へ、そして街へ、
黒い鉛の道を歩みつづけてきたのだつた。

埋葬の日は、言葉もなく
立会う者もなかつた、
憤激も、悲哀も、不平の柔弱な椅子もなかつた、
きみはただ重たい靴のなかに足をつつこんで静かに横たわつたのだ。
「さよなら、太陽も海も信ずるに足りない」
Mよ、地下に眠るMよ、
きみの胸の傷口は今でもまだ痛むか。(1)

難解な言葉はほとんど使用されていないため、一見すると平易な内容にみえるが、この詩を理解するのは簡単ではない。だが、ここにこそ「すべての始まり」があるのだとしたら、鮎川信夫という詩人、そして戦後詩を考えるうえでこの詩を理解するのは重要であると思われる。ここでは、「死んだ男」が制作された当時の鮎川の意識を探りながら、作品に登場する「ぼく」や「M」、「遺言執行人」を中心にこの詩を読解していきたい。

二、「遺言執行人」と「ぼく」の抱える空虚

「死んだ男」において、まず目を引くのは「M」である。「M」は「埋葬」されて「地下に眠る」存在、すなわち「死んだ男」だ。

この「M」が森川義信を指していることはよく知られている。森川は鮎川と親しかった詩人で、第一次「荒地」

同人。一九四二年、ビルマにて戦病死した。その詩は生前、「LUNA」や「LE BAL」、「詩集」などに発表され、没後には第二次「荒地」や『荒地詩集1951』にも掲載されている。(2)

「M」が死者である以上、そこに森川が重ね合わされるのは不思議ではない。問題は、どうしてわたしたちはそのように「M」と森川を重ね合わせて読んでしまうのか、ということだ。おそらくそれは、「死んだ男」に関する鮎川自身の次のような記述によると思われる。「森川義信について」から引用する。

　そして彼は、「生きているにしても、倒れているにしても僕の行手は暗いのだ」という便りを最後にして、軍隊に入るやすぐ外地へ赴いてしまつた。

　それから僕が受取つた彼の形見は〈遺言〉であつた。戦後、僕はそのお返しとして、「死んだ男」を書いた。『荒地』も大分戦争犠牲者を出したが、彼はそのうちで最も入念な死に方をしている。その点でも彼は立派な詩人であつた。(3)

このように、鮎川は「死んだ男」の制作動機が森川の死にあったと語る。しかし、森川の存在を彼の周囲にいた一部の若い詩人たち以外はどれほど知っていたか。鮎川が右のように語る以前の森川は、無名に等しかった。わたしたちにとって、森川義信はあくまでマイナー・ポエットなのである。とすれば、鮎川が右のように語っているからといって、わたしたちは「M」に森川を読み取る必要は必ずしもないだろう。詩の言葉が作者から自立している以上、それをどう読むかは読者自身に委ねられている。

「死んだ男」について考えるとき、「M」とともに問題になるのが「遺言執行人」である。作中にははっきりと示されているわけではないが、ここでの遺言者は「死んだ男」すなわち「M」と考えられ、「遺言執行人」はその遺言を執行する生者である。

仮に「M」が森川を指しているとすれば、この人物と対照的な「遺言執行人」に鮎川自身をみるのは、自然なことであると思われる。たとえば宮崎真素美は、鮎川の「耐へがたい二重」における「大きく見ひらいたうつろな眼の／おとろへた視力の闇をとほして／朧ろに姿を現はすこの髭だらけの死者は誰だらう」[4]という詩句と関連づけながら、次のように述べている。

> 戦争で兵士として死んでいたはずの自分と、現実に生者としての肉体を有する自分との間で引き裂かれる二重性は、彼に、精神的な死者としての眼を選択させ、死者たちの遺言執行人として自らを位置付け、生かしてゆく方途を発見させた。死者に寄り添い、死者として生きることを自らに命じたのである。鮎川はこの詩の中で死者に対して「Mよ」と呼びかけることで、その背後に戦死した自身の詩友森川義信を、そしてまた、イニシャル「M」のさらなる背後に無名の多くの戦死者達た《ママ》ちを蘇らせた。[5]

死者である「M」すなわち森川と、その背後に連なっている戦死者たちに対峙した鮎川は、「死者に寄り添い、死者として生きることを自らに命じた」。その鮎川の自己規定が「遺言執行人」としてあらわれている、と宮崎は指摘する。言い換えれば、この詩の眼目は死者「M」に対峙した生者「ぼく」すなわち鮎川の「遺言執行人」として生きる覚悟の表明にあるというのが宮崎の理解である。また、「遺言執行人」を「戦後に「語り手」として登場することになった鮎川」の「自己写像であるような三人称」[6]とする瀬尾育生の認識も、同様の見方といえよう。

右のような捉え方を補強するのが、作品の第二連である。「遠い昨日」の対話を想起する「ぼく」は、「死にそこなつて」いまも生きているが、「影も、形もない」状態で、どこにいるのかすらはっきりしない存在である。その存在の希薄感が、「死者に寄り添い、死者として生きる」遺言執行人とただちに重なり、「ぼく」＝「遺言執行人」という図式が読者のなかに描かれていく。さらにわたしたちは、作品を読む以前より「死んだ男」が戦争を生き延びた鮎川によって書かれたことを知っている。その結果、「ぼく」すなわち「遺言執行人」はほかならぬ鮎川自身のことである、と読者に印象づけられていくのだ。

しかしながら、「ぼく」についてはともかく、「遺言執行人」が鮎川と結びつけられなくてはならない必然性は果たしてあるのだろうか。繰り返すが、詩の言葉は書き手の手を離れた時点で作者から切り離され、自立したものとなる。とすれば、「M」に森川を読み取らなくてよいのと同じように、「遺言執行人」に鮎川を重ねなくても構わないはずだ。にもかかわらず、わたしたちは「M」に森川義信という死者を当てはめると同時に、「遺言執行人」にもこの詩を書いた鮎川信夫その人をみてしまう。

そのことにわたしがこだわるのは、鮎川がこの詩を通じて「死者に寄り添い、死者として生きることを自らに命じ」ているようにわたしには思えないからだ。このような解釈は、「M」＝森川義信、「ぼく」＝「遺言執行人」＝鮎川と捉えたときにはじめて可能になるのではないだろうか。田口麻奈も、この作品には「詩篇自体から他者の遺志の継承及び代行という強い決意が読み取れない」といい、それは「「遺言実行」の内実に関わる極めて本質的な問題ではないだろうか[7]」と指摘している。

では、鮎川と切り離して考えたとき、「遺言執行人」をどう捉えればよいか。作品に即して検討すると、まず「遺言執行人」とは、田口麻奈が「言表主体である「ぼく」が、映画のワンシーンに模された〈遺言執行人〉の登場を見ている側の人間であることに注意したい[8]」（傍点原文）と指摘しているように、「ぼく」の外部に存在する、対象化された人物である。また、「遺言執行人」は「あらゆる階段の跫音のなか」から「姿を現す」人物でもある。「あらゆる」という表現から、北川透が「わたしはこの〈遺言執行人〉が、これまで語り手の〈ぼく〉のことだと受け取ってきたが、虚心に読めばこれが〈ぼく〉のことなのか、また、それが単数なのか、複数なのかもはっきりしない[9]」と述べているように、「遺言執行人」はひとりでない可能性がある。少なくとも、「遺言執行人」が実体的なレベルで「ぼく」と等しい存在でないのは間違いない。

しかし、だからといって「遺言執行人」と「ぼく」を別人とみなすのは早計であろう。というのも、そもそも「遺言執行人」は「あらゆる」場所に「姿を現す」ことのできる、「ぼんやりと」した観念的、比喩的な存在であるからだ。それではこの人物は一体何を表象しているというのか。そのことについて考える際、重要なのはその存在意義が「遺言執行人」という呼称によって規定されていることだと思われる。

「遺言執行人」は詩の内部に出現した時点より死者の遺言を執行することが義務づけられている。だが、すでに多くの指摘があるように、執行すべき「遺言」はどこにも見当たらない。作品中、かぎ括弧で括られている部分は「M」の言葉と考えられるが、いずれも遺言らしい死者の遺志を伝えてはいない。また、「M」がすでに死者であるならば、いまから新たに遺言が発されることもありえない。つまり、遺言を執行しようとしても、その遂行は「遺言執行人」には永久に不可能なのである。

遺言を執行できない「遺言執行人」。執行すべき遺言が遺されていない以上、この人物は生の意義を持たない、空虚な存在である。その空虚さこそ、「遺言執行人」の表象するものではないだろうか。また、その空虚さと響き合っているのが、「実際は、影も、形もない?」という「M」が遺したと思われる台詞である。「死にそこなつてみれば、たしかにそのとおりであつた」と考える「ぼく」は、いまの自分が「影も、形もない」状態にあると認識している。ここにこそ「遺言執行人」と「ぼく」の接点があるだろう。「ぼく」もまた「遺言執行人」と同様、自分の生きている意味がはっきりしない、曖昧で空虚な存在なのである。

「遺言執行人」も「ぼく」も、みずからの存在意義が不明確なまま、空虚を抱いて生きている。その不確かさ、空虚さこそ、鮎川が「死んだ男」という作品において表現しようとしたものではないか。「戦後詩随感」において、鮎川は次のように述べている。

戦後、私は「死んだ男」という詩で、森川の死に触れたが、ここには、彼にたいする個人的な感情といったものは全く含まれていない。本当は、誰でもいい、詩人の死が必要であったので、それを利用したまでである。

彼の死を悼むものとしては、色も香りもない葬式の花輪のようなものだ。

　私が生きのこったのは、単なる幸運による。誰にも遺書を書かなかったというもう一つの幸運とともに戦後の荒廃した街に抛り出された時は、サイの目の偶然というこの何とも言えない空無の感を覚えたものである。敗戦はとうに直感されていたとはいえ、自分が生きのこることのほうは、ずいぶんと怪しいものだとおもっていたから……。(10)

　鮎川は「死んだ男」に森川義信への「個人的な感情」はまったく含まれていないと語る。自身の言によれば、鮎川が描こうとしたのは「戦後の荒廃した街に抛り出された時」の「サイの目の偶然というこの何とも言えない空無の感」であった。こうした「空無の感」は、鮎川だけでなく、「戦後の荒廃した街」に生きる多くの人が抱えていたものであるに相違ない。とすれば、この詩の主眼は森川義信という死者に対峙した鮎川の「遺言執行人」として生きる覚悟の表明にあるのではない。「死にそこなつて」戦後に生き残ってしまった「ぼく」や人々の抱えている空虚さや曖昧さを、観念的で比喩的な「遺言執行人」という「ぼんやりと」した存在に託して呈示したのが、「死んだ男」という詩なのではないだろうか。

　もちろん、「遺言執行人」や「ぼく」の抱える空虚を、この詩を書いた当時の鮎川自身と結びつけて考えることは十分に可能である。「ぼく」は、「遺言執行人」が責務を遂行できないという空虚を抱えて詩の世界に出現することを「すべての始まり」と捉えた。これは、鮎川の戦後における最初の本格的な詩論「現代詩とは何か」の次の記述に通じている。

　われわれにとつて唯一の共通の主題は、現代の荒地である。（中略）

　戦争という共同体験を持つことによつて戦後の荒地に生き残つたわれわれは、われわれ自身の生活と共に、新らしい時代の課題に直面することになつたのである。そして第一次大戦後の荒廃と虚無の中からエリオットの

『荒地』が生れたのは一九二三年であるから、今では四半世紀以上の年月が経過しているにも拘らず、依然として現代に於ける荒地の不安の意識は去らないのである。「破滅的要素に浸れ、それが唯一の道である」と言つたステイーヴン・スペンダーの言葉と共に、われわれは荒地のなかに、描かれた文明の幻影のなかに、われわれを救うものを求めて入つていつたのである。(11)

「第一次大戦後の荒廃と虚無」のなかからT・S・エリオットが「荒地」を生んだように、「戦争という共同体験」からもたらされた「現代の荒地」に生きているという「不安の意識」をむしろ「われわれを救うもの」と捉え、「新らしい時代」に向き合おうとする意思が、右では述べられている。この主張が、「遺言執行人」が空虚のなかから登場しながらも、それを「すべての始まり」と考えようとする「死んだ男」の「ぼく」の思考と重なり合っているのは間違いない。

こう考えてみると、「遺言執行人」や「ぼく」と鮎川を結びつけるのは決して理由のないことではなさそうだ。しかし、「遺言執行人」が空虚な存在として「姿を現す」ところに「すべての始まり」があると考えようとする「ぼく」の思考と、現状を直視し、むしろ荒廃を救いへと反転させていく「現代詩とは何か」の主張との間には、まだずいぶん距離があるようにみえる。おそらく、両者の間のタイムラグを考える必要があるだろう。そのことについては、のちほど検討したい。

三、「内なる人」と「外なる私」の「二重性」

鮎川は、「死にそこなつて」生き残ってしまった「ぼく」や多くの人々の抱えている空虚を、観念的で比喩的な「遺言執行人」という存在に託して「死んだ男」に示した。この解釈は、さきに引用した「戦後詩随感」における

「戦後、私は「死んだ男」という詩で、森川の死に触れたが、ここには、彼にたいする個人的な感情といったものは全く含まれていない。本当は、誰でもいい、詩人の死が必要であったので、それを利用したまでである」という鮎川自身の言とも合致している。

ところが、ややこしいのはそれを否定するような発言を鮎川自身が行なっていることである。「戦争責任論の去就（Ⅰ）」において、鮎川は次のように述べている。

> 「死んだ男」は、私にとつて啓示であつたし、固執する理由は十分すぎるほどであつたのである。
> だが、私は「死んだ男」を、戦争で犠牲になつた死者一般の象徴とはとらなかつたし、あくまでも単独者として考えようとした。そして、この考えが、以後の私の思想的行動を決定したのである。「自己という病いから癒えるために、死んだ友のことを考えるのは、私には一つの救いになったとおもう」と、私は他のところに書いたことがある。(12)

「戦後詩随感」では、「死んだ男」には森川に対する「個人的な感情といったものは全く含まれて」おらず、「誰でもいい、詩人の死」が利用されたまでであると語られていた。とすれば、当然そこには森川以外の戦死者や没した詩人たちが召喚されてくるだろう。ところが、「戦争責任論の去就（Ⅰ）」では「私は「死んだ男」を、戦争で犠牲になつた死者一般の象徴とはとらなかつたし、あくまでも単独者として考えようとした」というのである。「単独者として考え」るとは、自分自身の体験をもとに個別的に考えることにほかならない。ここで述べられていることは、「戦後詩随感」の記述と矛盾しているようにみえる。

これは一体どういうことなのだろう。「戦後詩随感」でみずからが述べたことを、その後「戦争責任論の去就（Ⅰ）」を書く段になって覆したということか。このことについて、田口麻奈は次のように指摘する。

> 後年の鮎川自身が述べるように、戦後初期における鮎川の言説は、『荒地』のイデオローグとしてふるまった

「外なる私」と、戦前戦中の自己の延長である「内なる人」との「奇妙な矛盾」によって引き裂かれている。「M」の形象について個人的な感傷を否定しながら、執筆の動機である森川義信への思い入れを繰り返し強調するという行為も、その二重性の領内にあるだろう。(13)

鮎川における『荒地』のイデオローグとしてふるまった「外なる私」と「戦前戦中の自己の延長である「内なる人」」の「二重性」。そのことについて述べられているのが、右にも引用した「戦争責任論の去就(I)」だ。

> 「荒地詩集」一九五四年版の抵抗詩批判の文章において、私は徹底した個人主義者として振舞うことの必要を説き、「今日の詩人にとつて《ママ》、真に自分の仕事を自覚するためには、現代社会の趨勢や思想的動向に極力逆つても、内なる自己の世界——彼自身の生命の源泉的な感情の世界に戻つてゆかなければならない。何よりも、已《ママ》れ自らのために守るべきものを見出すことが、彼に課された務めであり、決して他者のための仰々しい真理や道徳を見出してはならない」としたのも、単独者の単独者たる自覚のみが唯一の自覚のように思えたからであろう。(中略)
>
> 思えば、「内なる自己の世界」に住む内なる人にはげまされて、皮肉な道を歩んだものである。一方で、「現代詩とは何か」を書き、戦後世代の共通意識をさぐり、戦後詩に文化論的な根抵を与えようとした外なる私と、この内なる人との間には、ときとして人格的統一を欠いた、奇妙な矛盾、分裂、混乱が起つたことはたしかなようである。
>
> 内なる人は戦争をくぐつてきたのであるし、外なる私は戦後に生れたのだと考えると、この奇妙な矛盾も、そんなにおかしくはないであろう。(14)

「内なる人」と「外なる私」の同居状態。鮎川自身はこれを「奇妙な矛盾」と述べているが、考えてみればこの「矛盾」は決して「奇妙」ではない。戦後に生き残った日本人がほぼ例外なく戦争体験を引きずっていたのは疑いえず、戦争が終結したからといってすぐに戦後人として生まれ変わることは不可能だ。しばらくの間、ほぼすべての人は戦後的な考え方や価値観と矛盾するような思想をみずからのうちに抱えながら生きていかなくてはならなかったであろう。「内なる人」が「戦争をくぐつてきた」とすれば、そのような思いは戦後に生きるすべての人々の内部に存在していたに違いないし、あらゆる価値観が崩壊したなかから「戦後に生れ」変わろうとした「外なる私」こそ戦後の日本人の姿である。こう考えると、「内なる人」と「外なる私」という「二重性」は必ずしも鮎川固有の問題ではないが、鮎川の場合、その「二重性」が「M」＝森川義信に対する発言にあらわれているという田口の指摘は説得力がある。

ただし、「死んだ男」と結びつけて考えれば、この詩が書かれた時点ですでに「外なる私」としての自覚が鮎川にあったかどうか。「死んだ男」の「ぼく」は、「「実際は、影も、形もない？」」／――死にそこなつてみれば、たしかにそのとおりであつた」と述べていた。「ぼく」には「死にそこなつ」たという感覚が強くあり、そのため自分が「影も、形もない」状態にあると認識している。その認識が「ぼく」に空虚さをもたらしていること、またその空虚は遺言を永遠に執行できない「遺言執行人」のそれと重なっていることについては、すでに確認した。「これがすべての始まりである」と考えようとしているものの、実際に想起しているのは「地下に眠るM」のことばかりで、「死にそこなつ」た人生を生きることに「ぼく」は消極的である。つまり「ぼく」には、戦後に生きる人間としての覚悟が感じられないのだ。

ここには、「死んだ男」が制作された当時の鮎川の心境が示されているように思う。少なくともこの詩が書かれた一九四七年の時点では、鮎川はまだ「外なる私」になりきれておらず、したがって「内なる人」との「二重性」を抱えていなかったのではないか。そのことは、さきに引用した「戦争責任論の去就（I）」に、「「現代詩とは何か」を書き、戦後世代の共通意識をさぐり、戦後詩に文化論的な根抵を与えようとした外なる私」と記されていることからも裏づけることができる。「現代詩とは何か」の初出は一九四九年七月で[15]、「死んだ男」が発表されてから二年半ほどのタイムラグがある。すなわち、鮎川が「外なる私」を自覚し、意識的にそのような自分を振る舞っていくのは、「死んだ男」が書かれて以降のことなのだ。

とはいえ、まもなく鮎川が抱えることになる「内なる人」と「外なる私」の「二重性」は、すでにこの詩に予告されているだろう。それを予告しているのが「M」である。この「M」は、繰り返し述べているように、一般的には森川義信を指すとされているが、田口麻奈は「モダニスト」という興味深い解釈を呈示している。

牟礼慶子によれば、第一聯の〈遺言執行人〉登場の背景として布置された「霧」、「階段」、「跫音」という詩句の典拠は、「M」のモデルである森川義信の詩として特定されている。しかし実際には、それらは当時最も先鋭的な詩人と目されていたT・S・エリオットにあまりに直結する詩句であり、その圧倒的な影響下にあった森川義信の詩句としての固有性は、ここにはあえて残されていないように思われる。〈遺言執行人〉の登場シーンの背景は、「M＝森川」の世界であるより前に、当時たくさんいた「M＝モダニスト」の世界なのである。[16]この指摘は、「ここにことばとして出てくる〈霧〉も〈階段〉も〈跫音〉も、モダニズムの影響を強く受け、そして、それに抗っている戦前の鮎川の詩に親しい景物であ」り、「〈遺言執行人〉なるものは、彼が戦後という時間に生き残らなければ、そして、モダニズムの言語を切断しなければ、とうてい出現しようもない異様なことばだった」[17]という北川透の論を発展させたものと思われるが、確かに鮎川が「モダニズムの影響を強く受け」ていることを考えると、「M＝モダニスト」とする田口の見解は納得できる。

ただ、このように「M」を「モダニスト」に限定して捉える必要はあるのだろうか。作品中、かぎ括弧で括られている部分は「M」の言葉と考えられることはすでに確認した。それらのうち、「いつも季節は秋だつた」より始まる第四連のなかで思い出される「淋しさの中に落葉がふる」という一行からはヴェルレーヌが、最終連の「さよな

ら、太陽も海も信ずるに足りない」からはランボーが想起されることは、北川や田口が指摘している。(18)

秋の
ヴイオロンの
節ながき啜泣《すすりなき》
もの憂きかなしみに
わが魂《たましひ》を
痛ましむ。(中略)
落葉ならね
身をばやる
われも
かなたこなた
吹きまくれ
逆風《さかかぜ》よ。(19)

(ヴェルレーヌ「秋の歌」Chanson d'automne)

また見付かつた、
驚かしなさんな、永遠だ、
海と溶け合ふ太陽だ。(20)

(ランボー「永遠」L'Éternité)

これらに加えて、「巷《ちまた》に雨の降る如く／われの心に涙ふる」[21]という詩行を含むヴェルレーヌの「言葉なき恋歌」Romances sans parolesや、かぎ括弧で示された部分ではないが「短かかつた黄金時代――／活字の置き換えや神様ごつこ――」に関連してランボーの「黄金時代」Âge d'orという詩篇を思い出してもよい。ヴェルレーヌやランボーの詩句は、明らかに「死んだ男」のインターテクストとして機能している。

ヴェルレーヌやランボーが一般にフランス象徴詩人として分類されているのはいうまでもない。そして、その象徴主義こそ、「現代詩とは何か」で鮎川がまず第一に否定したものであった。

ここで僕はわれわれの詩の過去から現れた一つの固定した概念、ポオやボードレールから、マラルメ、ヴァレリイに至る象徴主義の詩人によつてつくられた詩の概念を、まず現代に生きるわれわれのために否定したいと考えている。これは決して歴史的なサンボリズムの運動を軽視しているからではなく、むしろサンボリズムがわれわれの世代にまで及ぼした過大な影響が、われわれの現在を、未来を狭めることを懸念するからであり、又サンボリズム以降第一次大戦後のダダやシユルレアリスムによつて暗示を受けている一般人の詩に対する偏よつた考え方を除きたいと思うからである。[22]

右において、ヴェルレーヌやランボーの名前は挙げられていない。すると、鮎川や当時の詩人たちにおけるフランス象徴主義理解が気になってくるが、いまは問わない。「M」は、ヴェルレーヌやランボーの詩句が埋め込まれた言葉を「遺言」らしからぬ「遺言」として遺した。とすれば、「M」はモダニスト modernist の「M」ではなく、モダニストや象徴主義詩人も含めた近代詩人 modern poet の「M」と捉えられなければならないだろう。つまり、ここで葬られているのは日本以外を含めた戦前および戦中の詩のすべてであり、それを喪失したところから新たな詩を立ち上げざるをえないという沈鬱な思いが「死んだ男」には示されているのである。そして、それが「すべての始まり」なのだ。

「死んだ男」が書かれた時点ではまだ明確に意識されていないが、まもなく「現代詩とは何か」において鮎川は「われわれにとつて唯一の共通の主題は、現代の荒地である」、「われわれは荒地のなかに、描かれた文明の幻影のなかに、われわれを救うものを求めて入つていつた」と、T・S・エリオットの「荒地」に依拠しながら、「死んだ男」の「ぼく」や「遺言執行人」が抱えていた空虚を戦後の「共通の主題」として反転させていくことになる。おそらく、この段階で鮎川は「内なる人」と「外なる私」の「二重性」を抱えることになったのだろう。というのも、鮎川が依拠したエリオットは、象徴主義と切り離すことができないからだ。菅谷規矩雄は次のようにいう。

T・S・エリオットに依拠することとは、どんな意味を持ってたか――《荒地》(The Waste Land)をひとつのピークとするエリオットの詩作は、それじたいフランス象徴派を前提として可能になった。(中略)わが現代詩は、T・S・エリオット(をはじめとするイギリス現代詩)を介してようやく、サンボリスムの現代的摂取を、みずからの詩作に具現するみちをみいだしたのである。(23)

「外なる私」としての鮎川は「戦後世代の共通意識」をエリオットに依拠しつつ「荒地」に求めようとした。その際、否定されたのが「象徴主義の詩人によつてつくられた詩の概念」である。ところが、「エリオットの詩作は、それじたいフランス象徴派を前提として可能になった」。「サンボリズムがわれわれの世代にまで及ぼした過大な影響が、われわれの現在を、未来を狭めることを懸念する」からといって、それを否定したら、自分たちが依拠する思想自体を否定してしまうことになりかねない。そもそも、否定など決してできはしないのである。象徴主義がエリオットの父だとすれば、「荒地」同人たちにとっては祖父であり、「内なる人」を育成した「内なる自己の世界」の住人なのだから。みずからの系譜に連なる存在を否定すれば、自分がいまここにいることをも否定することになってしまう。

「外なる私」になるためには、「内なる人」を否定しなければならない。しかし、「内なる人」を否定すれば、「外なる私」の存在そのものが根底から揺らいでしまう。「現代詩とは何か」を書いた鮎川は、こうして「内なる人」と「外なる私」の「二重性」を抱えることとなった。

「死んだ男」の「M」の発言にランボー、ヴェルレーヌといったフランス象徴詩人の詩句が踏まえられていることを考えると、「内なる人」と「外なる私」の「二重性」はこの詩が書かれた一九四七年の時点ですでに予告されているだろう。しかし、「死んだ男」の「ぼく」は「地下に眠るM」のことばかり考えていて、その喪失の結果としてもたらされた空虚を「遺言執行人」に託して「すべての始まり」と捉えようとはしているものの、そこから足を踏み出そうとはしていない。あるいは、「M」の死によって近代詩の終焉を確かに意識してはいるが、そこにあるのは「これがすべての始まりである」という認識だけであり、そのさきのビジョンは「ぼく」にはまだみえていない。つまり、「死んだ男」が書かれた時点で、現代詩はまだ始まっていないのだ。

「死んだ男」には、まもなく鮎川が抱えることになる「内なる人」と「外なる私」の「二重性」はすでに予告されているが、その「二重性」は作品にまだ顕在化していない。では、さきに指摘した「戦後詩随感」と「戦争責任論の去就（I）」における、一見すると矛盾しているかにみえる「M」に関する記述を、どう捉えればよいのだろうか。

ひとつには、「死んだ男」が書かれた時点で意識されていなかった「内なる人」と「外なる私」の「二重性」が、作品成立後の鮎川に、矛盾してみえる右のような発言を行なわせたと考えることができよう。「戦後詩随感」も「戦争責任論の去就（I）」も、どちらも「現代詩とは何か」以後に書かれたものである。つまり、「現代詩とは何か」を書いた鮎川は、かつてみずからの制作した詩篇に「外なる私」としての役割を事後的に与えようとしたのだ。それが、「M」に対する態度の揺れとなってあらわれていると理解することができる。

もうひとつの見方として、「戦後詩随感」と「戦争責任論の去就（I）」の記述は、じつのところ矛盾していないと捉えることはできないだろうか。「M」が近代詩人全般を指しているとすれば、「戦争責任論の去就（I）」の「私は「死んだ男」を、戦争で犠牲になった死者一般の象徴とはとらなかった」という記述は、詩人以外の人物の死は考慮していないという意味に解釈することができる。また、それは「戦後詩随感」における「本当は、誰でもいい、詩人の死が必要であった」という記述とも矛盾しない。つまり、「死んだ男」という詩篇で重要なのは、「戦争で犠牲になった死者一般」ではなく、モダニストや象徴主義を含めた近代詩人の死なのである。その喪失によってもたらされた空虚こそ、「死んだ男」において鮎川が描こうとしたものではなかったか。

ところが、「死んだ男」が『荒地詩集1951』に収録され、「現代詩とは何か」とともに読者に呈示されると、周囲からの鮎川に対する認識として「荒地」における理論的主導者としての側面が強くなり、「死んだ男」はその鮎川による「外なる私」の実践として受け取られることになる。[24] すると当然、そこからはいつまでも「遠い昨日」や「M」に思いを馳せている「内なる人」との矛盾が浮かび上がってくるだろう。また、「荒地」の理論的主導者たる鮎川だけに、その矛盾に対する周囲の批判は大きかったに違いない。わたしには、「戦後詩随感」も「戦争責任論の去就（I）」も、その批判に対する鮎川の苛立ちの表明にみえる。

注

（1）鮎川信夫「死んだ男」、『鮎川信夫詩集1945-1955』荒地出版社、一九五五年一一月、九―一一頁。
（2）宮崎真素美「森川義信」、『現代詩大事典』三省堂、二〇〇八年二月、六六五頁参照。
（3）鮎川信夫「森川義信について」、「詩学」第六巻第七号、詩学社、一九五一年八月、七二頁。
（4）鮎川信夫「耐へがたい二重」、「新詩派」第一巻第二号、新詩派社、一九四六年七月、一一頁。
（5）宮崎真素美「鮎川信夫」、『展望　現代の詩歌』第一巻、明治書院、二〇〇七年一月、一四頁。
（6）瀬尾育生「遺言執行人」『鮎川信夫論』思潮社、一九八一年六月、一二三頁。
（7）田口麻奈「「死んだ男」論　〈空白〉の根底」『〈空白〉の根底――鮎川信夫と日本戦後詩』思潮社、二〇一九年二月、五五頁。
(8) 同右、五九頁。
(9) 北川透「太陽も海も信ずるに足りない 『討議戦後詩』への接近⑤」『詩的スクランブルへ――言葉に望みを託すということ』思潮社、二〇〇一年四月、九〇頁。
(10) 鮎川信夫「戦後詩随感」、「日本国民文学全集月報」第三二号、河出書房新社、一九五八年八月、五頁。
(11) 鮎川信夫「現代詩とは何か」、『荒地詩集 1951』早川書房、一九五一年八月、一三四頁。
(12) 鮎川信夫「戦争責任論の去就(I)」、「現代批評」第一巻第三号、書肆ユリイカ、一九五九年四月、一七頁。
(13) 田口麻奈「〈遺言執行人〉論――鮎川信夫における詩的可能性の形象――」、「国語と国文学」第八四巻第六号、至文堂、二〇〇七年六月、五四頁。この論考を改稿した前掲文(7)では、引用部分は削除されている。
(14) 鮎川信夫、前掲文(12)、一七―一八頁。
(15) 本書第Ⅱ部第一章参照。
(16) 田口麻奈、前掲文(7)、六九―七〇頁。
(17) 北川透、前掲文(9)、九〇頁。
(18) 北川透、前掲文(9)、九一頁、および田口麻奈、前掲文(7)、七二頁を参照。
(19) 堀口大學訳『ヴエルレエヌ詩抄』第一書房、一九二七年二月、二九―三一頁。
(20) 小林秀雄訳『地獄の季節』白水社、一九三〇年一〇月、九一頁。同書では題名なし。
(21) 堀口大學訳、前掲書(19)、一一〇頁。同書では題名「言葉なきロオマンス」。
(22) 鮎川信夫、前掲文(11)、一三二頁。
(23) 菅谷規矩雄「論理のエロスをもとめて 戦後詩論概観」、『現代詩読本特装版 現代詩の展望――戦後詩再読』思潮社、一九八六年一一月、二三四頁。
(24) 鮎川と『荒地詩集 1951』の関係については、本書第Ⅱ部第一章を参照。

第三章　谷川俊太郎の登場、その同時代の反応と評価

──『二十億光年の孤独』刊行のころまでの伝記的事項をたどりつつ──

一、『二十億光年の孤独』の登場

谷川俊太郎の第一詩集『二十億光年の孤独』は、一九五二年六月二〇日に発行された。角背上製本、ジャケット・帯付き、B６判変型で、定価一八〇円（地方売価一八五円）。本文は全一六四ページで、三好達治「はるかな国から──序にかへて」、詩四七篇（「山荘だより」１─４をそれぞれ独立した詩とみなせば五〇篇）、「あとがき」、目次より構成されている。「あとがき」によると、「一九四九年冬から一九五一年春頃までの作品から選んだ」詩が収録されており、「排列はほぼつくつた順である」。版元は創元社。もともとは「堀辰雄の本などを美しい装幀で出していた出版社」である「K書店」(1)より出版される予定だったが、同社の経済的な事情で出せなくなった。そこで、紙型を俊太郎の父、谷川徹三が買い取り、肩代わりした創元社から刊行されたのである。

この詩集の登場は、当時の詩の世界に鮮烈な印象を与えたというイメージが今日のわたしたちにはある。たとえば、野村喜和夫はこのようにいう。

谷川俊太郎の第一詩集『二十億光年の孤独』（一九五二年）は、戦後現代詩の最初の方向変換を告げる事件で

あった。なかでもこの「かなしみ」は、たった六行という短い詩だが、戦後詩への谷川俊太郎の登場を決定づけるには十分な意味を持つ、名高い作品である。(2)

また、大塚常樹は安西均、清岡卓行の文章を引用しながら次のように述べる。

この詩集は、戦争の傷深い荒地派の『荒地詩集』とほぼ同時期に出版されたが、明るくさわやかな新世代の出現を告げる衝撃的な詩集として迎えられた。(3)

確かに、谷川の現在のネームバリューや戦後まもない当時の社会状況、それまで書かれていた戦争が色濃く刻印された詩などを考えると、この詩集の登場はひとつの「事件」であり、「衝撃」だったように思える。

しかし『二十億光年の孤独』は、今日的なイメージ通りの衝撃を当時の詩の世界に与えたかどうか。このような疑問が浮かぶのは、『二十億光年の孤独』の書評やこの詩集に言及した発言が、同時代にほとんどみられないからにほかならない。中桐雅夫は雑誌の依頼を受けて書かれた文章で、以下のように述べている。

本誌編集部の注文は「この詩集が作者自身および当時の詩壇に与えた影響、さらには日本文学の詩の分野における史的意義」を説け、というのだが、(中略)私には、この詩集がそれほど大上段にふりかぶるべきものかどうか、判断がつかないのである。現在の段階で、私が推す詩集をあげるとすれば、むしろ「愛について」(三十年刊)か、それ以後の詩集をとりたい。また「二十億光年の孤独」が当時の詩壇に影響を与えたとも思われない。この詩集が出版された二十七年の「詩学」八月号で、高橋宗近が書評して次のように述べているのは、当時の詩壇の一般的な受取り方をよく現わしていると思う。(4)

右で中桐が言及している高橋宗近の書評「谷川俊太郎詩集「二十億光年の孤独」」が、ほとんど唯一といってよい同時代の詩集評である。そこでは、谷川の詩には「才気は充分に感じられるのだけれど、詩としての浸透性とか重量感とかいふものをともなつていないうらみがある」こと、成功している詩は「読者の思考に軽快なショツクを与える」が「不成功の作品は、ザツハリツヒな新鮮さをねらいそこねて、単に、思いつきだけが目だ」つこと、「この詩集は「年少者の文学」の領域からそれほど出ていないとすら見られる点もある」[5]ことなどが指摘され、総じて高橋は谷川に批判的である。

この評をみる限り、『二十億光年の孤独』は確かに中桐のいうように当時の詩の世界に大きな影響を与えたようには思いがたい。また、詩集への反応の少なさが、同時代においてこの詩集に注目するものが少なかったことを物語っているようにもみえる。

では、果たして『二十億光年の孤独』は「当時の詩壇に影響を与え」ることがなかったのだろうか。あるいは今日的なイメージ通り、この詩集の出現は同時代の詩の世界に衝撃を与えたのか。そもそも、谷川俊太郎の登場を同時代の詩人たちはどのように捉えたのだろう。

右のような問題意識のもと、ここでは出発期、具体的には『二十億光年の孤独』刊行あたりまでの谷川の文学的遍歴および同時代の反応と評価を、これまでほとんど知られていなかった伝記的事項を紹介しながらたどっていきたい。これは、谷川俊太郎のイメージがその後どのように形成されていくかを検討するための最初の一歩でもある。

二、受験雑誌への投稿

谷川俊太郎は一九三一年一二月一五日、父徹三、母多喜子の長男として東京で生まれた。[6]四四年、東京府立豊多摩中学校に入学。翌四五年七月、母の実家のある京都府久世郡淀町に疎開し、京都府立桃山中学校に転校するが、一九四六年三月に東京に戻り、豊多摩中学校に復学する。豊多摩中は一九四八年の学制改革により東京都立第十三新制高等学校となった。谷川が詩を書き始めたのはそのころである。

同級生の北川幸比古の勧めで詩を書き始めた谷川は、校友会誌「豊多摩」、北川編集のガリ版刷りの詩誌「金平糖」に詩を発表。前者に発表された「青蛙」「つばめ」「教室にて」「あるもの」のうち、「青蛙」は谷川と山田馨の対談『ぼくはこうやって詩を書いてきた　谷川俊太郎、詩と人生を語る』（ナナロク社、二〇一〇年七月）に全文引用されている。また、後者に発表された詩二篇のうち、「かぎ」は北川幸比古「谷川俊太郎第一詩集『二十億光年の孤独』」などに引用されており、(7)「白から黒へ」はハルキ文庫版『谷川俊太郎詩集』（角川春樹事務所、一九九八年六月）で読むことができる。ちなみに、谷川が出発期に影響を受けた詩人は、近藤東や岩佐東一郎、城左門であったという。(8)

一九四九年一〇月一二日よりノートに詩の清書を開始。このころ、学校嫌いが昂じて定時制に転学した。なお、定時制への転校をほとんどの年譜では一九五〇年としているが、一九四九年の誤り。というのも、谷川は受験雑誌に賞品目当てで作品を投稿するようになり、その初掲載は「蛍雪時代」一九五〇年一月号であるが、そこでは高校名が「都立十三高夜間部」となっているからだ。

このとき、神保光太郎選「読者文芸（詩）」の二席として掲載された「雲に寄せて」は、『二十億光年の孤独』に収録されていない。もともとは創作ノートに書かれていた詩で、そのときのタイトルは「雲」であった。(9)「蛍雪時代」でのペンネームは棚川新太郎。以下に「蛍雪時代」より詩篇全文を引用する（改行位置は原文通り）。

二席　都立十三高夜間部　棚川新太郎

——雲に寄せて——

（僕は雲が大好きなのだ）

遠い天空の無限性に

立体感を与えようと

神様は我々に雲をくだされた
青い天空の単調さに
美しい五彩の変化を与えようと
神様は我々に雲をくだされた
（入道雲海に映え
夕焼雲山に映え
僕は山が大好きだ）
馬にもなり、自動車にもなり
蛙にも森にも靴にもなる
雲は偉大なデイレツタント
（つくられた神様も雲の天才ぶりに
は舌をまかれたとか
僕は雲が大好きだ）

われわれ地上の人間共
遠く雲に憧れを求め
そのうつろひやすきを歎くが
雲という物象は水の世界の展開

水滴の芸術
そのうつろひやすきを歎くより
われわれ地上の人間共
遠く雲に及ばぬを歎いたほうがよくはないか
（とにかく僕は雲ほど好きなものはない）(10)

神の創造物としての「雲」に憧れを抱く「僕」の人間観を歌った作品である。「雲」は「偉大なディイレッタント」で、時には入道雲として、時には夕焼け雲として、時にはさまざまな事物に類似したかたちへと変化して「単調」な「天空」を彩る。その様子は「つくられた神様」ですら「舌をま」くほどで、「水滴の芸術」の「天才」である「雲」に「われわれ地上の人間共」は遠く及ばない。ここには、芸術を志す青年の自然に対する羨望と憧憬、芸術家としての自分の限界、諦念の入り混じった感情をみることができるだろう。

「蛍雪時代」の詩の選者である神保光太郎は、この作品を次のように評している。

第二席の棚川さんの場合も、（中略）童話的雰囲気が読者の心をとらえる。ところどころ未熟な用語もあるが青年特有のどこかいたずらっぽい、しかし限りもなく純粋な精神が貫かれていて好意が持てる。(11)

右の評について、藤本寿彦は「ここに表象された詩的世界は青年一般の心象といえるであろうか」として、その根拠をこの詩が「「雲」と同一なる「僕」の存在性」を叙述していることに求めている。「僕」は「神と雲、天才の実在としての雲」を「自然現象の雲」と峻別できる「「地上の人間共」の中では唯一の存在(12)」として自分自身を表象しており、そうである限りこの詩であらわされているのは「青年一般の心象」とはいえない、というわけだ。しかし、仮にそうであるとするならば、だからこそかえって、この作品には「青年一般の心象」が歌われているともいえはしないだろうか。一五歳の中原中也の短歌が「防長新聞」に掲載された際、おそらく中原からの質問に答えるかたちで、選者の毛利碧堂が「人は天才に向つて進むべきですがしかし文学だけでは先々中々世に立つて行く事は苦難でしよう(13)」と評したことが想起される。芸術を志す青年の多くは、みずからが「天才」であってほしいと願い、「天才に向つて進」んでいくのだ。その思考の幼さを、「蛍雪時代」の選者である神保は「純粋な精神」と評したとも考えられる。

「蛍雪時代」以外の受験雑誌では、「学苑」一九五〇年八月号に大木惇夫選「懸賞文壇入選発表（詩）」の二席（賞金五〇〇〇円）として『二十億光年の孤独』所収の「祈り」が掲載されている。この詩について、選者の大木は「この切ない祈り。しかも、それを知性によつてよく整斉し得た。この詩に盛られた認識の世界、イデエは冴えて、しかも私の胸をうつ。単なる頭脳の所産でないことがわかる(14)」とコメントしている。

また、谷川は「学窓」にも作品を投稿していたと回想しているが(15)、同誌を調査したところ、一九五〇年五月号の「読者ルーム」のうち、大木実選の詩のコーナーに「東京　棚川新太郎」名で、のちに『十八歳』（東京書籍、一九九三年四月）に収録される「日日」が掲載されていることを確認した。雑誌掲載本文と『十八歳』所収本文とは表記上の異同が多いものの、内容そのものは大きく変化していない。この詩の第三連に「隣りにやはり幼い少女がいて／その少女の死を知つた時にも／遺された玩具のみ悲しく／死とは何かも知らずにいた(16)」とあるが、「幼い少女」は北軽井沢の山荘で近所だった平塚綾子が念頭に置かれていると思われる。『熊の子と薔薇』（非売品、一九四二年六月）というこの少女の遺稿集に、谷川の書いた「あや子ちゃん」という追悼文が収録されているが、それが谷川の文章が活字になった最初だった(17)。

三、「文學界」への掲載と「詩学」の反応

このように、受験雑誌への投稿によって徐々に詩活動を本格化させていった谷川だが、一九五〇年に高校を卒業すると進学の意思はなくなった。それとともに、投稿先は受験雑誌以外へと変化していく。

この年、「詩学」九月号の「詩学研究作品」欄に「秘密とレントゲン」と「五月の無智な街で」が掲載される（二篇ともに『二十億光年の孤独』所収）。「詩学研究作品」欄は「詩壇への一種の登龍門となった」新人発掘のための投稿欄で、「現代の代表的な詩人の多くは、ここから出発」[18]した。谷川の詩が掲載された際の選者は村野四郎。村野は、「秘密とレントゲン」は「新鮮な詩的美の世界」で「非常に洗練された表現技術」がみられるものの「オチは、がくりと精神が脱落して、あまり感心しない」と評しており、「五月の無智な街で」についても「清潔で新鮮なテクニック」が認められる反面、「この詩のもつ青年のイデエに少しの疑問をもたせられる」[19]と苦言を呈している。村野がこのように辛口に述べる背景には、新しい詩人を育成する意図が隠されているだろう。

興味深く思うのは、そのあとのことだ。一九五〇年一二月、「文學界」に「ネロ」の総題で「ネロ」「地球があまり荒れる日には」「演奏」「病院」「博物館」「二十億光年の孤独」の六篇が掲載された。ほとんどの年譜は「ネロ他五篇」という総題だったとしているが、これは目次だけの表記で、本文ページの総タイトルは「ネロ」のみ。よく知られているように、「文學界」に谷川の詩が掲載されたのは、息子の今後を心配した父徹三が俊太郎が詩を書き溜めていることを知り、そのなかから徹三がいいと思った俊太郎の詩を三好達治にみてもらったことが機縁となっている。[20]「文學界」掲載作品を選んだのは三好。[21]同誌の作品末尾に次のような三好による紹介文がある。

谷川俊太郎君は今年高等学校を了へたばかりの白面の書生さんである。先日機縁があつてその詩稿の一部を

> 見せてもらつた。作品は例外なく私にはみな面白かつたからそのうちの数篇を紹介するために、ここに誌面をかりた。谷川君の詩風は簡率平明でことさらな巧みを用ひず、所謂モデルニスムの表面的意匠を藉りることをしないが、さすがにその歌ひぶりは、ぐんと新らしい。奇を用ひることをしないが、内容のみづみづしい躍動とそれを盛るにふさはしい語感語法の新しさをたしかに彼のものとしてゐる。品のいい自然な機智にも富んでゐて、またそれに溺れることをしない用意にも欠けてゐない。そんな点よりも、しかしながら私は彼のリリスムに常に密接に智性の関渉のあるのを喜ぶ。この点が最も新らしい[22]。

「詩学」に谷川の作品が掲載された際、村野四郎は苦言を述べながらも「非常に洗練された表現技術」や「清潔で新鮮なテクニック」については評価していた。一方、三好は「簡率平明でことさらな巧みを用ひ」ない「内容のみづみづしい躍動とそれを盛るにふさはしい語感語法」、そして「リリスム」と「智性」の新しさを高く買っており、両者の評価軸は大きく異なっている。もちろん、ここには村野と三好の好みや志向の相違があらわれているだろう。だが、両者の対立は、わたしには谷川の評価を通じた、「文學界」と「詩学」の詩をめぐる一種の主導権争いのようにみえる。

すでに述べたように、「詩学」が「詩学研究作品」欄を設けたのは新人発掘のためだが、その着想は「詩学」の「詩壇の公器」たらんという意志に由来している。前身の「ゆうとぴあ」を改題するにあたって、一九四七年八月創刊号に「詩壇の公器的存在」であること、「単なる詩壇的雑誌であるに止どまらず、広く、文学的綜合誌たらんとする」[23]ことを目標として掲げていた「詩学」は、翌年の「詩学研究作品」欄の母体となる詩学研究会の発足時、そのねらいを以下のように述べている。

> 詩壇は常に新しき新人を待望してゐる。しかしながら真に新しき詩人は偶然に出現するものではない。その時代を背景とした歴史的な必然のなかに生まれる。本誌は茲に詩壇の公器たる自負と光栄との上に詩学研究会

を組織し、新しき詩人の培養基たらんとする。(24)

つまり、「新しき詩人」を発掘、育成することで、「歴史的な必然」としての新しい詩を生み出すことを「詩壇の公器たる自負と光栄」を持つ「詩学」は目指したのである。

三好達治による「文學界」誌上での谷川の紹介は、その「詩学」の役割を奪いかねないものであった。しかも、谷川は新人発掘のために「詩学」が開設した「詩学研究作品」欄に作品を寄せていた若者、その詩が掲載されたのは自分たちがそうありたいと目指していた戦前から続く「文学的綜合誌」である。おそらく、三好は谷川徹三に頼まれたので自分の顔が利く「文學界」に俊太郎の詩を紹介したに過ぎず、「詩学」のことはほとんど意識していなかったと思われる。しかし、そのことは「詩学」にとって非常に惜しく、かつ腹立たしい出来事だったに違いない。谷川の詩が「文學界」に掲載された翌月、一九五一年一月の「詩学」の匿名時評には、「文學界」に谷川を奪われるかたちとなった「詩学」の側の複雑な感情をみることができる。

　ところで、「文學界」が三好達治のあとがきをつけて谷川少年の詩を紹介したのは、何かの気紛れかもしれぬが、一応興味のあることだ。この少年は、親父（谷川徹三）ゆづりかもしれないが、ともかく有望な秀才と見えた。かういふ少年がどうのびるものか、またいつまでも変らず詩に執心してゐられるかどうか、それは目下のところわからぬことだが実はここへ少年の名を出したのは、ほかでもないのだ。注意してゐる読者なら、すでにこの谷川少年はこの「詩学」の研究会に参じてゐてその作品も出てゐたのだが、このときの作品と「文學界」の作品とが、まるで関係のないやうな別の風格をそれぞれあらはしてゐることに気付かれただらうか。このことを言ひたかつたのだ。いかに才分にめぐまれた少年とは言へ、こんな変貌がさうたやすくありえていいのだらうか。それとも、そんなことが気懸りになると言ふのがもともと無意味なことでもあるのだらうか。ただ一人の少年のこと、それほど気にすることはないと言つてしまへばそれ迄だが、ともかくきいてくれたまへ。これは、日本に本当の「詩の伝統」がないからなのだと言ひたいのだ。（中略）いかに少年とは言へ、もし日本の詩に伝統があるならば、少年とは言へさうさう軽々と自己をたやすく変化してゆくことは出来なかつたらうと思はれる。(25)

「詩学研究作品」に寄せられた谷川の詩と「文學界」で紹介されたそれとが「まるで関係のないやうな別の風格」であることが指摘されている。確かに、「文學界」に掲載された詩は三好達治が述べていたように「簡率平明でことさらな巧みを用ひ」ていないのものが多く、「詩学」投稿作品について村野四郎が評していたような「洗練された表現技術」や「清潔で新鮮なテクニック」は見出しにくい。だが、さきに述べたように、この相違は根本的には作品を選んだ三好達治と村野四郎の志向の違いであるはずだ。しかし「詩学」はそのことにまったく触れず、日本に本当の意味での「詩の伝統」があるかどうかを問題にしようとする。ここには、近代以降の日本の詩が抱える問題を指摘することでこれからの詩の世界をリードしていきたい、自分たちが中心となって日本の「詩の伝統」を創出したい、という「詩壇の公器」としての「詩学」の願望がほのみえているだろう。(26)

「文學界」に谷川の作品が掲載されたときのことを、大岡信は次のように回想している。

顧みれば本当に古いことで、谷川ははたちの頃には戦後詩の新しきスターだったわけですね。「文學界」に最初に詩を出したのは一九五〇年、十九歳の時です。僕も彼と同じ年の生まれで、ただし学年は僕の方が一級上になるわけです。「文學界」に「ネロ」やその他の詩が発表された時、年齢を知ってちょっとしたショックを受けましたね。こんなに若くて「文學界」のような華麗な雑誌に詩を出しているやつがいる。僕などが仰ぎ見ていた三好達治の推薦によるということだけれど、何よりもその詩が同年配の詩を書く青年にとっては考えられない位、既に言葉によけいな垢がついていないっていいますか、実に切れ味のいい言葉で書かれている。（中略）谷川の詩を初めて読んだ時には、従来の七五調とか五七調がもっている、感覚的な表現でいえばじっとりと湿っ

ているような部分を、はじめから持っていない詩が現れたと感じました。その点が僕には驚異だったわけですね。(27)

「文學界」で谷川の作品に触れた同時代の記事は、さきの「詩学」の匿名時評ぐらいしか確認できなかったが、谷川の登場は詩を志す同世代の若者たちに少なからず衝撃を与えていたことが、右の大岡の回想からうかがわれる。

四、一九五一―五二年の雑誌掲載

「文學界」に詩が紹介された影響もあってか、一九五一年になると谷川の作品が雑誌掲載される機会はそれまでよりもずっと増えていく。

まず、「詩学」二月号の「詩学審査委員会推薦作品（第一部）」欄に、「山荘だより」1・2・3が掲載された。推薦の言葉を五名が書いているが、そのうち谷川に触れているのは村野四郎である。村野は、「新しい詩を創造するための「実験項目」を持っている新人たちのひとりとして谷川の名前を挙げており、谷川の場合は「新しい抒情の扱い方」(28)にそれがあるとしている。また、同誌では谷川の略歴についても次のように紹介されている。そこではじめて谷川の年齢（当時一九歳）を知った読者もいたのではないだろうか。

谷川俊太郎　一九三一年東京に生まれ、都立豊多摩高校卒業。約一年前より友人に刺戟されて作詩し始めた。谷川徹三氏に認められたのに気をよくし、詩学研究会等に投稿した。その後三好達治氏の御好意で「文學界」に数篇が載つた。(29)

自分の父を「谷川徹三氏」とよそよそしく呼んでいるのは、青年期特有の照れのためだろうか。だが、さきに引用した「詩学」一月号の匿名時評にも「親父（谷川徹三）」と書かれていたので、親子関係について知っているものは少なからず存在したであろう。余談だが、「読売新聞」一九三八年五月一九日朝刊の「この親にしてこの子」というコーナーに、写真入りで徹三・俊太郎親子が紹介されたことがある。[30]当時、俊太郎は満六歳であった。

同じ一九五一年、谷川は「歴程」同人に加わり、通巻第三六号（三月発行）に「お伽話」、同三七号（四月発行）に「埴輪」、同三八号（八月発行）に「暗い翼」を発表。一〇月には銀座さえぐさギャラリーで開催された第一回「歴程」展に詩を出品している。[31]このうち、「埴輪」については黒田三郎が「詩学」一九五二年四月号の同人雑誌評のなかで、「詩をつくる態度の素直さ」[32]を好意的に論じている。

詩以外では、「婦人画報」七月号に「訪問」[33]と題した谷川の小文が掲載されている。この文章に言及した谷川の年譜や論考などは管見に入った限りでは見当たらない。同誌では「よりよい生活のための実験住宅」という特集が古谷綱武を中心として組まれている。そのなかのひとつに「私たちの住いの問題」と題された座談会記事があり、出席者として古谷や「谷川たき」という俊太郎の母の名前がみえる。古谷は谷川徹三に師事していたので、その縁で「婦人画報」に俊太郎の小文が掲載されたのだろうか。俊太郎の文章は和洋折衷の日本的な家屋について論じたもので、古谷家の訪問印象記だろうと思われる。また、ほかにも谷川は一〇月発行の北川幸比古の詩集『草色の歌』に「跋」を寄稿している。

翌一九五二年は、いよいよ『二十億光年の孤独』刊行の年である。五一年も作品発表の機会は多かったが、この年になるとさらに多い。「歴程」通巻第三九号（一月発行）に「町」が、「新潮」三月号に「現代新人詩抄」のひとりとして「今日」「挽歌」が、「歴程」通巻第四〇号（三月発行）に「都市〈お伽話7〉」が、「詩学」四月号に「お伽話」として「お伽話2〈昔と今と〉」「お伽話3〈日日〉」「お伽話5〈追憶〉」がそれぞれ掲載。また、五月刊の『現代詩集　歴程篇』（角川書店）に「それらがすべて僕の病気かもしれない」「静かな雨の夜に」「小さな花火」「メス」「暗い翼」「お伽話」が収録。六月に『二十億光年の孤独』が刊行されたのちは、「詩世紀」七月号に「朝」「留守」が掲載、「詩学」一二月号「詩学年鑑　一九五三年版」には「一九五二年度代表作品」のひとつとして『二十億光年の孤独』より「ネロ」が採録されている。

さらに、「婦人公論」一二月号に「皇太子殿下への手紙」のひとつとして「まず人間として生きて下さい」と題された文章が掲載されている。「皇太子殿下への手紙」は、一九五二年一一月一〇日に「立太子の礼」という皇室儀式と皇太子成年式が行なわれているので、それに関連した企画だと思われる。谷川以外にも、佐藤圭子（中里恒子の娘）が「同時代の娘の願い」を、三島由紀夫が「最高の偽善者として」と題した文を寄せており、佐藤、谷川、三島の順で掲載。「「御幸福ですか」とまずお訊ねするのを許して下さい」という一文から始まる谷川の文章は「義務と責任とがある」皇太子に同情的に書かれており、同世代の立場から「あなたは自分の未来を自分で選ぶことが出来ます」[34]と訴えかけられている。本章初出後の田口麻奈の指摘によれば、「婦人公論」主幹を父徹三が務めており、[35]俊太郎がこの文章を書くことになったのはおそらくそのためであろう。

このように、作品発表の機会が増え、知名度も少しずつ上昇していたはずの谷川だが、『二十億光年の孤独』が刊行された際の反応は少なかった。さきに触れたように、高橋宗近「谷川俊太郎詩集「二十億光年の孤独」」（「詩学」一九五二年八月）が同時代におけるほとんど唯一の詩集評である。また、高橋は谷川に対してかなり批判的であることもやはりすでに確認したが、このような高橋の態度は掲載誌が「詩学」だったこととも関係があるのかもしれない。「詩学」にとって、谷川は自分たちの雑誌から出てきた新人であった。だからこそ、「詩壇の公器たる自負と光栄」を持つ自分たちは、「その時代を背景とした歴史的な必然のなか」でこの詩人を育成していかなければならない。書評掲載誌である「詩学」の持つその新人育成の使命感が、「才気は充分に感じられるのだけれど、詩としての浸透性とか重量感とかいふものをともなつていないうらみがある」、「この詩集は「年少者の文学」の領域からそれほど出ていないとすら見られる点もある」などの辛辣な言葉を高橋に発させたのではないだろうか。とすれば、高橋による『二十億光年の孤独』の書評は、谷川の詩が「文學界」に掲載された翌月の「詩学」の匿名時評の延長線上にあるといえよう。

五、出発期の谷川が詩の世界に与えた影響

「詩学」一九五三年五月号の「作品月評」において、「文學界」一九五三年四月号掲載の谷川の詩「ソネット」(『六十二のソネット』所収の「41(空の青さをみつめていると)」)が取り上げられた。そのなかで、木原孝一は「〝二十億光年〟でよく言われた批評の中に新鮮さという言葉があ」り、それがこの詩集の「大体賞讃された大きな部分になつている」[36]と述べている。おそらく木原は、「文學界」や「詩学」などに掲載された作品に対する評と『二十億光年の孤独』の評価を混同している。これまで確認してきたように、『二十億光年の孤独』そのものの「新鮮さ」が「賞讃された大きな部分になつている」こともなければ、そもそもこの詩集について「批評」が「よく」なされたこともなかった。

しかし、詩集刊行以前に雑誌発表された詩のほとんどが『二十億光年の孤独』に収録されていることを考えると、両者を混同するのは当然のことだったといえる。つまり、詩人たちの多くは「文學界」への作品発表以後の詩活動を総合的に捉えて谷川を新しい詩人と認識しており、その活動の一部として『二十億光年の孤独』を捉えていたのだ。詩集刊行以前の雑誌発表と『二十億光年の孤独』の刊行を、わたしたちは区別して考えるべきでないだろう。そして、出発期の谷川が当時の詩の世界に何らかの影響を与えたとすれば、まさしく新しい詩人として詩の世界に登場したこと自体に、もっとも大きな影響があったのではないか。

谷川の詩にはじめて接した際に大岡信が受けた衝撃についてはさきに触れたが、それ以外の同世代の詩人たちも

同様のことを口にしている。たとえば友竹辰の回想。

こっちはポツンと広島の田舎町に居て、唯々空恐ろしいような思いで毎月の詩学のページをめくっていた。その中でも、先ず、谷川俊太郎と言う、何ともかとも言いようの無い、こしらえた名前としては市川団十郎にも負けないような、詩人らしくて賢らしい名前で、（中略）ぼくの詩には絶対に現れないような語彙でもって、鮮やかといわんかけざやかといおうか、そして止めの一句が「病院では肉体の秘密がない／そのため精神はますます多くを秘密にする」などと言う、よほど良く練られた古典落語のオチだってこうピシッとはきまるまいという、その冴え。何だか年も同じ位のようだし、その裡段々と、大学へも行かぬ前にその位は勉強しちゃって大学へなぞは進学もしない、それもその筈、我邦の碩学谷川徹三先生の一粒種だという、する内、三好達治のどの他の詩よりも結構な（中略）序詩つきの、つまり「諸君、天才だ、脱帽しよう」という勲章をぶらさげて、颯爽と言おうか突如と言おうか『二十億光年の孤独』が登場、当然の事乍ら、矢庭に天才詩人、若き大詩人のスタンプがペタリと貼られた、ような気分になったものだ、こっちは。[37]

また、入沢康夫は次のように述べている。

ぼくは谷川さんの詩は『二十億光年の孤独』が詩集になってから初めて読んだんです。ぼくはあの頃は文芸雑誌なんてあんまり読んでなかったしね。とにかく、そのときの印象は、詩がこんなふうに自律性と感受性の正直なバランスの上に書けるということ、しかも一つの本というかたちで存在を主張し得るということがとてもうれしかった。それまで読んだ戦後詩の場合、世間で評判の詩でも、ぼくのそのときの感じではなんだかつまらない詩ばかりで、いっこうに刺戟にならなかった。あの詩集を読んだ頃から、やっと自分でも書きためたものを詩集にしてみようという勇気が出てきたってことはたしかにあったな。先入観なしに詩集を読んだのだから、谷川さんが幾つの人なのか、どんな人なのか、全く知らなかった。若い人だということぐらいしかね。[38]

大岡、友竹、入沢は、谷川と同じ一九三一年生まれ。彼らが最初に谷川の詩に接したのは「文學界」、「詩学」、『二十億光年の孤独』とそれぞれ異なっているが、いずれも共通しているのは谷川の詩に若さと新しさを感じ取ったことである。そして、谷川から刺激を受けた彼らがまもなく一九五〇年代の詩の世界に新風をもたらすことになる。とすれば、谷川が当時の詩の世界に与えた影響とは、みずからの登場によって、若さと新しさの価値を同世代の詩人たちに身をもって示した点にあるのではないだろうか。谷川は、同世代の若い詩人たちの道を先駆者的に切り拓いた。そこにこそ、出発期の谷川の果たした最大の功績があるだろう。

注

(1) 谷川俊太郎「あとがき」『二十億光年の孤独』サンリオ、一九九二年一〇月、一八〇頁。なお、谷川・四元康祐『二十億光年の孤独』からはじめて」によると、「K書店」は雲井書店。「現代詩手帖」第五〇巻第八号、思潮社、二〇〇七年八月、四四頁参照。ただし、同書店が堀辰雄の本を出版していたことは、確認できなかった。
(2) 野村喜和夫「かなしみ」、『現代詩の鑑賞101 新装版』新書館、一九九八年二月、一五二頁。
(3) 大塚常樹「谷川俊太郎」、『展望 現代の詩歌』第四巻、明治書院、二〇〇七年八月、六頁。
(4) 中桐雅夫「二十億光年の孤独（谷川俊太郎）」、「国文学 解釈と鑑賞」第三一巻第一号、至文堂、一九六六年一月、一四七頁。
(5) 高橋宗近「谷川俊太郎詩集「二十億光年の孤独」」、「詩学」第七巻第八号、詩学社、一九五二年八月、八四頁。
(6) 伝記的事項に関しては、「谷川俊太郎自筆年譜＋資料（エッセイ）一九三一年―一九八八年」（『現代詩読本特装版 谷川俊太郎のコスモロジー』思潮社、一九八八年七月）、田原編「谷川俊太郎 年譜」（『谷川俊太郎詩選集』第三巻、集英社、二〇〇五年八月）、山田馨作成「谷川俊太郎年譜」（『自選 谷川俊太郎詩集』岩波書店、二〇一三年一月）、三浦仁編『日本近代詩作品年表』昭和篇（秋山書店、一九八六年二月）、『歴程大冊』（思潮社、一九七三年六月）などを参照した。

(7) 北川幸比古「谷川俊太郎第一詩集『二十億光年の孤独』」、「日本児童文学」第三四巻第四号、教育出版センター新社、一九八八年四月、六一頁参照。
(8) 大岡信・谷川俊太郎・井上ひさし・小森陽一「昭和の詩――日本語のリズム――」、『座談会 昭和文学史』第六巻、集英社、二〇〇四年二月、二一六―二一七頁参照。
(9) 伊藤眞一郎・橋本典子編『[翻刻] 谷川俊太郎『二十億光年の孤独』に関わる初期詩篇ノート』安田女子大学言語文化研究所、二〇〇三年三月、二〇頁参照。
(10) 棚川新太郎「雲に寄せて」、「蛍雪時代」第一九巻第一〇号、旺文社、一九五〇年一月、九四頁。なお、棚川新太郎が谷川のペンネームであることは、「自伝風の断片」所収の「詩を書き始めの頃」に本人の言及がある。『谷川俊太郎詩集』思潮社、一九六九年一一月、一三二頁参照。
(11) 神保光太郎「選後評」、「蛍雪時代」、前掲書(10)、九五頁。
(12) 藤本寿彦「谷川俊太郎論――詩集『二十億光年の孤独』に組み込まれた初期詩篇の世界――」、「総合研究所所報」第一五号、奈良大学総合研究所、二〇〇七年三月、三九―四〇頁。
(13) 『新編中原中也全集』第一巻「解題篇」角川書店、二〇〇〇年三月、三九一頁。
(14) 大木惇夫「評」、「学苑」第一一巻第八号、旺文社、一九五〇年八月、一一一頁。
(15) 谷川俊太郎「詩を書き始めの頃」、前掲文(10)、一三二頁参照。
(16) 棚川新太郎「日日」、「学窓」第三巻第五号、山海堂、一九五〇年五月、一五八頁。
(17) 谷川俊太郎・尾崎真理子『詩人なんて呼ばれて』新潮社、二〇一七年一〇月、八〇頁参照。
(18) 郷原宏「詩学」、『日本現代詩辞典』桜楓社、一九八六年二月、二二八頁。なお、谷川と同じ号の「詩学研究作品」欄に作品が掲載されているのは、茨木のり子、清水深生子、友竹辰比古、市川浩、小園好、冬園節、平石裕一、佐藤丈夫、入江亮太郎、藤一也、梁瀬和男。谷川の作品は同欄の冒頭に掲載されている。
(19) 村野四郎「テクニツクの方向――研究会作品評――」、「詩学」第五巻第八号、岩谷書店、一九五〇年八月、一一六頁。
(20) 谷川徹三「インタヴュー 息子俊太郎を語る」、「現代詩手帖」一〇月臨時増刊、第一八巻第一一号、思潮社、一九七五年一〇月、一〇六頁参照。

(21) 谷川俊太郎・四元康祐「『二十億光年の孤独』からはじめて」、前掲文(1)、四四頁参照。
(22) 三好達治「蛇足言」、「文學界」第四巻第一二号、文藝春秋新社、一九五〇年一二月、一三九頁。
(23) 城左門「編輯後記」、「詩学」第一巻第一号、岩谷書店、一九四七年八月、六四頁。
(24) 「詩学研究会について」、「詩学」第三巻第五号、岩谷書店、一九四八年六月、三五頁。
(25) 「詩壇時評」、「詩学」第六巻第一号、詩学社、一九五一年一月、五三頁。
(26) 近代以降の詩における伝統の問題については、拙稿「「書く」行為の背後にあるもの――宮沢賢治と中原中也――」(『中原中也と詩の近代』角川学芸出版、二〇一〇年三月)も参照されたい。
(27) 大岡信・三浦雅士・佐々木幹郎「〈世界〉の謎を解く想像力」、『現代詩読本特装版　谷川俊太郎のコスモロジー』、前掲書(6)、一八―一九頁。
(28) 村野四郎「新しい予想」、「詩学」第六巻第二号、詩学社、一九五一年二月、七八頁。
(29) 「詩学審査委員会推薦詩人略歴」、前掲書(28)、一〇七頁。
(30) 「読売新聞」一九三八年五月一九日朝刊九面「婦人」欄の記事。本章初出後、田口麻奈もこの記事に触れている。「谷川俊太郎の愛国詩　ロスト・ジェネレーションの感動」、「ユリイカ」第五六巻第三号、青土社、二〇二四年二月、三三三頁参照。
(31) 「第一回「歴程展」出品目録」、「歴程」通巻第三九号、歴程社、一九五二年一月参照。
(32) 黒田三郎「同人雑誌評　歴程」、「詩学」第七巻第四号、詩学社、一九五二年四月、七八頁。
(33) 谷川俊太郎「訪問」、「婦人画報」第五六二号、婦人画報社、一九五一年七月、六五頁。
(34) 谷川俊太郎「まず人間として生きて下さい」、「婦人公論」第四二七号、中央公論社、一九五二年一二月、五四―五六頁。
(35) 田口麻奈、前掲文(30)、三二四頁参照。
(36) 鮎川信夫・鳥見迅彦・平林敏彦・木原孝一・嵯峨信之「作品月評」第四回、「詩学」第八巻第五号、詩学社、一九五三年五月、七三頁。
(37) 友竹辰「遁れよう嫌おうとして――「秘密とレントゲン」」、前掲書(20)、二六四頁。
(38) 谷川俊太郎・山本太郎・岩田宏・林光・入沢康夫「詩の倫理と文体」、前掲書(20)、二三一頁。

第四章　谷川俊太郎『二十億光年の孤独』が「宇宙的」な詩集になるまで

一、『二十億光年の孤独』は「宇宙的」な詩集か

谷川俊太郎の第一詩集『二十億光年の孤独』（創元社、一九五二年六月）の特徴について、「宇宙的」であることを挙げるものは多い。たとえば北川透は、原作者手塚治虫からの依頼で谷川が作詞したアニメ『鉄腕アトム』（一九六三年テレビ放送開始）の主題歌に言及しながら、次のように指摘する。

わたしがこの懐かしい「鉄腕アトム」の歌詞から思い起すのは、最初の詩集『二十億光年の孤独』です。この第一詩集が出版されたのは一九五二年でした。ここには一九四九年（十八歳）から一九五一年（二十歳）までの、谷川さんの初期作品から選んだものが収められています。「鉄腕アトム」の歌詞が書かれたのは、それから十数年後になりますが、最初の詩集の中に流れている、ある特徴と通い合うものがあります。それは一口で言うと、孤独な少年の宇宙的感覚というようなものです。なぜ、孤独なのか、なぜ、宇宙感覚なのか。ここには谷川さんの詩がどこから始まったのかを解く、大事な鍵の一つがあるように思えてなりません。(1)

北川によると、『二十億光年の孤独』と『鉄腕アトム』の主題歌の共通する特徴が「宇宙的感覚」だ。しかしなが

ら、『二十億光年の孤独』は本当に「宇宙的」な詩集かどうか。確かに、この詩集には「宇宙的」な作品がいくつも収められており、「二十億光年」というタイトル中の言葉も宇宙を連想させる。ただし、すべての作品が「宇宙的」というわけではなく、詩集全体でみるとその印象は薄れてしまう。つまり、『二十億光年の孤独』が「宇宙的」であるという印象は、この詩集に収められた一部の詩篇がかたちづくっているのである。

また、『二十億光年の孤独』を詩集全体でみた場合、「宇宙的」という印象が薄れるばかりではない。この詩集について、野村喜和夫は次のように述べている。

当時、『二十億光年の孤独』や『六十二のソネット』がどれくらいのインパクトがあったのか歴史的に知らないわけではないのですが、いま読んでみてちょっとインパクトがないんですね。(2)

出版当時の『二十億光年の孤独』に「インパクト」があったかどうかは慎重に検討されなければならないが、(3)「いま読んでみてちょっとインパクトがない」点については同感だ。おそらく野村も詩集全体をみて、そのように感じているのだろう。ということは、「宇宙的」な作品が『二十億光年の孤独』のなかで良質なものであり、それらが詩集を代表することで今日にも通じる「インパクト」が生み出されているに違いない。

では、その「インパクト」を生み出す『二十億光年の孤独』の「宇宙的」な作品は、どう選ばれ、どのようにして詩集を代表するに至ったのか。それを検討することは、一冊の詩集のイメージや評価がどのように形成されていくか、その過程をみつめることでもある。

二、谷川と宇宙の結びつき

谷川俊太郎の名前は、一九五〇年ごろより雑誌等でみられるようになった。そのころの谷川評の多くが、詩の新鮮さやみずみずしさについて述べている。前章で確認したように、たとえば「詩学」一九五〇年九月号の「詩学研究作品」欄に掲載された「秘密とレントゲン」「五月の無智な街で」を、村野四郎は「レントゲン氏の眼のような一種のすがしがしさ」「新鮮な詩的美」「非常に洗練された表現技術」「清潔で新鮮なテクニック」[4]と評している。また、三好達治は「文學界」一九五〇年一二月号に掲載された谷川の詩を「その歌ひぶりは、ぐんと新らし」く、「内容のみづみづしい躍動とそれを盛るにふさはしい語感語法の新しさをたしかに彼のものとしてゐる」[5]と紹介している。そんななか、もっとも早く谷川の詩を「宇宙的」と評したのは高橋宗近だ。高橋は『二十億光年の孤独』を次のように評した。

総じて言つて谷川君のこの詩集は「年少者の文学」の領域からそれほど出ていないとすら見られる点もある。これは何も谷川君の年齢の若さからあてずつぽうに言うことではない。たとえば「地球があんまり荒れる日には」とか「二十億光年の孤独」とかいう作品では、谷川君は、人の子としての孤独さから、火星に呼びかけたくなつたり、火星に仲間を欲しがつたりする、ということを書いている。その他の作品にも同じような主題はしばしば見られるが、これらは人間の孤独を宇宙的に定着させようとする谷川君の考え方を示している。所が、その谷川君の考えている宇宙的なものとはなんであろうか。一読すれば判るとおりきわめて初歩的常識的な天文学的宇宙に過ぎないのである。初歩的な天文学の知識によつて与えられる少年の宇宙に対する神秘感。なる最初は天文学的に与えられた宇宙感覚も、やがては天文学的図形を越えてゆく。（中略）ある精神年齢のレベルほどこれは成長しつゝある年少の一時期にあつては、きわめてエポックメイキングな感情かも知れぬ。しかし、を越えたものにとつては、自己の孤独を宇宙的に定着させようとする時にも、もはやその感情を、易々として、初歩の天文学的宇宙像に仮托させてますますことには満足出来まいと思うのである。[6]

前章でも述べたように、高橋は『二十億光年の孤独』にみられる「宇宙的なもの」を「ある精神年齢のレベルを越えて」おらず、「初歩的常識的な天文学的宇宙に過ぎない」と否定的に捉えている。そのことはともかく、この発言が谷川と宇宙を結びつけて論じた最初のものであることは間違いない。

その高橋に続いて両者の結びつきを強調したのは、ほかならぬ谷川自身だった。次に引用するのは、谷川の第一評論集『世界へ！』（弘文堂、一九五九年一〇月）の巻頭に収められている「詩人とコスモス」の冒頭部分である。

なぜあなたは詩をつくるか、という問は、詩人、楽しみに詩をつくる人ではなく、自分の人間としての仕事として詩をつくることを選んだ本当の詩人にとっては、なぜあなたは生きているのか、という問と変らないとぼくは思う。（中略）

つくりたい、という気持は、詩人の情熱なのだ。そして、つくらねばならぬ、という気持は、詩人の広い意味でいって道徳《モラル》である。前者は詩人の宇宙的《コスミック》な生命のあらわれであり、後者は詩人の社会的《ソシアル》な人間のあらわれであると考えていいとぼくは思う。一つの詩は、作者の意識的であるなしにかかわらず、つくりたい、に出発して、つくらねばならぬ、を通って完成へと導かれるものだとぼくは考える。[7]

また、同じ評論集の標題作「世界へ！」には、次のような記述がみられる。

科学者たちが新しい宇宙船を世界に向けて出発させる時、詩人は新しい言葉を世界に向けて出発させる。宇宙の沈黙の中で、それらは同じひとつの武器、人間を生き続けさせるための武器なのだ。[8]

谷川は、詩をつくりたいという「詩人の情熱」は「詩人の宇宙的な生命のあらわれ」であり、そこから生み出される「新しい言葉」は「宇宙の沈黙の中」で「人間を生き続けさせるための武器」になると語る。いずれも宇宙が詩作について語る際の比喩として用いられており、実際の宇宙とはかけ離れているのが特徴だ。ただ、厳密な意味で言葉が用いられていなくとも、このような谷川自身の宇宙についての言及を通じて、谷川と宇宙は結びついているというイメージが徐々に形成されていった面はあるだろう。

そしておそらく、右のような詩人と宇宙の結びつきに関する谷川の感覚的な発言を支えたのが、大岡信だ。「詩学」一九五四年一月号に掲載された「二十代の発言」という座談会をみてみたい。

そのなかで、谷川が「ぼくもやはりモラルを背負つている」、「ぼくのモラルというのは社会的というのではないのですね。もつと自分では宇宙的なものという感じがするのですけれども、そう言うとちよつと俗つぽくなりますが、人間に対する自分の位置よりも宇宙に対する自分の位置、そういう意味のモラルで、対社会的にモラルを考えている人たちにはぼくの詩にはモラルがないように見えることもずいぶんあるのじやないかと思うのです」と発言すると、中村稔が「宇宙的にモラルを考えるということはぼくには理解できないのですが」と批判するが、すかさず大岡が「感覚的なんじやないかな、その点」[9]とフォローしている。

また大岡は、谷川が「結局自分はどう生きるかということの基盤をどこに置くかということがいつでも宇宙的な広がりを持つているような気がするのです。だから地球なんていうものも何億年、何千億年存在するものであるにせよ、いつかは滅びるものであるとか、ぼくらは人間になつているけれども、非常に遠い昔には生物ではなく非生物から進化してきたものだというようなこと、そういうこと自身が今お茶を飲んでいるとか、隣りの人が病気で死にかかつているとか、戦争があるとかいうことと同じ強さでぼくには問題になるわけです」と述べたのち、「みんながぼくのことを抒情的だと言うのに対して不満に思うのです。ぼくはどう生きるかということをいつでも考えていることがそれだけで自分にはメタフィジックだと思われるものだから、そういうものがまだ抒情的だと受取られるのはぼくの方法のまずさとか、そういうことにあるのじやないかと思」うと発言したことを受けて、「やはりそういうふうに宇宙的なものも隣りの人の事件も同質に見えるというのは、メタフィジックではなく抒情的だと思う」[10]と指摘する。このように、詩人と宇宙のつながりに関する谷川の感覚的な発言を全面的には支持せず修正しながら、谷川以外の人間にもわかるように補足しているのが大岡である。

すると今度は、その大岡が谷川と宇宙の結びつきについて強調するようになっていくのだ。時代は下るが、一九六八年に刊行された角川文庫の解説で、大岡は次のように述べている。

石器時代から今にいたるまで、とにかく繁殖をつづけてきた人類という種の、時あってふと気づく、種全体としての孤独というようなもの、それが谷川の初期の詩の根本的なモチーフのひとつである。二十億光年の孤独という言葉の意味も、単に少年期から青年期にうつりつつある谷川俊太郎個人の孤独ということではなかろう。むしろ地球人なるものが、この二十億光年のひろがりをもつ大宇宙の片隅で、時おり感じとる、人類的な孤独感をさしているだろう。[11]

藤本寿彦は、谷川への「今日の現代詩研究からのアプローチは概ね、大岡らが構築した枠組に依拠してきた[12]」といい、右の大岡の記述、および同じ解説で大岡が「一九五〇年代の詩人たちの特質」として「この時代の一群の詩人たちは、感受性そのものを、手段であると同時に目的とする詩、言いかえると、言葉の世界への一層深い潜入ということが詩の目的そのものでありうることを、彼らの詩そのものによって語っているような、そんな詩を書きつづけてきた[13]」と述べている箇所を引用しながら、「このコンテクストに登場した谷川の詩的世界や詩法に言及した「宇宙」と「感受性」が、批判や検討を経ることなく今日も流通している[14]」と指摘している。

藤本のいうように、確かに今日谷川について論じる際、わたしたちは大岡信を中心として構築された枠組みに依拠しているだろう。逆に、大岡が「感受性」というフレームを築いたからこそ、谷川や大岡ら「一九五〇年代の詩人たち」についてわたしたちが論じることができるようになったともいえる。大岡信の果たした重要な役割は、まさに戦後詩あるいは現代詩の見方に枠組みを与えたことにこそあるのだから。

ただし、谷川の宇宙に限定していえば、大岡だけがその枠組みを構築したわけではない。宇宙に触れた作品を詩集にいくつも収め、その詩集に宇宙を想起させる「二十億光年」という言葉をタイトルに入れた谷川自身が、詩集刊行まもないころから積極的に詩人と宇宙の結びつきについて語っていたのである。大岡は、谷川が「感覚的」に述べる宇宙を、ほかの人に通じるように補足しながら語り直したに過ぎない。とすれば、『二十億光年の孤独』が「宇宙的」であるという評価は、谷川と大岡のいわば共犯関係のなかから構築されていったと捉えることができよう。

三、『二十億光年の孤独』における宇宙関連語

『二十億光年の孤独』には、「火星人」に想いを馳せる標題作「二十億光年の孤独」以外にも、多くの「宇宙的」な作品が収録されている。そのことに関して、北川透は次のように述べている。

宇宙感覚を明瞭な形で映し出している作品は、詩集『二十億光年の孤独』では「祈り」「かなしみ」「地球があんまり荒れる日には」「警告を信ずるうた」「周囲」「夜」「はる」「博物館」「二十億光年の孤独」「五月の無智な街で」「埴輪」など多数にのぼります。『十八歳』では「If I could......」「抱負」「しずかな譚詩」「おそれ」など、「二十億光年の孤独　拾遺」では「常に」「天使は」の二篇だけです。これは『二十億光年の孤独』という詩集の編み方のなかに、宇宙感覚の作品を選ぶという、はっきりした自覚が働いている、ということではないでしょうか。詩集の題名の選択ということも含めて、当時、編集段階でそういう自覚が可能になるためには、制作過程のなかで、次第に宇宙が強烈に意識されていったということがある、と思われます。それらのなかでも「かなしみ」は、宇宙を資質の奥深くに抱きかかえた記念碑的な作品でした。(15)

『十八歳』および「二十億光年の孤独　拾遺」にはあとで触れることとし、ここでは『二十億光年の孤独』に限定して考えたい。北川がタイトルを挙げている詩篇のうち、「かなしみ」と「はる」には宇宙に関連する語句はみられない。にもかかわらず、『二十億光年の孤独』が「宇宙的」な詩集であるという前提で読むと「宇宙的」に感じられ

るから不思議だ。まず、「かなしみ」をみてみよう。

あの青い空の波の音が聞えるあたりに
何かとんでもないおとし物を
僕はしてきてしまつたらしい

透明な過去の駅で
遺失物係の前に立つたら
僕は余計に悲しくなつてしまつた

「僕」には「とんでもないおとし物」をしてきたという感覚、喪失感がある。ところが、その「おとし物」が何かはわからない。落としてきた場所は「あの青い空の波の音が聞えるあたり」、はるか遠くだ。しかし、「青い空」の下の「波の音」は、いま「僕」のいる場所から聞こえるはずがない。「僕」は、何を落としてきたのか具体的に思い出せず、さらには落としてきた場所も明確に示すことができずに、「何か」を落としてきたと想像で語っている。やがて「僕」は「おとし物」を探して「透明な過去の駅」にやってくる。「遺失物係の前」で「おとし物」をみつけようとするが、何を落としたか思い出せないので、それを発見できない。「僕」は漠然とした喪失感のなか、ただ「かなしみ」を抱えてたたずむ。

この詩の「宇宙的」なイメージを支えているのは、「透明な過去の駅」だろう。時空を越えて「僕」がやってきた、目にみえない駅。そこに、この世や地球上でないどこか、すなわち宇宙のイメージがある。落とした場所が曖昧な点、その「おとし物」が決してみつからない点にもその地の広大さが感じられ、宇宙に通じる。ただし、それは『二十億光年の孤独』という詩集のなかで読んだときに感じられることで、単独でこの詩に接してそう読めるかは疑問だ。

また、「はる」は次のような詩篇である。

はなをこえて
しろいくもが
くもをこえて
ふかいそらが

はなをこえ
くもをこえ
そらをこえ
わたしはいつまでものぼつてゆける

はるのひととき
わたしはかみさまと
しずかなはなしをした

【資料B】『二十億光年の孤独』宇宙関連語一覧

※詩篇名上部の数字は詩集収録順序を示す。

2 わたくしは…宇宙大
3 運命について…五億平方粁
7 霧雨…星空
10 祈り…宇宙、地球
13 地球があんまり荒れる日には…地球、火星、月、星
14 西暦一九五〇年　三月…地球
15 警告を信ずるうた…宇宙線、ジュピター
21 周囲…十億年、アンドロメダ星雲、オリオン星雲、地球
22 夜…亜成層圏、星空
26 博物館…彗星
27 二十億光年の孤独…火星（人）、地球、二十億光年
29 それらがすべて僕の病気かもしれない…宇宙、渦状星雲
30 五月の無智な街で…宇宙、地球
35 夕立前…地球
36 演奏…星雲
39 暗い翼…星、月
40 颪…成層圏
42 山荘だより1…地球、太陽
44 山荘だより3…太陽
45 山荘だより4…宇宙
46 埴輪…地球、宇宙
48 一九五一年一月…宇宙、月、地球
50 初夏…星達、宇宙、遊星

この詩では「わたし」の目がカメラの役割を果たしている。最初は花の咲き乱れる春の草原の風景が映し出され、「わたし」はそれを下に眺めながら「くも」のなかに入っていく。そこを抜けると「そら」が広がる。「わたし」はそのまま「のぼってゆ」き、最終的には「かみさま」と「はなし」ができるところに到達する。「かみさま」の居場所ははっきりしないが「そら」よりさらに上空、すなわち宇宙であろう。この詩についても、『二十億光年の孤独』に収録されているほかの詩篇との関係を意識して読むと宇宙が感じられるが、いうまでもなく天空と宇宙はイコールではない。

このように、『二十億光年の孤独』にはほかの詩との関係を意識して読めば「宇宙的」に感じられる一方、単独でみると「宇宙的」とは感じにくい作品がある。また、宇宙をまったく感じさせない作品も多い。草野心平『第百階級』（銅羅社、一九二八年一一月）の全篇が蛙を題材としているのとは違い、『二十億光年の孤独』は収録詩篇すべてが宇宙に関連して

いるわけではないのである。全体を概観すると、この詩集の「宇宙的」な印象が薄まるのはそのためだ。

では、『二十億光年の孤独』において宇宙を感じさせる詩篇は、果たしてどれぐらいあるのだろうか。宇宙関連語の用いられている作品をまとめたのが【資料B】の「『二十億光年の孤独』宇宙関連語一覧」である。この資料では、単純に宇宙関連語が使われているかどうかを調べているため、「かなしみ」や「はる」のように宇宙関連語がみられなくとも「宇宙的」に感じられる詩篇は掲出していない。また、宇宙関連語かどうかの判断も見方によって異なるだろう。それでも、『二十億光年の孤独』における「宇宙的」な作品の割合をみるには、ひとつの指標になると思われる。

『二十億光年の孤独』で宇宙関連語がみられる詩篇は全五〇篇中、二三篇。詩集の四六パーセントの作品で宇宙関連語が用いられている。これに「かなしみ」「はる」を加えると、詩集に収められている半数が「宇宙的」な作品ということになる。この数だけでも『二十億光年の孤独』が「宇宙的」と評される理由はうかがわれるが、アンソロジーの類になるとその割合はさらに増加する。それをまとめたのが【資料C】の「アンソロジー採録詩篇一覧」だ。

アンソロジーの選者は谷川自身である場合もほかの人物の場合もあるが、いずれも宇宙関連語のみられる作品が多く採用されている。採録詩篇の多い『戦後詩人全集』や角川文庫、現代詩文庫では「宇宙的」でない作品も比較的多く収録されているが、詩篇数の少ないハルキ文庫以降の選集では「宇宙的」な作品が『二十億光年の孤独』から採録された四分の三を占めている。それぞれの選者が「宇宙的」であるかどうかを意識して詩を選んでいるとは限らないが、『二十億光年の孤独』が「宇宙的」であるという印象がこれらのアンソロジーを通じて強められていく様子をみることができよう。

興味深いのは、岩波文庫の自選詩集の収録作品に、谷川自身が『二十億光年の孤独』のなかから「宇宙的」な作品を積極的に選んでいることだ。そのひとつに「一九五一年一月」が選ばれているのは、ほかの選集にあまりみら

【資料C】アンソロジー採録詩篇一覧

※A（太字＋傍線）は宇宙関連語を含むもの、B（太字のみ）は「かなしみ」「はる」を示す。

▼『戦後詩人全集』第一巻（書肆ユリイカ、一九五四年九月）

↓全17篇（A 9篇・B 1篇）

生長、かなしみ、一本のこうもり傘、灰色の舞台、博物館、二十億光年の孤独、梅雨、ネロ、演奏、メス、暗い翼、山荘だより1、山荘だより2、山荘だより3、山荘だより4、埴輪、初夏

▼『空の青さをみつめていると　谷川俊太郎詩集1』（角川文庫、一九六八年一二月）

↓全20篇（A 11篇・B 2篇）

生長、運命について、絵、春、祈り、かなしみ、西暦一九五〇年　三月、郷愁、宿題、周囲、はる、博物館、二十億光年の孤独、五月の無智な街で、梅雨、ネロ、暗い翼、山荘だより3、埴輪、初夏

▼『日本の詩集17　谷川俊太郎詩集』（角川書店、一九七二年四月）

↓全16篇（A 10篇・B 0篇）

わたくしは、祈り、地球があんまり荒れる日には、周囲、日日、灰色の舞台、二十億光年の孤独、病院、それらがすべて僕の病気かもしれない、秘密とレントゲン、メス、演奏、風、山荘だより1、山荘だより2、一九五一年一月

▼『続続・谷川俊太郎詩集』（現代詩文庫、一九九三年七月）

↓全12篇（A 6篇・B 1篇）

生長、わたくしは、霧雨、かなしみ、地球があんまり荒れる日には、電車での素朴な演説、郷愁、夜、和音、灰色の舞台、二十億光年の孤独、それらがすべて僕の病気かもしれない

▼『谷川俊太郎詩集』（ハルキ文庫、一九九八年六月）

↓全4篇（A 1篇・B 2篇）

かなしみ、はる、二十億光年の孤独、ネロ

▼『谷川俊太郎詩選集　1』（集英社文庫、二〇〇五年六月）

↓全8篇（A 4篇・B 2篇）

春、かなしみ、はる、博物館、二十億光年の孤独、ネロ、暗い翼、埴輪

▼『自選　谷川俊太郎詩集』（岩波文庫、二〇一三年一月）

↓全4篇（A 2篇・B 1篇）

かなしみ、二十億光年の孤独、ネロ、一九五一年一月

れず珍しい。

この詩において、「宇宙」という語がみられるのは第七連である。(16)

原子爆弾
「呪いのみが私を支える
無知と傲慢とが
ひとつの法則を畸型にする
そこからすべてがひびわれてくる
やがて無が蕈の形をして
一瞬宇宙を照らすだろう」

この月、アメリカで原爆実験が行なわれると報道されたことが、おそらく右のモチーフとなっている。(17)「ひとつの法則」つまり人間として守るべき掟を「畸型」にし、「ひびわれ」させ、やがて「無」にするために落とされるのが「原子爆弾」であり、その爆発によって発生する「蕈」雲は「宇宙」にまで到達する。「原子爆弾」には「呪い」がかけられており、「無知と傲慢」なものにしか使用することができない。谷川は宮崎真素美との対談のなかで、この詩の背景には一九五〇年に起こった朝鮮戦争に対する「不安」が「基本的なムード」として存在し、「ただ戦争が怖い、戦争に行かされるのが怖いということではなくて、現代文明の文脈の中でこういう言葉を書いてたと思う」(18)と述べている。その「現代文明」に生きるものの「不安」がまさに「原子爆弾」に託されているといえよう。いかにも谷川らしいのは、その「原子爆弾」が生じさせる「蕈」雲が「宇宙を照らす」という発想だ。こうした作品を、谷川は自選詩集に選んでいるのである。そこには、意識的にか無意識的にか、『二十億光年の孤独』を「宇宙的」な詩集にみせたいという谷川の構成意図が働いていると思われる。

四、初期詩篇ノートから

谷川にはいつごろから『二十億光年の孤独』を「宇宙的」にする構成意図が働いていたのだろうか。そのことについて、北川透が『十八歳』および「二十億光年の孤独　拾遺」との比較のなかで「『二十億光年の孤独』という詩集の編み方のなかに、宇宙感覚の作品を選ぶという、はっきりした自覚が働いている」と指摘していることはすでに触れた。ただし、『十八歳』と「二十億光年の孤独　拾遺」の扱いについては慎重にならなければならない。「二十億光年の孤独　拾遺」は『日本の詩集』第一七巻『谷川俊太郎詩集』（角川書店、一九七二年四月）に収録された詩篇群を指す。この選集には『二十億光年の孤独』から採録された一六篇以外に、「二十億光年の孤独　拾遺」として二一篇が収められている。小海永二は次のようにいう。

> 少年谷川俊太郎は、このような詩をせっせと書いては、ノートにきちんと清書し（それらはノート三冊分になった）、時至るや、その中から選んで詩集『二十億光年の孤独』を編んだのだった。
> 　それでは、選び残された詩はどうなったか。本詩集の〈「二十億光年の孤独」拾遺〉に収められている詩が、そのおり選び残された中から今回さらに選ばれて、はじめて読者の前に差し出されることになった諸編である。これらの詩は、谷川俊太郎の詩を、特にその最も初期の詩を愛する読者にとっては、この上ない贈り物と言えるだろう。(19)（傍点原文）

右の解説によれば、「二十億光年の孤独　拾遺」詩篇は『二十億光年の孤独』に採用されなかったノート作品からの抜粋である。しかし、調べてみるとそのすべてがノートに記されているわけでなく、「（想う人と動く人についてのノート）」は「詩学」一九五二年一月号に発表されている。

一方、『十八歳』は東京書籍より一九九三年四月に刊行された詩集で、沢野ひとしの挿画とともに計六三篇を収録している。そのうち、「夢」は「二十億光年の孤独　拾遺」と重複。すべての詩は、小海の解説でいわれていた三冊のノートの二冊から選ばれており、もう一冊のノートに記された詩は採録されていない。この詩集の成立について、谷川は次のように述べている。

> 手元に二冊のうすっぺらなノートブックが残っています。一冊は「傲慢ナル略歴」と題され、もう一冊は「電車での素朴な演説」と題されています。この二冊が私の詩への出発点でした。（中略）その二冊のノートの中から、『二十億光年の孤独』（中略）に収めたものを除いた大部分を、この詩集に収録しました。沢野ひとしさんが絵を描いて下さらなかったら、私にはこれらの作品を人目にさらす勇気は出なかったでしょう。[20]

また、別のところで谷川は「これはぼく自身が望んだ本じゃないんですよ。イラストレーターの沢野ひとしが、東京書籍に持ち込んで、これを出そうよって。ぼくは気が進まなかったの。だって『二十億光年の孤独』のとき落としたんだから、駄作だと思ってるわけでしょう」、「だから沢野ひとしが言い出さなかったら、たぶんずっとぼくのノートのなかに入ったままだったと思いますよ。でも沢野さんが言い出したときに、ラジオの回路図みたいな挿絵を描いてくれたり、一種の共感みたいなものがあって、沢野さんが絵を描くんだったら、その絵と一緒に出せば若い頃の記録として読んでもらえるかなって[21]」とも述べている。

これらのことから考えると、『十八歳』収録作品は谷川ではなく沢野が選んだものであり、同書に谷川の編集意識はほとんど働いていない。したがって、『二十億光年の孤独』の構成意図を探るには、収録詩篇数のそれほど多くない「二十億光年の孤独　拾遺」や、谷川の編集意識の働いていない『十八歳』ではなく、小海や谷川の記述にみられるノートと比較する必要があるだろう。

従来の谷川研究でほとんど注目されてこなかったが、谷川からの提供を受けて『二十億光年の孤独』のもととなったノートを翻刻した報告書がある。伊藤眞一郎・橋本典子編『［翻刻］谷川俊太郎『二十億光年の孤独』に関わる初期詩篇ノート』（安田女子大学言語文化研究所、二〇〇三年三月）がそれだ。同書によればノートは三冊あり、「傲慢ナル略歴Ⅰ」と題されたノートには一九四九年一〇月一二日―一九五〇年三月四日に制作された五九篇、「電車での素朴な演説Ⅱ」には一九五〇年三月六日―同年五月三日制作の五四篇、「無題」には一九五〇年五月八日―一九五二年二月二三日制作の八二篇が記されている。「『二十億光年の孤独』のとき落としたんだから、駄作だと思ってるわけでしょう」という谷川の発言を裏づけるように、総じて『二十億光年の孤独』に採用されなかった詩篇のレベルは高くなく、習作の域を出ていない。

【資料D】の「『二十億光年の孤独』詩集本文・ノート本文異同表」に示した通り、『二十億光年の孤独』採録作品の詩集本文とノート本文の異同は少ない。そのなかでもっとも大きな異同があるのは、岩波文庫の自選詩集にも収録されている、さきに触れた「一九五一年一月」だ。ノートでは、エピグラフに *Chambers's 20th Century Dictionary* からの引用として戦争の説明が掲げられているが、『二十億光年の孤独』収録時にこのエピグラフは削除されている。ノートに書かれた時点では戦争を念頭において書かれた詩であることが明示されていたが、詩集ではその痕跡が消されているのである。ほかにもノートには、一九五〇年七月五日制作の「戦争について――ひとつのヴィジョン――」や、「死んだ人人」に想いを馳せる一九五一年六月制作の「碑銘」など、戦争に関連する詩篇がいくつかある。

このことについて、藤本寿彦は「谷川が戦争体験と無縁の表現者であるというのが常識のようになっているわけであるが、果たしてそうであったのか。その常識は昭和二十七年刊行の『二十億光年の孤独』の読解によって形成

【資料D】『二十億光年の孤独』詩集本文・ノート本文異同表

※詩篇名上部の数字は詩集収録順序を示す。ルビ、字あき、改行、字体の異同は除外した。

■ノート「傲慢ナル略歴Ⅰ」

タイトル	詩集本文	ノート本文
6 絵	雲はくらく	雲は暗く
2 わたくしは	えへん　わたくしはあるいている	えへん、わたくしはあるいている

■ノート「電車での素朴な演説Ⅱ」

タイトル	詩集本文	ノート本文
8 春	僕は梅の匂いにおきかえた	僕は梅の匂いにおきかへた
10 祈り	（こわれかけた複雑な機械の鋲の一つ）	（こはれかけた複雑な機械の鋲の一つ）
11 かなしみ	あの青い空の波の音が聞えるあたりに	あの青い空の波の音が聞こえるあたりに
	僕は余計に悲しくなつてしまつた	僕は余計悲しくなつてしまつた
12 飛行機雲	せい一杯な子供の凱歌	せい一杯な子供の凱歌。
	それは芸術	それは芸術。
	無限のキャンパスに描く	無限のキャンパスに画く
	はかない讃美歌の一節	はかない讃美歌の一節。
	春の空	春の空。
17 電車での素朴な演説	乗りあわせたのだし	乗りあはせたのだし
	必要なのではないでしょうか	必要なのではないでせうか。
	みんなが思えば	みんなが思へば
	みんなの思いで	みんなの思ひで

	運転出来ると僕はほんとに信じています 書かれなくても美しいこころは守れる筈です 消そうではありませんか 勾配もけわしい　というのに 僕には全く堪えられません	運転出来ると僕はほんとに信じています。 書かれなくても美しいこころは守れる筈です。 消そうではありませんか。 勾配もけはしい　というのに 僕には全く堪えられません。
19　郷愁	郷愁	郷愁――グリーク・ソナタ op.45・第二楽章――
25　灰色の舞台	全く百科辞典の三四行で 乾いた足音ひとつ聞えない	全く百科辞典の三、四行で 乾いた足音ひとつ聞こえない

■ノート「無題」

タイトル	詩集本文	ノート本文
29　それらがすべて僕の病気かもしれない	伏せてしまい、 救い。 ガーシュイン　ひとつの オーウェル「一九八四年」	伏せてしまひ、 救ひ。 ガーシュイン、ひとつの オーウェル、「一九八四年」
30　五月の無智な街で	とりどりの風景をおたがい秘密にしながら とりどりの夢をおたがい忘れ合いながら 小さな島国のみた　そして又みるかもしれない　悪い夢　良い夢――	とりどりの風景をおたがひ秘密にしながら とりどりの夢をおたがひ忘れ合いながら 小さな島国のみた　そして又、みるかもしれない　悪い夢　良い夢――
34　ネロ――愛された小さな犬に	そして今僕は自分のや又自分のでないいろいろの夏を思い出している	そして今僕は自分のや又自分のでないいろいろの夏を思ひ出している

3 運命について	人間はいつたいもう何回位の夏を知つてい るのだらうと	人間はいつたいもう何回位の夏を知つてい るのだろうと
	〈思い出すね〉	〈思ひ出すね〉
	〈思い出すね〉	〈思ひ出すね〉
39 暗い翼	空とそして土の匂い	空とそして土の匂ひ
	われわれのすべての匂いだ	われわれのすべての匂ひだ
41 現代のお三時	＊一行削除	（肩をすくめ死を急ぐのか）
42 山荘だより1	僕は皮膚呼吸している	僕は皮膚呼吸をしている
43 山荘だより2	記憶は匂いにのつてかへつて来	記憶は匂ひにのつてかへつて来
	僕は思わず目を閉じた	僕は思はず目を閉じた
44 山荘だより3	いつか時間は静かに空間と重なつてしまい	いつか時間は静かに空間と重なつてしまひ
47 静かな雨の夜に	神を信じないで神のにおいに甘えながら	神を信じないで　神の臭いに甘えながら
48 一九五一年一月	＊エピグラフ削除	War, n. a contest between states carried on by arms. (Chambers's 20th Century Dictionary)
	永い闇が私の眼の緑を染めてしまい	永い闇が私の眼の緑を染めてしまひ
	「呪いのみが私を支える	「呪ひのみが私を支える
49 曇	ワーニヤ伯父さんを観て	――ワーニヤ伯父さんをみて
50 初夏	しかしそれらもまた失われる	しかしそれらもまた失なわれる

されたものだが、この詩集のコンセプト自体が当代における谷川のセルフイメージ戦略と深く関わるものであったかもしれないのだ」と述べたうえで、「碑銘」を論じながら「谷川が詩人たり得る資格を有しているのは、戦争体験を正しく言語の問題として設定したことに求められよう[22]」と指摘している。だが、詩集に収録されなかったノートの連作詩「お伽話」に「また　やがて　当然のように　ゆっくりした戦争があった。白い墓がいつのまにか増えていった」(「町〈お伽話　6〉」)、「裏通りでは　りんごのように　雄弁家が　戦争を語っていた。やがて奇妙な　沈黙が彼をも殺した[23]」(「都市〈お伽話　7〉」)とあるように、谷川にとって戦争は「お伽話」でしかなかった。とすれば、谷川は「戦争体験を正しく言語の問題として設定した」というよりむしろ、戦争を言語の問題としてしか設定しえなかったともいえよう。

さて、『二十億光年の孤独』のもととなったこれら三冊のノートにおける「宇宙的」な作品の割合はどれぐらいだろうか。宇宙関連語の用いられているノート作品をまとめたのが【資料E】の「初期ノート宇宙関連語一覧」である。三冊のノートで計六一篇、割合でいうと三一パーセントの詩に宇宙関連語が認められる。さきに述べたように『二十億光年の孤独』では四六パーセントだったから、ノート、詩集、アンソロジーの順で「宇宙的」な詩が増えていくことになる。このことから考えると、さきに引用した北川透の「『二十億光年の孤独』という詩集の編み方のなかに、宇宙感覚の作品を選ぶという、はっきりした自覚が働いている」という指摘は正しい可能性が高い。

ただし、ここで注意しなければならないのは、詩集収録作品を選んだのは谷川ひとりではなかったことだ。そのことについて、谷川は四元康祐との対談のなかで次のように述べている。

四元　(略)『二十億光年の孤独』を編まれたのは、お父さんのアドバイスがだいぶ入ってるんでしょうか。○とか×とか書いて戻ってきたんでしょ。

谷川　だいぶ入ってると思いますね。それがはっきりしているものもあります。彼、遠慮してすごく薄く(ノー

【資料E】初期ノート宇宙関連語一覧

※Aは「傲慢ナル略歴Ⅰ」、Bは「電車での素朴な演説Ⅱ」、Cは「無題」、数字はノートの執筆順序。
＊は『二十億光年の孤独』収録作品を示す。

A3 ある世界…地球
A5 朝…太陽
A7 雲…星、月
A15 訪問…太陽
A16 If I coud… …火星、地球、宇宙
A17 ユメ…地球
A19 雪はつめたかない…太陽
A41 ＊わたくしは…宇宙大
A49 ＊霧雨…星空
A50 反省…火星
A52 おそろしいこと…宇宙、地球、月
A55 かなしみ…宇宙、地球
A56 夜の教室…月、太陽
A58 抱負…太陽、月、宇宙、火星人、太陽系第三惑星、宇宙詩人
B5 大望…五億光年
B10 ＊祈り…宇宙、地球
B13 しずかな譚詩…地球、火星、太陽
B16 ＊地球があんまり荒れる日には…地球、火星、月、星
B17 ＊西暦一九五〇年　三月…地球
B19 おそれ…地球、星（々）、成層圏
B20 ＊警告を信ずるうた…宇宙線、ジュピター
B29 エイプリル・フール風の詩集…宇宙
B30 ＊周囲…十億年、アンドロメダ星雲、オリオン星雲、地球
B31 ＊夜…亜成層圏、星空
B32 東京よ…第三惑星圏
B35 夜の駅を発車する…星
B36 魔法…地球
B41 青い疑ひ…太陽、地球
B44 海…地球
B45 合唱…地球
B51 ＊博物館…彗星
B52 ＊二十億光年の孤独…火星（人）、地球、二十億光年
B53 新緑…火星
B55 Head Light…月
C1 ＊それらがすべて僕の病気かもしれない…宇宙、渦状星雲
C6 常に…地球、宇宙
C7 天使は…宇宙
C8 ＊五月の無智な街で…宇宙、地球
C17 ＊夕立前…地球
C18 ＊演奏…星雲
C20 ＊運命について…五億平方粁
C23 ＊暗い翼…星、月
C24 雨が降る…地球
C26 生マレル前ノ譚詩…地球
C27 夕暮…地球
C29 ＊風…成層圏
C32 ＊山荘だより1…地球、太陽
C34 ＊山荘だより3…太陽
C35 ＊山荘だより4…宇宙
C38 A LA THENEE FRANCAIS…流星
C39 悲しい耳…宇宙、地球
C43 ＊埴輪…地球、宇宙
C45 旅だち…獅子座、彗星
C46 ＊一九五一年一月…宇宙、月、地球
C49 昇天拒否…星、月
C50 日日〈お伽話3〉…土星
C57 ある近代的な壁面のために〈模様1〉…遊星
C68 指…宇宙、星星
C69 ＊初夏…星達、宇宙、遊星
C78 地球と骨と…地球
C81 今日…星星

トに）書いてんですよね。たとえば「停留所」は二重丸で「夜の雨の町」が一重丸で――（中略）これ徹三さんの意見を聞いて、削ってますね。
四元　聞き分けのいい息子さんだったんですね。
谷川　というより、彼、文芸時評をやってた人だから。自分も詩を書いてたし。
四元　納得なさったんだ。じゃあ二重丸だけ採ったんですか。
谷川　いやいや、そんなことない（笑）。そんなに彼の選んだものだけじゃなくて、自分の気持ちと、それから出版社の編集者の意見も入ってたかもしれない。
四元　三好達治さんのご意見は？
谷川　入ってません。三好達治さんは「文學界」に出すものを選んでくれただけだったと思う。これを一番最初に出してくれようとしたのは雲井書店っていう出版社で、その雲井さんとはどれを入れるかって話し合った可能性がありますね、よく覚えてないけど。(24)

ノートには、父徹三の「アドバイス」がいろいろと書き入れられているという。徹三によれば、三好達治に俊太郎の詩をみせる前に「たくさんのなかからわたしがいいと思うものを、それでも何十か選んで、分量から言うと全体の半分くらいになるかしら、それを持って行った(25)」というから、書き込みはそのとき行なわれたものだろうか。ところが、『［翻刻］谷川俊太郎『二十億光年の孤独』に関わる初期詩篇ノート』の解題によると、書き入れのすべてが徹三によるわけではないらしい。

大半の詩篇の題名の上方または右肩、および右罫外の下方余白には、◎・○・∨等の記号類が付されている。これらは、大半が薄く書き込まれていて、著者によると、この記入者は、父谷川徹三氏と著者自身のものだという。

この記号類を見ていくと、記号類が薄く見えるものがある。それらは父谷川徹三氏が付したものを、著者が一度消しゴムで消したからだという。また、その薄い記号類の横などには、濃い「○」印や「○」の上に「×」の印が付されている。これは、著者自身によるものであるという。

他にも、左の罫外には「歴程詩集」・「詩学」などの書き込みもある。これらは、著者自身のもので、それぞれを雑誌に投稿しようと思い記したということだが、詳細はよく覚えていないとのことである。

他に、詩篇本文に関するメモ、および感想類などの書き込みもある。これは、父谷川徹三氏のものだということである。(26)

このように、ノートの書き入れは徹三ばかりでなく、なかには谷川自身の書いたものもあるという。また、徹三の書いた印を谷川が消したものさえあるというのだ。それらを区別するためにはノート現物をより精緻に調査する必要があるが、現時点でそれは叶わない。したがって、ここでは「彼の選んだものだけじゃなくて、自分の気持ちと、それから出版社の編集者の意見も入ってたかもしれない」という谷川の発言に依拠して、『二十億光年の孤独』収録詩篇の選択には谷川自身と父徹三、および編集者の意識が働いているとみなす以外にない。

父徹三のアドバイスをかなり忠実に谷川が聞き入れているという点にも注意すべきだろう。すると、父による選別が、谷川に影響を与えた可能性が浮かび上がってくる。『二十億光年の孤独』に「宇宙的」な作品が多く採用されているのは、父徹三がそれらの詩を評価したからではなかったか。思えば、徹三は数々の「宇宙的」な作品を書いた宮沢賢治の研究者でもあり、その父の影響か、ノート「電車での素朴な演説Ⅱ」の最後のページには賢治の「銀河鉄道の夜」の一節が記されている。(27)

さらにいえば、谷川自身は「三好達治さんは「文學界」に出すものを選んでくれただけ」で、『二十億光年の孤独』収録作品の選択には関わっていないと述べているが、その三好が谷川に影響を与えた可能性も否定しきれない。

というのも、『二十億光年の孤独』刊行に先立ち、徹三から渡された作品群のなかから三好が選んだ詩六篇（「ネロ」「地球があんまり荒れる日には」「演奏」「病院」「博物館」「二十億光年の孤独」）が「文學界」一九五〇年一二月号に掲載されているが、「ネロ」「病院」以外の四篇に宇宙関連語がみられるからである。三好が選んだ三分の二が、宇宙に関連する作品なのだ。

このことを踏まえると、谷川に「宇宙感覚の作品を選ぶという、はっきりした自覚が働いている」のは、まず父徹三によるノート作品の選択があり、さらにそこから三好が詩を厳選することで、谷川のなかで宇宙というモチーフが明瞭になったからではないだろうか。つまり、父徹三や三好達治の目が通ることで、『二十億光年の孤独』の「宇宙的」というテーマが谷川自身に発見されたのではなかったか。

そうして自覚されたテーマを谷川本人が語り、その発言を大岡信が補強する。また、それらの言説に基づいてアンソロジーの採録詩篇が選ばれていく。その結果、「二十億光年」というタイトルの言葉とも相まって、『二十億光年の孤独』は「宇宙的」と評されるに至ったと考えられる。一冊の詩集のイメージや評価は、さまざまな人物との関わりのなかで、長い年月をかけてこのようにして形成されていくのだ。

注

（1）北川透「詩はどこから始まるか――谷川俊太郎の初期、あるいは資質の世界」『谷川俊太郎の世界』思潮社、二〇〇五年四月、一一一―一二頁。

（2）野村喜和夫・城戸朱理・藤井貞和「討議　夢みられた「ラング」」『討議戦後詩――詩のルネッサンスへ』思潮社、一九九七年一月、一四一頁。

（3）本書第Ⅱ部第三章参照。

（4）村野四郎「テクニックの方向――研究会作品評――」、「詩学」第五巻第八号、岩谷書店、一九五〇年八月、一一六頁。
(5) 三好達治「蛇足言」、「文學界」第四巻第一二号、文藝春秋新社、一九五〇年一二月、一三九頁。
(6) 高橋宗近「谷川俊太郎詩集「二十億光年の孤独」」、「詩学」第七巻第八号、詩学社、一九五二年八月、八四—八五頁。
(7) 谷川俊太郎「詩人とコスモス」『世界へ!』弘文堂、一九五九年一〇月、三—四頁。初出『ポエム・ライブラリイ2　私はこうして詩を作る*』東京創元社、一九五五年八月。
(8) 谷川俊太郎「世界へ!　an agitation」、前掲書(7)、三三頁。初出「ユリイカ」一九五六年一〇月。
(9) 飯島耕一・高橋宗近・谷川俊太郎・大岡信・中村稔・川崎洋・山本太郎・嵯峨信之・木原孝一「座談会　二十代の発言」、「詩学」第九巻第一号、詩学社、一九五四年一月、九二—九三頁。
(10) 同右、九四頁。
(11) 大岡信「解説」、『空の青さをみつめていると　谷川俊太郎詩集1』角川書店、一九九三年一月改版、三〇六頁。初版一九六八年一二月。
(12) 藤本寿彦「谷川俊太郎論——詩集『二十億光年の孤独』に組み込まれた初期詩篇の世界——」、「総合研究所所報」第一五号、奈良大学総合研究所、二〇〇七年三月、二八頁。
(13) 大岡信、前掲文(11)、三〇八—三〇九頁。前掲文(12)はこの文章を前掲文(11)より引用しているので、ここでもそれに従って引用しているが、当該箇所は大岡信「戦後詩概観V」からの自己引用である。『現代詩大系』第五巻、思潮社、一九六七年九月、三二二頁参照。
(14) 藤本寿彦、前掲文(12)、二九頁。
(15) 北川透、前掲文(1)、一八頁。
(16) 第八連にも「月」「地球」といった宇宙関連語がみられる。
(17) たとえば、「夕刊読売」一九五一年一月一二日の一面に「米近く原爆実験　ネヴァダ州で」という記事が掲載されている。
(18) 宮崎真素美「対話録　谷川俊太郎との対話——「安らぐということ」——」、「愛知県立大学日本文化学部論集」第八

号、愛知県立大学日本文化学部、二〇一七年三月、二〇一頁。
(19) 小海永二「解説」、『日本の詩集』第一七巻『谷川俊太郎詩集』角川書店、一九七二年四月、二三四頁。
(20) 谷川俊太郎「あとがき」『十八歳』東京書籍、一九九三年四月、一六三頁。
(21) 谷川俊太郎・四元康祐「『二十億光年の孤独』からはじめて」、「現代詩手帖」第五〇巻第八号、思潮社、二〇〇七年八月、三〇、三七頁。
(22) 藤本寿彦、前掲文(12)、三〇—三二頁。
(23) 伊藤眞一郎・橋本典子編『[翻刻]谷川俊太郎『二十億光年の孤独』に関わる初期詩篇ノート』安田女子大学言語文化研究所、二〇〇三年三月、一一八、一二二頁。
(24) 谷川俊太郎・四元康祐、前掲文(21)、四二—四四頁。
(25) 谷川徹三「インタヴュー　息子俊太郎を語る」、「現代詩手帖」一〇月臨時増刊、第一八巻第一一号、思潮社、一九七五年一〇月、一〇六頁。
(26) 伊藤眞一郎・橋本典子編、前掲書(23)、一〇頁。
(27) 同右、一一—一二、七五頁参照。

※谷川俊太郎『二十億光年の孤独』はすべて初版本(創元社、一九五二年六月)を本文とした。

第五章　谷川俊太郎の詩をどうやって読めばいいか

一、谷川俊太郎の詩集の多さ

日本現代詩あるいは戦後詩を研究する際、最初に遭遇する困難は研究対象の詩集が入手しづらいことである。一部の例外を除き、詩集は発行部数が少ない。書店に行っても詩のコーナーが設置されていないことが大半であり、設置されていたとしても目的の詩集を置いていないことが多い。それでも入手したければ書店に注文することができるし、インターネットを通じて新刊本だけでなく古書を購入することも可能だ。しかし、絶版もしくは品切れで入手できないことや、古書なら入手可能だが高額で手が出ないケースがしばしばある。図書館にあればよいが、国立国会図書館すら所蔵していない詩集も少なくない。そこで頼りにするのが、「発行部数や社会の知的水準、その他さまざまの不幸な事情にはばまれて定価が高く、必ずしも手にとりやすい形で流布されていな」い「戦後の詩を、安く、入手しやすいようにして手渡(1)」すことを目的として一九六八年に創刊された思潮社発行の現代詩文庫だが、小笠原鳥類が述べているように、この文庫も「今ではかなり入手が困難なものが多(2)」くなってしまっている。

そうした状況のなかで、谷川俊太郎の読者は恵まれている。現代詩文庫以外にも選詩集、アンソロジーは多く、それらを含めるとこれまで優に一〇〇を超える詩集が出版されている。また、文庫本も多いので入手しやすい。そのことは、普段あまり詩に関心を持たない人たちにも谷川の詩が広く読まれていることを意味しているが、おかげでほかの日本現代詩人あるいは戦後詩人とは異なり、谷川の詩を読むのにほとんど苦労することがない。

しかし反面、詩集の多さがかえって谷川俊太郎という詩人を捉えにくくしてしまっている面もあると思われる。谷川に少し触れてみたい、もしくは代表的な詩を読みたいならば、書店でも手に入れやすい『自選　谷川俊太郎詩集』(岩波文庫、二〇一三年一月)や『さよならは仮のことば』(新潮文庫、二〇二一年七月)など、比較的最近出版されたアンソロジーで十分だ。ところが、谷川を研究しようとなるとそうはいかない。谷川の詩業全体を把握しようとすると、まずはオリジナル詩集だけでもすべてに目を通す必要がある。だが、詩集の多さがそれを妨げる。全作品を読み通すことはもちろん、詩集を揃えるだけでもひと苦労だ。山田兼士の言葉を借りていえば、詩集が増えれば増えるほど「あまりに広大な谷川宇宙[3]」の全体像がみえにくくなってしまうのである。山田がいうように、「この十年ほどで状況はかなり変化した」ものの「谷川作品」が「長らく、本格的に論じられることが比較的少なかった[4]」のは、そこにこそ最大の理由があるのではないだろうか。

以上を踏まえて、今後谷川を本格的に研究するにはその詩をどのテキストを用いて、どうやって読めばいいかということについて、これまでに刊行された詩集のいくつかを取り上げながら検討したい。そこからは、谷川研究の現在の課題が浮かび上がってくるであろう。

二、『CD-ROM　谷川俊太郎全詩集』について

常々思うのは、「全集」があれば谷川俊太郎研究は飛躍的に進展するのではないか、ということだ。しかし、その

ような書籍は今日まで出版されていない。佐々木幹郎は谷川について「この詩人はかねてから、全集嫌いであった。墓と詩碑と全集は生きている間には作りたくない。死んだ後ならしかたないけど――というふうなことをどこかで喋っていたように思う」[5]と述べている。「墓と詩碑と全集は生きている間には作りたくない」という谷川の意向がどれほど確かなものかはっきりしないが、仮に谷川がみずからの全集を認めたとしても、多方面にわたってマルチに活動している谷川の著作を「全」て「集」めることには大きな困難があり、今後も全集実現の可能性は低いだろうと思われる。

ただし、「全詩集」と銘打った書籍はこれまで何度か出版されてきた。もっとも早い時期に出版されたのは、一九六五年一月発行の『谷川俊太郎詩集』である。この詩集は思潮社が出版した「全詩集シリーズ」のひとつで[6]、『二十億光年の孤独』(創元社、一九五二年六月)から『21』(思潮社、一九六二年九月)までの全篇とエッセイ集『愛のパンセ』(実業之日本社、一九五七年九月)より詩三篇、「未刊詩篇」が収録されている。この詩集は好評を博し、「現代詩手帖」一九六九年一月号掲載の思潮社出版案内には「異例の支持をえて第5版刊行」[7]と記されている。また、その続篇として、『落首九十九』(朝日新聞社、一九六四年九月)以降のオリジナル詩集やアンソロジー収録作品を増補した『谷川俊太郎詩集　続』が一九七九年二月に、『定義』(思潮社、一九七五年九月)から『世間知ラズ』(同、一九九三年五月)までの思潮社発行の詩集を中心にまとめた『詩集』が二〇〇二年一月に同社より刊行されている。さらに『谷川俊太郎詩集』『続』については、それぞれ一九九三年七月、二〇〇二年一月に新装版も出ている。ただし、『続』『詩集』は全詩集シリーズ版『谷川俊太郎詩集』以後に刊行された詩集を多数収録しているがすべてを補っているわけではなく、全詩集シリーズに連なるものだが「全詩集」ではない。

「全詩集」を謳ったもので画期的だったのは、岩波書店より二〇〇〇年一〇月に刊行された『CD-ROM　谷川俊太郎全詩集』である。このCD-ROMは、その時点までに刊行されていたオリジナル詩集はもちろん、アンソロジーにしか収録されていない詩も収めた、まさに「全詩集」だ。のみならず、詩の英訳、資料、年譜や、CD - ROMという媒体を活かして谷川自身による朗読、谷川撮影の映像なども収録するという工夫がなされ、詩集をすべて所持する人にも満足できる内容となっている。膨大な数の詩を一望できるだけでなく、詩のなかで用いられている語句を一括で検索することも可能である。特にありがたいのはこの全文検索機能で、ひとつの言葉が年代ごとにどのような文脈や頻度で使われているか調査するのに役立つ。詩のタイトルや収録詩集名が思い出せないときにも有効だ。

しかしながら、その画期的なCD - ROMにも問題がないわけではない。もっとも大きな問題は、現在プラットフォームによってはCD - ROMが読み込めなくなっていることである。Windows は、現行の Windows 11 でもインストールでき、内容の閲覧、操作が可能だ。一方、macOS 14 Sonoma が搭載された Mac は Intel Mac にも M1 Mac にもインストールできない。いわゆるパッケージ系電子出版物が再生機器の変化によって閲覧できなくなってしまうのは谷川のCD - ROMに限らない話で、国立国会図書館がそうした電子情報の長期保存に取り組んでいるとのことだが、(8) Windows にもインストールできなくなる日がそう遠くないうちにやって来るだろう。

また、全詩集シリーズにも同様のことがいえるが、CD - ROM刊行時点での「全詩集」であり、その後出版された詩集が含まれていないのも問題点のひとつである。CD - ROMに収録されている最新の詩集は『みんなやわらかい』(大日本図書、一九九九年一〇月)。以後も谷川が精力的に詩集を出していることは周知の通りで、それらは各自で個別に補完するしかないが、それらのなかからどこかの詩集でみかけた語句を探そうとすると自分でみつけなければならず、いったん全文検索に慣れてしまうとかなり面倒だ。いつか増補版CD - ROMが出ないとも限らないが、先述のようなパッケージ系電子出版物の問題を考えると、その可能性はほとんどないだろうと思われる。

三、電子書籍『谷川俊太郎〜これまでの詩・これからの詩〜』について

ＣＤ‐ＲＯＭの問題点を解消するものとして二〇一六年一〇月より配信が始まったのが、電子書籍『谷川俊太郎〜これまでの詩・これからの詩〜』第一―五四巻である。これは、谷川のオリジナル詩集を第一詩集『二十億光年の孤独』から一巻ずつ、Amazon Kindle や紀伊國屋書店 Kinoppy などの電子書籍アプリで読める形式で配信されたもので、各電子書籍サイトから購入することができる。ＣＤ‐ＲＯＭに収録されたオリジナル詩集の大半が含まれているのはもちろん、配信開始後に刊行された詩集も追加され、二〇二三年末の時点で第五八巻まで配信されている。再生機器の問題や増補が難しいというＣＤ‐ＲＯＭの難点を克服したこの電子書籍は、谷川の全貌を把握するには現在もっとも有効であり、二〇二三年五月に同じく岩波書店より配信が開始された『[電子書籍オリジナル版] 自選 谷川俊太郎詩集　英訳・朗読付き』とともに「谷川ファンだけでなく国文学研究者にも極めて興味深い、貴重なアーカイブとしての役割を担う企画[9]」として、今後の谷川研究に欠かせないものになることは間違いない。

電子書籍のメリットは大きい。ＣＤ‐ＲＯＭは、基本的にパソコンの前にいなければ内容が確認できなかった。それに対して、電子書籍はタブレットやスマートフォンでも閲覧可能である。つまり、電子書籍によってどこでも自由に谷川の詩集が読めるようになったのだ。一冊ずつの販売なので、好みや必要に応じて欲しい詩集のみ購入できるのもメリットのひとつといえよう。ＣＤ‐ＲＯＭは定価一万九〇〇〇円＋税だったが、電子書籍は詩集一冊一〇〇〇円以下で手に入るのもありがたい（ただし、全巻購入すると税抜でも四万円を超える）。

しかし、電子書籍にも不満がないわけではない。何より残念なのは、ＣＤ‐ＲＯＭに実装されていた全文検索が難しくなったことである。単一書籍内での語句検索は容易で、それが電子書籍の利点でもある。一方、複数の書籍

を横断した全文検索はAmazon Kindleも紀伊國屋書店Kinoppyも不可能だ。ただし、KADOKAWA BOOK WALKERならウェブサイトを通じて購入書籍すべてを対象とした全文検索が可能であり、アプリケーションによって違いがある。

電子書籍アプリによる違いは、ほかにも朗読の収録の有無がある。Amazon KindleにはCD-ROMに入っていた谷川自身による自作朗読は含まれておらず、それらを聴くことはできない。一方、紀伊國屋書店KinoppyやKADOKAWA BOOK WALKERにはCD-ROMより多くの自作朗読が収録されており、詩を目で追いながら音声でも味わうことができる。将来的にどうなるかはわからないが、Amazon Kindleで購入した読者のなかには残念に感じる人もいるだろう。ちなみに、さきに言及した『[電子書籍オリジナル版]自選 谷川俊太郎詩集　英訳・朗読付き』は、Amazon Kindleでは外部リンクで谷川の朗読を聴くことが可能となっている。

電子書籍とCD-ROMを比較したとき、もっともまどうのは収録詩集に差があることだ。CD-ROMに収録されているのはアンソロジーを含めると五四冊、オリジナル詩集だけ数えると四六冊だが、CD-ROM所収の最新詩集『みんなやわらかい』は電子書籍だと第四四巻。つまり、CD-ROMに収められているにもかかわらず、電子書籍に入っていない詩集があるのだ。より詳しく両者を比較すると、CD-ROMでは別々に収録されていた『ことばあそびうた』(福音館書店、一九七三年一〇月)と『ことばあそびうた　また』(同、一九八一年五月)が電子書籍では一冊にまとめられている、CD-ROMに入っていた『質問集』『タラマイカ偽書残闕』(ともに書肆山田、一九七八年九月)や『やさしさは愛じゃない』(幻冬舎、一九九六年七月。原本は荒木経惟との共著)が電子書籍に収録されていない、などの違いがある。『質問集』『タラマイカ偽書残闕』については『コカコーラ・レッスン』(思潮社、一九八〇年一〇月)に再録されているので電子書籍では省かれたと考えられるが、『やさしさは愛じゃない』が電子書籍に含まれていない理由は定かでない。詩の収録が一篇のみのためだろうか。

もっとも、電子書籍は「全詩集」を謳っているわけではないし、やがて増補される可能性もあるので、あまり気にしなくてもいいのかもしれない。ただし、谷川を研究するにあたって電子書籍があれば十分というわけではないことは、意識しておく必要があるだろう。

四、複数の本文の成立

これまで谷川の詩集は何冊出版されているのか。この問いに回答できる人物は、谷川自身を含めて誰もいないのではないだろうか。山田兼士『谷川俊太郎全《詩集》を読む』によれば、「アンソロジーや文庫本、二次使用などをのぞいたオリジナル単行本詩集の数」は「一九五二年の『二十億光年の孤独』から二〇二一年の『虚空へ』まで、ほぼ六十六冊にのぼる(10)」という。ただし、詩集とみなすかどうかは「個人的判断が多少入り込まざるを得(11)」ず、正確な数を摑むのは難しい。また、山田は詩集を数える際に「アンソロジーや文庫本、二次使用など」は除外し、「《詩集》」のみをカウントしているが、果たしてアンソロジーなどを省いて考えていいかどうか。実際、山田は一九七二年四月に角川書店から刊行された『日本の詩集』第一七巻『谷川俊太郎詩集』を「アンソロジーではあるが書き下ろし一章分が新詩集一冊分にあたると判断し(12)」て詩集としてカウントしているが、このことは谷川の詩を検討する際、アンソロジーも考慮しなければならないことを示している。

なお、右で山田が「書き下ろし一章分が新詩集一冊分にあたる」と説明している角川書店版『日本の詩集』所収の「祈らなくていいのか」一二篇は、もともと一九六八年五月、河出書房より刊行された『ポケット版・日本の詩人』第一七巻『谷川俊太郎詩集』所収の同章名にまとめられた二八篇からの抄録であり、角川書店のアンソロジーは単行本としては再録にあたる。したがって、「新詩集一冊分にあたる」ものとしてカウントするならば河出書房のアンソロジーのほうがふさわしいだろう。山田の見落としではあるが、谷川の詩集が多いことの弊害のひとつともいえよう。

谷川について考える際、アンソロジーも考慮に入れなければならないのは、オリジナル詩集に収録されていない作品が含まれているケースがあるからだ。たとえば、CD‐ROMには入っていたが電子書籍に収録されていないもののひとつに、「二十億光年の孤独　拾遺」がある。[13]これは、右で触れた角川書店版『日本の詩集』に収録されており、第一詩集『二十億光年の孤独』のもととなった清書ノートのなかから詩集に採用されなかった作品の一部を収載したものである。のちに『二十億光年の孤独』にも「拾遺」にも収録されなかった同じノートに書かれた詩を沢野ひとしの挿画とともに一冊にまとめた『十八歳』（東京書籍、一九九三年四月）も刊行されているが、この詩集についてては電子書籍に加えられている。すでに活字化されている同じノートに書かれた詩篇の一部は電子書籍に入っているのに一部は入っていないというのは、何ともちぐはぐだ。現在、「拾遺」は一九九二年一〇月にサンリオから刊行された『二十億光年の孤独』などで読めるが、電子書籍の増補を期待したい。ちなみに、『二十億光年の孤独』のもととなったノートに書かれた詩篇は、伊藤眞一郎・橋本典子編『[翻刻]谷川俊太郎『二十億光年の孤独』に関わる初期詩篇ノート』（安田女子大学言語文化研究所、二〇〇三年三月）で活字化されており、『二十億光年の孤独』「拾遺」『十八歳』いずれにも収録されていない詩が計六三篇ある。詩集ではないが、谷川の詩について考えるならばこの翻刻にも目配りする必要があるだろう。

清書ノートは、『六十二のソネット』（創元社、一九五三年一二月）にも存在している。ノートの存在は二〇〇一年三月に刊行された講談社+α文庫の「文庫版まえがき」で明かされ、そのなかにも詩集に収められていない詩が一篇紹介されていたが、さらに多くの詩を加えたのが二〇〇九年七月刊の集英社文庫『62のソネット＋36』である。講談社+α文庫によれば、ノートには九八篇書かれているとのことなので、集英社文庫にはノートに書かれた詩篇がすべて収録されていることになる。電子書籍は、この集英社文庫を底本としている。また、その集英社文庫は初版本を底本とし、「著者所蔵の自筆ノートを参照して改訂を加えた」[14]という註記がある。

この「自筆ノートを参照して改訂を加えた」という記述が気になり、『六十二のソネット』初版本と集英社文庫『62のソネット+36』の異同を調べてみた。[15]注目すべきものだけ記すと「8 笑い」の第二連四行目、初版本では「誰の心でもない私の心を」となっていた行の末尾に、集英社文庫では「……」が加えられている。講談社+α文庫、CD-ROMともにリーダーは入っていなかった。また、同様に講談社+α文庫もCD-ROMも初版本と同じなのに集英社文庫で改変されたものとして、「32」第一連一行目「たゆたい」（初版本では「たゆたひ」）、「45」第二連四行目「お互い」（初版本では「お互」）がある。これらの改変は、すべてノートを参照した結果なのだろうか。しかし、『二十億光年の孤独』のノートのような翻刻がなく、その現物をみることもできないわたしたちには、どうしてこのような異同が生じたのか判断できない。

じつは、谷川を研究するうえでもっとも悩ましいのはこの点である。アンソロジーを含めた数多くの詩集が存在することで、谷川の詩には同一作品に複数の本文が成立してしまっている。そのような現状で、一体どの本文に依拠して谷川を研究すればよいのか。さきに、谷川には全集がなく、今後も実現の可能性は低いだろうと述べたが、全集はその作家の書いたものをすべて集めればよいというものではない。複数の本文を比較しながら校訂し、信頼できる本文を作成することも、全集の重要な役割のひとつである。[16]それが実現しないのであれば、谷川を研究する際にはその都度各自で諸本を見比べ、もっとも信頼できる本文を自分自身で選定するしかない。

複数の本文が存在している一例を挙げてみよう。[17]『二十億光年の孤独』所収の「一九五一年一月」第九連六行目「しかし町や愛や雲や歌について私は知っている」の「愛」が、全詩集シリーズ版『谷川俊太郎詩集』では「恋」に改変されている。全詩集シリーズ版の「後記」に「校正の必要から、自作を通読し」[18]たことを谷川が書いているので、誤植が見逃されてしまったか、意図的に谷川が改変したのだろうと思われる。それに対して、初版本を底本とし、「自筆ノートを参照して著者了解のもとに訂正した」(19) という集英社文庫『二十億光年の孤独』（二〇〇八年二月）や、同文庫を底本とした電子書籍は「愛」である。一方、岩波文庫『自選　谷川俊太郎詩集』はこの箇所は「愛」だが、詩の最終行末尾に初版本になかったダッシュが加えられ、「「《ママ》私は創った——」となっている。このダッシュは初版本だけでなく、『二十億光年の孤独』のもととなったノートにも集英社文庫にもないが、ＣＤ・ＲＯＭや電子書籍には入っている。確認できたうち、このダッシュが入ったもっとも古い本文は全詩集シリーズ版『谷川俊太郎詩集』一九七六年五月発行の第九刷だ。同詩集は一九六六年の「三版刊行」の際に「全面的に誤植訂正をはかり、粟津潔氏の装幀になる外函も一新」(20) されているので、このとき加えられたのではないだろうか。

ここに挙げたのは一例だが、谷川を研究する際にはこのようにさまざまな本文が存在するなかから、自分自身でもっとも信頼できる本文をみつけださなくてはならない。谷川の詩をどのテキストを用いて、どうやって読めばいいかは、自分で探るしかないのだ。それは、発行部数の少ない詩集を入手するよりはるかに困難である。

その困難に立ち向かうためには、たんに詩集名を列挙しただけではない、それぞれの詩集やアンソロジーにいずれの詩が収録されているかわかる、しっかりとした谷川の書誌がまずは作成される必要があるだろう。そういう書誌があると、詩篇の見落としは少なくなるし、複数の詩集に収録された同一作品の本文の異同も確認しやすくなる。書誌の整備は、わたし自身を含めた谷川研究ひいては日本現代詩研究に携わるものたちに課された急務である。谷川俊太郎の本格的な研究は、そこから始まるに違いない。

注

（1）「〈現代詩文庫〉発刊にあたって　一九六八年一月」、『谷川雁詩集』思潮社、一九六八年一月、一二六頁。創刊当初の現代詩文庫に掲載されていた文章で、重版の際に削除されている。

（2）小笠原鳥類「みんなマジで現代詩を読まなければならない　思潮社の本から学ぶ、崩壊に抗うサバイバル」、「ユリイカ」第五五巻第一一号、青土社、二〇二三年八月、一一二頁。

（3）山田兼士『谷川俊太郎全《詩集》を読む』思潮社、二〇二三年一二月、三頁。

（4）同右、同頁。

（5）佐々木幹郎「人生は一枚の円盤である『CD-ROM 谷川俊太郎全詩集』」、「中央公論」第一一六巻第二号、中央公論新社、二〇〇一年二月、三八八頁。

（6）たとえば「現代詩手帖」一九六四年九月号掲載の思潮社出版案内に「10月から刊行する全詩集シリーズ」とある。詩集そのものには「全詩集シリーズ」という記載はない。「現代詩手帖」第七巻第九号、思潮社、一九六四年九月、思潮社出版案内三頁。

（7）「現代詩手帖」第一二巻第一号、思潮社、一九六九年一月、思潮社出版案内六頁。全詩集シリーズ版『谷川俊太郎詩集』は以後も増刷を繰り返し、確認できた限りでは一九八六年五月に第一五刷が発行されている。

（8）「国立国会図書館デジタル資料長期保存基本計画 2021-2025」https://www.ndl.go.jp/jp/preservation/dlib/pdf/NDLdigitalpreseravation_basicplan2021-2025.pdf（二〇二四年一〇月　最終アクセス）

（9）入谷芳孝「電子書籍からもオーディオブックからもはみ出すもののために」、「日本電子出版協会　キーパーソン・メッセージ」二〇二一年七月一日 https://www.jepa.or.jp/keyperson_message/202107_5311/（二〇二四年一〇月二八日　最終アクセス）

（10）山田兼士、前掲書（3）、二頁。

（11）同右、同頁。

（12）同右、同頁。

（13）「二十億光年の孤独　拾遺」『十八歳』については、本書第Ⅱ部第四章参照。

（14）「本書について」、谷川俊太郎『62のソネット+36』集英社、二〇〇九年七月、二二二頁。

（15）調査に際して、『六十二のソネット』初版本は一九五三年一二月二五日発行のものを、講談社+α文庫『六十二のソネット』は二〇〇一年三月二〇日発行の第一刷を、集英社文庫『62のソネット＋36』は二〇〇九年七月二五日発行の第一刷を、電子書籍『62のソネット＋36』は岩波書店、二〇一六年一〇月発行のものを用いた。

（16）全集の役割については、拙著『中原中也と詩の近代』角川学芸出版、二〇一〇年三月を参照。

（17）調査に際して、『二十億光年の孤独』初版本は一九五二年六月発行のものを、全詩集シリーズ版『谷川俊太郎詩集』は一九六五年一月発行の第一刷、一九七六年五月発行の第九刷、一九九三年七月発行の新装第一刷を、集英社文庫『二十億光年の孤独』は二〇一三年六月発行の第八刷を、岩波文庫『自選　谷川俊太郎詩集』は二〇一五年四月発行の第一二刷を、電子書籍『二十億光年の孤独』は岩波書店、二〇一六年一〇月発行のものを用いた。

（18）谷川俊太郎「後記」『谷川俊太郎詩集』思潮社、一九六五年一月、七七四頁。

（19）「校訂について」、谷川俊太郎『二十億光年の孤独』集英社、二〇〇八年二月、一七三頁。

（20）「現代詩手帖」第九巻第五号、思潮社、一九六六年五月、思潮社出版案内一頁。

第六章　「宿命的なうた」に至るまで
――戦後の中原中也受容における大岡信の位置――

一、大岡信と中原中也

大岡信は、戦後における中原中也の名前の広がりを考えるうえで外すことのできない重要な人物のひとりである。大岡の中原論といえば、まず思い出されるのは「宿命的なうた」という論考だ。「戦後の詩や批評という場所で試みられた、はじめての本格的な中也論集成」[1]といわれる中村稔編『中原中也研究』（書肆ユリイカ、一九五九年四月）に収録されたこの評論が最初に発表されたのは、大岡が「現代詩試論」を引っさげて詩の世界に登場してからわずか三年後、一九五六年のこと。現在の中原中也像に決定的な影響を及ぼしている大岡昇平の『朝の歌〈中原中也伝〉』（角川書店、一九五八年一二月）が刊行されるよりも前である。その時期に、詩の世界にあらわれてまもない大岡信は中原をどう読み、どのように論じたのか。それをみつめることは、大岡の詩論家としての出発期について検討すると同時に、戦後における中原中也受容の様相や、大岡がその後の中原中也研究に及ぼした影響、さらには中原中也を通じてあぶり出された戦後の詩の課題を浮かび上がらせることにもなるだろう。

二、旧制一高の系譜

大岡信が中原中也を知ったのは沼津中学時代、一五歳のころである。大岡は一九四六年、仲間たちと同人誌「鬼の詞」を創刊した。その仲間のひとりである太田裕雄から「はじめて立原道造、中原中也、三好達治といった詩人たちのことを教えられたのだったと思う」(2)と大岡は回想している。

一九四七年、沼津中学を四年で修了した大岡は、全寮制の旧制第一高等学校に合格して上京。二年次には、校内紙「向陵時報」第一六五号に詩篇「ある夜更の歌」を投稿し、採用された。そのことが機縁となり、当時文芸部委員だった日野啓三より次期委員に指名された大岡は、その後一年間、文芸部委員の部屋で過ごすことになる。一高の寮は所属する部によって寮の部屋が決まっており、入学後三ヶ月で農耕部を辞めた大岡は、それまで一般の部屋で生活していた。

その文芸部委員の部屋の壁に大書されていたのが、中原の「湖上」である。

僕が三年間を過した旧制一高の寮（現在の東大駒場寮）の部屋の白い壁は、どの壁にもおびただしい落書きがあった。（中略）それらの落書きにまじって、中原中也の詩「湖上」が、ひときわ大きく書かれていた小さな部屋のことをなつかしく思い出す。その部屋は文芸部委員が住むことになっていた小部屋で、（中略）僕はそこでひとりで一年間過したのだった。(3)

この壁に書かれた「湖上」を、大岡の入学と入れ違いに一高を卒業した中村稔もみている。中村は、「読書室の壁一面」に「湖上」の「全篇が墨書されていた」(4)と述べているが、おそらく「読書室」と「文芸部委員が住むことになっていた小部屋」は同一の部屋だろう。また、「戦後の中原文献第一号」(5)である「中原中也の写真像」を一九四六年六月二二日発行の「向陵時報」第一五八号に宮本治名で発表したいいだももによると、「駒場の寮には、わたしたちの根拠地であった明寮を中心として、そここの部屋の白壁に中也の「湖上」とか「一つのメルヘン」とかが書き殴られてい(6)」たという。

すると当然、この壁に中原の詩を書いたのは誰かという疑問が浮かぶが、誰かはわからないし、特定する意味もほとんどない。というのも、中村と同級だった松下康雄が「当時私の周囲で一番愛読されたのは、多分宮沢賢治や中原中也の詩だった(7)」と証言しているように、一高生の間では中原の名はかなり知られていたからだ。

おそらくここに、戦後における中原中也の広がりを考えるうえでのひとつのポイントがあるだろう。中原中也受容史において、旧制一高の系譜というべきものが存在している。遡れば、一高出身者には中原の友人小林秀雄がおり、その小林から中原を紹介されたのが同級だった堀辰雄。堀の弟子たる立原道造も一高出身だ。立原に師事した一高出身の中村真一郎、加藤周一らが一九四八年に刊行した『マチネ・ポエティク詩集』の序文には中原の名前がみえる(8)。さらに、戦後になると、いいだや中村、大岡ら、中原と直接面識のない人物たちが中原論の書き手として登場する。彼ら一高出身者が中原について語らなければ、今日的な中原中也像は現在と大きく異なっていたに違いない。そして、彼らは一高にいたからこそ、当時まだそれほど知られていなかった中原中也という詩人に親しんだのであった。大岡昇平によれば、山口中学校を落第し、立命館中学に転校したころの中原の「差当っての希望」は「中学の課程を経て一高へ入る(9)」ことであった。この希望は叶わなかったが、やがて一高で学んだ人物たちに中原が発見され、語られていくのは、何とも不思議な縁を感じる。

ところで、一高生たちはどのテキストで中原の作品を読んだのだろうか。一高の図書館は中原の二冊の詩集、すなわち『山羊の歌』（文圃堂書店、一九三四年一二月）と『在りし日の歌』（創元社、一九三八年四月）を所蔵していた。自身の一高時代を振り返って、中村稔は次のように述べている。

創元選書版の中原中也詩集はまだ刊行されていなかった。河出書房版の三巻本の「現代詩集」である程度の作品を知りうるだけだった。あとは、「山羊の歌」、「在りし日の歌」という二冊の詩集を探すより中原を読む手だてはなかったのである。高等学校の図書館にこれらの詩集があったことは、何かの偶然としか思われない。それは岡本信二郎という元教授の寄贈図書の一群にまじっていたのである。この寄贈図書は、どういうわけか、「四季」の詩人たち、三好、立原、神保、丸山といった人々の詩集の殆んどを含んでいた。(10)

岡本信二郎は東京帝大を卒業後、旧制山形高等学校の教授を務めた人物。彼が「四季」の詩人たちの詩集を所有していたのは、山形高等学校時代の教え子のひとりで、同誌同人だった神保光太郎との関係からではないかと思われるが、詳細は不明。

その神保が中原の詩のパートを編集したのが、右の引用で中村が名前を挙げている河出書房刊の『現代詩集』だ。全三巻中、中原の詩が収録されているのは一九三九年一二月発行の第一巻で、『山羊の歌』『在りし日の歌』より二八篇が採録されている。(11)「おそらく、私に現代詩の世界にはじめて眼を開かせたのは、河出書房版『現代詩集』三巻であ」り、中原の詩については「「妹よ」「寒い夜の自我像」「一つのメルヘン」等の諸作に烈しい感動を覚えた(12)」とは、やはり中村稔の回想である。

大岡信も、この『現代詩集』第一巻で中原の詩を読んでいる。

ぼくは中原の詩を最初に読んだのが、たしか創元社の本です。それとほとんど同時に、古本屋で買ったんですが、河出書房から戦争中に出た三巻の『現代詩集』、『山羊の歌』の「初期詩篇」がズラッと入っていましたね。(13)

「創元社の本」は大岡が一高に入学した年、一九四七年八月に発行された創元選書版『中原中也詩集』を指すと思われる。同書と『現代詩集』第一巻、どちらでさきに大岡が中原の詩を読んだかは定かでない。ただし、創元選書版が『山羊の歌』『在りし日の歌』全篇を収録しているのに対して『現代詩集』第一巻はアンソロジーであり、前者が手元にあれば後者で読む必要がなくなってしまう。したがって、大岡が最初に触れた中原の詩集は『現代詩集』第一巻だったのではないだろうか。

いずれにせよ、大岡は一高在学時に、これらのテキストや寮生活などを通じて中原に親しんでいった。

三、「現代詩試論」から「宿命的なうた」まで

一九五〇年、大岡信は一高を卒業し、東京大学国文科へと進学した。その在学中、『エリュアール詩集』を読んで衝撃を受けた大岡は、一九五二年に評論「エリュアール」を「赤門文学」に執筆。この評論を一高、東大の先輩でもある中村真一郎が「文學界」一九五三年三月号の「同人雑誌評」で「これは詩論としても、エリュアール論としても、ぼくには出色のものに思はれる。ぼくは読みながら感動した」[14]と激賞したほか、詩人の嵯峨信之が読んで感心したといわれる[15]。

当時、「詩壇の公器的な雑誌[16]」である「詩学」を編集していた嵯峨は、東大卒業後、読売新聞社に入社した大岡に同誌への執筆を依頼。こうして「詩学」一九五三年八月号に巻頭論文として掲載されたのが「現代詩試論」である。この評論は、日本のシュルレアリスムは西欧のそれから名前を借りたものに過ぎず、日本にはシュルレアリスム運動などなかったと一刀両断したもので、その鋭利で卓越した指摘によって大岡は新しい詩論家として戦後の詩の世界へ颯爽と出現した。

この詩論のなかで注目したいのは、エリュアールについて書かれた次の部分である。

たといえば《ママ》、他者の存在についてエリュアールが一九三〇年当時、次のようにうたつているのは、シュルレアリスムという甚だスキャンダルに富んだ運動のなかで、どのように詩人の精神がめざめていたかをつげるよい

例だろう。(中略)

詩人はどのように一人であろうとも、決してついに一人ではないのだ。他者に対する責任は、多くの場合こゝにうたわれたような奇妙な現われ方をする。嫌悪すべき「見知らぬ男」は、にもかゝわらずぼくらに責任を迫る。ぼくらは倫理的であることを強いられるのだ。そして他者との結びつきについての真剣な模索がはじめられねばならなくなる。ついには「ぼくは宿命なしに生きる力をもつている」と書くようになるまでのエリュアールの歩んだ道については、すでに多く語られているから、ぼくは語るまい。問題は出発点にある。そしてぼくの見るところでは、日本のモダニスト達の出発点には、そうした倫理的な要求はなかつた。[17]

右のなかで大岡は「宿命」について触れている。大岡によれば、エリュアールは「他者との結びつきについての真剣な模索」を行なった結果、「ぼくは宿命なしに生きる力をもつている」とみずからの文章に書くに至った。おそらくそれが、エリュアールのいう「自由」につながっているのだろう。

ここで想起されるのは、「宿命的なうた」というように、大岡が中原を評する際にやはり「宿命」という語を用いていることだ。ここから考えると、大岡にとって中原は「他者との結びつきについての真剣な模索」を行なわなかった詩人ということになるのだろうか。そのことについては、あとで検討したい。

「現代詩試論」が「詩学」に掲載されてから一年後、一九五四年九月に書肆ユリイカが刊行開始した『戦後詩人全集』第一巻に、大岡の初期詩が収録された。[18] この時点でまだ一冊も詩集を出していない大岡の詩が同全集に収められたのは、那珂太郎の推挙による。那珂は書肆ユリイカの社主、伊達得夫と旧制福岡高校の同級生。那珂には「現代詩試論」などの大岡の仕事が強く印象に残っていた。[19]

こうして伊達得夫の知遇を得た大岡は、一九五五年六月に評論集『現代詩試論』、翌年七月には詩集『記憶と現在』を書肆ユリイカより上梓する。また、書肆ユリイカは一九五六年一〇月に雑誌「ユリイカ」を創刊、一一月発行の第二号で中原中也特集を組んだ。この特集は「中原中也未刊詩集」と「中原中也研究」で構成されており、前者には中原の詩集非収録作品「材木」「初夏の夜に」「秋を呼ぶ雨」の三篇が収められ、後者には中村稔「中原中也の生活」、大岡信「中原中也と歌」、関義「アテネ・フランセのころ」の各論考が並ぶ。この大岡の評論が、のちに「宿命的なうた」と改題された中原論の初出である。[20]

伊達が大岡に中原論執筆の機会を与えたのは、大岡の若さと華々しい活躍ゆえと思われる。編集後記によれば、「ユリイカ」が創刊二号目でほかの欄や詩作品を割愛してまで「新鋭詩人の手になる中原中也論を特集した」のは、「現代詩を語る場合常に回顧され、新しい問題を投げるこの詩人に対決することによつて、戦後詩の地固めを企図した[21]」からだ。そのねらいに、中原論の書き手として大岡が合致したのである。「ユリイカ」について、清岡卓行は「発行日を厳守し、大胆で新鮮な編集をつづけて、詩壇でもっとも魅力のある磁場を形成して行った[22]」と述べているが、その「大胆で新鮮な編集」の例を中原特集号にみることができよう。

四、中原中也研究における「宿命的なうた」の意義

「宿命的なうた[23]」において、大岡は次のように中原を批判した。

中也の書いたものに親しんだ人ならだれでも知っている彼のイロニックな表現は、たしかにそれを書き記した詩人の心の動きの必然性を納得させるだけの肉感に溢れており、それに呼応して言葉自体も彼独特の省略や変形の魅力を示しているが、イロニックな思考乃至は表現の陥りやすい閉鎖性から逃れ得てはいない。むしろ中也はそうした狭さに固執したとさえみえる。彼にとって、自己を超越する、あるいは変革するという欲求は、ほとんど無縁のものだったようだ。おのれ自身に対する彼の誠実はこういう形をとらなかった。中也のうちに、

> おのれ自身に甘えた詩人を見るなら人はあやまるであろう。しかしまた、おのれ自身を超越しようとした詩人を見るなら、人はさらにあやまるだろう。彼はたしかに誠実だった。何に対して？　おそらく、彼の宿命に対して、だ。

大岡によれば、中原は「彼の宿命」に対して「誠実」な詩人であった。その「宿命」ゆえに、中原は「イロニックな思考乃至は表現の陥りやすい閉鎖性から逃れ」ることができない。では、中原の「宿命」とは何か。

> 彼の嘲った心理家たちは、彼の言う「信義なき対人圏」においていつまでも棲息することができた。だが中也は、対人圏を嫌悪しつつ、嫌悪するという姿勢において心理的にこれと結ばれていた。マイナスの価値も、心理的な現実性においてはきわめて積極的でありうるという意味で、明らかに彼も「対人圏」に登録されていたのだ。友人たちを波状的に訪問し、いわば対話によって思想を築きあげた彼の特殊な生き方が、それを立証している。彼にもし、「うたう」という稀有の才能が与えられていなかったら、彼は「対人圏」の気流にまきこまれ、どこにでもいる多分に嫌悪を催させる種類の文学青年として終っていたであろう。その意味で、彼は宿命的に、かつ危機的に、詩人であった。詩人以外の生き方で自分を生かす術が彼にはなかったのだ。

中原には、「「うたう」という稀有の才能」がある。そのことが、中原を「どこにでもいる多分に嫌悪を催させる種類の文学青年」とは異なる特別な人物に仕立て上げる。つまり、「うたう」という才能が中原を「宿命的」で「危機的」な「詩人」という孤高の存在にしているのだ。しかし、だからこそ中原は「対人圏」でほかの「文学青年」のように生きることができず、自己閉鎖的になってしまう。大岡によれば、それが中原の「宿命」だった。

> 中也は、見たものによって倦怠を触発されたかにみえる。だがそれは表現上の手続きがそう思わせるにすぎない。実は、見るときすでに彼の眼が倦怠の眼鏡をかけていたのだ。彼にとって、倦怠は生のリズムそのものだった。彼にとって、歌いえないものがあったろうか。一定のリズムの基調がある以上、いかなるものも彼の歌に

なった。口ずさめば、それがすなわち、中原中也の歌、だった。だがそれ故に、彼は事物とおのれの間に、関係の世界を作りあげることができない。言いかえれば、社会を構築することができないのだ。彼は、おのれの倦怠と、その反映でしかない事物との間をはてしなく往き来する。この時、事物も彼自身もない。あるのは倦怠という一現象のみである。彼が芸術家である限り、精神と事物との形造るこのような構成はその円環的な閉鎖性ゆえに、彼の作品の純粋を保証するものだった。

中原が口ずさむと「いかなるものも彼の歌にな」るとは、その言葉は描写にはなりえず、常に主観的な表現、自身の感情の吐露でしかないということだ[24]。その結果、中原は「事物とおのれの間」に「社会を構築することができない」。「事物も彼自身もない」ところから発せられる「歌」には目的もなければ出口もない。その「円環的な閉鎖性」にあるのはただひとつ、「倦怠」のみであった。

「宿命的なうた」で大岡が述べているところは、およそ以上の通りである。いま読んでも新鮮で説得力に富む論考だ。一方、中原中也研究史あるいは中原中也受容史からみた場合、その意義は果たしてどこにあるだろうか。

もっとも大きな意義としては、この評論が中原中也の最初の全集である創元社版『中原中也全集』全三巻（一九五一年四―六月）の成果を踏まえたはじめての中原論であることが挙げられよう。「宿命的なうた」が収録されている『中原中也研究』の「後記」で、編者の中村稔は「最近、殊に創元社版の中原中也全集刊行後に、中原生前面識のありえなかった若い世代によって、かなり多数の中原についての文章が発表されるようになった[25]」と述べており、「宿命的なうた」はその筆頭というべきものである。なぜこの評論が創元社版『中原中也全集』の成果を踏まえたものといえるのか。それは、「宿命的なうた」に引用されている中原の文章よりうかがうことができる。その引用の出典を、以下にまとめてみた。

昭2・1・19小林秀雄宛書簡／昭2・5・6日記／評論「詩と現代」／断片「亡弟」／断片「我が生活」／未

刊詩篇「冷酷の歌」／昭10・10・6日記／昭10・5・8日記／評論「芸術論覚え書」／昭2・2・27日記／昭2・5・14日記／山羊の歌「憔悴」／未刊詩篇「古代土器の印象」／在りし日の歌「青い瞳」／在りし日の歌「言葉なき歌」／未刊詩篇「別離」／昭2・4・4日記／評論「詩的履歴書」／昭2・3・12日記／昭2・5・16日記／昭9日記「文壇に与ふる心願の書」／昭10・8・31日記／未刊詩篇「少年時」／山羊の歌「つみびとの歌」／山羊の歌「少年時」／山羊の歌「つみびとの歌」／山羊の歌「春の思ひ出」／山羊の歌「盲目の秋」／山羊の歌「港市の秋」／山羊の歌「悲しき朝」／昭2・3・20日記／昭2・3・10日記／昭2・2・27日記／昭2・3・23日記／昭2・12・9日記／昭4・6・27河上徹太郎宛書簡／未刊詩篇「倦怠」／山羊の歌「寒い夜の自我像」[26]

さまざまな中原の文章が引用されており、大岡がかなり中原を読み込んでいるのがわかる。これらのうち、『山羊の歌』『在りし日の歌』収録詩篇は以前から創元社版『中原中也詩集』などで読むことができたが、日記や書簡、未刊詩篇などは創元社版全集の刊行によってはじめて一般読者の目に触れた。創元社版全集よりも前に、安原喜弘『中原中也の手紙』（一九五〇年一一月）が書肆ユリイカより刊行されているが、「宿命的なうた」のなかに安原宛書簡がまったく引用されていないのも特徴的だ。おそらく大岡は、中原論を書くにあたって何度も繰り返し創元社版全集を読んだのだろう。

大岡よりも前に、これほどふんだんに中原の文章を引用して論じた人物はいなかった。「ユリイカ」の中原中也特集に大岡とともに寄稿した中村稔も、創元社版全集より多くの中原の文章を引用しているが、大岡ほどではない。唯一の例外が、全集刊行以前よりほとんどすべての中原の遺稿をみることができた大岡昇平であるが、中原の書き残したものよりむしろ自身との交遊や家族、友人たちの証言を重視し、評伝として中原に迫ろうとしていた。大岡昇平と大岡信が決定的に異なるのは、前者が中原と直接の深い交際があったのに対して、後者は生前の中原と面識がない点である。大岡信の中原中也像の大部分は、中原が書き残したものから構築されたものだった。その媒介となったのが創元社版『中原中也全集』であり、それを最大限に活用して書かれた最初の中原論が大岡信の「宿命的なうた」なのである。その点で、この論考は中原中也受容史上、大きな意義を持っているといえるだろう。

五、中原中也から浮かび上がる戦後詩、現代詩の課題

創元社版全集を通じて形成された大岡の中原中也観は、詩集だけでなく、日記や書簡、散文、未発表詩篇なども含めて読まれるべき詩人というものであった。

> ぼくは中原の問題というのは、二冊の詩集でとらえられている限りの中原と、それから日記とか手紙とか、あるいは小説とか、そういう全体像でとらえられる中原と、ちょっと違うんじゃないかという気がしてしようがないんです。中原という人は、やはり全集で読まないと全貌がよくつかめない部分がかなりあるんじゃないか。（中略）ぼくは中原という人は、詩人としての存在全体として考えるべき人だと思ってます。(27)

「詩人としての存在全体として考えるべき人だと思って」いるからこそ、大岡は中村稔から『山羊の歌』派か『在りし日の歌』派か問われて「ぎょっとした」(28)。つまり、それまでの大岡はふたつの詩集をほとんど区別せずに中原を読んでいたのである。(29)

この中原観が、中原中也研究に与えている影響は意外と大きいのかもしれない。というのも、生前に発表されなかった作品や日記、書簡に言及しながら展開する中原論は現在でも多くあるが、そのようなスタイルで中原を論じた最初のものが「宿命的なうた」だったからだ。それが、中原を論じる際のひとつのスタンダードを作り、その後の中原研究に影響を与えた可能性があるだろう。たとえば、「宿命的なうた」と同じく中村稔編『中原中也研究』に

収録されている篠田一士「傍役の詩人」。

彼の生涯は短かかった。彼の人生のなかに、いわゆる老年の成熟ぶりを認めることができないのは当然のことであるが、詩人の偉大性を獲得するために不適当な生涯ではなかった。たとえば、彼と同じように若くして世を去ったジョン・キーツの詩には、その資質の評価はともかく、とにかくおどろくべき一種の成熟さがあり、彼の作品の偉大性を産みだす強力な原動力になっている。つまり、そういう種類の成熟さに中原中也がめぐまれていなかったということは、とりもなおさず、彼の作品が詩のもつ偉大性に無縁であったということになろう。(30)

篠田の見解を批判するのはたやすい。どんな作家にも年齢の進行とともに変化がある。その変化が論者の思い描く「偉大性」と異なっているからといって、中原が「成熟さ」に「めぐまれていなかった」ということはできない。そもそも、篠田は中原の短い生涯にも変化がありえたことを想定していない。右の引用の少し前の部分で、篠田は創元社版全集に触れている。そのことを考慮すると、中原には「成熟」がなかったと篠田が断定できてしまうのは、全集によって時系列を意識せずに中原を読んだことに理由の一端があったのではないだろうか。

大岡の場合も同様だ。大岡は『山羊の歌』『在りし日の歌』を区別することなく、さらには散文や未発表作品も同列に並べて中原を論じた。そのことが可能だったのは、大岡の中原観が創元社版全集を通じて形成されたものだったからではないか。全集でさまざまな年代の中原の文章を繰り返し読んだからこそ、大岡には中原の年齢的、時代的な変化がみえにくくなっているのである。

このように、創元社版全集を読み込むことでみずからの中原中也観を形成した大岡だが、ここには少々やっかいな問題が含まれている。というのも、「宿命的なうた」を書いたころを回想して、大岡が次のように述べているからだ。

私は今までに何度か中原について書いてきたが、そのたびに、その場その場で引用した詩句以外に、もっと好

> きな詩句があることを自覚していた。私が最初に書いた中原論は「宿命的なうた」という題のもので、第一次「ユリイカ」が出ていたころその中原特集号のために書いた。（中略）論じる当人がまだ若かったから、少年期に自分の受けた影響を精算し、自分自身の血路をひらかねばならないという思いがとりわけ強かったことは確かだと思われる。（中略）自分の論旨について大きな修正を必要とするという気持はなかったが、引用の詩句については、もっと別の詩をも引くことができなかったものか、という思いがあった。言いかえれば、自分がかつて好んで愛誦していた詩句に対して、もっと素直になれなかったものか、という思いがあった。[31]

「宿命的なうた」で言及している詩が「自分がかつて好んで愛誦していた」ものでは必ずしもないということ。大岡がもっとも早い時期に読んだ中原の詩が『現代詩集』第一巻所収のものであったことは、さきに触れた。「まだ詩を読み始めのころで、どれもこれも感服して、愛読しているうちに、やはりこんな詩にとりつかれちゃったら、どうしようもなくなっちゃうんじゃないか、脱出したいという気がすごくしました[32]」と大岡は述べている。その『現代詩集』第一巻に収録されている中原の詩二八篇のうち、大岡が「宿命的なうた」に引用しているのは「少年時」「港市の秋」「悲しき朝」「寒い夜の自我像」（いずれも『山羊の歌』所収）のわずか四篇。つまり、大岡が「詩を読み始めのころ」に「感服して、愛読し」た中原の詩は、「宿命的なうた」ではほとんど取り上げられていないのだ。「少年期に自分の受けた影響を精算し、自分自身の血路をひら」くためには「自分がかつて好んで愛誦していた詩句」を積極的に取り上げ、自分の過去を対象化する必要があったと思われる。しかし「宿命的なうた」で、大岡はそのことを自覚しながらも行なわなかった。この文章は、次のように書き始められている。

> 共感なしに中原中也について語ることはできない。だが同時に、ひとは一種の嫌忌、中也に対するものでもなく、おのれ自身に対するものでもなく、まさしく、論の対象たる中也を見る自分の視点が定まらないことを意識することから来るらしい一種の嫌忌なしに、彼について語ることはできないように思われる。

大岡は、まず自分自身の中原への「共感」に触れ、中原の詩に対する好意を隠さない。しかし、その直後に一転して「共感」と矛盾してみえる「嫌忌」について語る。おそらく大岡には、「少年期に自分の受けた影響を精算し、自分自身の血路をひらかねばならない」というみずからの思いを棚上げしてまで中原への「嫌忌」について語らなくてはならない必然性があったのだろう。

ここに、戦後の詩の世界に登場した新しい詩論家としての大岡の立場がある。じつは、大岡が自身の愛唱する作品を取り上げないのは、中原の場合に限ったことではない。

> 私は大学時代以後は、詩を書くのと同時に、詩論や詩人論も書いてきた。萩原とか三好とか中原といった詩人たちについては、重ねて何度か詩人論を書いたこともある。ところが、それらの詩人論で私が引用した彼らの作品は、必ずしも私が最も親しみを感じてきた種類のものではなかった。それはいうまでもなく、詩人論においては対象となる詩人の世界を最も鮮やかに見てとることのできる作品を——場合によってはむしろ明らかな失敗作を——論の対象として選ぼうとするからで、そうなると、自分が愛している作品必《ママ》ずしも論の対象にはならないという事態が生れる[33]。

大岡が「最も親しみを感じてきた種類のものではな」い詩を積極的に取り上げるのは、それらが「対象となる詩人の世界を最も鮮やかに」映し出しているからである。もちろんその背景には、出版社からの依頼に誠実に応えなくてはならないという事情があるだろう。また、そこには現代詩あるいは戦後詩という磁場における時代的な要請もあったに違いない。

詩誌「ユリイカ」が「現代詩を語る場合常に回顧され、新しい問題を投げるこの詩人に対決することによつて、戦後詩の地固めを企図し」て中原中也特集を組み、その書き手として大岡を採用したことは、すでに確認した。見方を変えれば、「ユリイカ」がこのような特集を組み、新進気鋭の詩論家である大岡が論じることで、中原は古びた詩人ではなく、現代詩、戦後詩に「新しい問題を投げ」かける存在であることが示されたといえる。いうまでもなく、それは「ユリイカ」の功績でもあるが、大岡は同誌の期待に応え、現代詩あるいは戦後詩が乗り越えなくてはならない課題、これからの詩が進むべき方向性を中原を媒介にして見事に示しているだろう。

では、大岡の提示した現代詩あるいは戦後詩が乗り越えるべき課題とは何だったのか。それは、「歌」という「円環的な閉鎖性」を戦後の詩は断ち切り、そこから逃れ出なければならない、ということにほかならない。北川透は次のように指摘する。

大岡信の「宿命的なうた」は、（中略）中也に共感すればするほど、戦後の詩の位相からは、彼の抒情（歌）が、克服の対象としてあらわれること、従って《中也のなかに入ってゆくためには、ぼくらは単一で同時に複合的な感受性を持》たざるを得ない方法的な立場が語られる。(34)

北川のいうように、「宿命的なうた」は中原の「抒情（歌）」を「戦後の詩の位相」から「克服の対象」とした点に、中原中也研究のみならず、戦後詩史においても大きな意味を持っているだろう。ただし、注意しなければならないのは、この評論の冒頭における「論の対象たる中也を見る自分の視点が定まらない」という記述からうかがわれるように、大岡は中原の抒情性を「克服」しようと試みてはいるが、完全に「克服」しえたわけではない、ということだ。もちろんそれは、大岡ひとりで実現できるものではなく、ほかの同時代の詩人たちにとっても課題となっていく。そのような課題を引き出した人物こそ大岡信であり、大岡が論の対象とした中原中也であった。

大岡は「宿命的なうた」を次のように締めくくっている。

彼はたしかに大詩人などというものとは全く類を異にした。しかし彼が身をもって生きた、むしろ生きる以外になかった歌の世界は、そのまったき閉鎖性ゆえに人を誘ってやまないし、新しい歌がありうるとすればどのようなものであらねばならぬかについて、ぼくらにその発見への手がかりを提供していることはたしかだ。

（中略）結局のところかれは詩人の一つのタイプの、究極の姿を示しているし、彼の歌もまたそうであった。中原の「人を誘ってやまない」性質と、そこから浮かび上がる「新しい歌がありうるとすればどのようなものであらねばならならぬか」という問い。そのような二重性を持つ詩人として、中原中也は大岡信の手によって戦後の詩の世界で新しい生命を与えられた。その延長線上に今日の中原中也研究はもとより、戦後詩、現代詩は成り立っている。

注

（1）北川透「抒情の克服――中村稔編『中原中也研究』について」、『中原中也研究』日本図書センター、一九九三年一月復刻、三頁。
（2）大岡信「ある青春」、「福永武彦全小説月報」第三号、新潮社、一九七三年一二月、六頁。
（3）大岡信「中原中也」、『現代詩人論』角川書店、一九六九年二月、五八頁。
（4）中村稔『私の昭和史』青土社、二〇〇四年六月、二七五頁。
（5）大岡昇平「写真像の変遷」『大岡昇平全集』第一八巻、筑摩書房、一九九五年一月、六〇八頁。
（6）いいだもも「半世紀ぶりに中原中也のことを書く」、「中原中也研究」第四号、中原中也記念館、一九九九年八月、一四頁。
（7）松下康雄「向陵回顧」、『運るもの星とは呼びて――終戦前後の一高――』「終戦前後の一高」刊行委員会、一九九一年一〇月、三一四頁。
（8）「序」、『マチネ・ポエティク詩集』真善美社、一九四八年七月、一〇頁参照。
（9）大岡昇平「京都における二詩人」、前掲書（5）、六頁。
（10）中村稔「「山羊の歌」との出会い」、『複刻版　山羊の歌　別冊』麥書房、一九七〇年九月、一頁。
（11）『現代詩集』第一巻（河出書房、一九三九年一二月）の目次に掲げられている中原の詩篇は以下の通り。「サーカス」

「朝の歌」「臨終」「白き風冷たくありぬ」「黄昏」「冬の雨の夜」「帰郷」「悲しき朝」「港市の秋」「秋の夜空」「少年時」「妹よ」「寒い夜の自我像」「心象　Ⅰ」「心象　Ⅱ」「汚れつちまつた悲しみに」「無題」「秋」「みちこ」「骨」「六月の雨」「冬の日の記憶」「冷たい夜」「春と赤ン坊」「曇天」「一つのメルヘン」「幻影」「蛙声」「月夜の浜辺」。このうち、「白き風冷たくありぬ」は「臨終」の改ページ部分の一行目を誤って詩のタイトルとしたものなので、詩篇数には含めなかった。

(12) 中村稔、前掲書（4）、二八六、二八八頁。

(13) 大岡昇平・鮎川信夫・中村稔・大岡信「共同討議　恩寵の詩人　中原中也」、「ユリイカ」第二巻第一〇号、青土社、一九七〇年九月、一三三頁。

(14) 中村真一郎「同人雑誌評」、「文學界」第七巻第三号、文藝春秋新社、一九五三年三月、一七八頁。

(15) 三浦雅士「大岡信の時代」第八回「恋愛のまぼろし」、「大岡信ことば館便り」第八号、増進会出版社　大岡信ことば館、二〇一二年二月、二三一―二四頁参照。

(16) 郷原宏「詩学」、『日本現代詩辞典』桜楓社、一九八六年二月、二一八頁。

(17) 大岡信「現代詩試論」、「詩学」第八巻第八号、詩学社、一九五三年八月、二一―二二頁。

(18) 『戦後詩人全集』については、本書第Ⅱ部第七章を参照。

(19) 三浦雅士「大岡信の時代」第七回「複眼の流儀――空穂と信」、「大岡信ことば館便り」第七号、増進会出版社　大岡信ことば館、二〇一一年一一月、二七―二九頁参照。

(20) 評論集『詩人の設計図』（書肆ユリイカ、一九五八年五月）収録の際に「中原中也論　宿命的なうた」に改題、さらに中村稔編『中原中也研究』で「宿命的なうた」に改題された。

(21) 「ユリイカ」第一巻第二号、書肆ユリイカ、一九五六年一一月、六四頁。原本では表4に「第一巻第七号」と表記されているが、誤植と思われる。

(22) 清岡卓行「詩誌「ユリイカ」のパトロンヌ――米川丹佳子と伊達得夫」『桜の落葉』毎日新聞社、一九八〇年一二月、七一頁。

(23) 掲載誌や収録単行本によってタイトルに違いがあるが、混乱を避けるために「宿命的なうた」で統一する。なお、それぞれの本文異同はほとんどない。
(24) このことについては、拙稿「「歌」の内実――中原中也と音楽に関する一つの視角――」(『中原中也と詩の近代』角川学芸出版、二〇一〇年三月)も参照されたい。
(25) 中村稔「後記」、『中原中也研究』書肆ユリイカ、一九五九年四月、二五四頁。ただし、引用は前掲書(1)による。
(26) 引用の出典は、創元社版『中原中也全集』と照合した。
(27) 大岡昇平・鮎川信夫・中村稔・大岡信、前掲文(13)、一一九―一二〇頁。
(28) 中村稔・大岡信・北川透「討議　述志とイメージ　中也的なるものとは何か」、『現代詩読本　中原中也』思潮社、一九七八年七月、一三頁。
(29) 拙稿「倦怠と幻想――『山羊の歌』『在りし日の歌』の再検討――」、前掲書(24)参照。
(30) 篠田一士「傍役の詩人　大岡昇平『朝の歌』をめぐって」、前掲書(25)、一四六頁。
(31) 大岡信「埋みし犬の何処にか」、「國文學　解釈と教材の研究」第二二巻第一三号、學燈社、一九七七年一〇月、一一頁。
(32) 大岡昇平・鮎川信夫・中村稔・大岡信、前掲文(13)、一三三頁。
(33) 大岡信『詩への架橋』岩波書店、一九七七年六月、一四二頁。
(34) 北川透、前掲文(1)、四頁。

※大岡信「宿命的なうた」はすべて中村稔編『中原中也研究』(書肆ユリイカ、一九五九年四月/日本図書センター、一九九三年一月復刻)を本文とした。

第七章　形而上的な問い

――広島の同人誌「知覚」「囲繞地」を中心に――

一、戦後詩のメルクマールとしての一九五五年

戦後の現代詩の展開において、メルクマールとなるのが一九五五年である。小海永二は、「「戦後詩」という呼称が一般に用いられるようになった」時期として「正確な断定とは言えないが、ほぼ昭和三十年（一九五五年）頃からのことのように思う[1]」といい、その傍証として一九五五年六月発行の「詩学」臨時増刊「現代詩・戦後十年」を挙げている。そこには「戦後代表作品」として一〇一名の詩人の作品が掲載され、鮎川信夫が「戦後詩人論」、大岡信が「戦後詩論の焦点」をそれぞれ執筆し、関根弘、中村稔、清岡卓行、黒田三郎、長江道太郎による座談会「戦後詩の新しい展開」が行なわれ、「戦後詩書一覧」が収められた（傍点著者）。つまり、戦後一〇年が経過した時点で、それまで「現代詩」といわれていた一九四五年以降の詩が、「戦後詩」として相対化されたのである。いうまでもなく、明治期には明治期の、大正期には大正期の「現代」が存在する。しかし、戦後という「現代」からそれらの時代を眺めたとき、明治や大正のみならず、戦前の昭和ですら、すでに「現代」ではない。おそらく「戦後詩」というとき、一九四五年以降の「現代詩」がそれ以前の「現代詩」とは異なっており、その一九四五年以降の「現代詩」

もまた、もはや「現代詩」とはいえないという意識が詩人たちに働いていたのだろう。もしかするとそのような意識は、詩人たちというより、「詩学」という「詩壇ジャーナリズムの第一期の黄金時代」(2)を担った雑誌の編集者がつくりあげた幻想のようなものだったのかもしれない(3)。いずれにせよ、そのことがはっきりと詩人たちの共同の場に提示されたのが、一九五五年だったたというわけである。

ただし、「戦後詩」という呼称の成立とともに、その概念が通念化したと捉えるのは早計である。やはり小海が指摘しているように、そのことは右で言及した「詩学」臨時増刊の特集名が「現代詩・戦後十年」であることからもうかがわれる。この時点では、まだ「現代詩」と「戦後」という言葉が並列されており、「現代詩」と「戦後詩」の区別は明確でない(4)。

「戦後詩」という呼称は、「詩学」臨時増刊が特集する以前より用いられていた。管見に入った限り、太平洋戦争終戦後の詩という意味での「戦後詩」のもっとも古い用例は、「現代詩」一九四六年六月号掲載の中桐雅夫「戦後詩の新展開」にみられる。この文章は、「戦争といふ大きな経験を与へられたわれわれ」の目指すべき「あたらしい詩」(5)について、宮沢賢治やリルケを例に、谷川徹三やT・S・エリオットを援用して論じたものだが、タイトル以外、つまり文中には「戦後詩」という用語は確認することができない。

「戦後詩」という呼称およびその概念の形成を考えるうえで重要なのは、おそらく書肆ユリイカから一九五四年九月から翌五五年五月にかけて刊行された『戦後詩人全集』全五巻である。小海は、さきに挙げた「詩学」臨時増刊の特集について、「企画自体、『戦後詩人全集』の刊行に刺激されたものであったかもしれない(6)」といっている。それほど、同書の刊行は今日からみても、ましてや当時の詩においてはセンセーショナルな出来事であった。

『戦後詩人全集』のインパクトは、何といっても同書に収録された詩人たちにこそある。第一巻配本の第一巻に収められた詩人は、中村稔、大岡信、谷川俊太郎、山本太郎、那珂太郎、新藤千恵。この時点で、中村、那珂は詩集を一冊しか出しておらず、大岡、山本、新藤に至ってはまだ一冊も持っていなかった。唯一の例外が、『二十億光年の孤独』（創元社、一九五二年六月）と『六十二のソネット』（同、一九五三年一二月）をすでに出版していた谷川俊太郎であるが、その谷川は敗戦後の時代状況が色濃く反映した詩を書いた鮎川信夫や田村隆一らの「荒地」とはまったく異なる詩風の作品によって、詩の世界に新風を巻き起こした新進気鋭の詩人である。

そのような詩人たちに「戦後詩人」を代表させたということ。『戦後詩人全集』への「荒地」の詩人たちの収録が第三巻となったこと、しかもそこから鮎川信夫や田村隆一が漏れていることは、どうやら年刊『荒地詩集』との兼ね合いがあったためらしいが、[7]いずれにせよ『戦後詩人全集』第一巻の登場によって、一九四五年以降の現代詩の風景が変わり、新たな時代に入ったことが示された。中村稔のいうように、「『戦後詩人全集』の刊行によって、確実に現代詩の世界における世代交替がその足場をつくった」[8]のである。鮎川信夫の「現代詩のtouchstoneとしての役割を少しでも果したことが認められるなら、運動としての「荒地」はその目的の半ばを達したと言ってもよい」（傍点原文）、「ある意味では、文学運動としての「荒地」は、一九五一年版で終つている」[9]というよく知られた発言も、その内実よりむしろ、この記述を含む文章が一九五五年に発表されたことを重視すべきではないだろうか。そして、右の鮎川の記述は『荒地詩集1955』への収録の際に書き加えられたものだが、その初出は「囲繞地」第一集であった。

二、呉市の同人詩誌「知覚」の創刊

右で触れた『戦後詩人全集』第一巻の「解説」で、木下常太郎は「戦後詩」の特徴を次のように述べている。

私は戦後の多くの詩人の作品の中に思念が不毛の荒野をさまよつているのをしばしば眺めた。知性と感性が切断されてばらばらに散らかつているのを見た。知性の爪に感性が光つている訳でもなく、感性の肌に知性が匂つてもいない灰色の力無い思念の亡霊になやまされた。

だが思念の自動的な自己回転に身をまかせざるを得ない戦後の不幸な詩人は詩の中に形而上学を持ち込むという新しい傾向を日本の詩のうちにもたらした。その形而上学的な様々な思念や観念が必ずしも詩化されて居らないために、単に言葉の空転に終る場合も多いのであるが、若い詩人の詩に形而上学的な想念の言葉が多く見出されるようになつた。

戦後詩人にみられるこれらの傾向は日本の国内事にもよるが、また最近の西欧の思念的傾向を持つた飜訳詩などの単純な外面的模倣や影響によるものであろう。[10]

この解説は、少々奇妙である。木下は「若い詩人の詩に形而上学的な想念の言葉が多く見出されるようになつた」というが、同書に収められている中村稔や谷川俊太郎の詩に、果たしてどれほどの「形而上学的な想念の言葉」が認められるだろうか。むしろ、ここで述べられている傾向は、「荒地」の詩人たちにこそもっとも符合するのではないか。世代交代を告げる谷川や大岡、中村らは、「荒地」と断絶したところから登場してきた。そして、大岡信による最初の鮎川信夫論の初出時のタイトルが「戦後詩人論」(「詩学」一九五四年五月)であったように、[11]鮎川および「荒地」に属する「形而上学的な想念の言葉」を用いた詩人たちこそ、「戦後詩の第一世代」[12]というべき存在であった。

さて、戦後の現代詩の展開におけるメルクマールとなる一九五五年より少し前、東京で「形而上学的な想念の言葉」を書く詩人たちから、そうでない言葉で詩を紡ぐ「若い詩人」たちへと世代交代が徐々に行なわれ始めていたころ、一九五三年五月に広島県呉市で創刊された「知覚」という同人詩雑誌がある。

この詩誌が呉市で創刊されるまでの経緯については、同誌の編集の中心となった宮田千秋による回想「詩と詩論誌『知覚』グループの足跡(一)」「同(二)」(「火皿」二〇〇八年一二月、二〇〇九年四月)があり、また宮田より託された数々の貴重な資料を整理した田口麻奈が『〈空白〉の根底　鮎川信夫と日本戦後詩』（思潮社、二〇一九年二月）所載の「「荒地」と「囲繞地」」、「「囲繞地」グループ発足まで」というすぐれた論考で綿密な調査結果に基づき詳細にまとめているので、ここでは触れない。いまは「知覚」を創刊する前に、杉本春生、三沢信弘、荘原肆夫、宮田の相談の結果、同誌の方針を次のように定めたことのみ確認しておこう。

1　発行は隔月刊とする。
2　誌は詩評論と詩で構成し、他の文学、芸術分野の批評もとりあげる。
3　メンバーは運営費を考慮して二十名程度とする。
4　誌の研究課題は『荒地』グループの業績研究とするが、方針として強制はしない。
5　誌名は『知覚』とする。（荘原の提案）
6　編集メンバーは荘原肆夫、久井茂、酒匂直哉、宮田千秋で構成し、発行人は宮田千秋が担当する。
7　発行所は「知覚社」とし、宮田宅に置く。(13)

これらのうち、今日において特に重要なのは4である。田口の指摘するように、「全国の同人誌を中心とする戦後詩資料の組織的な蒐集、整備自体が緒に就いたばかり」のため、「戦後詩の第一世代である「荒地」がこの時期いかに受容され、解釈されていったかについてはいまだ十全に明らめられて(14)」いないからだ。換言すれば、東京ではなく全国に目を向けたとき、はじめて一九五〇年代における「荒地」受容の様相が浮かび上がってくる。「荒地」を「業績研究」の対象とした理由について、宮田は「この集団の活動が突出しており研究に価する、反面「荒地」を批評する評論は、正当に評価し、理解したうえでの反論が見られず、自分たちの立場をＰＲする傾向が多かった(15)」と述べているが、このような視点は彼らが東京の詩人たちのなかに存在する政治性や党派性などとは無縁の、遠く離れた広島県呉市にいたからこそ持てたものに相違ない。

逆説的に、そのことは「知覚」を創刊した彼らが広島県の詩における政治性や党派性から無関係ではいられなかったことを意味する。やや時代は下るが、小田久郎は一九六二年ごろの広島の詩の状況を「荏原、相良（平八郎—引用者）、それから政田岑生、五藤俊弘ら「メタフィジック派」ともいうべき詩人たちを中心に、右には木下夕爾、西原茂、津田欣二ら戦前からの田園派、抒情派、左には大原三八雄、栗原貞子らの社会派、原爆派がおり、それらを通底する磁場が作り出せない」という「三派鼎立、つまり三すくみの図式」があったと述べている。[16]「メタフィジック派」は、「知覚」が「誌の存在と方向を鮮明に示すための第一命題」として「時間をかけて『荒地』グループの研究を選定した」[17]結果、その創刊を発端として広島の詩にもたらされたエコールだ。田口麻奈は、「知覚」第二号に発表された宮田千秋「砂漠の埴輪——故峠三吉を悼む——」を取り上げ、「社会派、原爆派」の峠を中心とする「「われらの詩」が牽引する運動における詩的方法への違和感」と、「「荒地」の懐深く入り込んだ上での内在批判によって現代詩の新局面」を目論む「知覚」の方向性との関連を指摘しているが、[18]そこには「誌の存在と方向を鮮明に示すため」という「知覚」の戦略性も存在していた。

こうして「知覚」は、全国的にみれば「戦後詩の第一世代」たる「荒地」から断絶したところより登場する谷川俊太郎や大岡信らとは異なり、鮎川や「荒地」の運動を継ぐものとして、一方、広島からみれば「戦前からの田園派、抒情派」でも「社会派、原爆派」でもない「メタフィジック派」として、広島での詩活動を展開していくことになる。

三、「知覚」における「『荒地』グループの業績研究」の成果

一九五三年五月発行の「知覚」第一号の巻頭を飾っているのは、荏原肆夫「現代詩の一性格について」。「モダニ

ズムのポエジイ論[19]」を批判しながら、現代における詩人の苦悩と宿命を説くこの文章に「荒地」、特に鮎川信夫の影響は明白である。それは、「知覚」が創刊前に方針として掲げた「『荒地』グループの業績研究」という雑誌の方向性を示すものであった。

その「『荒地』グループの業績研究」の頂点をなすのが、はじめて孔版印刷から活版印刷となった第三号（一九五三年七月）である。この号は、実質的に第二号とほぼ同時に発行されており、創刊第一号を刊行してからいよいよ本格的に取り組まれた「『荒地』グループの業績研究」の成果が誌面に反映している。

同号には、荏原の「鮎川信夫論(1)」が巻頭に置かれるとともに、鮎川の詩「橋上の人」が掲載されている。後者は作品末尾に「この作品は昭和十八年三好豊一郎の編集による「故園」に発表されたものである[20]」と注記されているように、「故園」第二号（一九四三年五月）から転載されたものだ。田口麻奈によると「第一次「荒地」や「LUNA」時代からの活動を、杉本に求められて詳細に書き送った際、参考資料として同封された[21]」らしい。鮎川には、「橋上の人」というタイトルの詩篇が三作あり、「故園」発表形はその第一作にあたる。田口のいうように、「すでに改稿を重ねて代表詩篇としての厚みを増している同作の最初の形態を「知覚」誌に提供するのは、やはり格別の配慮と言ってよいだろう[22]」が、ここでは杉本春生を介した「知覚」の求めに応じて鮎川から提供されたものが同誌に転載されていることに注意したい。鮎川の資料提供は「知覚」における「荒地」研究の過程においてなされたものであり、「橋上の人」の転載は「知覚」にとってその研究成果のひとつであった。

また、鮎川の詩の掲載ページから一篇を挟んで掲載されている宮田千秋の詩「黄昏の人」も、「荒地」研究の成果のうちのひとつであるとみなされる。その第一連。

たえがたい陵辱の季節は　流れ

黄昏の影を背負つた　あなたは
すり切れた古靴の踵をひどく気にしながら
遠のいていく忘却の道程《みち》を歩いてくる(23)

ここに描かれた「あなた」は、「あなたはやはり寒いのか」と語り手から問われる「群青に支へられ　眼を彼岸へ投げ」ていた「橋上の人」のその後の姿である。「橋上の人」の「あなた」は、「たとへ何処の果へゆかうとも」、「蒼ざめた河」の「沈黙」から付きまとわれ、「背中を行き来する千の歩み」のように「忘却の階段に足をかけ」て「迷宮の方向へ降りてゆく」。しかし、その行く手は「内部を刻む時計の音」に遮られ、「あなた」は「一つの部屋」のなかで「影」となる(24)。

いま、時が経ち、「たえがたい陵辱の季節」が過ぎて、「すり切れた古靴の踵をひどく気にし」つつ「遠のいていく忘却の道程」を歩く「黄昏の影」を背負った「あなた」は、「きのうを振りかえ」れば「むしりとられた記憶の実《み》」が「かえつてくる」かもしれないのに振り返らず、「もはや　明日を生きてはならない」と歌う「地平の輪唱」を聴きながらも、「一度も行先を問」わないまま、「歩行をためらおうとはしない」。その姿を眺める「いつさいの実在を埴輪の胸に飾」った「卑屈な蝶(25)」。宮田の「黄昏の人」に描かれているのは、まさしく形而上的な問いである。

「黄昏の人」について、杉本春生は「知覚」第五号掲載の「宮田千秋論」のなかで、荏原肆夫「鮎川信夫論(1)」の「強い懐疑精神は自らの懐疑に就いても懐疑的である。それは不可知論者たることを恥ぢる。積極的なペシミストは文明からの逃避者であることはできないで進んでその批判者となる。消極的な批判者であることはできないで強固な倫理の探究者となる(26)」という記述を引用しながら、「すぐれたエッセイストである荏原肆夫氏の鮎川信夫論の一節に通ずるものである(27)」と指摘した。荏原が論じた鮎川に通じる詩の特質を、宮田に杉本がみていること。宮田の詩「黄昏の人」には、「『荒地』グループの業績研究」という「知覚」の課題のひとつの達成をみることができるだろう。

そして、「知覚」における「『荒地』グループの業績研究」の成果の到達点こそ、右にも触れた荏原肆夫の「鮎川信夫論(1)」（第三号）および「同（Ⅱ）」（第五号）であった。後者において、荏原は鮎川を「作品に書きえなかったところをエッセイに書く」詩人たちとは違って、「批評を尽したのちにはじめて氏はそのすべての希いを詩に托すことができる」人として評価する。その結果、鮎川の場合は「作品が批評の完成とな」り、その詩は「批評の終着するところにはじまる」。したがって、「われわれが言いうることは殆んど氏がその詩論のなかに述べ尽している」にもかかわらず、鮎川の詩には「詩人の弱点」たる「秘密」[28]が内包されたままである。その「氏の思想と詩論の全的投影」[29]として荏原が取り上げるのが、『詩と詩論』第一集（荒地出版社、一九五三年七月）に収録された「神の兵士」であった。

「知覚」に掲載された荏原肆夫によるふたつの論を読んだ鮎川は、次のような書簡を宮田に送ったという。

荏原氏のエッセイ、——自分がどのように見られているかという点、大変興味がありました。今迄黙っていたのは、氏の観方に干渉したくなかったからです。荒地のなかにおいてさえ、このように内面にまで立入って批評されたことはありません。この十五年間、外部の批評とばかり戦いつづけてきた僕にとって、ここで過去をふり返ってみることが必要になってきたような気がします。

「神の兵士」は「死んだ男」以来、はじめて僕に詩というものの在り方を強く意識させた作品でした。この作品を捉えた点と、僕がふとした機会に洩した批評的迂回（このヒントは、パウロの書翰にあります）という考え方の本体に触れた点、荏原氏の炯眼に敬服しました。僕にとって、批評的迂回は、作品的迂回でもあり、この動機の一つは氏の指摘のとおりでありますが、他の一つはそれとは全く逆の野心であります。この隠された動機は、僕の全作品の継ぎ目を、奇妙な工合に曖昧にしてしまうらしい様子です。思想的意欲と芸術的欲望が、同時に全く別の方向に動く、ということも僕にとってはめずらしいことではありません。[30]

「批評的迂回」と「パウロの書翰」の関係や「作品的迂回」の内実など、興味深い点は多いが、ここでは鮎川が荏原に「荒地のなかにおいてさえ、このように内面にまで立入って批評されたことはありません」という賛辞を贈っていることを確認すれば十分であろう。のちに鮎川は、一九五四年九月の広島訪問の際の記憶に基づく「時間論」(「現代詩手帖」一九八一年一月)という作品を書いているが、そのなかに杉本春生や相良平八郎の名に先立ち、まず荏原肆夫の名前を記しているのは、荏原の鮎川論に接したときの感慨の痕跡とも考えられる。そして、その鮎川の感慨が契機となり、「知覚」の後継誌「囲繞地」が誕生する。

四、「囲繞地」と鮎川信夫

「囲繞地」が創刊されたのは、「知覚」第五号が発行された約五ヶ月後の一九五四年七月のことである。「知覚」廃刊から「囲繞地」創刊までの経緯について、宮田千秋は荏原の論の感想を綴った書簡を鮎川からもらったあとのこととして、次のように回想している。

その後、鮎川さんはあらゆる流派から「知覚」が攻撃されることを心配して、同人に加えてもらってよいと言って来た。荏原さんと三沢さんからは、編集方針次第では詩評論と作品が分離する危険が生じることを考え、「知覚」の再構築を検討したいと申し出があった。その頃、私もメンバーの見直しを考えていた時期で、鮎川さんからも、詩の編集、若い詩人の紹介、批評論と作品の充実について助言があったので、二人に伝えたのである。早速鮎川さんとも連絡をとり、このまま修正軌道をとりながら続けて行くか、五号で廃刊にして一気に新しい集団をつくるか荏原さん三沢さんの四人で協議を重ねたことを思い出す[31]。

「知覚」第一号に、杉本春生の第二詩集『冬の座標』(DEAD. PAN. CLUB、一九五二年二月)の書評を寄せていた鮎川は、みずから「知覚」という雑誌に接近していった。その結果として、「知覚」を再構築するかたちで創刊されたのが「囲繞地」である。ちなみに、鮎川、荏原、三沢、宮田による四人での協議から、「知覚」で重要な位置にあった杉本春生が除外されたのは、荏原が選択したという「囲繞地」が設定した二七件の「共同研究のテーマ」について、杉本が「当時「地球」に軸足を移しており、健康の心配も考えて執筆を保留した[32]」ことが関係していると思われる。

鮎川の「知覚」への接近。それは、「知覚」で展開された「『荒地』グループの業績研究」、特に同誌に掲載された荏原肆夫による鮎川論から受けた印象を直接的な契機としているが、もちろんそこには鮎川の側の事情もあった。鮎川は、『死の灰詩集』(宝文館、一九五四年一〇月)出版に端を発する論争で孤立感を深めていった[33]。「囲繞地」にも鮎川を擁護する立場から広田国臣が「鮎川信夫作 兵士の歌を中心にしての批評」を第四集に執筆しているが、「囲繞地」創刊前のこの時期、その後の孤立が何らかのかたちですでに鮎川に予感されていたということだろう。また、さきに述べたように、『戦後詩人全集』第一巻の刊行は一九五四年九月のこと。詩の世界にはすでに谷川俊太郎や、「現代詩試論」(「詩学」一九五三年八月)を引っさげて大岡信が登場している。つまり、このとき鮎川は直後の孤立無援と世代交代のムードをおそらく無意識のうちに嗅ぎ取っていたのだ。荏原の論に接した鮎川が宮田に送った書簡中にある「この十五年間、外部の批評とばかり戦いつづけてきた僕にとって、ここで過去をふり返ってみることが必要になってきたような気がします」とは、そのようなムードのなか、古い世代に属する「戦後詩人」として、みずからのこれまでの詩業を相対化する必要性に鮎川がうながされていた、と理解することができよう。こうして鮎川は、「詩壇に認知された狭義の「荒地派」以上のグループ性を見据えて自ら〈荒地以後〉を組織しようと[34]」、自身の経験と人脈を最大限に利用しつつ、東京より遠く離れた広島の若い詩人たちを仲間に、創刊同人のひとりとして「囲繞地」を立ち上げていくことになる。

その鮎川の意向は、「囲繞地」第一集に顕著にあらわれている。同集には、巻頭詩として高野喜久雄「神よ」が掲載されている。高野は『荒地詩集1954』（荒地出版社、一九五四年二月）より「荒地」に加わった、当時新鋭の詩人。高野の詩が「囲繞地」創刊号の巻頭を飾ったことには、鮎川の意向が少なからず反映していると思われる。その紹介とも解説ともいうべき同集所載の「「荒地」の詩についてのノート」の第七章「高野喜久雄の詩の形而上学」において、鮎川は「神に向つて閉ざされたものと意識して書かれた詩は、彼の作品以《ママ》には今のところ田村隆一の「立棺」ぐらいしか、思い浮べることができない(35)」と、「神」概念を軸に高野を絶賛した。ここで思い出されるのは、「知覚」に発表された荏原の鮎川論に、鮎川にみられる「宗教的態度」についての指摘があったことだ。荏原は、鮎川が自分は「滅びるにきまつている絶対多数について」述べる「現代詩人」とは違って「〈不滅なるものの絶対多数〉について語りたいと言う」とき、「氏は明らかにカトリック的世界観の信条を背景にして立つている(36)」と「鮎川信夫論（Ⅱ）」で評していた。高野の詩篇、およびその高野の「形而上学」についての「神」概念の観点からの鮎川の解説は、荏原の論に対するひとつの回答ともなっているだろう。鮎川が高野を「〈神〉に到達することのできない道を示すことによつて、彼は逆に神のはてしなさを証明しようとしているかに見える(37)」と評するとき、おそらく鮎川は「荒地」では十分に展開されなかったひとつの可能性を見出している。つまり、鮎川は高野の詩を第一集の巻頭詩として推薦し、その紹介、解説を記すことで、「知覚」の後継誌として広島で創刊された「囲繞地」というこの同人誌の「荒地以後」という方向性を示そうとしたのである。

また、「囲繞地」第一集に宮田千秋「朽ちた偶像――水尾比呂志の「遺産と風土の点検」について――」が掲載されていることも見過ごすことはできない。「朽ちた偶像」は、詩誌「櫂」に発表された水尾比呂志の文章を批判したものので、水尾の「荒地」評への反論を含む。この評論と鮎川の「「荒地」の詩についてのノート」が同じ集に掲載されることで「両者の連携が強く印象づけられ[38]」ていることは、田口麻奈の指摘する通りだ。こうして「囲繞地」は、鮎川の意向を汲んだ、「荒地」の系列に属する雑誌として詩の世界で位置づけられることになる。

鮎川ひいては「荒地」との密接な関係を示すこのような「囲繞地」の誌面構成と、その背後に透けてみえる党派性は、当時の詩人たちの目に果たしてどのように映ったか。すでに確認したように、「囲繞地」創刊から二ヶ月後には『戦後詩人全集』第一巻が刊行され、「戦後詩」という呼称の成立とともに、その前後での世代交代が告げられる。「朽ちた偶像」で宮田が批判した水尾比呂志の文章が掲載されている「櫂」は、川崎洋、茨木のり子、谷川俊太郎、大岡信ら、新しい世代の詩人たちによる同人誌だ。もちろん、新世代を攻撃し、旧世代を擁護したからといって、そのことがただちに「囲繞地」を守旧派に位置づけるわけではない。しかし、東京で詩人の世代交代が水面下に進んでいたこの時期、鮎川を擁して「荒地」継承をアピールする「囲繞地」の活動は、広島発行の雑誌という地方性とも相まって、同時代の詩人たちから無視されたか、目に留まったとしてもほとんど相手にされなかったのではあるまいか。

田口麻奈によれば、「囲繞地」編集同人が創刊準備中に発布したガリ版刷りには、「新しい世代を代表する現代の最高水準の詩誌にする」という目標あるいは理想が明記されており、そこには「鮎川の信念が直接反映[39]」している。多くの場合、「新しい世代」は前世代と断絶したところより登場する。「戦後詩の第一世代」に代わるものとして詩の世界に登場した谷川や大岡ら「戦後詩の第二世代」もまた例外ではなく、「荒地」の影響の外部から登場した。「囲繞地」の詩人たちも、「知覚」第五号への谷川俊太郎の詩の寄稿が示しているように、東京で進行していた詩人の世代交代にまったく感づいていなかったわけではないと思われる。しかし、その動きに彼らが連動しなかった、もしくはできなかったのは、やはり鮎川の熱心な雑誌への介入のためであろう。「囲繞地」第二集への大岡信の執筆は、

「荒地」同人の衣更着信や野田理一と同じく、鮎川からの依頼があって実現したものと想像されるが、「知覚」第五号への谷川俊太郎の寄稿と同じく、このような人脈を鮎川に頼らず築き上げていけば「囲繞地」には別の未来があったかもしれない。こう考えると、「囲繞地」が「新しい世代を代表する現代の最高水準の詩誌」となるためには、鮎川の介入は結果的にマイナスに作用したといわざるをえない。たとえその目標が鮎川の信念の直接的な反映だったとしても、だ。

とはいえ、鮎川の熱心な介入がその後も継続的に行なわれていれば、「囲繞地」にはまた違った展開があっただろう。しかし、第二集の宮田千秋離脱を機に、鮎川の「囲繞地」への関与は少なくなってしまう。宮田が「囲繞地」編集から離れたのは、直接的には呉から神戸への転勤のためだが、このとき宮田は「仕事と誌の編集を二者ともにやることは精神的に参ってしまっ[40]」ていたという。そこには、「鮎川信夫という強すぎるプレイヤーが本格的に参入してくることに関して、同人間で意見が割れなかったと考えることが不自然だろう[41]」と田口が推測しているような事情もあったのかもしれない。

宮田の編集離脱とともに、鮎川とも距離を取った「囲繞地」は、第二集から第五集まで岡山市の三沢信弘、秋山基夫が編集を担当した。宮田の証言によれば、鮎川、荏原、三沢、宮田による四人で創刊前に協議した「囲繞地」の編集方針は、次の通りであった。

一、グループで活動を発展させる
一、詩《ママ》は季刊とする
一、詩は全スペースの約2/5、多くて1/2とする。
一、詩評論は署名入り
一、書評・短評（無署名でもよいが高度のものとすること。無署名の原稿は、誌の品位と見識のレベルがここに最も端的に示される。)
一、表紙は誌の顔となるので充分過ぎるほど注意する[42]
このうち、「囲繞地」第二集で守られているのは四点目ぐらいだろうか。同人たちへの編集体制の変更の経緯が第二集で十分に行なわれず、第三集の「囲繞地同人諸兄姉への報告」であらためて詳しい事情説明がなされているところを考えると、編集を担当した三沢や秋山の混乱はさぞかし大きかったと思われ、右の方針もきちんと引き継がれなかったのであろう。しかも、報告記事によると、秋山は第三集の編集にほとんどタッチしなかったというから、三沢の心労は察するに余りある。

第五集発行から約一年七ヶ月を空けて再刊された第六集以降の編集は、ふたたび呉市に戻り、相良平八郎が編集発行人となった。ここで「囲繞地」は、特集「戦前詩と戦後詩は本質的に変革されたか」の杉本春生によるリード文に示されているように、「編集方針を多角的にと、のえ新しい詩と批評の領域を開拓しよう」[43]と再出発を果たす。しかし、鮎川、宮田を欠いた「囲繞地」には、端的にいって編集センスがなかった。この特集は、吉本隆明「戦後詩人論」(「詩学」一九五六年七月)をきっかけとして企画されたものだが、近い時期に「詩壇ジャーナリズム」を形成した詩雑誌が行なった企画、たとえば一九五七年一〇月発行の「ユリイカ」創刊一周年記念号で行なわれたアンケート「戦後のアヴァンギャルド芸術をどう考えるか」などと比較してみれば、両者のセンスの差は一目瞭然だ。このとき「囲繞地」が問うべきだったのは、「戦前詩」と「戦後詩」の本質的な差異ではなく、まさに吉本が論じようとした、戦後一〇年経って相対化され始めた「戦後詩」の内実だったのではないか。このような「囲繞地」における編集センスの欠如は、三沢や相良にそれがなかったというのではなく、東京と「囲繞地」の発行されていた広島や岡山の詩人たちとの遠さ、隔たりのあらわれであることはいうまでもない。

こうして「囲繞地」は、再出発時に掲げた「新しい詩と批評の領域を開拓」するという志を果たさないまま、刊行の遅延を繰り返した末に、一九五九年一二月発行の第一〇集をもって終刊した。その後は「荒地」、特に鮎川信夫の影響下に「知覚」のころより追究されていた形而上的な問いは、荏原肆夫や杉本春生、三沢浩二（信弘）らのそれぞれの詩活動のなかで思索が深められていくことになる。

注

（1）小海永二「戦後詩とは何か」『小海永二著作撰集』第二巻「詩・文学論Ⅰ」丸善、二〇〇七年一〇月、三二五頁。

（2）小田久郎『戦後詩壇私史』新潮社、一九九五年二月、一三六頁。「詩壇ジャーナリズム」については本書「はじめに」および第Ⅲ部を参照。

（3）小海永二、前掲文（1）、三二五―三二六頁参照。

（4）小海永二、前掲文（1）、三二五頁参照。

（5）中桐雅夫「戦後詩の新展開」、「現代詩」第一巻第五号、詩と詩人社、一九四六年六月、三四、三七頁。

（6）小海永二、前掲文（1）、三二六頁。

（7）伊達得夫「黒田三郎のこと」『詩人たち ユリイカ抄』平凡社、二〇〇五年一一月、一三六―一三七頁参照。

（8）中村稔『私の昭和史・戦後篇』下巻、青土社、二〇〇八年一〇月、二二八頁。

（9）鮎川信夫「『荒地』に関する二つのエッセイ」、『荒地詩集 1955』荒地出版社、一九五五年四月、一八五頁。

（10）木下常太郎「解説」、『戦後詩人全集』第一巻、書肆ユリイカ、一九五四年九月、二五〇頁。

（11）『詩人の設計図』（書肆ユリイカ、一九五八年五月）収録時に「鮎川信夫ノート」と改題。

（12）戦後詩の世代区分は、田村圭司「一九五〇年代の詩」、『現代詩大事典』三省堂、二〇〇八年二月、三七六―三七七頁を参照。

（13）宮田千秋「詩と詩論誌『知覚』グループの足跡（一）」、「火皿」第一一七号、火皿詩話会、二〇〇八年一二月、三八頁。

（14）田口麻奈「「囲繞地」グループ発足まで」『〈空白〉の根底　鮎川信夫と日本戦後詩』思潮社、二〇一九年二月、三九一—三九二頁。
(15) 宮田千秋、前掲文(13)、三八頁。
(16) 小田久郎、前掲書(2)、二六四—二六五頁。
(17) 宮田千秋、前掲文(13)、三八頁。
(18) 田口麻奈「「荒地」と「囲繞地」」、前掲書(14)、三五四頁。
(19) 荏原肆夫「現代詩の一性格について」、「知覚」第一号、知覚発行所、一九五三年五月、五頁。
(20) 鮎川信夫「橋上の人」、「知覚」第三号、知覚発行所、一九五三年七月、二四頁。
(21) 田口麻奈、前掲文(18)、三五八頁。
(22) 同右、同頁。
(23) 宮田千秋「黄昏の人」、前掲書(20)、二七頁。
(24) 鮎川信夫、前掲文(20)、二四頁。
(25) 宮田千秋、前掲文(23)、二七—二八頁。
(26) 荏原肆夫「鮎川信夫論(1)」、前掲書(20)、九頁。
(27) 杉本春生「宮田千秋論」、「知覚」第五号、知覚社、一九五四年二月、二〇頁。
(28) 荏原肆夫「鮎川信夫論(Ⅱ)」、前掲書(27)、九—一〇頁。
(29) 同右、九—一二頁。
(30) 一九五四年三月二日付宮田千秋・荏原肆夫宛鮎川信夫書簡。田口麻奈、前掲書(14)、四九七頁。
(31) 宮田千秋「三沢さんと「知覚・囲繞地」」、『追悼 詩人 三沢浩二』和光出版、二〇〇七年八月、三九頁。
(32) 同右、同頁。
(33) 樋口良澄『鮎川信夫、橋上の詩学』思潮社、二〇一六年七月、一七一頁、および田口麻奈、前掲文(18)、三五六—三五七、三七二頁参照。
(34) 田口麻奈、前掲文(18)、三六六頁。
(35) 鮎川信夫「「荒地」の詩についてのノート」、「囲繞地」第一集、知覚社、一九五四年七月、二〇頁。

(36) 荏原肆夫、前掲文(28)、七頁。
(37) 鮎川信夫、前掲文(35)、一九頁。
(38) 田口麻奈、前掲文(14)、三八八頁。
(39) 田口麻奈、前掲文(18)、三六六頁。
(40) 宮田千秋、前掲文(31)、三九頁。
(41) 田口麻奈、前掲文(14)、三八九頁。
(42) 宮田千秋、前掲文(31)、三九頁。
(43) 杉本春生「「戦前詩と戦後詩は本質的に変革されたか」というテーマをめぐって」、「囲繞地」第六集、知覚社、一九五七年六月、二九頁。

第八章　現代詩のなかの宗左近

――「歴程」との関わりを中心に――

一、現代詩における宗左近の位置

宗左近には、約五〇冊の詩集がある。(1) そのすべてに触れたことのある読者は、現在においても過去においてもどれほど存在するのだろうか。そもそも、それらを網羅したテキストが存在しない。宗が没する前年に刊行された自選詩集『宗左近詩集成』（日本詩歌句協会、二〇〇五年七月）は七八二ページもの大著だが、収録されている詩集はわずか一七冊である。詩人としての宗は、それほどまでに大きい。

にもかかわらずというべきか、だからこそというべきか、日本現代詩史における宗の位置を定めることは大いに困難である。それは、朝倉勇のいうように、宗の巨大さが「現代詩の常識的な判断、認識の枠を超えてしまっている」(2) からであろうか。

もちろん、そういう面もあるだろう。数ある宗の詩集のなかから、絶対に外すことができないものを一冊だけ挙げるとすれば、長篇詩『炎える母』（彌生書房、一九六七年一〇月）であることは疑いえない。「宗左近を語るとき、外してはならないのがこの詩集『炎える母』である。いや、現代詩史においてこれを外せば、詩のもつ大切な、祈りという要素をないがしろにすることになるだろう[3]」とは高橋順子の言である。そこに描かれた戦火で母を死なせてしまったことに対する罪意識は、わたしたちの安直な共感をはねつける。また、その罪意識はやがて四人の親友を戦争で亡くしたことへの哀惜の念と結びつき、それらの死者たちが縄文時代の人々と合体して宗に「縄文シリーズ」と呼ばれる詩作群を書かせるが[4]、その縄文への執着をわたしたちが理解するのはたやすいことではない。ほかの詩人に類をみないそうしたモチーフが宗左近の個性であり、現代詩における独特の立ち位置につながっているのは間違いないと思われる。

しかし、だからといって宗を現代詩から孤立させてしまうと、戦時中の体験ばかりが特権化され、宗が無数の詩人がいるなかで活動していた詩の書き手のひとりであることが見落とされてしまうように思えてならない。宗の詩は、果たしてほかの詩人たちや同時代の詩の状況と関係なく、自身の戦争経験からのみ生み出されているのだろうか。

二、「歴程」同人としての宗左近

右で言及した『炎える母』が成立した経緯については、宗自身がさまざまな媒体で繰り返し語っている。そのうちのひとつ、『詩《うた》のささげもの』（新潮社、二〇〇二年五月）によると、一九五九年に第一詩集『黒眼鏡』を書肆ユリイカより刊行した際、「一人として讃めるものがいな」かった。このとき宗は、「おれ一人の世界を、おれはもっているということだな。捨てたものではないぞ」と感じたという。しかし「その暫くあと」、「文學界」で谷川俊太郎の「かなしみ」を読んで「たいへん、驚」いた。それは「何かとんでもないおとし物を／僕はしてきてしまったらしい[5]」という詩句に接し、「もっと遥かに「巨きな存在」からの「おとし物」」を自分がしてきたことに気づいたためである。「その「巨きな存在」を改めて探し求める営みこそが、わたしの詩という仕事にならなければならないのではなかろうか」と考えた宗は、その第一歩として「戦後詩というものを読むことを始め[6]」る。黒田三郎、石原吉郎、吉岡実、鮎川信夫、安西均、中桐雅夫、安東次男、田村隆一、吉野弘、那珂太郎、中村稔、谷川雁……。ところが、「戦争が人間の内部に与えた直截な加害のむごたらしさ、そして、それを受ける人間の内部の恐ろしい苦痛と変容、つまり魂のドラマを直截にその現場から書いたのは、石原吉郎の作品（中略）くらいしか見当[7]」たらなかった。そのことを一九六五年夏から翌年春にかけてのパリ留学中に実感したとき、『炎える母』のモチーフが宗のなかに浮かび上がってきたという。

このように語られる『炎える母』成立の経緯は、後年になって回想されたものである。そうである以上、ここには多分にフィクションが含まれているだろう。たとえば、『黒眼鏡』刊行から「暫くあと」に「文學界」で谷川俊太郎「かなしみ」を読んだと宗は述べている。確かに、同誌一九五〇年一二月号に詩六篇を掲載したのが谷川の詩人としての実質的なデビューであるが、そのなかに「かなしみ」は収められておらず[8]、その後も同誌への「かなしみ」掲載は確認されていない。谷川の第一詩集『二十億光年の孤独』（創元社、一九五二年六月）もしくはアンソロジーの類いで読んだ記憶と混同している可能性が考えられる。ただし、そのことよりむしろ注意しなくてはならないのは『詩のささげもの』に書かれていることが必ずしも事実の通りではないことである。そもそも、『炎える母』の重要なモチーフである東京大空襲の折りに母の手を放してしまった出来事は、この詩集ではじめて明かされたわけではなく、パリ留学以前、『芸術の条件』（昭森社、一九五九年一二月）所収のエッセイにすでに描かれていた[9]。ところが、さきの文章ではそのことにまったく触れられていない。

ここでわたしは、宗が事実と異なることを述べていると論難したいのではない。どんなエッセイでも、書き手の記憶違いや読み物として面白くするための脚色が含まれているのは当然のことである。ならば、どうしてそのことにこだわるのか。それは、詩人の回想に依存してしまうとみえてこないもの、逃れてしまうものがあるからにほかならない。換言すれば、宗自身の回想を参考にしつつも、ほかの角度から『炎える母』が書かれた経緯を検証してみたとき、宗がどのような地点から詩作を行なっていたかがみえてくるのではないだろうか。そのときはじめて、わたしたちは同時代から孤立してみえる宗左近を現代詩の流れのなかに位置づけられるに違いない。

　このように考えたとき、わたしが重視したいのは宗が「歴程」同人だったことである。宗は一九四八年第一次、一九五五年第二次創刊の同人誌「同時代」にも参加しているが、一九五三年、宇佐見英治らの招きによって同人に加入した「歴程」との関わりこそ[10]、現代詩における宗の位相を探るうえでより重要であると考えられる。宗は一九五七—五九年、六五年、六八—六九年にそれぞれ同誌の編集も担当している[11]。

　一九八五年の発言によると、宗はもともと観念的な詩を書いていたが、一緒に「歴程」を編集していた安西均から作品が難解だという批判を受け、『炎える母』を刊行した辺りから「むずかしくない詩[12]」を目指すようになっていった。「ボクは別に好んで「歴程」の編集をやったり「歴程」が好きで好きでしょうがなくて来ているわけじゃないけれども「歴程」との三十二年間のつき合いのなかで、育って新しいボクが育って来た、という思いはあるんです[13]」。「歴程」との関わりが、宗の作風に変化をもたらしたのである。

　では、「歴程」との関わりは、具体的にはどのような宗の「新しいボク」を育んだのか。「歴程」は「それぞれの勝手な、きわだって違った個性をもった詩人たちが集まっている[14]」詩雑誌で、「グループの主張」が「歴程という雑誌の上にでたことというのはほとんど皆無[15]」のため、同人たちに共通する特徴は見出しにくい。大岡信は「詩というものを感傷性でとらえるというふうなところから抜け出しながら、しかもモダニズム的な方向にゆか[16]」ず、「認識としての詩というか、そういうものを考えている人が多いような気がする」と述べているが、「認識としての詩」は必ずしも「歴程」の通念ではない。むしろ、通念を持たないことが「歴程」の特徴であり、通念なのである。そのような集団に属していたからこそ、宗は「歴程」同人として、ほかの詩人にはみられない独自のモチーフを追求し続けることができたといえよう。

三、「歴程」詩人たちからの影響

右に述べたような雑誌である以上、「歴程」が宗に与えた影響についてさらなる検討を加えるのは難しくはある。それでも、ここではあえてその難問に立ち入り、『炎える母』の成立や宗に影響を及ぼした可能性のある「歴程」詩人を何名か挙げてみたい。

まずは、草野心平である。宗は戦後「歴程」の中心人物だった草野、および「歴程」第一次創刊号（一九三五年五月）に遺稿が掲載された宮沢賢治の『春と修羅』（関根書店、一九二四年四月）を戦中より愛読していた。「日本のものもつ衝撃を与えてくれたのが、ひとつは心平さんだし、ひとつは宮沢賢治だったってことが「歴程」に入りたいという気持ちをもったことにつなが(17)」ったと宗は述べている。

その草野に「オ母サン」（『蛙』三和書房、一九三八年一二月）という詩がある。(18)「トテモキレイナ花」が「イッパイ」の場所で遊んでいた子蛙は「ヌマノ水口」の「オモダカノネモト」から跳んだとき、「ヘビノ眼」が光るのを発見した。絶命間近の子蛙は、最終連で次のように語る。

オ母サン。
サヨナラ。
大キナ青イ花モエテマス。(19)

ここには母への別れの言葉と子蛙がみた最後の光景が描かれている。「モエ」ることと母とのつながり。「モエ」るにどの漢字を当てるかはっきりしないが、[20]この詩が「母」が「炎える」とする宗の詩集名のヒントとなった可能性があるだろう。

続いて想起されるのは、中原中也である。中原の死後、草野が「歴程」に寄せた「中原よ。／地球は冬で寒くて暗い。／／ぢや。／さよなら。[21]」という追悼詩を読み、「筒抜けのスケールにうたれ[22]」たという宗は、当然中原の詩も読んでいた。その中原の絶唱、「春日狂想」(『在りし日の歌』創元社、一九三八年四月)第一節の前半四連。

愛するものが死んだ時には、
自殺しなけあなりません。

愛するものが死んだ時には、
それより他に、方法がない。

けれどもそれでも、業(?)が深くて、
なほもながらふことともなつたら、

奉仕の気持に、なることなんです。
奉仕の気持に、なることなんです。[23]

「愛するものが死んだ」からといって、必ずしも自殺する必要はない。しかし、語り手は「それより他に、方法がない」と自己を厳しく律する。にもかかわらず、「業（?）」の深さゆえか「なほもながらふこととなつ」てしまったら、どうすればよいか。それは、「失ったものをもう一度／取り返そうと努めてみても／いってしまったものはもう決して／帰ってきはしないのですから」、「どうすればいい？　どうしてもよくないのです／母がわたしを殺すこれが一番いいのだけれど／いない母がいるわたしを殺すことはできず／いるわたしがいない母を殺すこともできず」(24)というように、『炎える母』以降の宗が詩のなかで絶えず問い続けたことでもある。そして、戦後の宗が抱えた問題を戦前において先駆的に詩に書いた中原中也は、「歴程」創刊同人であった。

戦後の詩人も挙げてみよう。次に引用するのは、一九五五年一月発行の「歴程」に掲載された会田綱雄の有名な詩「伝説」（『鹹湖』緑書房、一九五七年）の第五―六連だ。

くらやみのなかでわたくしたちは
わたくしたちのちちははの思い出を
くりかえし
くりかえし
わたくしたちのこどもにつたえる
わたくしたちのちちははも
わたくしたちのように
この湖の蟹をとらえ

あの山をこえ
ひとにぎりの米と塩をもちかえり
わたくしたちのために
熱いお粥をたいてくれたのだつた

わたくしたちはやがてまた
わたくしたちのちちははのように
痩せほそつたちいさなからだを
かるく
かるく
湖にすてにゆくだろう
そしてわたくしたちのぬけがらを
蟹はあとかたもなく食いつくすだろう
むかし
わたくしたちのちちははのぬけがらを
あとかたもなく食いつくしたように[25]

「わたくしたち」は自分たちの「ちちはは」を食べた蟹を売る。その金で購入した「ひとにぎりの米と塩」を食うことは、「わたくしたちのちちはは」を食べることに等しい。だから「わたくしたち」も、やがて「ちちはは」と同じように湖に体を捨て、蟹に食われる。この詩について、宗は「これは、救済であろうか、処罰であろうか。双方であるような気がする[26]」と述べているが、宗もまた戦争で失った母や友人たちの犠牲のうえにみずからの生が存在していることをみつめ、救済と処罰を求めた詩人であった。

会田綱雄は「伝説」について、この詩を「私が作るためには、じつに多くの人びとの、ことばは悪いが、無意識の協同がなければならなかった[27]」と自作解説で語っている。宗の場合も、きっと同じだ。『炎える母』を筆頭とする宗の詩は、個人の痛ましい体験だけから生み出されたのではない。「多くの人びと」の「無意識の協同」があってこそ、その詩は成り立っている。そのことは、宗左近を「歴程」詩人として位置づけたとき、はっきりとみえてくる。

注

(1)「宗左近　著書リスト」、北九州市立文学館第一八回特別企画展図録『宙のかけらたち――詩人宗左近展――』北九州市立文学館、二〇一四年一〇月、七八頁参照。
(2) 朝倉勇「詩人　宗左近さんの詩の仕事」、「詩歌句」第七号、日本詩歌句協会、二〇〇五年一〇月、八八頁。
(3) 高橋順子「来歴」鑑賞、『日本名詩集成』學燈社、一九九六年一一月、三七六頁。
(4) 稲田大貴「宗左近の「縄文」」、「現代詩手帖」第六二巻第九号、思潮社、二〇一九年九月、七六―七八頁参照。
(5) 谷川俊太郎「かなしみ」『二十億光年の孤独』創元社、一九五二年六月、三八頁。
(6) 宗左近『詩のささげもの』新潮社、二〇〇二年五月、二二九―二三二頁。
(7) 同右、二七三頁。
(8) 本書第Ⅱ部第三章参照。
(9) 本書第Ⅱ部第九章参照。
(10) 宗左近、前掲書（6）、二二九頁、および粟津則雄・入沢康夫・晒名昇・宗左近・那珂太郎・朝倉勇「特別座談会　草野心平を語る」、前掲書（2）、六六頁を参照。

(11) 岡本喬編「戦後版歴程総目次」、『歴程大冊』思潮社、一九七三年六月、八二一頁参照。

(12) 岡本喬・伊藤信吉・宗左近・朝倉勇・花田英三「座談会　歴程五十年の歩み」、「歴程」通巻第三二四号、歴程社、一九八五年一〇月、一三九頁。

(13) 同右、同頁。

(14) 中村稔の発言。大岡信・中村稔・山本太郎・朝倉勇・花田英三「座談会『歴程論』」、前掲書(12)、六頁。

(15) 大岡信の発言。同右、一〇頁。

(16) 大岡信・粟津則雄「対談　戦後詩とは何か」、「國文學　解釈と教材の研究」第一六巻第一三号、學燈社、一九七一年一〇月、二八頁。

(17) 岡本喬・伊藤信吉・宗左近・朝倉勇・花田英三、前掲文(12)、一四〇頁。

(18) 『定本　蛙』(大地書房、一九四八年一一月)再録時に「青イ花」と改題。『蛙』所収の本文とは表記や連構成に若干の異同がある。

(19) 草野心平「オ母サン」『蛙』三和書房、一九三八年一二月。

(20) 前掲書(6)では「「キレイナ花」、「オオキナ青イ花」が炎えている」と、「モエ」るに「炎」の字が当てられている。二七九頁。

(21) 草野心平「空間」、「歴程」通巻第六号、沙羅書房、一九三九年四月、一一〇頁。

(22) 宗左近、前掲書(6)、二七八頁。

(23) 中原中也「春日狂想」『新編中原中也全集』第一巻「本文篇」角川書店、二〇〇〇年三月、二七八―二七九頁。

(24) 宗左近「明るい淡さ無機質の」『炎える母』彌生書房、一九六七年一〇月、一九三―一九四頁。

(25) 会田綱雄「伝説」『鹹湖』緑書房、一九五七年、九八―一〇〇頁。

(26) 宗左近『私の死生観』新潮社、二〇〇一年三月、二〇二頁。

(27) 会田綱雄「一つの体験として」『人物詩』筑摩書房、一九七八年一月、一七頁。

第九章　宗左近・『炎える母』に至るまで

――その成立過程をめぐって――

一、東京大空襲から『炎える母』刊行までの二二年

宗左近の数ある詩集のなかで、もっとも傑出したものが一九六七年一〇月に彌生書房から刊行された長篇詩『炎える母』であることは疑いようがない。その卓抜さは、中村稔をして「宗左近はその後一行詩という新たな試みに挑戦し、それなりの成果をあげたが、『炎える母』を読んできた後にはあえて紹介する意欲がない(1)」といわせるほどである。

よく知られているように、この長篇詩に描かれているのは一九四五年五月二五日、東京大空襲に被災して母を失った出来事とその後の語り手の感情だ。この詩集以前、宗には『黒眼鏡』（書肆ユリイカ、一九五九年一二月）、『河童』（文林書院、一九六四年九月）という二冊の詩集があった。それらの詩集には自身の母に関する直接的な記述はない。にもかかわらず、東京大空襲から二二年後になって、母を失ったときの出来事を綴ったこの第三詩集が突然刊行されたのはどうしてなのだろう。その理由について、中村稔は次のように述べている。

古賀さんが宗左近の名でその夜の体験を『炎える母』と題する長篇詩集として刊行したのは昭和四十二（一

九六七）年であった。戦後詩中の絶唱ともいうべきこの作品がうまれるには、宗さんの内部でその体験が熟成し、表現を得るのに二十余年の歳月が必要であった。それほどに苛酷な体験であった。(2)

宗にとって、東京大空襲時の「苛酷な体験」が「熟成し、表現を得るのに二十余年の歳月が必要であった」こと。その体験の凄まじさを想像すれば、中村の指摘には大いに首肯できる。ところが、前章でも言及したように、宗がこの体験をみずからの文章で明かしたのは『炎える母』がはじめてではなかった。そのことをどう考えればよいか。

ここでは、『炎える母』の成立過程について、それ以前に宗が刊行した詩集、評論集や同時代の小説などを参照しながら、従来とは別の角度から検証したい。そこからは、いままで知られていなかった宗左近の姿が浮かび上がってくるだろう。

二、罪意識というテーマの発見

まず、『炎える母』の内容を確認してみよう。次に引用するのは、「夕ぐれ」という詩の第一—二連である。

燃えさかる
煮えたぎる
炎のなかで
つきのめり
ふしたおれ
つっ伏した母は

行け走りされ
行け走り続けよと
わたしにむかって
螢色の掌をあげて
三度四度
押してまた押したのだ
（ああそのときなぜ
　このわたしがふりむいたのか）

走った走った
わたしは逃げた
逃げることしかなかったから
そうして他に逃げるところはなかったから
わたしはまた母のところへかけつけてきた③

空襲による「炎のなか」で「つっ伏した母」は、「わたし」に向かってみずからの「螢色の掌」を突き出す。この突き出された「掌」が「行け走りされ／行け走り続けよ」という母からのメッセージだったとは「わたし」の解釈に過ぎず、もしかすると別の意味だったのかもしれない。しかし「わたし」はこの「掌」の意味を右のように受け取り、母を置き去りにしてその場を逃れた。母を助けようとしたら、おそらく「わたし」も炎に包まれ、命を失っていただろう。母を見捨てたからこそ「わたし」は生き延び、その体験を詩にすることができたのだ。このような壮絶な体験が描かれた詩を前に、わたしたちは言葉を失わざるをえない。
もう一篇、「分骨」という詩の第一連を引用する。

焼けてしまった母の身体を御丁寧にもう一度焼いて
（そうしなければ仏は浮かばれないということで）
残った骨わたしのついに見ることをなしえなかった骨は
ばらばらに取りだされ夏の熱い陽射しに更にもう一度焼かれて分骨され
それから二十一年たった今でもなお日本の東京の
信濃町駅近くの左門町の角をはいった禅宗の真福寺と
北九州市戸畑区明治町一丁目の三角地帯を裏手に曲った
ええい名前なんぞはとっくに忘れてやった真宗の何とかいう
煤けたお寺の納骨堂のなかに遠く分納されたままま
なにやら声をあげてさかんに泣きたてているらしいから
（ああそのどちらにも決して足もむけず手も合わせない
わたしの遊ぶここパリは世界の恋人なのだから）
一つになりたいようもとに戻りたいようとわめいているらしいから
東京と北九州との二ヶ所から追ってくるその恨み言かこち言の
地球を半巻きしてなおも尾をひく声をさらにも延長させて

決してあいまじりあわない平行線であらしめて架空の
文字通り空に架ける二本のここにない電線として宙に吊って
わたしは中空を電線でたちきることのありえない
美しいだらけのパリの町の底にもぐっては地下鉄ばかり乗り廻している(4)

「それから二十一年たった今」「わたしの遊ぶここパリ」などの詩句にみられるように、『炎える母』は東京大空襲から二一年後、宗のパリ滞在中に構想された。それまでの間、母が宗に思い出されることはなかったのだろうか。「許されない」という詩には次のように記されている。

母よ
この二十二年わたしは妻と別れ子供をすて
革命を夢み女をつくり横文字に読みふけり
酒をあび外国へゆき演説をぶち文字をならべ
あれこれさまざまやってきた
ひたすらあなたを忘れさってしまうため
というならはっきり嘘になる
けっこういい気で生きてきた
それでも少しも楽しくない
どころか胸が焼けていた

いつも心が疼いていた
焼ける胸疼く心と別れるのが
いつか心残りになっていた
だからこそああ実にだからこそ
母よ
わたしはあなたに許しを求めた
胸を焼くのは心を疼かせるのは
それはあなたの炎だったから
だけではない
胸を焼くのは心を疼かせるのは
それは同時にあなたのように
生きながら炎とならざるをえない
炎えあがらない炎とならざるをえない
いろいろさまざまな人間たちの炎だったから
だけでもない
母よ
わたしがあなたに許しを求めたのは
許しを求めなければあなたが次第に
こちらに背をむけてあちらへいって

しまうからなのですそしてそもそも
あなたはわたしを咎めていないからなのです(5)

この詩によると、『炎える母』を上梓するまで「わたし」は「けっこういい気で生きてきた」。「それでも少しも楽しくない／どころか胸が焼けていた／いつも心が疼いていた」のは、空襲時に母を見捨てたという悔恨のせいではない。「焼ける胸疼く心と別れるのが／いつか心残りになっていた」ためであり、「あなたが次第に／こちらに背をむけてあちらへいって／しまうから」である。つまり「わたし」は母の死、そして母の存在そのものを忘却することを恐れているのだ。宗にとって、母を置き去りにしたことではなく、母を忘れてしまうことが罪であり、母を思い出すこと、母の失われた瞬間を詩に書くことこそみずからに与えた罰だったのだろう。

以上のように、『炎える母』構想以前の宗は、母を見捨てて逃げたことを必ずしも後悔しているわけではなかったし、母の喪失直後から罪意識を持っていたわけでもなかった。その罪意識は、一九六七年に刊行される『炎える母』を構想するなかで、詩のテーマとして宗に見出されていったのである。

三、『炎える母』以前に描かれた母の喪失

ところで、さきに述べたように、東京大空襲において母を喪失した体験を宗がみずからの文章に描いたのは『炎える母』が最初ではなかった。一九五九年一二月に刊行された宗の評論集『芸術の条件』より、「緑の底の黒眼」Aの一節を引用する。なお、この文章は「詩学」一九五六年一〇月号が初出である。

昭和二十年五月二十五日の夜、アメリカの飛行機の焼夷弾を浴びて燃え上る炎の海の中を、私は生みの母親

の手を引いて、泳ぎ、喘ぎ逃げまどつていた。ふとした私の錯誤の生んだ過失から、母親をこんな袋小路に追いこんだのだ。黒い塊が、私の胸の内側をじりじりと焼いた。もう助かりつこはない。母親を殺すのは、私なんだ。どうしよう。瞬間、母親は走る足をとめて、その瞳を私の瞳に喰い入らした。直ちに私は了解した。よし一緒に死にましよう。すると母親の瞳を見つめながら、なぜだか、私は薄く笑つたのだ。なんだか、ずるそうに、心得顔して、私は笑つたのだ。（この笑い、私は永劫に許せない。地球がなくなつた後までも、許せない！）

一瞬後、くるりと向き直り、母親の手をしつかり握り直して、私は馳け出した。燃えさかつているカマドの中であつた。私は眠かつた。もうろうといけがきが見えた。あれはまだ半焼けだ。あれを突き切らねばならぬ。するとずるずる、と母親の手が抜けたのだ。私はもんどり打つて、炎の中につんのめつた。やつと振りかえる。そして私は見たのだ、いけがきの緑が一挙にもえ立つて、宝石さながらに硬度の高い閃光を放つと、忽ちそのまま一瞬にして牛肉色に炎上したのを、そして、倒れ伏した母親の白髪の上に襲いかぶさつていつたのを……。(6)

右を下敷きにした詩篇「緑の底の宝石」が『炎える母』に収録されているが、ここでは問わない。注目されるのは、その発表時期だ。『炎える母』が刊行される約八年前、初出時から数えると一一年前に、空襲の火から逃げ惑うなかで「母親の手が抜け」、「倒れ伏した母親の上に」炎が「襲いかぶさつてい」く瞬間がすでに描かれていたのである。

初出未詳の「緑の底の黒眼」Bでも、同じ出来事について記されている。

八月十五日がまためぐつてきた。向日葵の花がまた私の眼の前の白い闇を引き破つてくるめき出る……

昭和二十年八月十五日正午、福島市外の片田舎を貫通する国道の鉛色のアスファルトのぬめりとほてりの中でよろめきながら私は歩いていた。五月二十五日夜の東京空襲で炎の中に母を失つたまま、逃げ出してきた私は、足の火傷がまだ治り切つていなかつた。そして私は疎開以来実際以上にびつこを引いて歩いていた。そのおかげで早朝竹槍訓練や防空団錬成作業から免れることができたのである。それに片眼の瞼の傷が完全に治つても私は眼帯を外さなかつた。健全な方の眼もつぶつて歩いた。他人の眼から逃れるためだけではない。私は盲目になつていたかつたのだ。母親を私は見すててきたのではないか、炎の中にお前が母親を殺したのではないか？　私はミミズになりたかつた。もぐれる土がほしかつた。――八月十五日正午、天皇がお妾さんの糠袋でも口にかまされたようなふやけた声で終戦を宣言した直後にも私はよろめき歩いていた。眼も閉じていた。もうそうする必要のないことを知つたから、私はそうしなければならないのだつた。(7)

Aほど直接的ではないが、ここでも「五月二十五日夜の東京空襲で炎の中に母を失つた」体験が、その後の「母親を私は見すててきたのではないか、炎の中にお前が母親を殺したのではないか？」という煩悶とともに描かれている。

さらに、同書所収の「戦災」にも当日の様子の詳細な記述がある。この文章の初出は、一九五四年八月発行の「同時代」第七号だ。

私は母の手を引いて、左門町の焼跡に通じると思う道を、真赤に焼けた鉄板の道を、走り続けていた。何度か躓き、その度毎に握り合つた手がずるずるつと滑り落ちてはまた握り合わさり、そして私の短靴は脱け落ちていた。（中略）

そのうち見つめる鉄板の赤さが黄色くぼやけた暈をつけてゆれ始めていた。そのある瞬間、私の右の掌にある感触が残つた。

たたらをふんで踏み止まつた私が肩越しに見たものは、三四間後の鉄板の上に伏せた母の身体であつた。黒つぽいその身体の周囲はそこだけがひすいのように輝くもので刻み上げられていた。その身体の顔がこちらに上り、左手がこちらに伸びると掌を立て、その掌は三度も四度もこちらに押し出された。

それを押し返す想いで、私は母の方に近づいて行こうとした。だが私の靴のとれた足は今やつと赤い鉄板の上で焼かれる痛みを伴つて縮み跳ね上り、跳ね上つた足は母の方から地を這つて吹き昇る風にあふられて仲々鉄板の上に踏み降りようとはしないのだ。それでも私は何歩か歩み寄つて行つた。(8)

これらを比較してみると、母が炎に包まれる瞬間の描写がかなり異なっていることに気づく。「緑の底の黒眼」Aでは「ずるずる、と母親の手が抜けた」のちに「やつと」の思いで「私」が「振りかえる」と、ちょうどそのとき「牛肉色に炎上」する「いけがきの緑」が「倒れ伏した母親の白髪の上に襲いかぶさつてい」く。一方、「戦災」では母に火が燃え移る瞬間は描かれておらず、振り返ったとき母はすでに「三四間後の鉄板の上に伏せ」ており、「私」に顔を向けながら左手を「三度も四度もこちらに押し出」す。その姿が『炎える母』でも踏襲され、「炎のなか」に「つっ伏した母」は「わたし」に向かって「螢色の掌」を「三度四度／押してまた押し」出すのだ。

このように描写が変化していくのは、おそらくその出来事がフィクション化されているためであろう。『炎える母』を評して、三浦雅士は「フランスに行ったときに、ずっと抱え込んでいた問題をどう乗り越えていけばいいかがわかった。それは、最終的には、自分が自分の母親を見殺しにしたということを基軸に、それを虚構化して見るようにしていかないとダメだ、と(9)」といい、渡辺玄英は「あの作品は、一種の観念のドラマとして、自己救済的に書かれているのではないかと思います。「炎える母」の母がリアルな人間ではなくて、自分の中にいる、ちょっと非知性的な存在、田舎者としての、宗左近自身の半身のようにも感じられる(10)」と述べている。両者の評価は肯定的、否定的とベクトルが異なるが、虚構化された体験、リアリティーの乏しさというように、『炎える母』に描かれているのはフィクションであるという点で共通している。両者が直感的に指摘するそのフィクション性は、『芸術の条件』を参照すると、よりくっきりと浮かび上がってくるように思われる。

四、『炎える母』と「火垂るの墓」の接点

宗は『炎える母』以前にも、東京大空襲で母を置き去りにした体験をみずからの文章のなかで明かしていた。したがって、中村稔の「体験が熟成し、表現を得るのに二十余年の歳月が必要であった」という指摘は、厳密には「体験が熟成し、詩という表現形態を得るのに二十余年の歳月が必要だった」と言い換えられなくてはならない。それでもなお、一九六七年になって突然、母が失われたときの出来事を綴った長篇詩が公表されるに至った理由は判然としない。そのことをあらためて検討するにあたり、同時代の小説を参照してみたい。その小説とは、野坂昭如「火垂るの墓」である。

神戸大空襲によって母と家を失う兄妹を描いたこの小説は、空襲がモチーフとなっている点で『炎える母』と共通しているのみならず、偶然にも『炎える母』の出版年月と同じ一九六七年一〇月に雑誌「オール讀物」に発表されている。「火垂るの墓」と「アメリカひじき」（「別冊文藝春秋」一九六七年九月）によって第五八回直木賞を受賞した野坂は、第五七回にも「受胎旅行」（「オール讀物」一九六七年六月）で直木賞にノミネートされたが、落選。そこで、直木賞受賞をねらって執筆されたのが「火垂るの墓」であった。元編集者の鈴木琢二は次のように証言する。

> 「受胎旅行」はまとまった好短篇ではあるが内容は子宝にめぐまれない夫婦が受胎を願って旅行に出かけ、涙ぐましい悪戦苦闘や、くい違いに見舞われて結局は悲劇に終るという、いわば野坂流のいかがわしさも満載の作品だけに、川口松太郎の気に入らなかったのも無理はない。わずかに松本清張、水上勉の二人だけが推しているが、松本清張の選評にある通り——二人だけではどうにもならなかった。
>
> 選考会の直後、野坂さんと私は作戦会議を開いた。私がいいたかったのはただ一つ、次回は誰からも文句を

いわれないテーマで勝負しよう、野坂さんの原点をしっかり見せようというものだった。それまでのつき合いで彼の原点が被爆体験にあることはわかっていた。直木賞を取るまでは他のことは全部忘れてまっしぐらに進みましょう、という言葉に野坂さんもうなずいてくれた。その時すでに「火垂るの墓」の構想は半ば出来あがっていたのかも知れない。[11]

野坂にとって、神戸大空襲は「原点」といえる重要なモチーフだった。ただし、「火垂るの墓」はみずからの体験をそのまま描いたわけでなく、あくまでフィクションであることを、野坂はさまざまな媒体で繰り返し語っている。

この小説は、ぼく自身の体験と、かなり重なっている。以前にも書いたが、ぼくは、作中の少年ほど、妹にやさしくはなかったし、いかに小説とはいえ、周辺の大人たちを、ずい分悪く書いているのだ。いわば、お涙頂戴式のおもむきがあって、申し訳ないというだけではすまない、といって罪の意識と大袈裟なものでもない。もし、かわいそうな戦争の犠牲者の物語に仕立て上げられたら、なおぼく自身、いたたまれない[12]（後略）

このように、みずからの体験をフィクション化しながら「誰からも文句をいわれないテーマ」を書いたのが、野坂の「火垂るの墓」であった。

そのことを宗と重ね合わせてみると、宗が『炎える母』を構想し、刊行するに至った過程がおぼろげながら浮かび上がってくる。すなわち、宗もまた野坂と同様、自身の苛酷な体験をフィクション化しつつ「誰からも文句をいわれないテーマ」の詩篇を書き、世に問うことで、詩人としての高い評価を期待したのではなかったか。

ちなみに、宗は後年、野坂についてみずからの戦争体験および戦後の感情に触れながら「当時（一九五八年ごろ―引用者）のわたしは、はからずも野坂昭如氏の文学の営為の根本に、どこかしら近い真似事をしていたらしいのではなかろうか[13]」と語っている。

五、『黒眼鏡』『河童』の世界

『炎える母』以前の宗は、詩人としての確固たる地位を確立していたとはいいがたい。それ以前、宗が二冊の詩集を出版していたことについてはすでに触れた。それらの内容を確認してみよう。

第一詩集『黒眼鏡』は、序詩、「Ⅰ」一一篇、「Ⅱ」一二篇の計二四篇より構成されている。「Ⅰ」に収められているのは、いずれも詩行を文節の切れ目のところどころで区切る、分かち書き形式の詩である。[14] そのなかから、「アドバルーン」という詩を全文引用する。

見ている　僕は　沸る　僕を　煮られる肉を
明るく　緑のガラス玉　バッタの血潮　焦げついて
だけど　何だろう　あの白いのは
骨か　それとも　夢のズイ　なのか

骨か　それとも　夢のズイ　なのか
けれども　僕の　苦しみの　眼玉
なぜなのか　そこに　いないようなのは
僕の罪は　一体　どこで　呻けばいいのだ

聞いている　僕は　泣く　僕を　死んでく　罰を
明るく　絣のシャボン玉　章魚の涙　凍てついて
だけど　何だろう　あの青いのは
足か　それとも　狂いの球根　なのか

足か　それとも　狂いの球根　なのか
けれども　僕の　痛みの　内耳
なぜなのか　そこに　いないようなのは
僕の業は　一体　どこで　のたうてばいいのだ

爆弾だ　爆弾だ　砕けろよ　空　炎えろよ　心臓
ああ　僕は　章魚だ　僕は　バッタだ
泣いてて　僕に　涙がないとは
のたうつてて　僕に　血潮がないとは

どうしたことなのか　見えて　聞えていて
だのに凝えているとは　僕は火星人というわけなのか……
ビルデイング　ビニール　ストレプトマイシン
恥知らずの坊主めら　墓掘人夫めらよ

お前らに　奪われ　埋葬された
陰茎からの　精液発射！
爆弾！　みごとに　貫き　砕き
死んでく　僕よ　不感の見えないアドバルーンよ

その内耳　その眼玉　せめて　真星の星に
緑のガラス玉　章魚の涙　凍てついて
緋のシャンボン玉　バッタの血潮　焦げついて
ああ　せめて　白内障《そこひ》の巷の空の義眼に(15)

「僕の罪は　一体　どこで　呻けばいいのだ」「僕の業は　一体　どこで　のたうてばいいのだ」「爆弾だ　爆弾だ　砕けろよ　空　炎えろよ　心臓」など、『炎える母』に通じるところのある作品だ。ただし、この詩における「爆弾」は「精液」のことであり、それが「発射」されると「不感の見えないアドバルーン」すなわち「涙」や「血潮」といった感情を持たない「僕」は破壊され、「死んで」しまう。『炎える母』を念頭に置くと、その後の宗の詩の展開を予感させる内容だが、単独で鑑賞すると性的なイメージを観念的に描いただけにみえなくもない。

「Ⅱ」収録作品は大半が詩誌「歴程」に発表されている。宗が「歴程」同人になったのは一九五三年のこと。(16) 以後、宗の詩風が大きく変化していく様子をこの章にみることができる。次に引用するのは、稲田大貴が指摘するように、(17) 宗の詩に河童がはじめて登場する「河童漂う」の第一―四連だ。

返えり血にまみれた瞼でも
一たび閉ざしてしまうなら
内部は白い闇だと言うのか

絞り残された一滴の涙のしずくのように
空におき忘れられた一ひらの青さの上に
河童が一匹
ひつそり眠つている
頭をかかえこんで

無力になつた革命党員である父親が　心中をはかつて　パンパンである娘を射つ　心臓に猟銃を十七発　娘弾丸をねきとりチユーインガムにして　父親に口移しで射精する　父親　身ごもつて　黒ん坊十七人を生む　その子たちの歯は赤い血のサンゴ　父親はもちろん自殺しようと計るが　サンゴ商売繁盛するため　娘にまた猟銃射ちこむ生殖にいそがわしく　革命党新綱領樹立者という胸像と化し　その胸像から絶えず十七発の弾丸が　あらゆる非在の的を狙つてうち出される　パンパンパンパンパンパン

空に残された一ひらの青さの上で
河童が一匹

ひっそりあえぐ[18]

意味が摑みにくいが、河童の誕生というべき内容である。第三連の散文詩の部分で、娘を猟銃で射殺しようとした父親が身ごもるイメージが描かれているが、ここで生まれる「十七人」の赤子が結局のところ河童なのだろう。こうして誕生した河童は、この詩より後ろに配置された第一詩集収録作品のほぼすべてに登場する。

第二詩集『河童』には、序詩、「Ⅰ」一〇篇、「Ⅱ」一四篇、「Ⅲ」一三篇、「Ⅳ」一一篇、「Ⅴ」一三篇、「Ⅵ」一一篇の計六三篇が収録されており、「歴程」同人の草野心平が序文、山本太郎が跋文を寄稿している。収録詩篇には、いずれも河童が登場する。このなかから、序詩の「河童前口上」をみてみたい。

あなたは母親を
食べてしまったことが
おありでしょうか
これは
ワタクシのうんだ母親
がワタクシを食べて
ワタクシの
いまはない父親に
うみつけた
あわれにも

因業な
胎児
なのです
そんな
胎児
のあげる
死への
産声
なのです[19]

母親が子どもを食べ、父親から「胎児」が生まれる。そうして生まれた「ワタクシ」が、今度は母親を「食べてしま」う。それが河童の生態だ。第二詩集にはこのイメージが繰り返し描かれている。子どもを食う母、あるいは子どもに食われる母のイメージは『炎える母』に通じるところがあるが、戦火に包まれる母の姿とはまだ距離がある。

宗が河童をモチーフとした理由について、稲田大貴は埴谷雄高『死霊』の影響を指摘しているが[20]、より直接的には戦後版「歴程」の中心人物、草野心平の影響もしくは模倣だろう。宗は「歴程」加入以前から草野に親近感を持っていた[21]。その草野が蛙をモチーフとした詩を多数制作したことは、周知の通りである。「歴程」同人となった宗は、草野の蛙に代わるものとして河童を発見したと考えられる。

六、「思想と呼べるもの」の不在

こうして宗は河童が登場する詩を書くようになるが、蛙でも死霊でもなく河童でなければならなかった必然性はそもそもあったのか。わたしには、このころの宗は自身の詩に書くべきものをみつけあぐねていたようにみえる。後年、宗は当時を振り返って次のように述べている。

昭和二十年五月二十五日の空襲の火の海のなかを逃げまどうしばらく前から、昭和二十年八月十五日の敗戦の日ののちまでのずいぶん長い年月、振り返ってみればじつに呆れるほかなく続いてやまぬ時間の流れのなかで、わたしの現実はわたしの肉身をいれる透明な墓でした。そして、同時に、わたし自身がわたしというものを収めるわたしの墓でした。わたし自身を死者だとは思いませんでした。ただ、わたし自身が生きた墓だと思えてならなかったのでした。

学校の教師をして、フランス語とフランス文学の話をして、しかも、物質と物質でないものに飢えて、ひたすら安酒に酔い、おおむね地面を見つめて歩いて、生きていました。

後年になって見つめ直してみれば、当時のわたしの内側は、次のような有り様でした。

思想と呼べるものは、ありませんでした。気分といったほうが正確な、曖昧な思いです。それは、ニヒリズムでした。

そのまま、だらしなく長い歳月が流れました。[22]

「思想と呼べるもの」の不在。その「思想」こそ、本来ならば詩の核とならなければならないものだろう。しかし、このころの宗にはそれがなかった。宗によれば『黒眼鏡』出版当時、この詩集を「一人として讃めるものがいな」[23]

かったという。その最大の理由は、書かれるべき「思想」が宗の詩に欠けていたからではないだろうか。そうである限り、いくら河童が登場する詩を書いても宗の評判は変わることがない。

また、『炎える母』以前の宗は「観念を追究し」た「むずかしい詩」ばかり書いており、安西均から「残念だよ、宗さんの詩は難しすぎて」と「強い批判[24]」を受けたという。もちろん、観念的な詩が必ずしも悪いわけではないし、作品を通じて作家が伝えたいものが常にあるとも限らない。仮に作家に伝えたいことがなかったとしても、読者が作品に何らかのイメージを摑み取ることは十分に可能である。そのことを、詩人である安西が理解していなかったとは思われない。にもかかわらず、右のような批判を安西が行なったのは、そのころの宗の詩が読者に何もイメージさせないほど観念的で難解だったということだろう。「観念は詩になりません。それが詩になるのは、すくなくとも感覚的に感じとられるやうになつてからのことでせう。観念は観念として終止しますが、その観念（精神・思想）が物質化され、感覚される肉体として感知されるやうになつてからでせう[25]」という草野心平の言葉も想起される。

稲田大貴は詩集『河童』について次のように指摘する。

宗はこの詩集を「詩の形の自己糾弾」（宗左近「むこうのむこう」（《ママ》『縄文発進』みき書房　一九九四年一二月）と述べている。この「自己糾弾」が宗において、なぜなされなければならなかったのか。宗は一九四五年五月二十五日の空襲によって、目の前で母を喪った。そして親しかった友人四人を戦争で亡くした。そして自身は二度の兵役忌避により、生き延びた。このことは生涯、宗の人生に暗い影を落とした。代表作の第三詩集『炎える母』（中略）と、のちに書いた詩集『縄文』（思潮社　一九七八年十一月）に始まる《縄文シリーズ》十八作は、この体験を基として書かれた詩集である。そして『河童』における「自己糾弾」も、この体験ゆえになされたものと推測される。宗は、第一詩集『黒眼鏡』（中略）と評論集『芸術の條件』（中略）を刊行するころ、「自分を総括し」、「わたしは人の生命を食ってきただけの男、人非人ではなかったか。河童以外のものではない」（宗左近「むこうのむこう」(同前)と語っている。「人の生命を食ってきた」とは、母を「見殺し」にし、友人たちを「救えなかった」ことを指すだろう。そして自分は、戦後の「いまここ」に生きている。自分を生んだ母を「見殺し」にしてなお存在する自己、そんな自己は否定されねばならない。ゆえに宗は詩という形式で「自己糾弾」を行ったのである。(26)

示唆に富む指摘だが、この考察が『炎える母』以降の宗の詩の展開を念頭に置いたものであることに注意しなければならない。『河童』という詩集から「自己糾弾」の意識を読み取ることが果たして可能だろうか。そもそも『河童』を制作したころの宗に「自己糾弾」の意識があったかどうか。むしろ、「思想と呼べるもの」のなかった当時の宗は、その意識を「思想」として詩の言葉にあらわすための暗中模索の時期にあった、と理解するほうが自然であるようにわたしには思われる。その「思想」がまだ明瞭になっていなかったからこそ、『炎える母』以前に宗が刊行した二冊の詩集は観念的にならざるをえず、ほとんど評価されなかったのではないか。また、『炎える母』が刊行の翌年、一九六八年に第六回藤村記念歴程賞を受賞したのは、その「自己糾弾」の意識が「思想」となり、詩の言葉としてあらわれたからともいえる。そこに表現された「思想」はまさしく「誰からも文句をいわれないテーマ」であった。だからこそ『炎える母』は高く評価され、詩人宗左近の地位を揺るぎないものにしたのではなかったか。

「誰からも文句をいわれないテーマ」に関連して、もう一点指摘しておきたい。次に引用するのは、一九六三年七月に刊行された宗の美術評論集『反時代的芸術論――日本人美意識構造試論――』に寄せられた花田英介の跋文の一節である。

大空のかなたに、虹は立ったか。立たなかった。そのかわり、アメリカのB29爆撃機の編隊が幾筋もの飛行機雲を銀の五線譜のように切りつけた。そして、その下で何万人もの無邪気な兎どもが吹っとび、何百万リットルものその血潮が噴きあがって、飛行機雲を真紅に染め、敵の彫み残した飛行機雲は、敵どころか、何ものをも、憎むことを知らない向日性の味方の生き血によって、爆弾のひきさく闇のなかに妖しく耀いふるえる虹の塔となった……

いや、それは、そういう塔とはならなかった。それは、戦争の夜の闇のなかでも、そうとはならなかったし、戦後の真昼の闇のなかでも、そうとはならなかった。

それでは、それはどこで、虹の塔となっているのか。どこに発見できるものなのか。もしも、どこにもないものならば、いかにして、どんな虹の塔を立てなければならないのか。それが、以来十数年の宗左近の生きることの、目的となり意味となった。つまり、簡単にいえば、彼は戦中ぼけなのである。

しかし、具合のわるいことには、ここに特別な事情が介在した。宗左近の母親を殺した犯人は、必ずしもアメリカのB29ではなくて、宗左近自身なのだということである。詳しくは、彼の前著「芸術の条件」（昭森社刊）所収の小説「戦災」を参照していただきたい。空襲下の火の海のなかに、その母親を、むざんにも押し倒してきたのである。

母親の血潮をあびた虹の塔。加害者たる犯人以外に、誰がこれを立てるものがあろうか。当人は何ときおおうと、所詮はありきたりの日本人であるにすぎない宗左近に、西欧キリスト教的な意味での裁きの予感と罪の意識があろうとは、思えない。しかし、虹の塔とは、それが、どのようにしてであれ、どこにおいてであれ、立てうるものであるとすれば、それは必ず、十字架とならねばならない筈のものとなった。[27]（傍点原文）

さきに言及した『芸術の条件』の記述が花田に強烈なインパクトを与えたことがうかがわれる。もちろん、同様の衝撃を感じたのは花田ひとりではなかったに相違ない。それらの周囲の評判が、詩に書くべき「思想」を持たなかった宗に「誰からも文句をいわれないテーマ」を発見させた可能性が考えられるだろう。

こうして東京大空襲に被災して母を失った出来事は、一九五九年刊行の評論集『芸術の条件』所収のいくつかの文章にフィクション化しながら描かれたのち、「誰からも文句をいわれないテーマ」として自覚され、一九六七年に長篇詩『炎える母』となって結実した。そこに至るまでの過程を検討すると、「思想」を持たなかった宗が現代詩のなかで自己の地位を確立しようとする姿が浮かび上がってくる。

もちろん、だからといって『炎える母』という傑出した詩集の価値が下がるわけでないことは、念のため付け加えておくべきだろう。詩ひいては文学の価値は、作家が実際に体験したかどうかやその作品が成立した背景、経緯によってではなく、織りなされた言葉によってこそ決定するのだから。

注

(1) 中村稔『現代詩の鑑賞』青土社、二〇二〇年一二月、九八頁。
(2) 中村稔『私の昭和史』青土社、二〇〇四年六月、三九八頁。
(3) 宗左近「夕ぐれ」『炎える母』彌生書房、一九六七年一〇月、一三三—一三四頁。
(4) 宗左近「分骨」、前掲書(3)、一五九—一六〇頁。
(5) 宗左近「許されない」、前掲書(3)、二一八—二一九頁。
(6) 宗左近「緑の底の黒眼」『芸術の条件』昭森社、一九五九年一二月、二九四—二九五頁。
(7) 同右、二九六頁。
(8) 宗左近「戦災」、前掲書(6)、三二二—三二三頁。
(9) 三浦雅士・高橋順子・渡辺玄英・今川英子「シンポジウム　宗左近の文学世界」、「現代詩手帖」第六二巻第九号、思潮社、二〇一九年九月、五七頁。
(10) 同右、同頁。

(11) 鈴木琢二「もうひとつの「火垂るの墓」」、「新潮45」第三五巻第二号、新潮社、二〇一六年二月、六六―六七頁。
(12) 野坂昭如「アニメ恐るべし」、「小説新潮」第四一巻第九号、新潮社、一九八七年九月、二七〇頁。
(13) 宗左近『芸術家まんだら――世阿弥から野坂昭如まで――』読売新聞社、一九七五年七月、三三四頁。
(14) 大川内夏樹が「宗の定型押韻詩」の特徴のひとつとして挙げている「断片的な語句を一マス空きで区切りながら配置していく書き方」を、ここでは「分かち書き形式」と呼んでいる。「宗左近の定型押韻詩――ランボー及びシュルレアリスムの受容との関わりから――」、「解釈」第六七巻第七・八号、解釈学会、二〇二一年八月、三一頁。
(15) 宗左近「アドバルーン」『黒眼鏡』書肆ユリイカ、一九五九年一二月、三一―三四頁。なお、この詩の初出時のタイトルは「見えないアドバルーンよ　死んでく僕よ」で、中原中也「サーカス」(『山羊の歌』文圃堂書店、一九三四年一二月)の一節がエピグラフに掲げられていた。しかし、詩集収録の際、タイトル改変とともにエピグラフも削除されている。「同時代」第五号、同時代同人会、一九五三年七月、三五頁。
(16) 本書第Ⅲ部第八章参照。
(17) 稲田大貴「「虚体」と「河童」――宗左近における「河童」の誕生」、「敍説Ⅲ」第一六号、花書院、二〇一九年七月、六一頁参照。
(18) 宗左近「河童漂う」、前掲書(15)、七四―七五頁。
(19) 宗左近「河童前口上」『河童』文林書院、一九六四年九月、八―九頁。
(20) 稲田大貴、前掲文(17)、六一―六三頁参照。
(21) 本書第Ⅲ部第八章参照。
(22) 宗左近『詩のささげもの』新潮社、二〇〇二年五月、二七〇―二七一頁。
(23) 同右、二二九頁。
(24) 岡本喬・伊藤信吉・宗左近・朝倉勇・花田英三「座談会　歴程五十年の歩み」、「歴程」通巻第三二四号、歴程社、一九八五年一〇月、一三九頁。
(25) 草野心平「「十字架」についての作者の感慨」『詩と詩人』和光社、一九五四年六月、五七頁。
(26) 稲田大貴、前掲文(17)、六〇頁。

(27) 花田英介「屍毒の美学——宗左近小論——」、宗左近『反時代的芸術論——日本人美意識構造試論——』七曜社、一九六三年七月、三一四—三一五頁。

第十章　飯島耕一と定型詩

一、「定型論争」の勃発

一九九〇年、詩人たちを中心に、一部の歌人や俳人をも巻き込んで「定型論争」が起こった。その発端となったのは、飯島耕一が発表した「わが「定型詩」の弁」である。あとで確認するように、飯島はそれ以前より現代詩における定型の必要性について発言していたが、「わたしとしてはもっともつよい反応の現われの見たかった詩の世界」では「一、二のささやかな反響を見かけた程度」であったという。定型は「もっと多くの詩人が論じ合うべき緊急にして必要な問題であって、そうでなくては日本の現在の詩は稀薄に解体してしまうかも知れない」と、飯島の危機感はきわめて強かった。

「わが「定型詩」の弁」が発表されたのは、「現代詩手帖」一九九〇年四月号。そのひと月前の三月号で、同誌は「詩に定型は必要か」という特集を組んだ。編集後記に該当する「Note」では、一九八一年および翌年の佐々木幹郎、菅谷規矩雄の発言を引用しながら、「菅谷氏が十年前に指摘した「自由詩はもはや夢でもなければ理念でもなくなった」という情況が、ここへきて、一層深刻化してきて」おり、「再び切実な定型模索の気運がおこってくるべき時代なのかも知れぬ[1]」と特集のねらいが説明されている。この特集が組まれた背景には、ひとつには定型詩・自由詩の問題と切り離せない詩の韻律を「詩的リズム」というかたちで問題とした菅谷が一九八九年一二月に逝去したことがあるだろう。また、「わが「定型詩」の弁」でも触れられているが、その一九八九年一二月発行の「現代詩手帖」の年刊詩集評「時代の〝かたち〟と詩の〝定型〟」で、飯島が吉田文憲、荒川洋治と定型をめぐって話し合ったことも関係していると思われる。

翌四月号の特集は「詩の一行をどこで切るか」。「Note」に「詩の一行をどこで切るか。行分けで「口語自由詩」を書いているものにとって、この問いは時と場合によっては死活を握る、避けて通れぬ匕首となるだろう[2]」と記されているように、詩型という点で前号の特集と関連がある。その巻頭を飾ったのが、飯島の「わが「定型詩」の弁」であった。三月号掲載の次号予告に飯島の名前がみられないことから、この文章は同号校了後に編集部から飯島に依頼されたと思われるが、同号の特集に刺激を受けた飯島がみずから編集部へ執筆を申し出たのかもしれない。

「わが「定型詩」の弁」の主張を受けて、同号の「Note」には「もとより「定型」を採りいれたからといって、詩の危機のすべてが解決するとはいえないが、詩の雑誌としてはさらに論議をつくしたい[3]」と記されている。蜂飼耳がいうように、この時点で「「定型」という提起は、物議をかもすことを前提とされてい[4]」たのである。その目論見は成功し、「もっと多くの詩人が論じ合うべき」という飯島の主張は実現する。その結果、飯島は以後しばらく「一対十数人の論争に明け暮れ[5]」ることとなった。しかし、それらの議論をみてみると、飯島が定型を主張するに至った理由や、その主張の変遷を周囲が十分に理解していたとはいいがたい。

飯島は、「「定型を」という議論はいつでも回帰してくる」と語る松浦寿輝に反論するかたちで、「定型詩論議」はこれまで「一九〇一年の岩野泡鳴詩集『露じも』と一九〇七年の泡鳴による『新体詩作法』があり、一九四八年に至る戦中からのマチネ・ポエティクの運動があり、今回と四十年に一度しか回帰しなかったのではないか」（「定型詩論議、この一年——主として松浦寿輝の発言をめぐって」）と述べている。果たして「四十年に一度しか回帰し」ていないかどうかは慎重に考えられなければならないが、少なくとも「四十年に一度」は日本語で書かれた詩に定型の問題が起こっているのは間違いない。とすれば四〇年後、飯島の提言を起点とすれば二〇三〇年ごろにふたたび詩人たちの間で同じ問題が繰り返される可能性がある。そのとき同じ議論を繰り返していては、飯島を中心とした一連の論争は無駄になってしまいかねない。それを避けるには、まず飯島の主張をいまのうちにきちんと整理しておく必要があるだろう。そもそも、飯島自身は過去の議論を繰り返していないかどうか。それを検証することは、現代詩と日本語の関係をみつめなおす機会にもなるのではないだろうか。

二、マチネ・ポエティクと飯島耕一

右に引用した文章のなかで飯島が名前を挙げている「マチネ・ポエティクの運動」とは、福永武彦、中村真一郎、加藤周一、窪田啓作らによる戦中から戦後にかけての試みのことである。飯島の解説によれば、「当時まだ二十代だった彼らは、十四行詩をはじめとする定型詩を書き、五七調を基本とする音数律を守り、純情とさえ言いたくなる試みとして脚韻まで踏み、日本語で西欧的定型詩に迫ろうとし」（「金子兜太との往復書簡」）た。それらの作品は一九四八年七月、『マチネ・ポエティク詩集』に収められて真善美社より出版されるが、運動は継続しなかった。飯島はこの運動を「年少者として、遠くから興味をもって眺めてい」たが、「あの方法を受け継いで詩を書こうとは思わず、富永太郎や金子光晴の詩にひかれて行」（同前）ったと、一九八八年の文章のなかで語っている。

遡ること一六年前、一九七二年時点の飯島は「十数年前に、加藤周一とぼくと山本太郎とかで詩の座談会をやったことがある。そのときも加藤周一はまくしたててね」、「要するに加藤は定型詩でなければ詩ではないというんだな。もちろんぼくら二人はぶつぶつと反論したけれどね。（中略）定型詩でないものが何で詩であるかという加藤の意見には困ってしまう」(6)と、定型詩について批判的に語っていた。加藤はマチネ・ポエティクの中心人物のひとり。その失敗については次のように述べていた。

　定型、定型というけれども、「マチネ」の定型はソネットで、あれは外国の定型ですよ。だから日本語にあわない。定型というからには新しい定型をさがすべきだったね。ただ単にあれはフランスのロンサールで書かれている定型をもってきたにすぎず、定型への努力とはいえないね。(7)

飯島は、マチネ・ポエティクの失敗を四・四・三・三行構成を基本とするソネットという「外国の定型」を採用したことにあると捉え、「日本語」に合う「新しい定型」を試みていたら成功したかもしれないと、この時点ですでに考えていたようだ。だとしたら、飯島が自身の文章で何度か名前を挙げている中村稔や谷川俊太郎の詩、あるいは戦前の中原中也や立原道造はどうなのかと問いたくもなるが、ソネットではない「新しい定型」を求める考えはその後も飯島に一貫している。

もしかすると、飯島のみずからの定型詩の試みにおけるソネットの拒否は、マチネ・ポエティクの失敗に由来しているのかもしれない。というのも、「中村氏らよりも十歳年下のわたしの年代の者」に「つよい印象を与えた」（「押韻定型詩の試み」）マチネ・ポエティクと飯島との間には、共通点があるからだ。マチネ・ポエティクの中心のひとりであった中村真一郎は、自身の押韻定型詩への関心の発端を次のように回想している。

　二十歳の頃、私は大学の教室で、マラルメの詩の分析を教えられた。それは十四行詩ひとつを、二時間かけて徹底的に、初稿から完成稿へ向けて、生成の過程に私たちを立ち会わせる演習であって、これが私のなかの形式主義者に火をつけた。（中略）

　マラルメのソネットの厳密な形式の与えてくれる快楽は、あまりに深いものであったから、私も日本語で同

じような快楽を味わいたくなって来た。(8)（傍点原文）

一九三八年に東京帝国大学に入学した中村がこのとき受けた講義の担当者は、当時助教授だった鈴木信太郎。その鈴木の講義を、戦後に飯島も受講している。(9)当時を振り返って、飯島は次のように語っている。

一九四九年、大学に入り、鈴木信太郎の講義に出た。五〇年、五一年と鈴木さんの教室に出たが、そこで『フランス詩法』を七行詩のところから聴き、翌年と翌々年のはじめ、「定型詩」「自由詩」までを聴いた。脚韻、ソネット、オード、バラッドなどの型、その他さまざまな型をめぐる綿密な講義で、いつも四十人ほどの小教室はいっぱいになった。同じ教室で、ヴィヨンの『大遺言詩』、マラルメのソネット、ヴァレリーの『若きパルク』の演習があり、独特の発声のフランス語で鈴木さんは詩を朗誦した。授業が終ると、わたしは立ちあがり、教室を出ようとして一種快い酩酊感をいつも味わった。（「わが「定型詩」の弁」）

この鈴木の講義を受けたときの感動がなかったとしたら、中村や飯島が定型詩を試みたかどうか。東大仏文科の教員たち、具体的には鈴木信太郎や辰野隆、渡辺一夫らが日本近現代詩において果たした役割は、今後ますます検討される必要があるだろう。いずれにしても、このように飯島とマチネ・ポエティクは、両者が詩を書き始めたころより近しい距離にあった。

三、定型詩を主張するまで

飯島には、定型詩を主張するかなり前から現代詩に対する不満があった。「いま詩の「文体」はどうなっているか」（「文体」一九七七年一二月）において、「現代詩の「文体」はオジヤのようなもので、そこには何を入れてもよい」が、「詩のオジヤ的「文体」」では「読みつつ新鮮なスリルを覚えさせられるような詩」は書けないのではないかと飯島はいう。ここでの飯島の発想の特徴は、「そこには何を入れてもよい」という現代詩の「オジヤ」的状態を「文体」の問題として捉えている点だ。飯島にとって、現代詩そのものではなく、「現代詩の「文体」」が「オジヤ」状態なのである。ここでいわれている「文体」という用語の意味は曖昧で、何を指しているのかよくわからない。俳句では、「オジヤ」は冬の季語。とすれば、「オジヤ」と書けば冬の詩だとわかる「文体」を、飯島は欲していたということだろうか。しかし、冬の詩かどうかは内容に関わる問題で、実際は「文体」と関係ない。そうである以上、仮に「オジヤ」的な「現代詩の「文体」」とは別の「文体」を確立したところで、「読みつつ新鮮なスリルを覚えさせられるような詩」となる可能性は低いと思われる。しかし、その延長線上に、やがて飯島は「定型詩」の待望を口にするようになる。

飯島自身が繰り返し語っているように、現代詩に定型が必要だという主張は俳人原満三寿の一九八六年はじめごろの「そろそろ詩にも定型が要りますね」という雑談における発言がきっかけだった。原によると、そのことによって「わたしが論争の火付け役に擬せられてしまった」が、「わたしのいった意味と飯島さんの受け取ったものは少し違[10]っていた。その違いは、具体的には「私は「詩にも定型が必要だ」といったので」あり、「「詩に押韻定型詩が必要だ」といったのではない[11]」ということだが、この時点で飯島はまだ押韻詩を主張していない。

右の原の発言が飯島の文章にはじめて示された「そろそろ詩にも定型が必要なのではないか」（「中央公論」一九八六年一一月）で、飯島は「わたしもまた厳密な形式にも韻律法にもよらない詩を書いてきたが、他方つねに形式と定型を気にしてきたことは確かである」と語る。だが、日本における口語自由詩の最初の作品といわれる「塵溜」（「詩人」一九〇七年九月）を川路柳虹が発表して以降、さらにいえば『新体詩抄』（丸家善七、一八八二年八月）のころより、「形式」を意識しなかった詩人などいるのだろうか。詩と散文を分かつものは、内容以前にまず「形式」にほかならないのだから。その「形式」のひとつである定型を採用する場合にも、定型によらない自由詩を書く場合にも、

「形式」のことは常に詩人たちの念頭にあるだろう。

「そろそろ詩にも定型が必要なのではないか」が書かれた直後、詩集『虹の喜劇《コメディ》』（思潮社、一九八八年七月）にまとめられる一連の出来事が飯島を襲ったことは、飯島の定型詩の主張を考えるうえで重要ではないかと思われる。

一九八六年十一月半ばのある夜明け、突然肛門部に激痛を覚え、その手術にはじまって思いがけなく、十五年ぶりに再びウツ状態に落ち込んだ。『虹の喜劇』ははじめ、「わが戦後史」というテーマで長篇詩を、と「現代詩手帖」から依頼されたものだが、こうして「わが病気詩」のようなことになった。長詩を依頼された直後の発病だったのである。しかしこれらが詩であるかどうかはわからない。多分詩ではない別ものだろう。また別の言い方をすればこれまでのきまりきった詩とはまったく異質の詩があるであろう。[12]

「わが病気詩」「これまでのきまりきった詩とはまったく異質の詩」といいながらも、『虹の喜劇』に収められた作品は「多分詩ではない別もの」という意識が飯島にはあった。

この詩集に収録されている「道化としての病気　通路としての病気」という作品がある。「詩は大事なことには何の役にも立ってくれない／こんな繰りごとは／詩ではない／詩はもっとりっぱなものだ　詩はアナバーズだ」、「まったく　詩的知的虚栄心なんて　悲しいな／（いまの詩の雑誌「ユリイカ」や「現代詩手帖」も、終った「麒麟」も「洗濯船」もすべて薄手の虚栄ごっこだ）／そんなものいったん尻の手術を受けるとなると／屁のつっぱりにもなってくれないよ」[13]。おそらく鬱の症状が、このような詩行を飯島に書かせたのだろう。しかし、原因は何であれ、「詩は大事なことには何の役にも立ってくれない」という思考が、このとき飯島を支配してしまった。その結果、飯島にはみずからの詩ばかりでなく、「いまの詩の雑誌」に掲載されている自分以外が書いた作品も「虚栄ごっこ」にみえるようになる。のちに飯島は「『虹の喜劇』を書かざるを得ないような事が起こり、それが終って、現在の「定型詩」提唱をはじめた」ことを、「原氏と話し合った八六年の前半期に戻った」（「定型詩論議、この一年」、傍点原文）と述べているが、「戻った」というよりむしろ、鬱状態に陥ったことで詩そのもの、ひいては「いまの詩の雑誌」に対する不満を強くし、その状態を脱するために「定型詩」の要求が高まったようにわたしにはみえる。と同時におそらくその要求は、これは詩であると確信できる何かを手にしたいという、自分の書いたものが「多分詩ではない別もの」と感じる飯島の願望のあらわれでもあっただろう。

『虹の喜劇』刊行直後、一九八八年一〇月から一一月にかけて、歌人の岡井隆、俳人の金子兜太それぞれとの書簡のやりとりが「読売新聞」紙上を通じて行なわれた（「岡井隆との往復書簡」「金子兜太との往復書簡」）。そこには「定型とは一体何だろうか?」と問いを発する飯島が、音数律による定型をルールとする短歌、俳句の書き手ふたりとのやりとりのなかで、みずからの思索を深めていく様子をみることができる。ここで飯島は岡井に「〈他人の空〉は、谷川雁の〈毛澤東〉や吉岡実の〈僧侶〉とともに戦後の定型詩だ」（「わが「定型詩」の弁」）とおだてられることで（正確には、岡井は書簡のなかで飯島の「他人の空」は「明確な型（フォルム）を持っている」と述べているだけで、「定型詩」であるとまではいっていない）、現代詩に定型が必要との考えに自信を持ったようだ。

このとき話題となったひとつに、読者数に関することがある。飯島は俳句や短歌と比べて「詩はやはり読者は少ない」、それは「あまりに長く、型（フォルム）なしの、自由詩でやって来たせいなのではないか」と語る。北川透が批判するように、「現代詩を定型化したら読者が増えるなどという、短絡的な発想」には「根拠がない(14)」だろう。一体なぜ飯島はこのように考えたのか。想像するに、ひとつには学生時代に鈴木信太郎の講義を受けた際の喜びがあったからではないだろうか。

また、飯島は往復書簡のなかで「「型」はあちこちに出来るか、出来かかっている。これが一回限りの型ではなく、〈反復〉されればいいのです。ところが今日の詩人たちは、なぜかそれをしない」とも主張している。飯島はこのことを岡井の発言から教えられたようだが、すでに同様のことを大岡信が『マチネ・ポエティク詩集』に関して「思うに、マチネの運動にとっての痛恨事の一つは、この運動のメンバーが、たぶん原條あき子一人を除けば、戦後あまり熱心に定型押韻詩の試みを持続しなかった点にあろう[15]」と述べていた。飯島がこの大岡の文章を読んでいたかははっきりしないが、「持続」しなければ定着しないと考えたからこそ、飯島は定型詩に固執するようになっていったのではないか。

四、「わが「定型詩」の弁」について

以上のような前史を経て、飯島が本腰を入れて定型詩を主張し始めるのが「わが「定型詩」の弁」である。この文章で、飯島は「日記や随筆の横書きにすぎない、詩とは呼べない詩らしきものの山」が積み上げられている現代詩の「オジヤ状態、形なき詩の状態を変えて行く、根源的な試み」として、定型詩の必要性をあらためて述べる。「形なき詩の状態を変えて行く、根源的な試み」とは、シュルレアリストである飯島らしい表現に思える。飯島によれば、シュルレアリスムの「白紙状態《ターブルラーズ》への意志」とは、「一切をつねにやりなおしたいという考え方[16]」だ。

ところで、「わが「定型詩」の弁」における飯島の主張は、基本的にはいままで確認してきたことの繰り返しだが、それまでとは大きく異なる点がふたつある。

ひとつは、それまで曖昧だった「定型詩」に「押韻」の概念が加えられた点である。これは、「わが「定型詩」の弁」が書かれた一九九〇年二月ごろ、飯島が梅本健三『詩法の復権――現代日本語韻律の可能性』（西田書店、一九八九年八月）および「以前一度は手にしたことのある」という九鬼周造「日本詩の押韻」（『文藝論』岩波書店、一九四一年九月）を読んだことがきっかけとなっている。どちらをさきに読んだかは不明だが、梅本の著書を読み、同書に教えられて九鬼の「日本詩の押韻」を再読したのではないだろうか。特に後者が、詩の押韻は西洋が起源ではな

いと説いている点、「「定型」と言っていい詩も書いて」はいるが「音数律を気にかけているふう」（「金子兜太との往復書簡」）でないと思っていた金子光晴の作品が押韻詩の例として挙げられている点に、飯島は感銘を受けたようだ。「日本詩の押韻」における「私の考では、押韻の採用は日本詩に生命を与へる一つの方法であると思ふ」、「今日の日本詩は自己に対しても他者に対しても魅力が甚だしく欠けてはゐないだらうか。短歌や俳句に対抗して狭義の詩の存在を擁護するためにも、押韻の魅力に訴へる必要がありはしまいか[17]」という九鬼周造の主張は、現代詩の「オジヤ状態」を憂う飯島には心強く響いただろう。また、「未来に於て、天才的詩人が出て来て、日本語の有する可能性の中から、真に美しい押韻詩を生んでくれることを希望してやまない[18]」という願望は、「これから出て来る、現在十代以降の、新しい来るべき詩人たちには、敢然として新しい「定型」を模索してもらいたいと思うのです」（「風邪をひかないように——荒川洋治の「定型」への疑問に答える」）という飯島の考えとも合致している。さらに、九鬼の「日本詩の押韻」を「いわば言語類型論的立場に立って、行き届いたものであることは疑う余地がない[19]」とし、日本語における押韻詩の可能性を精緻に検証した梅本の著書は、九鬼のそれとともに飯島の思考を後押ししただろう。

同時に、「雑誌「俳句」に今年のはじめから連載詩『さえずりきこう』を書いていて、今度出る四月号ではほとんどはじめて「押韻」の「定型詩」を試みている」と本人が述べているように、飯島はみずからの手で押韻定型詩の実作を試み始めた。これが、「わが「定型詩」の弁」における飯島の主張の、それまでとは異なるもうひとつの点である。飯島がみずからの提唱する定型詩の実践としていよいよ押韻定型詩を書くに至ったのは、九鬼、梅本との邂逅によって、自身の主張する理論的根拠を得たためだろう。つまり、飯島は両者の著作に出会うことで、自分の定型詩の主張の正当性を確信し、みずからの提唱する定型詩を押韻定型詩と定めて実作に踏み切っていくのだ。

しかしながら、梅本の著書や九鬼の論文との邂逅が、飯島にとっていいことであったかどうか。九鬼の「日本詩の押韻」は、『マチネ・ポエティク詩集』の「NOTES」で言及されているように[20]、マチネ・ポエティクが依拠した論文として知られている。中村真一郎によれば、「九鬼博士の論文の存在を知ったのは、私たちの実験がかなり進展した後（恐らく戦時中）」であり、「技術的な面では、博士から教わる個所はなかった」（傍点原文）ものの、「マチネ・ポエチックの仲間は、専ら実作を発表するに急であって、日本語で押韻が可能なりやという理論的考察は、博士の論文に任せたままであった[21]」という。しかし、「私たちの押韻定型詩が公表されはじめると、それを否定するために、もう一度、九鬼博士の押韻論が読み直され、そして、私たちの実作がだめであることによって、博士の議論も空論であることが証明されるという論理が、流行しはじめ[22]」てしまった。飯島の場合、押韻定型詩の実作の試みが最初にあり、その後「日本詩の押韻」と出会ったマチネ・ポエティクとは逆に、「日本詩の押韻」に導かれて押韻定型詩を試みるようになるが、詩作の理論的な部分を「日本詩の押韻」に求めたという点ではどちらも共通している。つまり、はからずも飯島は「日本詩の押韻」を媒介としてマチネ・ポエティクとほぼ同じ道を歩んでしまっているのである。

結局のところ、飯島は過去と同様のことを繰り返しているということなのか。そのように考えたとき、中村真一郎がマチネ・ポエティクについて、「私たちの実作がだめ」だったから九鬼の論文も否定された、と回想している点に注意する必要があるだろう。じつは、マチネ・ポエティクへの批判は、日本語で押韻詩が可能かどうかという以前に、まず内容に対して向けられていた。たとえば、「日本語の声韻的性質」からいって「脚韻」は「無謀」であり、「詩に於ける押韻」は「改革の余地がなく、工夫の余地がない[23]」とマチネ・ポエティクの試みを強く難じた三好達治は、その記述の前に次のように記していた。

> 奥歯にもののはさかつ《ママ》たやうな辞令は、性分でないから、最初にごめんを蒙つて、失礼なことをいはしてもらはう。まづ、同人諸君の作品は、例外なく、甚だ、つまらないといふこと。諸君が危惧してゐられるやうに、決してそれは難解ではないが、私にはいつかうつまらなかつたといふこと。詩における難解といふのはその詩

の魅力と並立してこそ、はじめて成立ちうる性質の難解であつて、魅力を欠いた孤立した難解といふやうなものは、昼まのお化けで、ありつこない。（中略）

諸君子の作品には、最初に読者の意慾をかきたてるところの魅力がない、全くない。そこでその作品は、とりとめもない不通のものとなつて、難解と呼ばれるだけの資格をすら欠いてゐるもののやうに、私には見うけられる。(24)（傍点原文）

また、鮎川信夫も中村真一郎の詩について「先ず率直に感想を述べると僕には甚だ無味乾燥であつた。ちつとも面白くないのである。尤もこういう僕の印象は、中村氏にかぎらず、いつもすべてのマチネの詩人の作品に共通する(25)」と、やはり内容に対する不満を述べている。そうであれば、「日本詩の押韻」に理論的に依拠しようとしまいと、実作された押韻定型詩の内容がよかったら、飯島はマチネ・ポエティクと同じ轍を踏んでいるということにはならないはずだ。すると問われなければならないのは、飯島の実作の中身である。

五、押韻定型詩の難しさ

飯島の詩集のなかで、定型詩集と明確に呼べるのは『さえずりきこう』（角川書店、一九九四年一二月）と『猫と桃』（不識書院、一九九七年六月）の二冊である。続く『浦伝い　詩型を旅する』（思潮社、二〇〇一年六月）も途中から「頭韻、脚韻などの押韻や、型の試み」がさまざまなかたちで行なわれているが、もともとは「久しぶりの自由詩の試み」として書き始められ、途中から「他の詩型への試み(26)」も行なわれるようになった詩集で、定型詩集とは呼べない。また、『猫と桃』にも定型詩といえないものが多数含まれているが、帯に「前詩集『さえずりきこう』をさらに押し進めた飯島耕一の定型詩集」と記されているので、定型詩集とみなしてよいのだろう。『さえずりきこう』にも定型でないものはあるが、角書に「飯島耕一定型詩集」とあるので、こちらは明確に定型詩集だ。なお、『さえずりきこう』第Ⅱ部の「生死海」は部分的に押韻が用いられているが大半はそうでなく、むしろ飯島が「クスダマ定型」(「定型恐怖――清水哲男に答える」)と名づけた吉岡実『薬玉』(書肆山田、一九八三年一〇月)の詩行配置を応用した作品と考えられるが、(27)ここでは問題にしない。

二冊の定型詩集のなかで、飯島自身が押韻定型詩として自信を持っていたのは、『さえずりきこう』第Ⅰ部に収められている「ジャック・ラカン」「八月のバラッド」「報復なのか、雀蜂に刺されるのバラッド」あたりらしい。というのも、『飯島耕一・詩と散文』第四巻(みすず書房、二〇〇一年四月)に、この詩集から抄録するにあたって右の三篇が選ばれているからだ。このうち、「ジャック・ラカン」の第一連を引用する。

ジャック・ラカン
こりゃもう　あかん
方広寺の　羅漢《らかん》
闇には　如何《いかん》?(28)

続く第四連に「同業者を　やっつけ過ぎて/孤独になった　ラカン(29)」とあるように、ラカンに定型論争発生後の飯島自身をなぞらえた戯詩である。押韻のために「方広寺の　羅漢」や「闇には　如何?」と思わぬ題材や言葉を持ち出したところに、この詩のユーモアがある。しかし、そのユーモアがたんなる言葉遊びとしてしか働いていないように感じられるのは、押韻によって作品に呼び込まれた題材が詩のイメージを豊かにしているように思われないからではないだろうか。飯島によれば、この詩に向けられた批評はさまざまだが、「毀誉褒貶の声のうち、これをほめる人は少な[30]」かったという。
もう一篇、「八月のバラッド」もみてみたい。その第一連。

島で　ただ一軒の　鮨屋ガラ
シャ　で　シャコを食う
土方巽の　娘の　ベラ
ちゃんも　大きくなった　だろう
八行三節に　半詩節一つの反歌　の演奏
脚韻つきの　バラッド　を　一発《いっぱつ》
何とか　八月は　せしめよう
と　はるばると来た　内心の旋律《せんりつ》[31]

バラッドという詩型をモチーフとした、一種のメタ詩である。バラッド形式に則って八行で構成された連に、一、三行目の「ら」音、二、四、五、七行目の「う」音、六、八行の「つ」音の脚韻が働いている。また、引用していないが、第二連、第三連の最終行は第一連の最終行「はるばると来た　内心の旋律」のリフレインとなっている。なお、バラッドなら八・八・八・四行の四連構成になるはずだが、飯島の自作解説によれば「見開き二ページ」に収めるため「止むなく八行、八行、四行」（「定型願望――谷内修三に」）の三連構成となった。この詩の最終連は「あと八行で　反歌となる　との誹謗《ひぼう》／もあろうが　八行一詩節は　門外の不出／としておき　友を死なせて　なおも女子《おみなご》の香を思う[32]」と、そのことも詩の題材にしていて面白い。「苦労はしたが、当節のいやらしい言い方をかりれば、定型詩を書く「快楽」を味わった」（同前）と飯島がいう理由もわかる。しかし、一行目と二行目にまたがる「ガラシャ」の区切りが脚韻のために強引に引き裂かれている感は否めない。三行目と四行目の「ベラちゃん」についても同様だ。七行目「せしめよう」と八行目「と」の分離は許容できるとしても、このような方法なら脚韻形式の詩はほとんど無限に作れてしまうだろう。それでは、押韻とは何なのかということになりかねない。やはりこの点が、「無理な行の切り方」として「当時多く批判の対象となった」[33]。

これらのことから浮かび上がってくるのは、現代詩としての内容的な質の高さを保持しながら、それと見合った押韻定型詩を成立させることの難しさだ。内容を重視すれば、押韻がおろそかになったり、無理が生じたりする。一方、押韻を採用しても、内容が伴わなければ意味がない。日本語で押韻定型詩が可能かと問われれば、九鬼周造や梅本健三の著作、あるいはマチネ・ポエティクや飯島の実作が示しているように十分に可能であろう。しかし、内容の伴う押韻定型詩は、飯島の試みを含めて、いまに至るまでの近代以降の日本の詩には実現されていないといわざるをえない[34]。

では中原中也はどうなのか、中原だって「押韻定型詩、少なくとも定型詩、定型志向の詩が非常に多い[35]」ではないかと、生前の飯島ならばいうに違いない。その問いに対して、『浦伝い　詩型を旅する』所収の「吸物は」で「中原を好きな君が／なぜ〈定型論〉となると／あんな口調になるのか／それを　はっきりさせないと／人を説得はできないよ[36]」と投げかけられた北川透は次のように答えている。

飯島さんは誤解している。中原中也は押韻定型詩の理念に基づく、〈押韻定型詩〉など一篇も書いていない。押韻も自由だし、定型も自由である。押韻定型詩も押韻自由詩も自由である。散文詩も、垂れ流しも、どんな堅苦しい詩の試みも、荒唐無稽なことばの実験も自由ではないか。萩原朔太郎も、中原中也も、自由に押韻を試み、定型詩も、自由詩も書いたが、押韻定型詩だけは書かなかった。押韻定型詩にしか、詩の未来がないとい

う、偏狭な理念だけが不自由なのである。(37)

「押韻定型詩の理念に基づく、〈押韻定型詩〉など一篇も書いていない」中原中也は、現代において多くの読者を獲得している。とすれば、仮に押韻定型詩が、飯島のいう「日記や随筆の横書きにすぎない、詩とは呼べない詩らしきもの」の氾濫する現代詩の「オジヤ状態」を打破しえたとしても、そのことによって詩の読者は獲得されるのか。

じつはこのたび、飯島耕一の定型詩について考えている最中、わたしの脳裏に絶えず浮かんでいたのは中原中也のことであった。思えば、飯島の定型詩の主張と、中原が詩に求めたものとは通じるところがある。そのことについては次章で検討したい。

注

(1) 「Note」、「現代詩手帖」第三三巻第三号、思潮社、一九九〇年三月、二三二頁。
(2) 「Note」、「現代詩手帖」第三三巻第四号、思潮社、一九九〇年四月、二三二頁。
(3) 同右、同頁。
(4) 北川透・吉田文憲・野村喜和夫・蜂飼耳「戦後詩、二人の問いかけ」、「現代詩手帖」第五七巻第二号、思潮社、二〇一四年二月、一三頁。
(5) 飯島耕一「作品ノート」『飯島耕一・詩と散文』第一巻、みすず書房、二〇〇〇年一〇月、三〇〇頁。
(6) 関根弘・飯島耕一・山本太郎・武田文章「「荒地」の彼方へ」、「現代詩手帖」一月臨時増刊「荒地　戦後詩の原点」第一五巻第二号、思潮社、一九七二年一月、九四―九五頁。
(7) 同右、九五頁。
(8) 中村真一郎「押韻定型詩三十年後――八十年代の読者に」、「現代詩手帖」第二三巻第六号、思潮社、一九八〇年六月、五四頁。

(9) ちなみに、飯島は当時東大講師だった中村真一郎の授業も受けている。このときのテキストは、デュアメルの『小説論』だったという。飯島耕一「中村真一郎の「『人間喜劇』の余白に」をめぐって」『飯島耕一・詩と散文』第三巻、みすず書房、二〇〇〇年一二月、八八頁参照。
(10) 原満三寿「「人生足別離」なりや」、前掲書(4)、七九頁。
(11) 原満三寿「現代詩に定型を」『いまどきの俳句』沖積舎、一九九六年七月、二九二頁。
(12) 飯島耕一「虹の喜劇0　88年3月のノート」『虹の喜劇』思潮社、一九八八年七月、一二頁。
(13) 飯島耕一「道化としての病気　通路としての病気」、前掲書(12)、二九、三一―三二頁。
(14) 北川透「〈定型論争〉以後」『詩的90年代の彼方へ――戦争詩の方法』思潮社、二〇〇〇年二月、一六一頁。
(15) 大岡信「押韻定型詩をめぐって」、「現代詩手帖」第一五巻第一号、思潮社、一九七二年一月、一六二頁。
(16) 飯島耕一「シュルレアリスム詩論序説」『飯島耕一・詩と散文』第二巻、みすず書房、二〇〇一年二月、二三二頁。
(17) 九鬼周造「日本詩の押韻」『文藝論』岩波書店、一九四一年九月、四八七―四八八頁。
(18) 同右、四八八頁。
(19) 梅本健三『詩法の復権――現代日本語韻律の可能性』西田書店、一九八九年八月、一八八頁。
(20) 「NOTES」、『マチネ・ポエティク詩集』真善美社、一九四八年七月、一〇〇頁参照。
(21) 中村真一郎「「日本詩の押韻」とマチネ・ポエチック」、「九鬼周造全集月報6」岩波書店、一九八一年四月、一―二頁。
(22) 同右、三頁。
(23) 三好達治「マチネ・ポエテイクの試作に就て」、「世界文学」第二〇号、世界文学社、一九四八年四月、六〇―六一頁。
(24) 同右、五九―六〇頁。
(25) 鮎川信夫「中村真一郎の「詩集」について」、「詩学」第五巻第一〇号、岩谷書店、一九五〇年一一月、一〇九頁。
(26) 飯島耕一「あとがき」『浦伝い、詩型を旅する』思潮社、二〇〇一年六月、一五六―一五七頁。
(27) 鶴山裕司は「生死海」について「飯島さんは明らかにエズラ・パウンドの『詩篇(キャントーズ)』を意識されてい

る」と指摘している。「飯島耕一氏追悼」、「総合文学ウェブ情報誌　文学金魚」http://gold-fish-press.com/archives/19328（二〇二四年一〇月二八日　最終アクセス）

(28) 飯島耕一「ジャック・ラカン」『さえずりきこう』角川書店、一九九四年一二月、二二頁。

(29) 同右、二三頁。

(30) 飯島耕一「作品ノート」『飯島耕一・詩と散文』第四巻、みすず書房、二〇〇一年四月、三〇三頁。

(31) 飯島耕一「八月のバラッド」、前掲書（28）、三七頁。

(32) 同右、三八頁。

(33) 飯島耕一、前掲文（30）、三〇四頁。

(34) 唯一の例外と思われるのが、那珂太郎である。中原豊・加藤邦彦・疋田雅昭「パネルディスカッション　現代詩と近代詩が交差する場所――飯島耕一と中原中也」、「中原中也研究」第二五号、中原中也記念館、二〇二〇年八月、八二頁参照。

(35) 飯島耕一「定型と、中原のはダダではないらしいこと」、「ユリイカ」第三二巻第八号、青土社、二〇〇〇年六月、七七頁。

(36) 飯島耕一「吸物は」、前掲書（26）、六五頁。

(37) 北川透「「アメリカ」まで　飯島耕一の〈無意識〉」『北川透　現代詩論集成』第三巻「六〇年代詩論　危機と転生」思潮社、二〇一八年二月、一一七頁。

※飯島耕一の文章のうち、『定型論争』（風媒社、一九九一年一二月）所収のものは同書を本文とした。

第十一章　中原中也は「押韻定型詩」を書いたか

――飯島耕一による評価をめぐって――

一、飯島耕一の中原中也評価

一九九〇年、飯島耕一が今日の詩に定型が必要であると主張したことは前章で確認した。その後起こった論争のなかで、飯島が自己の正当性を訴えるためにしばしば名前を挙げたのが中原中也である。たとえば、「定型と、中原のはダダではないらしいこと」で飯島は次のようにいう。

中原の詩は今あらためて読み返すと、押韻定型詩、少なくとも定型詩、定型志向の詩が非常に多い。気紛れではなく本気である。ちょっとやってみた、というのではない(1)。

「押韻定型詩、少なくとも定型詩、定型志向の詩が非常に多い」という中原中也評価。確かに中原には定型志向の詩が認められるが、押韻定型詩と明確にいえるものはひとつもない。にもかかわらず、飯島は中原を押韻定型詩を書いた詩人と位置づけた。

こうした飯島の中原評価はどのようなところから発生しているのだろうか。そのことを探るには、飯島がなぜ詩に定型が必要であると主張したのかを振り返ってみなくてはなるまい。その過程からは、中原が詩人として活動した戦前から、飯島が定型の必要性を主張した現代まで貫かれる詩の問題が浮かび上がってくると思われる。

二、押韻定型詩の主張

詩に定型が必要だとする飯島の主張は『定型論争』（風媒社、一九九一年一二月）にまとめられている。前章と重複する部分も多いが、詩の定型を主張するまでの飯島の発言を、同書をもとにあらためて概略したい。

飯島には、現代詩に対する不満がかなり以前からあった。一九七七年、飯島は詩の「文体」を「オジヤ」にたとえて次のように述べている。「詩の「文体」、現代詩の「文体」はオジヤのようなもので、そこには何を入れてもよい」。「しかし悲しいかな、オジヤにはすっきりとした形がな」く、現代人に個性がない様と類似している。「オジヤ的文体でなければ捉え得ぬ現実もある」が、そのような「文体」で書かれた現代詩に、西脇順三郎『Ambarvalia』、宮沢賢治『春と修羅』、中原中也『山羊の歌』、金子光晴『鮫』に比肩しうる「読みつつ新鮮なスリルを覚えさせられるような詩が、一体どれほどあるものであろうか[2]」。ここで述べられているのは、「オジヤ」状態で何でもありの現代詩のインパクトのなさだ。一九七七年の時点で、すでに飯島はこのような認識を持っていた。

やがて一九八六年、飯島は俳人の原満三寿から「そろそろ詩にも定型が要りますね」といわれたことをきっかけに、「わたしもまた厳密な形式にも韻律法にもよらない詩を書いてきたが、他方つねに形式と定型を気にしてきたことは確かである。何か定型がほしいという気分はいつも底のほうにあった」、「日本語の生理に合った新しい詩の定型はどこかにないものだろうか[3]」と、詩における定型の必要性を考えるようになる。

翌々年、飯島は歌人の岡井隆、俳人の金子兜太との書簡のやりとりを「読売新聞」紙上で行なった。そこには、音数律というルールのある短歌、俳句の書き手との意見交換を通じて、詩にも定型が必要だという認識を深めていく飯島の姿をみることができる。ここで確認しておきたいのは、岡井隆の発言だ。この往復書簡のなかで岡井は、飯島の第一詩集の標題作「他人の空」を「明確な型（フォルム）を持っている」[4]と評した。この詩は五行、五行の全二連構成の作品で、前半は「来た」「ついばんだ」「した」「見えた」と過去形で、後半は「かかえている」「ふけっている」「めぐっている」と現在形で書かれている。そのような構成と文体を指して、岡井は「型（フォルム）を持っている」としたのだろう。それに対する飯島の反応は、あとでみたい。

以上のような前史を経て、飯島が詩における定型の必要性をはっきりと主張した最初の文章が、「現代詩手帖」一九九〇年四月号に発表された「わが「定型詩」の弁」であった。

> いまもわたしは今日の詩に「定型」が必要なのではないか、と思いつづけている。そうでないと、単にアマトゥールの詩人によるものだけではなく、日記や随筆の横書きにすぎない、詩とは呼べない詩らしきものの山が、ますます多く積み上げられることになる、と考えざるを得ないからだ（中略）。
>
> 一口に言って、もう少しこのオジヤ状態、形なき詩の状態を変えて行く、根源的な試みがあっていいと思うのだ。[5]

飯島は、「日記や随筆の横書きにすぎない、詩とは呼べない詩らしきものの山」が積み上げられている現代詩の「オジヤ状態、形なき詩の状態を変えて行く、根源的な試み」として定型の必要性を述べる。ここまで確認してきたように、飯島は思いつきでこのように主張したわけでは決してない。ただし、その主張にはレトリカルな部分も含まれていることに注意すべきだろう。たとえば、みずからの定型への関心が以前からのものであることをいうとき、飯島は「わたし自身は、「定型」とまでは言わないにしても、「形式性」を追いつづけてきたと思っており、たとえば岡井隆も、「〈他人の空〉は、谷川雁の〈毛澤東〉や吉岡実の〈僧侶〉とともに戦後の定型詩だ」としている」[6]と述べている。さきにみたように、岡井は「他人の空」が「定型詩」であるとまではいっていなかった。この言い換えは、飯島が強く定型にとらわれていたことのあらわれと理解することができよう。

ところで、この「わが「定型詩」の弁」には、それまでの飯島の発言にはみられなかった点がふたつある。

ひとつは、詩における定型の主張に押韻の概念が加えられたことである。この考えは、九鬼周造「日本詩の押韻」(『文藝論』岩波書店、一九四一年九月)を読んだことがきっかけとなっている。「いまにいたるまで九鬼の論文は説得性と有効性を持っている」(7)という飯島は、以後、押韻定型詩を主張するようになる。

もうひとつは、「わたしもまるきり他人まかせ(中略)にしたわけではなく、雑誌「俳句」に今年のはじめから連載詩『さえずりきこう』を書いていて、今度出る四月号ではほとんどはじめて「押韻」の「定型詩」を試みている」(8)と述べているように、飯島みずから押韻定型詩を実作で試みるようになった点である。

右で言及されているのは「四月」という作品だ。

一月一回
二月二回
三月三回
四月四回

木更津から
日曜の夕方
フェリーに乗った
はるかに偲ぶ昔の浦々

待合室のレストランで
冷えすぎたビールとハムサラダ
乗客はみんな房総で一日遊んだ
川崎の工場労働者の家族たちで

やがて　湾内のあちこちの船に
三々五々　なおもさざめいて
船室と甲板を出入りして
ぽつりぽつりと　灯もまたたくのに

一月一回
二月二回
三月三回
四月四回[9]

飯島自身が解説しているように、ａｂｂａ、ｃｃｄｄのかたちで脚韻が用いられている単純な押韻詩である。[10]出来映えはいまひとつだが、飯島がはじめて制作した押韻詩なので仕方ないだろう。

このように、現代詩の「オジヤ状態」に対する不満から詩に定型が必要であるという考えを徐々に強くしていっいった。

た飯島は、「わが「定型詩」の弁」を書くにあたってみずからの進むべき方向性を定め、押韻定型詩に踏み切って

三、北川透による押韻定型詩批判

「わが「定型詩」の弁」における飯島の主張に共感したものは少なかった。「現代詩も定型を見直してもいいのではないかと発言したために、詩壇の言わば虎の尾を踏んだ結果を来たし、(中略)わたしは一対十数人の論争に明け暮れた」[11]とは、飯島自身による回顧である。

なかでももっとも激しく飯島を批判したのが、北川透「〈定型論争〉以後」(「現代詩手帖」一九九二年一二月)だった。

たぶん、飯島のような絶望が出てくる根底には、わたしたちが詩を書くことに手応えを失い、また、書かれたことばが読者に届いているのか、いないのかがよく視えなくなった、ということがあるだろう。ことばが生活や思想や情念に根拠をもつことができずに、感覚やレトリックの微小な差異を表現するほかなくなっている。そうであれば、そこに立ちつくし、そのこと自体を現代詩の課題にするほかあるまい。しかし、そこで飯島は、いきなりノアの箱舟のように、〈押韻定型詩〉を求めてしまう。詩を書く手応えのなさを、いわば定型という手応えに求めたのである。(中略)

〈押韻定型詩〉などという、個人的な選択のレベルの問題に、あたかも現代詩の運命がかかっているかのような過剰な意味づけをするために、そこに信じられないような被害妄想や悲愴感、それに攻撃性が生まれている。(中略)飯島が病的なほどに、現代詩の〈いま〉に危機感をいだくのは正当な根拠があるが、それを〈押韻定型

詩〉の選択の問題にすりかえるのは、単なる個人の恣意に過ぎない。(12)

北川は、詩の言葉は果たして読者に届いているのかという飯島の危機感については一応の理解を示している。だが、その感情は押韻定型詩では決して解消されないと、飯島を強く非難した。

また、北川の批判は飯島の実作にも及んでいる。北川は飯島の押韻定型詩「ジャック・ラカン」(「現代詩手帖」一九九二年一月)を取り上げ、次のようにいう。

これは脚韻のおもしろさというよりも、〈ラカン〉と〈羅漢〉、〈如何〉と〈いかん〉の意味上ではまったく関係のない語が、同音なるが故に響き合っている語呂合わせのおもしろさである。しかし、こういう単純な押韻詩は繰り返せば、読む方も書く方もすぐに飽きがくる。飽きがこないようにするには、〈押韻定型詩〉ではなくて、谷川俊太郎が『ことばあそびうた』でやったように〈押韻〉あるいは語呂合わせのレトリックの、さまざまなパターンを次から次へと作り出していくほかはない。しかし、それも〈ことばあそびうた〉という一つの詩の書き方の可能性が示されているに過ぎないので、そこに現代詩の未来があるわけではない。(13)

右で批判されている「ジャック・ラカン」は、このような作品だ。

ジャック・ラカン
こりゃもう　あかん
方光寺の　羅漢《らかん》
闇には　如何《いかん》?

母親にかまってもらえなかった

その代償行為だった　ラカン
たくさんの論争だった
傲慢は　いかん

それでも　いたるところ　ラカン
アンベスィール
アヌリィ
そして　ピュルゴンの輩に罵言《ばげん》

雨引《あまひき》観音　のラカン
休憩所の古畳での　お結びの赤飯《せきはん》
同業者を　やっつけ過ぎて
孤独になった　ラカン

ぼくは親しむ　そんな　ラカン
休憩所の　やかん
口飲みしては　いかん
猛烈な　臭気　車の窓を閉めてもあかん

豚の子がぞろぞろ
コギトの研究はもう止めだ
脱＝自由詩の
脱走だ

セックスはもうたくさん
うまい酒がのみたいね　たくさん
ジャック・ラカン
こりゃもう　あかん(14)

フランスの哲学者、精神分析学者ジャック・ラカンにみずからをなぞらえた戯詩である。詩の内容は、飯島が押韻定型詩を唱えたことで多くの詩人から反発を受けたことを知っているものにはわかりやすい。また、「カン」音などの脚韻が、音楽でいうところのラップのようで声に出す面白さもある。しかし、わかりやすいからこそ単純で、押韻にしても「語呂合わせのおもしろさ」以上の詩の豊かさを生んでいるとは思えない。「こういう単純な押韻詩は繰り返せば、読む方も書く方もすぐに飽きがくる」という北川の指摘は、正鵠を射ていると思われる。

一方、繰り返し鑑賞するに足る豊かな内容を持つ押韻定型詩として、「鼻血のバラッド」(「海燕」一九九一年一月)が挙げられよう。

アウガルテンはシンメトリーを知るのに　よい

垂直に刈り込まれた丈高い並木のまんなかの実にまっすぐな直線を歩く
ハプスブルグ・ドナウ帝国の十七世紀のウィ
ーンのアウガルテンを　歩く　いま冬の入口のリンク
の北　アウガルテンに　サドのラコストの塔のごとく
聳り立ち　人を脅かし人の怯える二つの塔がある
縦に長い矩形の古いコンクリの塔の高いところに　窓枠
が四個並び　その四角い黒い穴から草色の雀のような鳥がたえず飛び出して来る

飛び出して来て　空高く群れ舞い　また下りて来て次々に　すいすい
と四角い小さな窓の奥に吸い込まれる　雀と言っても胡蝶《こちょう》のように細かく
それほどコンクリの古い塔は黒く　ウィーンの空に分厚く　高い
塔の右手の林に　わずかに白く煙のたなびくのはゴミ焼却の　柔らかく
穏やかな煙　けれどもこの西と北の　威嚇《いかく》
する塔は　ナチスの対空監視塔の　狂気の廃《ル》
墟《イン》なのだ　西の塔のまぢかに寄れば　白いチョーク
で大きな髑髏《どくろ》が描かれ　上方の黒く四角い穴からはたえず小さな生き物が零《こぼ》れ出て来る

アウガルテンを去って　右に左に曲折した石畳の上り勾配の小路を行く
そこに郵便《ポスト》ホテルという名の旅館の茶房があり　暖房がよく効いている

坐って二分も経たない頃　左の鼻腔《びくう》から　クク
と血が滴《したた》り始めた　人間の顔の　まん中の穴から　なおも血がぬるく悲しく滴り続ける⒂

アウガルテンは、ウィーンにある公園。そこを散歩していると、「二つの塔」の窓から「草色の雀のような鳥」が「次々に」飛び出してくる。じつは、この塔はナチス・ドイツの対空監視塔の廃墟なのだ。その狂気、死のイメージと、小鳥という小さな生物との対比。また、「シンメトリー」のアウガルテンを通り過ぎた語り手の「顔の　まん中の穴」から流れ出る鼻血に、風化しえない歴史の重みが感じられ、豊潤な詩のイメージが生まれている。

この詩について、北川は次のように評している。

複雑な意味内容、心的葛藤を詩にうたおうとすると、もはや押韻そのものがわずらわしくなる。（中略）押韻するために〈ウイーン〉という一語を、二つに分割するという無理なことがなされている。飯島の現代詩の意識が参加すると、必ずこうした不自然な押韻が生まれざるをえない。むろん、現代の意識を表現するために、不自然を犯す方が詩としてまっとうな行き方であることは言うまでもない。しかし、それならなぜ押韻をレトリックとして自由に使うのではなく、それを定型化しなければならぬのか⒃。

北川の指摘する通り、「複雑な意味内容、心的葛藤」と詩の形式が対応しておらず、音韻の必然性が感じられない。また、脚韻のために単語の途中で詩行が分けられていて不自然だ。このような方法なら、いくらでも押韻詩が書けてしまうだろう。

以上のように、北川が飯島の押韻定型詩に向けた批判は妥当なものであった。

四、押韻定型詩と中原中也

飯島が北川に反応するのは、右の批判が北川の評論集『詩的90年代の彼方へ――戦争詩の方法』（思潮社、二〇〇二年二月）に収録されたのちである。「現代詩手帖」二〇〇〇年四月号に発表された飯島の詩「吸物は」第二節は、「北川透の『詩的90年代の彼方へ』／を読む／とくに「〈定型論争〉以後」の／一篇を」と始まり、「詩とは／火傷《かしょう》の言語／／いきなり打って来る／言語／／何よりも形だ／／たるんだ／優しいだけの／繃帯のような自由詩であって／いいはずがない／／音韻と／形のない詩など／何ほどのものではない／／今も／そう思っている／／ただ　ソネットとか／四行詩とかではない／別の形が　容易に／みつからず／／おれも　こうして／たるんだ　優しいだけの自由詩を書いている／わけだ[17]」という第四―一一連を挟んで、最後は次のように結ばれる。

北川透氏に――
中原を好きな君が
なぜ〈定型論〉となると
あんな口調になるのか
それを　はっきりさせないと
人を説得は　できないよ[18]

飯島によれば、この詩は「久しぶりの自由詩の試み」として始められた連載の第四回だったが、「北川透の『詩的

90年代の彼方へ』（思潮社）が刊行されて、そこに「定型論争」時代の北川氏の評論も収められているのを読み、いささか身構える気分にな」り、「以後、この連載詩に、頭韻、脚韻などの押韻や、型の試みをさまざまに取り入れ[19]」るようになった。北川の批判を目にすることで、飯島は「たるんだ／優しいだけの／繃帯のような自由詩であって／いいはずがない」という思いをふたたび強くしたわけだ。

ここで注目したいのは、飯島が北川への反論を行なうとき、中原中也の名前を挙げていることである。本章冒頭に引用した「定型と、中原のはダダではないらしいこと」でも、飯島は「中原の詩は今あらためて読み返すと、押韻定型詩、少なくとも定型詩、定型志向の詩が非常に多い」と記した直後に、「このあたりを、『中原中也の世界』や近著『詩的年代《ママ》の彼方へ』（中略）の著者、北川透はどう考えているのだろう。氏が中原の詩を愛するのはソネットとか四行詩何連といった形式も含めてのことではないのか[20]」と書いている。

北川が「飯島さんは誤解している。中原中也は押韻定型詩の理念に基づく、〈押韻定型詩〉など一篇も書いていない」、「萩原朔太郎も、中原中也も、自由に押韻を試み、定型詩も、自由詩も書いたが、押韻定型詩だけは書かなかった[21]」と応じているように、中原に押韻定型詩と明確にいえるものはひとつもないことは、さきにも述べた。だが、このようにいわれても飯島は納得しなかったであろう。飯島には、中原は方法として自覚せずとも押韻定型詩を書いた詩人として認識されていたからである。

飯島は、中原の押韻定型詩の例として『在りし日の歌』（創元社、一九三八年四月）所収の「含羞《はぢらひ》──在りし日の歌──」「冬の長門峡」の二篇を挙げている。

なにゆゑに　こゝろかくは羞ぢらふ
秋　風白き日の山かげなりき

椎の枯葉の落窪に
幹々は　いやにおとなびイちゐたり

枝々の　拱《く》みあはすあたりかなしげの
空は死児等の亡霊にみち　まばたきぬ
をりしもかなた野のうへは
あすとらかんのあはひ縫ふ　古代の象の夢なりき

椎の枯葉の落窪に
幹々は　いやにおとなびイちゐたり
その日　その幹の隙《ひま》　睦みし瞳
姉らしき色　きみはありにし

その日　その幹の隙《ひま》　睦みし瞳
姉らしき色　きみはありにし
あゝ！　過ぎし日の　仄燃えあざやぐをりをりは
わが心　なにゆゑに　なにゆゑにかくは羞ぢらふ……(22)

長門峡に、水は流れてありにけり。

（「含羞」、傍点原文）

寒い寒い日なりき。
われは料亭にありぬ。
酒酌みてありぬ。

われのほか別に、
客とてもなかりけり。

水は、恰も魂あるものの如く、
流れ流れてありにけり。

やがても密柑の如き夕陽、
欄干にこぼれたり。

ああ!　——そのやうな時もありき、
寒い寒い　日なりき。(23)

（「冬の長門峡」）

飯島はこれらの詩を「昭和一一年（一九三六年）の『文学界』一月号に初出の、晩年の作と言っていいものだが、リフレインの多い、よく出来た、すぐれた押韻定型詩と言える」(24)（「含羞」）、「二行ずつの六連の定型詩で、第一連は

「ありにけり」と「日なりき」と、「き」「日」はついているが脚韻を踏んでいると言っていい。二連目もそうである。第三連の「なかりけり」、第四連以下も、みな第一行目の「水は流れてありにけり」と響き交わしていて、変則ながらこの詩も押韻定型詩としていいだろう(25)」(「冬の長門峡」)と評している。

後者について「二行ずつの六連の定型詩」といっているところからみると、飯島はどちらも各連の行数が一定である点を定型としたようだ。確かに中原にはこのような詩や、四・四・三・三行で構成されているソネット形式の詩も多い。しかし、各連の詩行が揃っているようにみえながら実際は変則的な『山羊の歌』(文圃堂書店、一九三四年一二月)所収の詩篇「サーカス」や、評論「近時詩壇寸感」の「近頃は詩の定型無定型といふことが盛んに論じられてゐますが、私は定型にしろ無定型にしろ、面白ければいいといふ程の呑気なことしか考へてをりません(26)」という記述からうかがわれるように、中原は詩の行数や定型に必ずしもこだわっていなかった。

一方、押韻についてはどうか。「冬の長門峡」は飯島自身が解説しているのでよいとして、「含羞」が押韻詩とされた理由はわかりにくい。飯島の意に沿うように分析すると、第三連一行目の「の」の重なりや二行目「幹々」、同じく二行目「いやにおとなびイちゐたり」の「イ」音、三行目「その」の繰り返しや「日」「隙」の「ひ」、「睦みし瞳」の「イ」音の響き、全体的に脚韻として「イ」音が多用されていることなどが、飯島が「含羞」を押韻詩とした理由ではないかと推測される。

こう考えると、確かに「含羞」は押韻詩のようにみえなくもない。しかし、規則的に押韻が配置されているわけではないこのような詩を押韻詩といっていいかどうかは疑問である。「冬の長門峡」についても同様だ。

声の詩人、あるいは音楽的な詩人としばしばいわれるように、中原は声に出したときの音の響きを重視した詩を多く書いた。しかし、それが押韻詩を書いたこととイコールでないのは、いうまでもない。

五、詩の型をめぐって

飯島が中原を押韻定型詩を書いた詩人とした理由のひとつに、さきにも触れた九鬼周造「日本詩の押韻」に中原の詩が例として用いられていることがあるだろう。「日本詩の押韻」は、『マチネ・ポエティク詩集』（真善美社、一九四八年七月）で押韻詩を試みた加藤周一や中村真一郎らが理論面で依拠した論として知られている。この論で中原の詩が例示されているのは、第八章「韻の質」の第三節「子音の性質を異にするもの」のうち、「子音が同一でなく類似してゐるもの。言ひ換へれば清音、濁音、半濁音などの応和してゐるもの」[27]の「二重韻」の項だ。

町では人々煙管《きせる》の掃除（ozi）
甍は伸びをし　　（osi）（中原中也[28]）

右に引用されているのは『山羊の歌』所収の「港市の秋」の一部だが、たまたま音として響きのある二行が取り上げられているようにしかみえず、この手の例はどの詩人にも際限なく発見できるだろう。しかし、「わが「定型詩」の弁」における賞賛をみると、飯島にとって九鬼の論は自説を裏づけるものとして十分に有用だったらしい。

飯島が最初に中原の詩に触れたのは、「創元選書の詩集を発行の翌年に、書肆でたまたま求めたのによる[29]」という。創元選書版『中原中也詩集』が刊行された翌年は一九四八年で、当時飯島は一八歳。その後、「二十代のはじめに萩原朔太郎とともに中原中也を相当愛読し[30]」たが、富永太郎、さらにはシュルレアリスムへと関心を移し、中原の詩はあまり読まなくなったようだ。ちなみに、飯島が大岡信らとシュルレアリスム研究会を発足するのは一九五六年のことである。

そのころ書かれた飯島の文章をみてみたい。児玉惇「「詩人」の畸型性について」(「今日」一九五七年六月)の批判に応じた「続アルファベット」(「ユリイカ」一九五八年四月)において、飯島は「詩の現実」を問題にする。「ぼくにとって詩の現実」は「内部にたちあらわれる精神の運動の軌跡のイマージュでしかな」く、「他人にとっては非存在のものも、ぼくにはかけがえのない現実であ[31]」るとしたうえで、飯島は次のようにいう。

> 児玉(中略)は日常的生活人の常識という立場に立って、詩人を論難しているのだが、そのような立場のなかに固定した、地を匍う精神のあり方では、およそ積極的なメタフィジックの詩は(中略)理解の外にしかあり得まい。児玉の立場は、たとえば中原中也の云う名辞以後の世界であり、ぼくの云っているのは名辞以前の世界である。つまり盲目者として、はじめてこの世界にふれるという態度で詩の世界を考えようとすることだ。詩は一切の沈黙の裏側にあるのだ。モラルや政治、あるいはセンチメンタリズムやシニシズムの手のとどかない深奥から、ヴィジョンをむしりとってくること、これが詩の役割である。[32]

飯島は、「日常的生活人の常識という立場に立って、詩人を論難」する児玉を「中原中也の云う名辞以後の世界」、みずからの立場を「名辞以前の世界」と説明する。「詩は一切の沈黙の裏側にあ」り、「モラルや政治、あるいはセンチメンタリズムやシニシズムの手のとどかない深奥から、ヴィジョンをむしりとってくること」が、飯島にとっての「詩の役割」だ。

さらに飯島は、右に続く箇所で「詩と詩的想像力の最初の役割」を「生活の向う側にあるもの、日常的生活的現実の意識面では解決のできない不合理な世界を掘りおこして、意識の世界に運んでくること」とする。飯島によれば、そのための「想像力の復活」こそ「シュールレアリスムの目指したもの[33]」であった。

以上をまとめると、次のようになるだろう。飯島は、「意識面では解決のできない不合理な世界を掘りおこ」すというみずからの考える詩の役割を、中原の「名辞以前の世界」という発想と類似するものとみていた。また、その「名辞以前の世界」を詩的想像力によって表現するのが「シュールレアリスムの目指したもの」であるとした。つまり、飯島は「名辞以前の世界」をシュルレアリスムに通じるものと捉えているのである。

「名辞以前」とは、中原の評論「芸術論覚え書」によれば「「手」といふ名辞を口にする前」に浮かぶ感情、「小児が手と知らずして已が手を見て興ずるが如きもの」[34]である。おそらく当時の飯島は、意識に言葉（名辞）が上ってくる以前の感情を想像力（ヴィジョン、イマージュ）によってあらわすのが詩であり、シュルレアリスムであると考えていたのだろう。その点で、一般的にダダイストと目される中原中也は、飯島にとってシュルレアリストとはいえないまでも、シュルレアリスムのすぐ近くにいる詩人であった。

飯島の中原理解は、その後も一貫してぶれることがない。『詩について』（思潮社、一九六八年一一月）所収の「中原中也」では、中原の評論「生と歌」における「自展的観念」という言葉に注目して、次のように述べられている。

彼は伝統否定のダダイスト（中略）として出発したが、日本の詩、あるいは言語や思考の根源がどのようにあるべきかということがたしかにわかっていたのだ。「自展的観念」というのは奇妙な造語だが、観念や思考の自律性のことであり、しいて言えばシュルレアリスムの自動記述法《オートマチスム》をさえ連想させる。雑念をはらって、純粋な思考の書取りをするという方法である。[35]（傍点原文）

また、一九九七年開催のシンポジウムで飯島は「ぼくは、「ウハキはハミガキ」「トタンがセンベイ食べて」とか、そういった中原のダダ詩は好きなのですが、中原中也のはシュールレアリストの詩人のロベール・デスノスの一九二二年ごろの詩に、どっちかというと近い[36]」と発言しており、二〇〇〇年に発表された文章でも「ユーモラスなダダ風と見える「ウハキはハミガキ」式の詩は、むしろダダがシュルレアリスムに移行した、一九二二、三年（『シュルレアリスム宣言』は二四年）のデスノスやアラゴン、クノーらの詩に近い」、「中原のダダ風とされる詩はむしろ初期シュルレアリスムに近い[37]」と同様のことを繰り返している。

では、中原のどの辺りが「初期シュルレアリスムに近い」のだろうか。飯島によれば、「中原中也に非常に似ている」るロベール・デスノスは「どんなにでたらめなようでも意味はつながるし、語呂合わせが得意[38]」である。また、中原はルイ・アラゴンの「シュールレアリスム初期時代の詩にも近い」が、「アラゴンもデスノスももとは非常に抒情的な詩人[39]」であった。さらに、「「ガジィ　ベリ　ビムバ／グランドリディ　ラウリ　ロンニ……」といったチューリッヒ・ダダの音声詩の余波は、中原の初期の詩「(ダック　ドック　ダクン)」などに反映しているが、この詩も後半は(中略)はなはだダダ的ではなく、情緒的である[40]」と述べていることを考え合わせると、おおよその飯島の中原理解がみえてくる。どうやら飯島は、まったく無意味な音の連なりからなる「チューリッヒ・ダダの音声詩」を中原が追求せず、「どんなにでたらめなようでも意味はつながる」「語呂合わせ」のような詩を「抒情的」に書いたことが、トリスタン・ツァラのダダイズムよりもデスノスやアラゴンらが書いた初期シュルレアリスムの作品に似ていると考えたらしい。

飯島のいう初期シュルレアリスムの特徴は確かに中原の詩に当てはまり、右の発言はそれなりに説得力があるように思われる。それにしても不思議なのは、飯島のなかで音韻定型詩とシュルレアリスムが矛盾なく結びついていることだ。デスノスなどの初期シュルレアリスムにみられる「語呂合わせが得意」という特徴が、押韻と通じるということだろうか。ただし、その場合、飯島のいう初期シュルレアリスムは「雑念をはらって、純粋な思考の書取りをする」自動筆記を旨とするその後のシュルレアリスムと別物ということになり、「初期」の「シュルレアリスム」という呼称自体に無理がある。

すると、飯島にとってシュルレアリスムとは果たして何だったのか、という疑問が思い浮かぶが、その回答をここに示すのは難しい。ただ、ひとつ確実にいえるのは、飯島がみずからの詩法に通じるものを中原にみていた、ということである。飯島はシュルレアリスムから多大な影響を受けた。また、一九九〇年には詩における定型の必要性を主張し、押韻定型詩を実践した。こうした自身の歩みが、中原はシュルレアリスムに近い詩人であり、押韻定型詩を書いた詩人であるという理解につながっているのは間違いない。

飯島が自身に通じるものを中原にみていたこと。その飯島が、「何を入れてもよい」現代詩の「オジヤ状態」を危惧し、「形なき詩の状態を変えて行く、根源的な試み」として押韻定型詩を主張したことは、これまで何度も確認した。じつは、飯島は触れていないが、次に引用する「詩と其の伝統」に中原が記していることは、飯島の心境と重なるところがある。

> 扨、日本の詩の伝統はと見ると、（茲では明治初年井上博士に依つて新体詩と銘名された、泰西の詩を見てから後の詩のことを云ふ）余り豊富だと云ふことが出来ない。（中略）
>
> 何れにせよ、わが詩の伝統は未だ微々たるものである。而して「伝統がない」、謂はば「型がない」とか「見本がない」とかいふやうなこと程、詩人にとつて辛いことはないのである。詩人が辛いばかりではない。読者も亦辛いのである。――とまれ無形の期待なぞといふものはない。期待がこれと口に云へない場合にも期待がある限り期待が期待してゐるなんらかの「型」、といふものはあるのである。つまり予想出来るその型がないので、大衆の方では詩人に期待しようがものはないのである。するとなると、今度はそのことは詩人にとつて辛いのである。[41]（傍点原文）

飯島が「オジヤ状態」で何でもありの現代詩に幻滅していたように、中原もまた「型がない」ことの辛さを「伝統がない」日本の詩に対して感じていた。このような感情をふたりが抱いたのは、両者の性質が似ているからだろうか。同様の艱難を抱えた詩人がほかにも多く存在することを考えると、[42]おそらくそうではない。中原中也、飯島耕一という個人を超えて、戦前から現代まで連綿と続く詩の大きな問題が、ここにはある。

　近頃しばしば耳目に触れる定型論議について一言すれば、私たちの詩が逸早く音韻と行数による定型を脱ぎ捨てたのは正しい選択であった。このことによって私たち詩を書く者は、徒手空拳をもって言葉の混沌と空漠に直面し、一定のかたちという定型の幻は、私たちが一作ごとに見出さねばならないかたちの、可能性の一つにすぎないという、本来あるべき姿と場所を与えられたのである。私は私のささやかな内面が、詩を生み出す感性を保っているかぎり、定型から最も遠く位置していたいと思うし、この自由によって、七五調だろうがソネットだろうが、書きたいときには好き勝手に書こうと思うのである。[43]（傍点原文）

右は「現代詩手帖」一九九〇年四月号に「わが「定型詩」の弁」とともに掲載された辻征夫の文章の一節で、さきに取り上げた飯島の詩篇「吸物は」第二節にも一部が引用されている。[44]辻によれば、「定型から最も遠く位置」する詩人、すなわち自由詩を書く詩人はひとつの作品ごとに「かたち」を見出さなければならない。しかし、「自由」であるからこそ「七五調だろうがソネットだろうが、書きたいときには好き勝手に書」くことができる。

　これを中原に当てはめると、詩を制作する過程で一篇ごとにソネット形式やほかの詩型が「自由」に選択されるが、ひとつの型に束縛されることなく、さまざまなかたちで中原は詩を書いた。また、音数律についても、「自由」に詩語が選択された結果、七五調、五七調などのかたちをとることはあっても、中原が「定型」に支配されているわけでないことは、音数律の整えられた中原の詩に破調がしばしば見出されることから明らかだ。[45]中原が書いたのは、あくまで自由詩なのである。

　ところが、自由詩には「一定のかたち」がないため、詩人は作品を書くたびごとにその都度、新たなかたちを発見しなければならない。それは自由詩を書く詩人にとって避けられない宿命だ。「詩と其の伝統」における中原の記述、および飯島の押韻定型詩の主張は、その宿命に対する詩人の苦悩のあらわれだったようにわたしにはみえる。

注

（1）飯島耕一「定型と、中原のはダダではないらしいこと」、「ユリイカ」第三二巻第八号、青土社、二〇〇〇年六月、七七頁。
（2）飯島耕一「いま詩の「文体」はどうなっているか」『定型論争』風媒社、一九九一年一二月、三六―三七、三九頁。
（3）飯島耕一「そろそろ詩にも定型が必要なのではないか」、前掲書（2）、四〇―四一頁。
（4）岡井隆・飯島耕一「岡井隆との往復書簡」、前掲書（2）、五一頁。
（5）飯島耕一「わが「定型詩」の弁」、前掲書（2）、八九頁。
（6）同右、九四頁。
（7）同右、一〇一頁。
（8）同右、一〇二頁。
（9）飯島耕一「四月」『さえずりきこう』角川書店、一九九四年一二月、一六―一七頁。
（10）飯島耕一、前掲文（5）、一〇二頁参照。
（11）飯島耕一「作品ノート」『飯島耕一・詩と散文』第一巻、みすず書房、二〇〇〇年一〇月、三〇〇頁。
（12）北川透「〈定型論争〉以後」『詩的90年代の彼方へ――戦争詩の方法』思潮社、二〇〇〇年二月、一五九―一六〇、一六二頁。
（13）同右、一六三―一六四頁。
（14）飯島耕一「ジャック・ラカン」、前掲書（9）、一二一―一二四頁。
（15）飯島耕一「鼻血のバラッド」、前掲書（9）、四八―四九頁。
（16）北川透、前掲文（12）、一六四頁。
（17）飯島耕一「吸物は」『浦伝い　詩型を旅する』思潮社、二〇〇一年六月、六一―六三頁。
（18）同右、六五頁。
（19）飯島耕一「あとがき」、前掲書（17）、一五六―一五七頁。
（20）飯島耕一、前掲文（1）、七七―七八頁。

(21) 北川透「「アメリカ」まで　飯島耕一の〈無意識〉」『北川透　現代詩論集成』第三巻「六〇年代詩論　危機と転生」思潮社、二〇一八年二月、一一七頁。

(22) 中原中也「含羞――在りし日の歌――」『新編中原中也全集』第一巻「本文篇」角川書店、二〇〇〇年三月、一四四―一四五頁。

(23) 中原中也「冬の長門峡」、前掲書 (22)、二七一―二七二頁。

(24) 飯島耕一、前掲文 (1)、七八頁。

(25) 同右、七九頁。

(26) 中原中也「近時詩壇寸感」『新編中原中也全集』第四巻「本文篇」角川書店、二〇〇三年一一月、五九頁。

(27) 九鬼周造「日本詩の押韻」『文藝論』岩波書店、一九四一年九月、三八六頁。

(28) 同右、三八八頁。

(29) 飯島耕一「中原中也」『詩について』思潮社、一九六八年一一月、三三二頁。

(30) 新井豊美・宇佐美斉・飯島耕一「中原中也とフランス文学をめぐって――中原中也の会・中原中也生誕九十年記念大会シンポジウム」、「中原中也研究」第三号、中原中也記念館、一九九八年三月、一四頁。

(31) 飯島耕一「続アルファベット――一人の女はぼくの生きている世界よりも美しい――」『悪魔祓いの芸術論　日本の詩・フランスの詩』弘文堂、一九五九年五月、二四頁。初出タイトル「一人の女はぼくの生きている世界よりも美しい――児玉惇への反論――」。

(32) 同右、二五―二六頁。

(33) 同右、二七頁。

(34) 中原中也「芸術論覚え書」、前掲書 (26)、一三九、一四五頁。

(35) 飯島耕一、前掲文 (29)、三四二頁。

(36) 新井豊美・宇佐美斉・飯島耕一、前掲文 (30)、三〇頁。

(37) 飯島耕一、前掲文 (1)、八一頁。

(38) 新井豊美・宇佐美斉・飯島耕一、前掲文 (30)、三一頁。

(39) 同右、同頁。
(40) 飯島耕一、前掲文(1)、八一頁。
(41) 中原中也「詩と其の伝統」、前掲書(26)、四一頁。
(42) 拙稿「「書く」行為の背後にあるもの――宮沢賢治と中原中也――」『中原中也と詩の近代』角川学芸出版、二〇一〇年三月参照。
(43) 辻征夫「ある作品の場合」、「現代詩手帖」第三三巻第四号、思潮社、一九九〇年四月、八六頁。
(44) ただし、飯島は清水哲男による引用を藤井貞和が再引用したものから、辻の文章を引用している。飯島耕一、前掲文(17)、六一―六二頁参照。
(45) 伊藤信吉『現代詩の鑑賞』下巻、新潮社、一九五四年四月、三四三頁参照。

第Ⅲ部　詩壇ジャーナリズムのなかの詩誌「現代詩」

第一章　新日本文学会と「現代詩」

一、「詩壇ジャーナリズムの第一期の黄金時代」と「現代詩」

二〇一八年から二〇年にかけて三人社より復刻された「現代詩」（一九五四年七月―一九六四年一〇月）は、「詩学」（一九四七年八月創刊）、第一次「ユリイカ」（一九五六年一〇月創刊）や、やや後発の「現代詩手帖」（一九五九年六月創刊）とともに「詩壇ジャーナリズムの第一期の黄金時代」(1)を築いた、戦後を代表する詩雑誌のひとつである。昭和三〇年代をほぼ覆うかたちで刊行されたこの雑誌が詩の世界にもたらしたものは、長期間にわたり出版されたこともあって、きわめて多い。

この雑誌を検討するにあたり、まず創刊の背景および初期の雑誌の動向を新日本文学会との関わりを中心に素描する。そこからは、一九五〇年代後半の詩の様相と「現代詩」の戦後詩における位置がおのずと浮かび上がってくるだろう。

二、「現代詩」の創刊

詩誌「現代詩」は、もともと新日本文学会の機関誌として創刊された。

新日本文学会は、「一切の民主主義文学者の結集を図り、民主主義文学の前進のために闘ふ[2]」ことを目的として結成された団体で、一九四五年一二月に創立された。発起人は、秋田雨雀、江口渙、蔵原惟人、窪川鶴次郎、壺井繁治、徳永直、中野重治、藤森成吉、宮本百合子。この人選は、「帝国主義戦争に協力せずこれに抵抗した文学者のみがその資格を有するといふ結論[3]」になったためである。日本共産党員が多いが、新日本文学会はあくまで文学者団体であり、同党の下部組織というわけではない。

この会は、活動目標のひとつとして「文学者の戦争責任追及」を掲げ、「いかなる文学者が、いかなる場面において、いかなる作品をもつて、侵略闘争を支持しそれに協力する役割を果したか。又文学と文学者の活動を組織的暴力的に破壊しようとした文学者や文学団体はどんなものがあるか。これを文学者及び文学の問題として、どこまでも自己批判的に追及しなければならない[4]」とした。このことがのちに新日本文学会および「現代詩」を揺るがす火種となる。一九四六年三月には、機関誌「新日本文学」が創刊された。

新日本文学会には多数の詩人が所属していた。一九五〇年一一月二六―二七日、同会詩委員会が中心となって詩人会議を開催。ここでは「詩の方法論と統一戦線のことがとくに問題にな[5]」り、岡本潤が講演のなかで「民主々義文学「詩」は一流派ではなく、広く反ファシズム・平和擁護・自由と独立のための戦線に各流派を組織していく[6]」ことを主張。しかし会議後、「会活動の中で詩の仕事はその重要性にもかかわらず特に活発といえない[7]」状態がしばらく続いた。

新日本文学会の詩人たちの動きが活性化するのは、一九五三年になってからである。詩委員会には「会員に詩人がもっとも多いのに、これに対して会中央は何をなすべきかを示していない」[8]という不満があった。その根底には、新日本文学会に限らず「すべての「詩」を無視する文壇の慣習」[9]への反発があっただろう。また、日本共産党の分裂騒動、いわゆる「五〇年問題」の余波を受けて新日本文学会と袂を分かった文学者たちが一九五〇年一一月に「人民文学」を創刊、人民文学詩委員会名義で「詩運動」が一九五三年二月に創刊されたことも新日本文学会の詩人たちには意識されていたと思われる。

当時の新日本文学会詩委員会のメンバーは、委員長岡本潤、委員は金子光晴、壺井繁治、野間宏、吉塚勤治、萩原得司、安東次男、秋山清、常任委員会との連絡担当が国分一太郎、書紀として染谷洋、且原純夫という構成である。[10]詩委員会は何度も討議を重ねたうえで、一九五四年二月六―七日に第二回詩人会議を開催。そこでは、新規の活動計画として「詩の機関誌の発行に努力する」など四項目を掲げるとともに、「東京における各エコール、各グループと詩委員会との協力のための相互交流の必要が述べられ」[11]た。それが実を結び、一九五四年七月に創刊の運びとなったのが詩誌「現代詩」である。

創刊の喜びは、創刊号の巻頭言「扉をいっぱいに開こう――『現代詩』発刊について――」にみることができる。

新日本文学会は会員に多くの詩人を擁しながら、主として財政的な理由から、こんにちまで詩雑誌をもつことができなかった。今年二月に開かれた詩人会議でも、詩雑誌発行がつよく要望された。そしてようやく『現代詩』の創刊となったことを全会員とともによろこびたい。

思うに、こんにちほど日本の詩人が現実との接触を深めている時はないだろう。あらゆるエコール、グループ、または世代の相違をこえて、現代の詩は、現実の日本がおかれている危機意識を反映し、詩人は詩の機能をもって現実にはたらきかけようとしている。そのことは、いま全国各地でさかんに起っているサークルの詩の運動に、とくにいちじるしくあらわれている。同時に、広汎な詩の分野で、詩の機能、創造方法などについての活発な論議もまきおこっている。詩人は動いている。動かずにはいられなくなっている。

『現代詩』は、そういう広汎な詩人の動的要望にこたえるために創刊される。会員詩人のエネルギーを結集すると同時に、あらゆるエコール、グループ、サークルの詩人たち、また子供の詩を育てる教師たちの前にも扉をいっぱいに開き、共通の「詩のひろば」として、自由・活発な討論をも展開してゆきたいと思う。われわれは、この『現代詩』が、新しい日本の詩の創造主体となると同時に、現実に要望されている大きな国民的文学運動の推進力ともなることを期待し、努力する。(12)

この文章では、新日本文学会がこのときまで詩雑誌を持たなかった理由について「主として財政的な理由」とされており、そのことは会の財政危機の深刻化を伝える「新日本文学」一九五四年七月号の「編集後記」によって裏づけられる。(13)一方、「現代詩」創刊の前々年には「詩の世界では恐らく現代詩はじまつて以来」という「詩書の出版はますます旺盛になり、その発行部数なども急激に増大するという甚だ不可解な現象(14)」が起こっていた。そのことを考えると、「現代詩」創刊の背景には、もしかすると多くの詩人を擁する会の収入の柱になってほしいという新日本文学会の期待が多少なりともあったのかもしれない。ただ、あくまで表向きには「あらゆるエコール、グループ、または世代の相違をこえて、現代の詩は、現実の日本がおかれている危機意識を反映し、詩人は詩の機能をもって現実にはたらきかけようとしている」状況下、「そういう広汎な詩人の動的要望にこたえるために」、「会員詩人のエネルギーを結集すると同時に、あらゆるエコール、グループ、サークルの詩人たち、また子供の詩を育てる教師たちの前にも扉をいっぱいに開き、共通の「詩のひろば」として、自由・活発な討論をも展開してゆ」くことが雑誌創刊の目的だった。

折りしも「現代詩」の創刊された一九五四年は、『松川詩集』(宝文館)や『死の灰詩集』(同)が刊行された年でもある。新日本文学会詩委員会のメンバーである岡本潤と壺井繁治は、両詩集とも編集委員に加わっている。これら詩集の賛否はともかく、社会を揺るがす国家的事件に「グループ的に小さくかたまるセクト的傾向(15)」のあった詩人たちがエコールを超えて連携し、コミットすることで、戦後における「平和と民族解放と民主主義の達成(16)」の実現を目指すという大義名分が、新日本文学会の詩人たちにはあった。

三、関根弘と「狼論争」

こうしてスタートした「現代詩」だが、創刊直後の歩みは決して順調ではなかった。一九五五年一月号の「編集後記」に「本誌を質量共に強化することは、われわれのたえざる念願である。しかし特に現在、読者諸君の支持によって製作発行費を保証されたいま、一九五五年をむかえたいま、われわれは常勤編集者の設置と、（まったく最低の）稿料の支払いと、編集の強化をめざす(17)」と記されていることからみると、当初は原稿料も支払われていなかったようだ。それでは魅力的な書き手が揃わず、したがって雑誌の売上げも伸びない。同年三月号の「編集後記」では「内容の拡充について一つの厚い壁がある。それは経済的問題で、昨秋からたとえば大取次である東販では全体としてて《ママ》売上げが二割へっており十月から増部数した現代詩は予期したほど販売部数がのびて来ず、返本率が四割を超す様になった(18)」と、販売面での苦戦が報告されている。

ちょうどこのころ、一九五五年一月一八―二一日に新日本文学会第七回大会が行なわれ、二月四日の常任幹事会を経て詩委員会委員が改選された。責任者はこれまでも長であった岡本潤で、委員として秋山清、安東次男、伊藤信吉、植村諦、金子光晴、清岡卓行、国分一太郎、菅原克己、関根弘、壺井繁治、中野秀人、吉塚勤治が選出。このうち、編集責任者は伊藤で、吉塚、清岡が参加協力。詩委員会事務を且原純夫、雑誌編集事務を横山浩士、滝口雅子、大井川藤光、且原が担当した[19]。萩原得司、野間宏が抜ける代わりに伊藤、植村、清岡、菅原、関根、中野を加え、詩委員会の拡充を図ったのは、新日本文学会大会の詩委員会代表岡本潤による報告後の討論のなかで「民主的詩人の作品活動がマンネリズムにおちいっていることに対する自己批判と打開の方向を示すこと[20]」という意見が出たためだろうか。

右の新メンバーで注目されるのは、関根弘である。関根は「現代詩」創刊当時、「「荒地」の非政治主義にたいして、左翼の旗幟を鮮明にかかげ、朝鮮動乱後、高まりをみせたサークル詩運動を理論的に位置づける方向で、活動を展開した[21]」一九五二年創刊の詩誌「列島」の中心メンバーだった。「「現代詩」が創刊された一九五四年は、わたしが「狼論争」の口火を切った年でもあり、「列島」はまだ健全であったので、わたしは、「現代詩」の発足当初は積極的にタッチしていなかったように思う[22]」とは、関根自身の言である。

右の関根の発言のなかにみられる「狼論争」は、「列島」第五号（一九五三年八月）に関根が執筆した「編集後記」に端を発する。そのなかに「抵抗詩という一種の型ができつつあることはあまり喜ばしいことではないと思う。五号を編集していてつくづく感じたことだが、狼と少年の話である。狼がきた、狼がきた、と云つて人々をだましているうちに、ほんとうの狼がきたときには誰も救けてくれるものがいなかっ《ママ》たという話である[23]」と記した関根は、この主張を「狼がきた――現代詩の方向についての感想――」（「新日本文学」一九五四年三月）でより具体的に展開、「いわゆる抵抗詩の現代的詩精神の不在をつき、「狼がきた」を連発するだけでは全体の危機意識を高め得ないとして、岡本潤・野間宏らの詩、安東次男のアラゴンの「リラとばら」の訳詩などを批判して、方法論の確立の急務を主張した[24]」。

岡本批判の部分をみてみよう。関根は「僕らのいわゆる抵抗詩は象徴的言語をやたらに使いすぎるが、そうした景気をやたらに煽るが、具体的言語に置きかえてみたまえ、空騒ぎの空しさが残るだけであろう。僕はそれを証明したい。野間宏の狼の詩に通ずる、いっそう悪い例は、岡本潤の「エデンの島」(「新日本文学」一月号)だ[25]」と述べたうえで、岡本の詩より「エデンの島の百姓は米が食えぬ/エデンの島の漁師は魚がとれぬ/エデンの島の巡査は人民を射殺する/エデンの島の娘は碧眼の子をうむ[26]」という部分を引用し、次のように述べている。

これは誰の眼にも三面記事を棒暗記したとしかうけとられないであろう。そしてエデンの島は皮肉にもならぬあまりにもお粗末な台詞だ。僕は詩人の精神の存在を疑わないわけには行かない。どこに詩の眼でみられた抗議があり、どこに僕らを鼓舞する力があるのだ。比喩が実現するのはほんとうは置きかえのきかない言葉だ。まだしもこの詩はこの一聯に関する限り、〈エデンの島〉と書かず、日本と書いた方が次に来たるべき行に対する期待を強め、詩人を救いあげる力になつたであろう。しかし問題は言葉だけではない。具体的言語におきかえるやいなや、却つて日本をNHKを、僕らを動揺させる手段を欠いていることがいつそう明瞭になるかもしれない。そうした不幸から松川事件の被告同様、僕らは僕らを救いあげなければならない[27]。

また、同じ文章のなかで関根は、岡本の詩との対比で大岡信、清岡卓行、飯島耕一についても言及し、高く評価している。前二者に触れた部分を引用する。

「エデンの島」ののつた同じ『新日本文学』一月号には、大岡信と清岡卓行の作品がのつているが、これを抵抗詩と呼ぶことは果して妥当であろうか。素直に現代詩というべきであろう。この二人の詩人は申合せたように夢を、いいかえれば内的イマージュをモチーフとしており野間宏や岡本潤より、威勢はよくない。しかし「狼がきた」ことをしつている彼らは、ひとに「狼がきた」といつてショックを与えるまえに、まづ自分自身に問うているのであり、自己の発言に責任をもつて外部にでてゆこうとする着実な過程にあるのだ。僕は彼らの方法が、サークル詩における記録的価値とコレスポンダンス(照応)するとき、マヤコフスキーのまたアラゴンの方法に通ずる、日本現代詩の新しい一頁がはじまるであろうことを疑わないのだ[28]。

関根がここで触れている大岡信の詩は「いたましい秋」という作品だ。その最終連。

ああ　眼の中を枯葉がゆく　魚のように
ぼくはそれを払いのけることはできない
追い払うこと　それは心を開くことだ　枯葉の群に
かれらはみごとに先んじている
立ちどまれ　生には与件が多すぎるのだ
今こそぼくはわかりはじめる
必要なのは眼そのものをぬりつぶすことだ
苛酷に夢みる心こそ必要なのだと
世界の上に見開くためには
未来を測ることはできない　だがしかし
最後の朝こそ原始の朝だと
呟く静かな意志がある。(29)

「世界の上に見開くためには／苛酷に夢みる心こそ必要」だということ。「生には与件が多すぎ」、だからこそ「魚のように」視界を横切る「枯葉」に拘っていてはならない。「立ちどま」り、「眼そのものをぬりつぶすこと」ではじめて「原始の朝」すなわち「未来」が開かれていく。大岡の詩に描かれているのは、「まづ自分自身に問」い、「自己の発言に責任をもつて外部にでてゆこうとする着実な過程」だ。

この関根の批判に対し、岡本は「夢と現実——現代詩の課題——」(「新日本文学」一九五四年五月)において次のように反論した。

もちろん、現代詩は狼を撃退するためにばかり書かれるものではない。狼退治を直接対象にしない詩でも、たとえば関根のいう内的イマージュをモティーフとするすぐれた詩もあるし、その方向がぼくらと無縁のものだとはけつして思わない。大岡信が『詩学』(五三年八月)に書いていた『現代詩試論』などには、若い世代の発言として、ぼくらの胸につよくひびくものがある。これらの有力な若い世代とぼくらとの間には、世代の相違はあつても断絶はない、とぼくは考える。もし断絶があるとすれば、相互の前進のなかで、相互の検討によつてうずめられてゆかねばならぬ。(30)

岡本は「有力な若い世代とぼくらとの間には、世代の相違はあつても断絶はない」と述べる。しかし、社会性を重視しながらも他人事として「エデンの島」を書いているようにみえる岡本の詩と、まずは眼前に起こっている事象を冷静にみつめ、自分自身で考えなければならないとする大岡の詩との差は明らかだ。岡本には、自己批判の目が欠如しているといわざるをえない。

右の文章の末尾に、岡本は「編集部からの要請では、詩委員会の意向をまとめてほしいとのことだつたが、詩委員会では、こまかい点でかならずしも意見は一致しない。で、とりあえずぼくの個人的見解を発表し、近く詩委員会編集でだされる詩雑誌『現代詩』のうえでも討論を発展させてゆきたいと思う(31)」と記している。さきに確認したように、新日本文学会第七回大会の詩委員会報告後の討論で「民主的詩人の作品活動がマンネリズムにおちいっていることに対する自己批判と打開の方向を示すこと」という意見があった。ここに、詩委員会責任者である岡本を批判した関根が詩委員会および「現代詩」編集に加わる必然性があっただろう。

関根は「現代詩」創刊当時、「列島」第九号(一九五四年七月)の「編集後記」に次のように書いていた。

> ☆この編集後記を書いているわたしの頭のなかには、いま、新日本文学詩委員会編集で創刊される『現代詩』のことがある。この雑誌の創刊されることによつて、ある意味ではわたしたちの仕事はいちおう役割を終えたと考えることもできるが、もともとわたしたちは、わたしたちの外部では禁句にしていたアヴァンギャルドの立場で運動をはじめたのであつて、『現代詩』の創刊は、むしろわたくしたちの立場をより鮮明に浮きあがせ《ママ》るであろう。
> ☆いつさいの妥協は排さねばならぬ。無慈悲な対立抗争を通して、わたしたちは詩を前進させなければならないのであり、「狼がきた」をきつかけとする論争は、もんだいのより高い次元で解決しなければならない。(32)

このように関根が記した八ヶ月後、一九五五年三月に第一二号を発行し、一一月に『列島詩集』を出版して「列島」は終焉した。「列島」の廃刊は直接的には「経済的理由」(33)のためだったというが、「現代詩」発刊によって「いちおう役割を終えた」からでもあった。関根のいう「「狼がきた」をきつかけとする論争」は、異なるかたちで「現代詩」に引き継がれることになる。

四、「文学者の戦争責任」論争

関根弘が新日本文学会詩委員会メンバーとなった一九五五年より、「現代詩」の誌面は活気づいていく。杉浦静は次のように述べている。

> 「列島」終刊後、そこに集結していた詩人達は「現代詩」に積極的に参加していったが、その結果、「現代詩」の誌面に「列島」色が強くなって行った。「列島」の柱になっていた、記録性、サークル詩、子どもの詩、アバンギャルドの方法などが、「現代詩」誌上では、ルポルタージュやドキュメント、サークルめぐりやサークル

詩評、子どもの詩欄や童謡創作、アバンギャルド特集などの形で、実現していったのである。（中略）この時期が〈社会派〉詩誌として「現代詩」が最も作品・批評ともに充実した時期であった。[34]

一九五五年三月の「列島」終刊後より、いわば「現代詩」の「列島」化が起こっていくのである。まもなく「列島」に関与していた菅原克己や瀬木慎一、黒田喜夫、長谷川龍生らも「現代詩」に関わっていくようになるが、その先駆けとなったのは関根の詩委員会への加入であった。

また、そのころより誌面をさまざまな論争が飾るようになった。たとえば新日本文学会の会員でもある清岡卓行が一九五五年七月号で、大岡信が「いわゆる左翼の詩人たち」というくくりに自分を加えたことに抗議すると、[35]翌月号の読者投稿「天井桟敷」欄で大岡が「読み方によっては悪意を含むとさえ感じられるような表現をしたことは、ぼくの重大なあやまちでした。ここに卒直にお詫びし訂正します」[36]と謝罪するといった具合である。長くは続かなかったが「相互批評」のコーナーも設けられ、九月号では山本太郎、中村稔が互いの詩を論じ合った。同号の「編集後記」には「「現代詩」も号を重ねて、ようやく内的な関連をもちながら問題をおしだすことができるようになった。ますます活潑な論争をすすめて、深い理解に達し、前進することを希望している」[37]と記されている。ここにみられる「ますます活潑な論争をすすめて、深い理解に達し、前進する」という希望が、関根が「列島」の「編集後記」に書いた「いつさいの妥協は排さねばならぬ。無慈悲な対立抗争を通して、わたしたちは詩を前進させなければならないのであり、「狼がきた」をきつかけとする論争は、もんだいのより高い次元で解決しなければならない」という主張と通じていることは、一目瞭然だ。

このような誌面は、「戦後は論争らしい論争はほとんどなかつた」[38]といわれる詩の状況下にあって、詩誌「現代詩」をほかの雑誌と区別する個性となった。そして、現代詩全体を活発にするために相互批評や論争を重視する姿勢が、この雑誌を大きな論争の舞台のひとつに仕立て上げる。「文学者の戦争責任」論争がそれである。

この論争の口火を切ったのは、「現代詩」一九五五年七月号に発表された吉本隆明「高村光太郎ノート——戦争期について——」である。吉本は、「米英両国ハ残存政権ヲ支援シテ東亜ノ禍乱ヲ助長シ平和ノ美名ニ匿レテ東洋制覇ノ非望ヲ逞ウセントス」という開戦の詔書にとらわれたのは、高村光太郎のような「美意識上の古典主義者」だけでなく、モダニスト村野四郎も、壺井繁治、岡本潤も「この考へ方につらぬかれた[39]」と断ずる。戦後においては隠蔽されているが、彼らもまた戦時下において日本の侵略行為を正当化する詩を無邪気に書いていたからだ。

この批判の時点で、岡本は新日本文学会詩委員会の責任者であり、壺井も委員のひとりであった。しかし、さきに触れたように、新日本文学会は「帝国主義戦争に協力せずこれに抵抗した文学者」を発起人とした団体だ。したがって、岡本や壺井が戦争協力詩を書いていたという暴露を「現代詩」誌上で行なうことは、「文学者の戦争責任」を「どこまでも自己批判的に追及しなければならない」（傍点著者）とした新日本文学会の活動目標とは合致しているが、会そのもの、ひいては戦後民主主義文学運動を根底から揺さぶることになる。

吉本の批判の出自として、北川透は鮎川信夫との「親近な関係性[40]」を指摘しているが、その背後に関根弘の姿が見え隠れしていることを付け加えておきたい。吉本とともに「文学者の戦争責任」を追及した武井昭夫は、「現代詩」一九五六年一二月号掲載の座談会において次のように述べている。

武井　関根さんも言われたわけですが、戦争責任ということは一つの材料として吉本さんが提示してきたもので、出発は戦後責任の追及にあったわけです。（中略）この戦後責任という観点に立てば、戦争責任について当時われわれが十代であったということは問題にならない。現在二十代の者は全部戦後の戦争責任を持つべきじゃないかと思うんです。この問題意識の直接のきっかけは関根さんの「狼が来た」から出ている。[41]

「この問題意識の直接のきっかけは関根さんの「狼が来た」から出ている」こと。つまり、吉本や武井の「文学者の戦争責任」批判のプレテクストとして、関根の「狼がきた」が存在しているのである。関根が「列島」に記した

「いっさいの妥協は排さねばならぬ。無慈悲な対立抗争を通して、わたしたちは詩を前進させなければならないのであり、「狼がきた」をきっかけとする論争は、もんだいのより高い次元で解決しなければならない」という問題意識は、吉本、武井らによって、「列島」廃刊後に関根が合流した「現代詩」誌上にこのようにして引き継がれた。

五、編集母体の変更

以後しばらく、「現代詩」誌上を「文学者の戦争責任」に関する批評が賑わすなかで、ほかにも注目すべき論争が生じたり（たとえば、一九五六年八月号の座談会をきっかけに起こった花田清輝と吉本隆明の論争など）、編集メンバーの変更に伴う誌面刷新が行なわれたりするが、ここでは詳述しない。

その間、発行所が新日本文学会に編集費を支払うとともに、営業の責任を負うかたちで刊行されていた「現代詩」は、[42]もともとの百合出版から、一九五六年七月号より緑書房（一九五七年六月に新制作社と改称）、一九五七年九月号より書肆パトリア、一九五八年七月号より飯塚書店へと発行所が移っていく。この飯塚書店への移行の際に、「現代詩」の編集母体は新日本文学会詩委員会から現代詩の会に変更された。つまり、「現代詩」は新日本文学会の機関誌ではなくなったのである。

一九五八年八月号に新日本文学会常任幹事会名で掲載された「雑誌『現代詩』の新出発について」では、新日本文学会から「現代詩」を切り離す理由がもっともらしく語られているが、関根弘によれば「ホンネは新日本文学会の財政事情が「現代詩」を抱えていることができなくなった」[43]ためである。一九五七年一〇月に開催された新日本文学会第八回大会でも、中野重治の報告のなかで「会の活動が停滞した直接原因の一つ」として「機関の苦心にもかかわらず、財政状態はますます悪化して行つた」[44]ことが挙げられている。ちなみに、当時の「現代詩」発行部数は二〇〇〇部で、雑誌が「全部売れても採算の合うシロモノではな(45)」かった。

その後、「運動としては停滞し、部分的には後退(46)」したとまで中野がいった新日本文学会および機関誌「新日本文学」は、「一九五九年から六〇年にかけての日米安保条約改定をめぐる、体制と反体制勢力の正面からのせめぎ合い」のなか、「「戦後民主主義」を守ろうとする広範な民衆の創意とエネルギー」を分かち持つことで「活気を呈した雑誌に読者もふえ(47)」ていった。

では、新日本文学会の手から離れた現代詩の会編集になる「現代詩」はどうか。そのことについては、次章以降でみていきたい。

注

(1) 小田久郎『戦後詩壇私史』新潮社、一九九五年二月、一三六頁。
(2) 新日本文学会創立大会における議長江口渙の言葉。岩上順一「新日本文学会創立大会の報告」、「新日本文学」創刊号、新日本文学会、一九四六年三月、六二頁。
(3) 中野重治「新日本文学会創立準備会の活動経過報告」、前掲書(2)、六二頁。
(4) 中野重治「文学者の戦争責任追求」、前掲書(2)、六五頁。
(5) 武内辰郎「「詩人会議」について」、「新日本文学」第六巻第二号、新日本文学会、一九五一年二月、八八頁。
(6) 同右、八九頁。
(7) 「新日本文学会詩委員会議事録　第1回委員会記録」、「新日本文学会詩委員会ニュース」第一号、新日本文学会詩委員会、一九五三年一二月、二頁。
(8) 「新日本文学会詩委員会議事録　第2回委員会記録」、前掲書(7)、三頁。
(9) 伊藤信吉「詩壇の動向」、『文藝年鑑　一九五四年度版』新潮社、一九五四年七月、八三頁。
(10) 「詩委員の顔ぶれ」、前掲書(7)、一頁参照。

(11) 吉塚勤治「詩と詩人の統一戦線を日程に　第二回詩人会議の報告」、「新日本文学」第九巻第五号、新日本文学会、一九五四年五月、一七九頁。
(12) 新日本文学会詩委員会「扉をいっぱいに開こう――『現代詩』発刊について――」、「現代詩」創刊号、百合出版、一九五四年七月、一頁。
(13)「編集後記」、「新日本文学」第九巻第七号、新日本文学会、一九五四年七月、一八〇頁参照。
(14) 村野四郎「詩壇の動向」、『文藝年鑑　一九五三年度版』新潮社、一九五三年六月、三三頁。
(15) 岡本潤「現代詩の動向と民主的詩運動の現状」、『日本文学の現状とその方向　新日本文学会第七回大会報告集』河出書房、一九五五年一一月、一四六頁。なお、この文章の草稿段階のものが「現代詩」一九五四年一一・一二月合併号に掲載されているが、両者の異同は多い。
(16) 同右、一四九頁。
(17)「編集後記」、「現代詩」第二巻第一号、百合出版、一九五五年一月、八〇頁。
(18)「編集後記」、「現代詩」第二巻第三号、百合出版、一九五五年三月、表3。
(19) 新日本文学会詩委員会「新日本文学会詩委員会の新しい発足」、前掲書（18）、五八頁参照。
(20) 岡本潤、前掲文（15）、一五五頁。
(21) 関根弘「列島」、『日本現代詩辞典』桜楓社、一九八六年二月、五一五頁。
(22) 関根弘『針の穴とラクダの夢』草思社、一九七八年一〇月、二七九頁。
(23) S「編集後記」、「列島」第五号、知加書房、一九五三年八月、表3。
(24) 分銅惇作「近代文学論争事典　「狼」論争」、「国文学　解釈と鑑賞」第二六巻第九号、至文堂、一九六一年七月、一一六頁。
(25) 関根弘「狼がきた――現代詩の方向についての感想――」、「新日本文学」第九巻第三号、新日本文学会、一九五四年三月、六二頁。
(26) 岡本潤「エデンの島」、「新日本文学」第九巻第一号、新日本文学会、一九五四年一月、八三頁。
(27) 関根弘、前掲文（25）、六三頁。

(28)同右、六四頁。
(29)大岡信「いたましい秋」、前掲書(26)、八〇頁。
(30)岡本潤「夢と現実——現代詩の課題——」、「新日本文学」第九巻第五号、新日本文学会、一九五四年五月、一二七頁。
(31)同右、同頁。
(32)S「編集後記」、「列島」第九号、知加書房、一九五四年七月、表3。
(33)関根弘、前掲文(21)、五一五頁。
(34)杉浦静「50年代の〈詩壇展望〉と〈社会派〉の消長」、『戦後詩誌総覧』第六巻、日外アソシエーツ、二〇一〇年二月、xvii頁。
(35)清岡卓行「評論に生えているチョンマゲ」、「現代詩」第二巻第七号、百合出版、一九五五年七月、五二—五三頁参照。
(36)大岡信「清岡卓行氏への陳謝」、「現代詩」第二巻第八号、百合出版、一九五五年八月、四四頁。なお、この大岡の文章については前掲書(34)に記載がない。
(37)「編集後記」、「現代詩」第二巻第九号、百合出版、一九五五年九月、表3。
(38)中桐雅夫の発言。鮎川信夫・中桐雅夫・田村隆一・高橋宗近「現代詩人論」、『詩と詩論』第一集、荒地出版社、一九五三年七月、二三七頁。
(39)吉本隆明「高村光太郎ノート——戦争期について——」、前掲書(35)、四〇—四一頁。
(40)北川透「戦後詩論はどこで成立したか　詩人の戦争責任追及をめぐって」『北川透　現代詩論集成』第五巻「吉本隆明論　思想詩人の生涯」思潮社、二〇二二年三月、二六五頁。
(41)関根弘・大岡信・武井昭夫・飯島耕一・清岡卓行・林光・利根山光人・茨木のり子「現代芸術の方向　一九五六年の問題点とその展望」、「現代詩」第三巻第一一号、緑書房、一九五六年一二月、七四頁。
(42)関根弘、前掲書(22)、二七八—二七九頁参照。
(43)同右、二八〇頁。

(44) 中野重治「日本文学の現状とわれわれの任務――新日本文学会第八回大会報告――」、「新日本文学」第一三巻第二号、新日本文学会、一九五八年二月、一一六、一一八頁。

(45) 関根弘、前掲書(22)、二八〇頁。

(46) 中野重治、前掲文(44)、一一六頁。

(47) 田所泉「「新日本文学」史のための覚書」第二回、「新日本文学」第五九巻第二号、新日本文学会編集委員会、二〇〇四年三月、一三三頁。

第二章　新日本文学会から現代詩の会へ
――「現代詩」・一九五八年――

一、「現代詩」発行所の変遷と編集組織の動き

一九五四年七月に創刊された詩誌「現代詩」において、もっとも大きな動きがあったのが一九五八年である。この年、それまで新日本文学会の機関誌として、同会詩委員会が編集を行なっていた「現代詩」は、現代詩の会へと編集母体が移行する。

そのことをみていく前に、まずは「現代詩」創刊以降の発行所の変遷と編集組織の動きを確認しておこう。

創刊後しばらくの「現代詩」は新日本文学会詩委員会が編集を行なう一方、「製作経費は、発行所の書店がまかなっていた」(1)。そのためか、新日本文学会の機関誌だったころの「現代詩」は発行所が転々としている。

創刊当初の発行所は百合出版。そのころは「新日本文学会詩委員会が責任をもって編集にあたる」(2)としかされていなかったが、新日本文学会第七回大会後の一九五五年二月八日の委員会で伊藤信吉が編集の直接責任者に選出され、吉塚勤治、清岡卓行が参加協力(3)、同年九月号から壺井繁治が責任者、伊藤は編集補助となった。このとき、横山浩士が編集部を辞し、代わりに黒田喜夫が加わっている(4)。一九五六年二月号から責任者が吉塚勤治、秋山清、中

野秀人となり、事務を黒田喜夫、大井川藤光が担当。[5] 四月号から「編集後記」にYと記されるようになるが、おそらく吉塚の署名だろうと思われる。鳥羽耕史は、阿部岩夫編「黒田喜夫年譜」一九五五年八月の項の「菅原克己らに乞われて、新日本文学会詩委員会機関誌だった「現代詩」の編集部に入る。同僚に大井川藤光、且原純夫らがいた。以後、吉塚勤治、秋山清、中野秀人、関根弘、長谷川龍生らと続いた編集長と協力、一九五八年七月頃まで、極度の経済的悪条件のなかで同誌の編集にあたる」[6]という記述に基づいて高良留美子が「創刊翌年の一九五五年八月、黒田喜夫が菅原克己らに乞われて編集部に入り、新しい文学運動に批判的な党からの圧迫に苦しみつつ、いわゆる民主主義詩運動の脱皮に心をくだいた」[7]と述べていること、そのあとに「編集長は吉塚勤治、秋山清とつづき」[8]と記していることを受け、吉塚の前に黒田が編集長だった時期があると推測しているが、[9]誤解である。

一九五六年七月より、「現代詩」の発行所は緑書房に移行した。この七月号より翌年七月号まで「編集後記」の署名がHとなっているが、一九五七年五月号ではO・Kの署名で「編集長の中野秀人は、炭労の招待で、春季斗争最中の北海道の炭坑に講演旅行をしてかえってきた」[10]と記されていること、長谷川龍生が編集長就任時に「前編集長の中野秀人さんからバトンをひきついで、この九月号から、むこう六カ月間の任期制で、ぼくが編集のしごとをおしすすめていくことになりました」[11]と述べていることからうかがわれるように、この時期の編集責任者は中野秀人である。

緑書房は、さまざまな詩関係の出版社が机を並べたことで知られる神保町一丁目三番地の「詩書出版部落」と呼ばれた昭森社ビルに事務所があった。代表の緑川昇は戦前、構成社より『稗子抄』『青春哀歌』という二冊の詩集を刊行している。同じビルの事務所で一九五五年一一月ごろに思潮社を創業した小田久郎は、当時の「現代詩」を振り返って「内容的には百合出版時代、吉本隆明をまじえた花田清輝、岡本潤の戦争責任論をめぐる鼎談（五四年八月）があり、清岡卓行の初期の代表評論「超現実と記録」（五五年二月）や「死の灰詩集への文学的評価」（五五年八月）などをはじめ、安東次男の「シュルレアリスムと詩の現実的基盤」（五五年十一月）、武井昭夫の「戦後の戦争責任と民主主義文学運動」（五六年三月）、杉本春生の「戦後詩の系譜」（五七年三月〜）、瀬木慎一の「リアリズムへの道」（五七年五月）などが載っていたし、作品欄もコミュニズム系の詩人たちばかりでなく、いわゆる進歩的な詩人たちをよりすぐって、緊張した誌面をつくっていた。緑書房は私たちと一緒に昭森社に机を借りていたが、もう少し売れてもいいのにな、と伊達も森谷も、そして私もはたから思っていたものだ」[12]と述べている。書肆ユリイカの伊達得夫、昭森社の森谷均と小田の「もう少し売れてもいいのにな」という思いは、「現代詩」の売行きが芳しくないことに起因していたのはいうまでもない。

一九五七年六月、「現代詩」の発行所は緑書房から新制作社へと変わった。「現代詩」六月号の「発行所名改称、住所変更」[13]という記事に示されているように、新制作社は緑書房の改称した新社名である。しかし、一九五七年一二月号の「編集ノート」に「今年の前半は発行を委託していた出版社の破産などのため大いに迷惑をかけました」[14]とあるように、新制作社はこの年の七月ごろ出版業を廃してしまった。[15]

一九五七年九月、発行所は書肆パトリアへ。このとき同時に長谷川龍生が編集長に就任したこと、ただし任期は六ヶ月限定だったことは、さきの引用にみられる通りだ。編集スタッフは、井上光晴、清岡卓行、大井川藤光、黒田喜夫、菅原克己、およびのちに小説家や料理研究家として知られることになる書肆パトリア社主の丸元淑生である。[16]

書肆パトリア発行の最初の号である一九五七年九月号に、新日本文学会詩委員会名で「「現代詩」の飛躍的発展のために　読者、支持者の皆さんへの訴へ」という文章が掲載されている。そのなかに「こんど経営上の都合で発行所が書肆パトリアに移ることになりましたが、これを契機に、内容にも深い検討を加えてさらに充実させ、ページ数もふやし、飛躍的に発展して、皆さんの要望にこたえたいと思います」[17]とあるように、それまで七二ページだったページ数を一〇八ページとし、表紙デザインを変え、「様々な面で同人誌風なところを脱し」て「一気に商業誌風に変わ[18]」った。また、定価八〇円から一〇〇円への値上げが行なわれた。長谷川が一一月号に「さいわいにして、「現代詩」の売れゆきは増加の一途を辿つており、地方のすみずみまでは到達するまでいたつていないが、売り切れの書店が多くなつている[19]」と記していること、長谷川から編集長を引き継いだ関根弘が「かれの名編集ぶりによつて、「現代詩」は、飛躍的に発行部数を増加[20]」したと述べていることからみると、これらの改革は読者に好意的に受け入れられたようだ。「形から表紙から全部変えるからといって、それまでの『現代詩』の編集部に退いてもらった[21]」という長谷川の戦略は、見事に成功したわけである。

ただし、「「現代詩」の飛躍的発展のために」に、さきの引用に続けて「雑誌をよくするためには、もちろん編集部の活働がさらに充実したものにならなければなりませんが、実情をいいますと、二人の編集実務者が犠牲的に働きながら日々の活働費にも窮しているのが現状です」、「とくに差しあたつてのお願いですが、日々の活動費にも困難している編集実務者への援助のために、皆さんからの貴重なカンパを仰ぎたいと存じます[22]」とあるように、雑誌が「全部売れても採算の合うシロモノではな[23]」く、専属編集者の大井川藤光、黒田喜夫ふたりを抱えるには十分でなかった。そのことが一九五八年七月の飯塚書店への発行所移行の布石となるが、これについてはあとで確認したい。

二、新日本文学会詩委員会の再編

長谷川龍生編集長時代に、編集母体である新日本文学会詩委員会にもさまざまな変化があった。一九五七年一〇月号に、次のような記事が掲載されている。

☆新日本文学会詩委員会は八月二十四日夜、詩運動の新たな発展を期してひらかれ、壺井繁治、中野秀人、岡本潤、関根弘、菅原克己、長谷川竜生、柾木恭介、且原純夫、大井川藤光氏らが出席、詩委員会責任者岡本氏が辞任。次回委員会で対処することにした。[24]

この時点での詩委員会メンバーは定かでない。それ以前に「現代詩」誌上でメンバーが確認できるのは、一九五五年三月号掲載の「新日本文学会詩委員会の新しい発足」という記事や、同年一〇月号の「編集後記」末尾に記載された編集委員、編集部一覧などだが、柾木恭介や長谷川の名前はみられない。

むしろ注目したいのは、「現代詩」創刊前より詩委員会責任者だった岡本潤の辞任である。前章で確認したように、岡本は「文学者の戦争責任」論争で吉本隆明に戦争協力詩を書いていた事実を批判されてから難しい立場に追い込まれており、結果的にその引責で辞任したかたちにみえる。一〇月一八—二〇日に行なわれた新日本文学会第八回大会でも「三十代始めと二十代の詩人たち」を中心に「前世代の詩人たちに対する不信は、戦争責任問題に関連して何回も発言された」[25]という。ただし、その後も岡本は「現代詩」にしばしば寄稿しているので、このときの辞任はあくまで責任者の辞任であり、詩委員会や新日本文学会そのものを辞めたわけでないと考えられる。

翌一一月号で、次の詩委員会の様子が報告されている。

☆新日本文学会詩委員会が九月十一日ひらかれた。岡本潤、関根弘、菅原克巳《ママ》、柾木恭介、且原純夫、大井川藤光、黒田喜夫、中野秀人らが出席して、懸案になつている同委員会の再生脱皮を協議、再編委員として関根弘、菅原克巳、中野秀人、且原純夫の四名を選出した。[26]

このとき、再編委員のひとりとして関根弘が選出された。また、関根は新日本文学会第八回大会を受けて行なわれた詩委員会改編の際に責任者にも推されたことが、「現代詩」一二月号より確認できる。[27] つまり、岡本潤の辞任とともに、その後釜として関根弘が新日本文学会詩委員会の中心的な存在になっていくのだ。

そのようななかで迎えた一九五八年、「現代詩」は次の二点を目標として掲げた。

一点目は、「詩委員会と緊密な連絡のもとに、地方組織の確立と拡大をめざ[28]」すこと。右の詩委員会改編によって選出された関根以外のメンバーは、菅原克己、長谷川龍生、中野秀人、大江満雄、大井川藤光、黒田喜夫、且原純夫、清岡卓行、木原啓允、木島始、長谷川四郎、岡本潤、壺井繁治、滝口雅子（以上、東京在住）、小野十三郎、井上俊夫、浜田知章、港野喜代子、大崎二郎、大江昭三、向井孝、錦米次郎、田村正也、河合俊郎（以上、地方在住[29]）。地方在住の委員を加えたのは、新日本文学会第八回大会で示された「会は特に精力的に現在のさまざまな文学グループ、流派を知り、研究し、そこと連絡し、そこから具体的に学んでこなければならない。あらゆる、あるいは多くのグループの中に会員がおり、諸流派の中に会員がいるのであつて、かれらの活動を会員活動として十分に知る必要がある。同時に、この大会を通してのわれわれの討議、その結果を、諸グループ内の会員は、それらのグループに即して生かして行くように働く必要がある[30]」という今後の方針と関わりがあると思われる。「現代詩」では研究会と称する読者集団が各地に組織されていた[31]。それらを基盤として「現代詩」を「執筆者、読者が積極的に支持し、詩の追究、文学方法の論議をかさね、新人胎頭の根をおおきく持とう[32]」というのがねらいである。

二点目は、「雑誌「現代詩」の編集内容の向上と、普及拡大[33]」。おそらくこれも、新日本文学会第八回大会で示された、会活動の転換によって「財政問題をも積極的に解決しなければならない[34]」という方針と関係している。「現代詩」はそれを受け、「詩というジャンルに閉ぢこもる策をすてて、できるだけ、各方面のジャンルに手を伸ば[35]」すことで、これまで詩に関心の少なかった人々にも読者を広げ、雑誌の増収を図ろうとしたものと思われる。

「各方面のジャンルに手を伸ば」す試みはさまざまなかたちで行なわれているが、そのひとつとして一九五八年三月号に掲載された関根弘作詩、林光作曲「シャンソン　死んだ鼠[36]」の楽譜を挙げておきたい。このシャンソンは関根の第二詩集『死んだ鼠』（飯塚書店、一九五七年一二月）の出版記念会で披露された、詩集の標題作に曲を付けたもの。当時、「シャンソンブームや詩劇ブーム（これは詩人だけが騒いでいるのかも知れない）」[37]があり、一九五七年二月二三日には詩学社と書肆ユリイカの共催で「シャンソンと朗読の夕」が開催されている。[38]新日本文学会がこのイベントに関わっていないことは、「現代詩」に依拠する詩人たちにはどう感じられたか。関根は「現代詩」一九五八年一月号の「アバンギャルド詩論Ⅴ　シャンソン」で「戦後の詩人たちは、方法的な必然性を踏まえて、詩を書斎的な環境から街頭へもちだそうとしている。放送用の詩劇に関心を集中しているのもそのあらわれであり、進んでシャンソンを書き、発表しているのも、詩の機能を拡大しているからである」[39]と述べ、谷川俊太郎の活動とともに右のイベントに触れている。このとき関根は「現代詩」が「詩学」や「ユリイカ」に遅れを取っていると感じていたに違いない。そのような状況の打開策の第一歩として、「現代詩」に「シャンソン　死んだ鼠」の楽譜が掲載されたと考えられる。

長谷川龍生は一九五八年二月号で編集長の任期を終えた。ヨーロッパより帰朝した瀬木慎一をメンバーに加えた詩委員会は、[40]三月一日に開催された会合で後任として関根弘を編集長に選出。[41]その直前の一月二八日、新日本文学会の常任編集委員のひとりにも選出されていた関根は、[42]「現代詩」の新編集長としてうってつけの存在だったといえよう。長谷川龍生も、当時を振り返って「私はとにかく関根にバトンタッチしようと思っていた」[43]と述べている。

こうして「現代詩」編集長に関根弘が就任した。以後長く続く、関根弘編集長時代の幕開けである。[44]

三、「現代詩の面白くなさ」問題

関根弘は、編集長に就任した最初の号である一九五八年四月号の「編集ノート」に次のように記している。

「文学界」二月号で、現代詩がとりあげられてから、「新潮」誌上三月号で大岡昇平が同じく四月号で桑原武吉《ママ》が、現代詩の面白くなさについて書いている。商業取引上の言葉でいうと、これらはクレームということであつて、メーカーとしてはたいへん工合が悪いわけだが、クレームがついたということは、要するに、現代詩の商取引が拡大してきたことを意味するわけで、それらの批判をヤミクモに否定しなければ、販路も開け、これまでわたしたちが想像もできなかつたような大衆を前にして発言することになつてくるだろう。(45)

わかりにくい文章だが、言葉通りに受け取れば、現在、詩には面白くないというクレームが寄せられているが、クレームがつくということは多数の人が詩に関心を持っているあらわれであって、批判を否定せずにおけば、そのうち詩人の大衆に対する発言機会は増えてくる、という意味になろうか。あるいは文脈から考えると、現代詩に向けられた批判を否定しなければ、販路は開けないし、より多くの大衆を前に発言できるようにならない、と捉えたほうが自然かもしれない。

右で関根は、小説を中心とする文芸誌より寄せられた「現代詩の面白くなさ」について述べている。ここでの「現代詩」は雑誌でなく詩全般のことだ。面白くない、あるいは難解だという意見が現代詩に向けられたのは、決してこのときがはじめてだったわけではない。調査の及んだ限りでそれらをまとめたのが【資料F】の「現代詩の面白くなさ、難解さに関する発言一覧」だ。特に一九五八年上半期に発言が集中しているのは、関根が言及している「文學界」が引金となったためと考えられる。

「文學界」一九五八年二月号は、「現代詩の展望」という特集を組んだ。この特集は、「おびただしい小説の氾濫のなかに埋もれている〈詩〉の栄光と権威を再び取りもどすために編まれた詩と詩論の花束を文学愛好家に贈る」(46)として巻頭に金子光晴「日本の現代詩」を置き、木原孝一の解説とともに黒田三郎、山本太郎、清岡卓行、中村稔、谷川俊太郎、茨木のり子、吉野弘、飯島耕一、長谷川龍生、谷川雁の作品を掲載した「新鋭十人集」、嵯峨信之・中村真一郎・安西均・鮎川信夫・山本健吉による座談会「現代詩のわからなさ」、高見順、亀井勝一郎、深瀬基寛、

【資料F】現代詩の面白くなさ、難解さに関する発言一覧

・黒田三郎「詩の難解さについて」（「詩学」一九四九年四月）
・村野四郎「現代詩の難解性」（『今日の詩論』一九五二年七月）
・伊藤信吉「詩壇の動向」（『文藝年鑑　一九五四年度版』一九五四年七月）
・鮎川信夫・谷川俊太郎「現代詩は難解か　今月の応募詩から」（「文章倶楽部」一九五五年四月）
・鮎川信夫・谷川俊太郎「ふたたび現代詩は難解か」（「文章倶楽部」一九五五年五月）
・山本太郎「うたを忘れた現代詩」（「朝日新聞」一九五六年一月五日）
・鮎川信夫「現代詩の難しさ――「声」欄の投書に答えて――」（「朝日新聞」一九五六年一一月二三日）
・鮎川信夫・吉田精一・山本健吉・壺井繁治・村野四郎・伊藤信吉「座談会　現代詩の難解性」（「季節」一九五七年六月）
・木原孝一？「現代詩の難解さについて」（『詩の教室Ⅳ』一九五七年七月）
・井上俊夫「わかる詩・わからない詩」（「新日本文学」一九五八年一月）
・嵯峨信之・中村真一郎・安西均・鮎川信夫・山本健吉「座談会　現代詩のわからなさ」（「文學界」一九五八年二月）
・川路柳虹「今日の詩の問題――わからぬ詩について――」（「朝日新聞」一九五八年二月二三日）
・大岡昇平「作家の日記（三）」（「新潮」一九五八年三月）
・桑原武夫「現代詩は面白くない」（「新潮」一九五八年四月）
・中島大「現代詩のわからなさ」（「歌と観照」一九五八年五月）
・関根弘・鮎川信夫・吉本隆明・小田切秀雄・秋山清・長谷川龍生・大西巨人「座談会　詩は誰が理解するか」（「新日本文学」一九五八年七月）
・佐藤春夫「現代詩はなぜ難解か」（「朝日新聞」一九五九年一〇月二二日）

伊藤整、加藤周一、野間宏、井上靖が回答するアンケート「現代詩に望む」、大岡信の評論「詩人の設計図——現代詩はなにをめざすか——」より構成されている。

たとえ「〈詩〉の栄光と権威を再び取りもどすために編まれた」特集であったとしても、「現代詩のわからなさ」を前提とする限り、不毛な議論しか生まれない。関根が書いているように、この特集を読んだ桑原武夫が「新潮」四月号に「現代詩は面白くない」という文章を寄せているが、そのなかに「わたしには現代詩人の資質が、失礼ながら、小さくなつてきているのではなかろうか、という感じを払いきれない」、「技巧的に多少の難点はあつても、詩は二十歳前後にほとばしるように、あるいは爆発的な感じをもつて詩人の身体から飛び出すべきもののように、わたしには思える」(47)と記しているのは、その不毛さの最たる例である。桑原が述べているのは、たんなる自身の好みであり、個人的な価値観だ。「編集ノート」において「武夫」が「武吉」と誤植されているのは、そうした不毛な発言への嫌味のようにもみえる。

一方、関根が「編集ノート」で言及しているもうひとつ、「新潮」三月号に掲載された大岡昇平「作家の日記(三)」は、「通読して、現代における詩作のむづかしさが感じられた。このむづかしさに比べれば、読者の側のわからなさなど問題でないと思はれる。わからうと努力しない人間は、縁なき衆生である。わからす仕事は小説とかラジオとかテレビに任せておけばいゝのである」、「詩人が害を一番受け易いのは、仕事の性質上、妥協が許されないからだ。小説の文章は事実とつながつてゐるから、それによりかゝることが出来る。その事実の変遷によつて、害を受けるだけだが、詩は言葉だけが頼りだ(48)」と、現代詩に対してかなり好意的だ。このころ、大岡はすでに中原中也研究に取り組んでおり、一九五一年には編者となった創元社版『中原中也全集』全三巻も刊行されている。詩に造詣の深い大岡ならではの評というべきだろう。

その大岡が右のなかで、「文學界」に掲載された詩のうち、創元社版『中原中也全集』をともに編集した中村稔の詩「冬」の冒頭二行「ビルとビルの間からのぞく空は／道の幅ほどもなく狭い」[49]を取り上げ、「現代は変形レンズが発達してゐて、この一行でも僕が思ひ浮べるのは、週刊誌のグラビヤ写真である。してみると詩人は、言葉の混乱だけではなく、現代の文明の利器が生み出す、あらゆる話術を敵として持つてゐるわけである」[50]（傍点著者）と述べているのは興味深い。

一九五六年、「週刊新潮」が創刊された。同誌の創刊時の発行部数は四〇万部。また、そのことをきっかけとして出版社系週刊誌が乱立し、以前より刊行されていた新聞社系週刊誌が加わって「週刊誌ブーム」が起こった。複数の雑誌が一〇〇万部を上回るなか、美智子妃ブームに日本中が沸いた一九五九年には「サンデー毎日」が発行部数一五六万部まで到達する。[51]

これと比較すると、当時の詩雑誌の置かれていた状況が理解しやすい。

発行部数は「ユリイカ」がわずか一千部、「現代詩」が約二千部で、「詩学」ですら三千部にすぎなかった。「現代詩手帖」も二千部でスタートした。定価は各誌とも一〇〇円。頁数は「ユリイカ」六六頁、「現代詩」一〇八頁、「詩学」一一二頁、「現代詩手帖」が一〇二頁で、一九五九年六月号のこの頁数がそのまま発行部数の多寡を物語っている。

千部、二千部の壁が破れないので、各誌ともなかなか採算があうところまでいかず、原稿料が払えず、各誌ともタダ原稿が慣習となった。[52]

世間に目を向ければ一〇〇万部以上発行されている雑誌がいくつもあるのに、詩雑誌の部数はその一〇〇分の一以下だった。つまり、詩雑誌は売れていなかったのである。

さきに引用した「編集ノート」における関根の発言は、そのような状況のなかで考える必要があるだろう。すなわち、関根が編集長就任時に述べた「これまでわたしたちが想像もできなかつたような大衆を前にして発言する」

とは、いままで詩に関心を持たなかった人たちにも「現代詩」を手にとってもらいたい、雑誌の売上げをもっと増加させたいという願望であり、目標でもあった。

四、新日本文学会からの独立

「現代詩」の発行所は、関根弘の編集長就任時は書肆パトリアだったが、一九五八年七月号より飯塚書店に移行。また、翌八月号からは新日本文学会の手を離れ、現代詩の会が編集母体となった。「現代詩」八月号および「新日本文学」九月号に、新日本文学会常任幹事会名で「雑誌『現代詩』の新出発について」という声明が掲載されている。

第八回大会後、常任幹事会は、文学諸流派・傾向・グループの活潑化を含む大会決定を具体化する仕事にとりかかり、特に中心機関誌『新日本文学』編集の改革、『現代詩』の新しいあり方について研究と工夫とを重ねました。『新日本文学』の内容が文芸各ジャンルの活動とその相互交流とを綜合的に反映し展開するに従来不十分であつたことも、その過程で指摘されました。そこで今後は、現代の条件下で特定ジャンルに偏よることのない『新日本文学』の綜合的編集に会の主力を集中することになりました。他方、『現代詩』からは、むしろ会機関誌という性格（枠）を解除し、進歩的な文学運動の一翼に位置しつつ相対的に独立自由奔放な形式内容によつて発行される雑誌とすることが、今日の詩・文学前進のためにより積極的な意義を得るであろうということも、（常任幹事会と詩委員会との共同討議をも経て）結論されました。

この見地から、会は当分特定ジャンルを主対象とする機関誌を設けないこと、『現代詩』は会との協力提携の下に発刊される独立の詩雑誌として進むことが決定され、六月二十九日の第二回幹事会の承認をも得たのであります。(53)

「現代詩」を新日本文学会から独立させる理由がもっともらしく語られている。しかし、それは建前であり、「ホンネは新日本文学会の財政事情が「現代詩」を抱えていることができなくなったから」[54]だと関根は述べている。関根によれば、雑誌の製作経費は発行所が負担していたが、編集のために雇用している常任書記二名、大井川藤光と黒田喜夫の給料はそれまで新日本文学会が支払っていた。一方、さきにも確認したように、当時の新日本文学会は財政的な問題を抱えていた。そのため、新日本文学会は「現代詩」を切り離すことで「合理化」を図ったのである。しかし、書肆パトリアは編集費が二万までしか出せず、ふたりとも雇い続けるのは難しい。飯塚書店に相談すると、「詩の本に力を入れている書店だったので、採算を度外視して引受けてくれ[55]」ることになった。ただし、飯塚書店も編集費として出せるのは三万で、やはり二名の雇用は困難である。そこで、公平性を考えて大井川と黒田いずれも編集から引き離し、加瀬昌男に任せることになったという。ちなみに加瀬は後年、草思社を創立した人物で、関根の自伝『針の穴とラクダの夢』は同社より一九七八年一〇月に刊行されている。

このように、「現代詩」独立の直接的な理由は新日本文学会の経済的な事情にあった。ただし、さきに確認した「現代詩の面白くなさ」問題も、そこには多少なりとも関係していたのではないだろうか。

新日本文学会は、おそらく各誌で「現代詩の面白くなさ」が取り沙汰されていることを受け、「新日本文学」一九五八年六月号で「詩の問題がやかましくなつているが、会ないし常任幹事会は、以来詩の問題にそれほど真剣に取りくんでこなかつた。大会以後その点が問題になり、これからは『新日本文学』の上でも大きく問題を考えて行こうとしている。同時に、『現代詩』もさらに発展した形にしてすすめることが考えられている[56]」と述べ、さらに翌七月号で「現代詩の存在理由」という特集を組んだ。特集は、小野十三郎「日本語の可能性」、谷川雁「現代詩の歴史的自覚——戦後意識の完結をめぐつて」、清岡卓行「詩的イマージュのもつ意味」の三本の評論、「現代詩の焦点をつく」として飯島耕一「奇妙なコンプレックス」、松村又一「儲かる流行歌」、伊達得夫「出版アウト・サイダー」、中桐雅夫「小説にない魅力」の各エッセイ、関根弘・鮎川信夫・吉本隆明・小田切秀雄・秋山清・長谷川龍生・大西巨人による「座談会　詩は誰が理解するか」で構成されている。このなかで注目されるのは座談会だ。

この座談会において、小説家、批評家たちと詩人たちの議論は終始平行線をたどる。たとえば、大西が「今回は詩人自身が詩の現状に対して満足できない点があれば、それを出していただきたい」というと、鮎川が「僕はそう感じていない。特に詩は不振であるというふうには感じられない[57]」と回答したり、長谷川が「いわゆる、わかる、わからないということは厳密な読者の市場調査をやつたつて簡単に出せるものではない。現代詩への不信が、一般にわからないというところに根ざしているものと思えるが、では一般にわかるとみられている作品は、いつたいどのようなものであるかとみてみれば、それはごくつまらない、セシ《ママ》チメンタルな現実認識の浅薄なものばかりである。わかるという一般大衆の理解尺度を、あるいは同情の振幅度を深めひろげようとしている芸衛《ママ》家に、ある一定の既成の理解度の枠でもつてあたられるならば、それはこちらがたまらないわけで、そのような読者とは徹底的に闘争しなければ、ならんわけです」と発言すると、小田切が「その通りだとすれば、私などはさしずめその努力してわかろうとすることをしないナマケモノの大衆の一人ということになるけれども、詩人の方がナマケモノなのかも知れないね。（中略）歴史的な事実からいつても、私の個人的な経験からしても、詩人以外の者をナマケモノ扱いにするのは正当ではないと思う[58]」と応じる、といった具合である。小説家、批評家たちの現代詩に対する理解は、「この間の『文学界』に「現代詩十人集」というのが出たが、詩でよくわからぬ作品があり、解説を読んでもなんでおもしろいのかちつともわからないのが多かつた[59]」という小田切の発言に示されているように、主として「文學界」一九五八年二月号の現代詩特集に依拠していた。つまり、「文學界」一九五八年二月号の特集、およびその後の「現代詩の面白くなさ」問題が、当時の詩に対するマイナスイメージを詩人以外の文学者たちに植え付けたのである。

そして、この座談会と同じ号に掲載された「新日本文学通信」欄の「雑誌『現代詩』のこと」をあわせ読むと、右の座談会がきっかけとなって小説家、批評家たちと詩人たちの間に存在する断絶の深さをお互いが実感し、両者が理解し合うことを諦めた結果がこの報告記事につながったようにみえはしないだろうか。

　前号の本欄で「『現代詩』もさらに発展した形にしてすすめることが考えられている。」と報告しておいたが、かねてからこのことについて常任幹事会および詩委員会で協同して研究してきた結果が五月末になつてやつと具体化した。すなわち、文学（詩）運動の現状とその前進との見地からして、この際『現代詩』は詩委員会編集による会機関誌であることをやめて、会（詩委員会）との密接な協力・提携下に経営される一個独立の詩雑誌として飯塚書店から発展的に継続発行（再出発）されることになつた。その他の詳細は近く『現代詩』の上で発表されるはずであるが、会としては新雑誌に対する会員および一般読者の一層の支持協力を切望している。[60]

　こうして「新日本文学《ママ》の機関誌という性格を解除され」た「現代詩」は、「「現代詩の会」という新しい会の編集する雑誌[61]」として再スタートを切ることが決定した。

　ただし、「現代詩」の独立は、決して新日本文学会の意向のみによるものではない。「会を離れた理由」について、関根は三木卓に「新日本文学会の連中が、詩をママッコにしてちっとも大切に考える気がないから、おれたちはおれたちでやったほうがいい[62]」と語ったという。つまり、詩への理解が乏しい小説家や批評家を中心とする新日本文学会と手を切り、党派性を超えてこれまで以上に連携することで、関根を中心とする「現代詩」の詩人たちはみずからの手で詩の地位向上や読者拡大を図ることを目指したのである。そして、それは関根が「新日本文学会をはなれても、会運動の延長線上にある形での「現代詩」の発行がのぞまれていた[63]」と述べているように、「あらゆるエコール、グループ、または世代の相違をこえて、現代の詩は、現実の日本がおかれている危機意識を反映し、詩人は詩の機能をもって現実にはたらきかけようとしている」状況下において、「そういう広汎な詩人の動的要望にこたえるために」、「会員詩人のエネルギーを結集すると同時に、あらゆるエコール、グループ、サークルの詩人たち、また子供の詩を育てる教師たちの前にも扉をいっぱいに開き、共通の「詩のひろば」として、自由・活発な討論をも展開してゆきたい[64]」という「現代詩」創刊の目的をさらに推し進めることでもあった。

五、現代詩の会の成立

現代詩の会は、一九五八年八月一〇日に準備会として第一回結成懇談会を開き、それがそのまま第一回総会となった。このとき関根によって説明された会の方針は、次の三点である。

(A)、現代詩の会は過去における詩人の工芸的な創作習慣を否定し、戦後文学のエネルギーをつねに新しく汲みあげ、芸術革命の母体を構成する。詩の上での創造と変革をとおして、日本文学の新しい位置づけを行う。(B)、現代詩の会は、下からのエネルギー、大衆のなかに眠つている文化一般のエネルギーを把握し、詩以前の問題をアクチュアルにとりあげ、大衆のなかで、詩の社会的な活動をおしすすめ、詩の技術上の革命を支持し、現実を変えていく。(C)、現代詩の会は、他のジャンルと交流して、大衆のなかにおける批評の観点を高めていく。とくに現在、日本のあらゆるジャンルにおける芸術の方法を再検討する。[65]

また、このときの会合では規約条項の説明も長谷川龍生によって行なわれたが、「第一回運営委員会がもたれたあとで、大々的に発表したい[66]」とのことで、この時点では公表されていない。ちなみに、「現代詩」誌上に規約がはじめて掲載されるのは、一九六〇年四月号である。[67]

第一回総会で運営委員に選出されたのは、鮎川信夫、岩田宏、池田龍雄、大井川藤光、大岡信、且原純夫、木島始、黒田喜夫、菅原克己、関根弘、瀬木慎一、壺井繁治、長谷川四郎、長谷川龍生、吉本隆明。会計監査には壺井が選ばれた。[68]また、右には名前がみられないが、谷川俊太郎も運営委員となったことが、八月三一日に開催された

第一回運営委員会の欠席者に谷川が入っていることからわかる。[69] その第一回運営委員会では、委員長に鮎川信夫、編集長に関根弘、編集委員に谷川俊太郎、大岡信、瀬木慎一、木島始、吉本隆明、事務局長に長谷川龍生が就任することも決定した。[70]

興味深いのは、鮎川信夫が運営委員長に選出されていることである。鮎川はそれ以前に二度、「現代詩」誌上に登場している。一度目は、一九五八年五月号の「四季派の呪い」という時評だ。これは、さきに触れた「新潮」四月号掲載の桑原武夫「現代詩は面白くない」について書いてほしいという「編集部からの注文」[71] に応じたもので、あわせて江藤淳「〝日本の詩〟はどこにあるか」(「短歌研究」一九五八年四月)と吉本隆明「四季派の本質」(「文学」一九五八年四月)にも言及されている。二度目の登場が、一九五八年七月号掲載の「詩人のノート」[72] である。「詩人のノート」は詩人の草稿の一部とその翻刻、本人による解説を掲載した、「現代詩」誌上でしばらく続いた企画のひとつ。鮎川が登場するのはその第一回目で、「戦中手記」の「橋上の人」が書かれた部分の草稿写真と鮎川自身による「ノート附記」が掲載されている。牟礼慶子が「戦中手記」の存在をはじめて知ったのは、この「詩人のノート」だったという。[73]『戦中手記　附戦中詩論集』が思潮社より出版されるのは、一九六五年一一月のこと。鮎川は「一九四五年二、三月の時点における私の過去の総決算であったと同時に、その後の方向を決めた一つの出発点となった」この手記を、もともとは「きわめて個人的なもの」なので「あえて人目にさらす必要はない」と考えていたが、「一つの転機にさしかか」り、「少数の読者のために若干の註釈付きで」[74] 公刊することを決めた。一部とはいえ、その出版より七年も前に手記が公表されていたことをどう考えればよいだろう。

関根によれば、右の「詩人のノート」への登場や、小田久郎が編集長を務めていた牧野書店発行の「文章倶楽部」で投稿詩の選者をともに担当したことなどによって、「戦後詩の二つの対立的エコール「荒地」と「列島」が無原則的に握手」[75] する機運がつくられていた。また、三木卓は「鮎川信夫を担ぐ、という構想のお膳立てをしたのは関根弘と長谷川龍生だろうと思う」[76]と推測している。これらのことから、鮎川を現代詩の会に引き入れたのは関根であることはほぼ間違いない。関根のねらいは、三木の指摘するように「すでに戦後詩における象徴的存在だった」鮎川を担ぐことで「文学的世間に向かって詩人の存在とその活動ぶりを、この動きではっきりと示し、注目させ」[77]ることにあっただろう。

一方、鮎川にとって現代詩の会への参加は何を意味していたのか。高良留美子は、鮎川は現代詩の会に加わることで「『荒地』グループと喧嘩別れしていた」[78]と述べている。「喧嘩別れ」についてはそのことを裏づける資料がなく、真偽は不明である。だが、現代詩の会への参加が、結果的に「荒地」グループと距離を置くことにつながっているのは、一九五八年に年刊『荒地詩集』が終刊していることから間違いない。つまり、鮎川が「現代詩」誌上に二度登場し、現代詩の会運営委員長に就任した一九五八年は、鮎川にとって「一つの転機」となった年なのだ。その「一つの転機」であることの鮎川の最初の自覚が、「詩人のノート」への「戦中手記」の一部公表というかたちであらわれているのではないだろうか。

ただし、牟礼慶子の指摘するように「『荒地詩集』終刊の翌年の三十四年から、「現代詩の会」解散の三十九年まで、鮎川信夫の詩活動はほとんど休止の状態となる」[79]。そのことを考えると、「現代詩」への接近、現代詩の会への参加は鮎川にはほとんどプラスに働かなかったと思われる。

さて、新日本文学会から現代詩の会へと編集母体が移行することによって、「現代詩」にはどのような変化が生じたか。その検討は次章に譲りたい。

注

（1） 関根弘『針の穴とラクダの夢』草思社、一九七八年一〇月、二八〇頁。

(2) K「編集後記」、「現代詩」創刊号、百合出版、一九五四年七月、六八頁。
(3) 新日本文学会詩委員会「新日本文学会詩委員会の新しい発足」、「現代詩」第二巻第三号、百合出版、一九五五年三月、五八頁参照。
(4)「編集後記」、「現代詩」第二巻第九号、百合出版、一九五五年九月、表3参照。
(5)「編集後記」、「現代詩」第三巻第二号、百合出版、一九五六年二月、六四頁参照。
(6) 阿部岩夫編「黒田喜夫年譜」、『黒田喜夫全詩』思潮社、一九八五年四月、四九八頁。
(7) 高良留美子「「現代詩の会」解散への道――関根弘・花田清輝・堀川正美・黒田喜夫・吉本隆明・長田弘」『女性・戦争・アジア――詩と会い、世界と出会う』土曜美術社出版販売、二〇一七年二月、三〇九―三一〇頁。
(8) 同右、三一〇頁。
(9) 鳥羽耕史「政治・芸術運動のなかでの『現代詩』」、『『現代詩』復刻版　別冊』三人社、二〇二〇年四月、六四頁参照。
(10) O・K「編集後記」、「現代詩」第四巻第四号、緑書房、一九五七年五月、七二頁。O・Kは大井川藤光、黒田喜夫を指すか。
(11) 長谷川龍生「編集ノート」、「現代詩」第四巻第八号、書肆パトリア、一九五七年九月、一〇八頁。
(12) 小田久郎『戦後詩壇私史』新潮社、一九九五年二月、二九二頁。
(13)「発行所名改称、住所変更」、「現代詩」第四巻第五号、新制作社、一九五七年六月、五頁。
(14) K「編集ノート」、「現代詩」第四巻第一〇号、書肆パトリア、一九五七年一二月、一〇八頁。
(15) そのことが影響して、「現代詩」は第四巻第七号が欠号となった。また、第八号（九月号）、第九号（一一月号）、第一〇号（一〇月号・一二月号）の号数表記に混乱がみられる。
(16) 長谷川龍生、前掲文（11）、一〇八頁参照。
(17) 新日本文学会詩委員会「「現代詩」の飛躍的発展のために　読者、支持者の皆さんへの訴へ」、前掲書（11）、四頁。
(18) 鳥羽耕史、前掲文（9）、六六―六七頁。
(19) 長谷川龍生「編集ノート」、「現代詩」第四巻第九号、書肆パトリア、一九五七年一一月、一〇八頁。

（20）関根弘「編集ノート」、「現代詩」第五巻第四号、書肆パトリア、一九五八年四月、一〇八頁。
（21）「長谷川龍生さんに聞く　関根弘とその時代」（聞き手　細見和之・山田兼士）、「びーぐる　詩の海へ」第一六号、澪標、二〇一二年七月、六頁。
（22）新日本文学会詩委員会、前掲文（17）、四頁。
（23）関根弘、前掲書（1）、二八〇頁。
（24）「現代詩短信」、「現代詩」第四巻第一〇号、書肆パトリア、一九五七年一〇月、六八頁。
（25）玉井五一「文芸時評　破壊と創造の眼　さらに対決せよ」、「現代詩」第五巻第一号、書肆パトリア、一九五八年一月、五二頁。
（26）「現代詩短信」、前掲書（19）、六八頁。
（27）「現代詩短信」、前掲書（14）、一二頁参照。
（28）長谷川龍生「編集ノート」、前掲書（25）、一〇八頁。
（29）前掲文（27）、一二頁参照。
（30）中野重治「日本文学の現状とわれわれの任務――新日本文学会第八回大会報告――」、「新日本文学」第一三巻第二号、新日本文学会、一九五八年二月、一二〇頁。
（31）「現代詩」創刊前から行なわれていた詩委員会の「詩研究会」が一九五五年三月に「現代詩研究会」となり、毎月東京で開催されるようになった。一九五七年六月には大阪研究会が発足。その後、各地で研究会が開かれた。
（32）長谷川龍生、前掲文（28）、一〇八頁。
（33）同右、一〇八頁。
（34）中野重治、前掲文（30）、一二一頁。
（35）長谷川龍生、前掲文（28）、一〇八頁。
（36）関根弘作詩、林光作曲「シャンソン　死んだ鼠」、「現代詩」第五巻第三号、書肆パトリア、一九五八年三月、表2。
（37）城侑「東京新年集会記」、前掲書（36）、九九頁。
（38）D「シヤ《ママ》ソンと朗読の夕のこと」、「ユリイカ」第二巻第四号、書肆ユリイカ、一九五七年四月、五二―五三頁参照。

(39) 関根弘「アバンギャルド詩論V　シャンソン」、前掲書（25）、七九頁。
(40)「現代詩通信」、「現代詩」第五巻第二号、書肆パトリア、一九五八年二月、一二一頁参照。
(41)「現代詩通信」、「現代詩」第五巻第四号、書肆パトリア、一九五八年四月、二二〇頁参照。
(42) 長谷川四郎「編集後記」、「新日本文学」第一三巻第三号、新日本文学会、一九五八年三月、一七六頁参照。
(43) 前掲文（21）、六頁。
(44) なお、「現代詩」一九五八年三月号の編集長は不明あるいは不在で、「編集ノート」の署名はT、Q、Pとなっている。前掲書（36）、一〇八頁参照。
(45) 関根弘、前掲文（20）、一〇八頁。
(46)「特集　現代詩の展望」、「文學界」第一二巻第二号、文藝春秋新社、一九五八年二月、一七九頁。
(47) 桑原武夫「現代詩は面白くない」、「新潮」第五五巻第四号、新潮社、一九五八年四月、六二一―六二三頁。
(48) 大岡昇平「作家の日記（三）」、「新潮」第五五巻第三号、新潮社、一九五八年三月、五九頁。
(49) 中村稔「冬」、前掲書（46）、一八三頁。
(50) 大岡昇平、前掲文（48）、五九頁。
(51) 拙稿「出版社系週刊誌の登場――『週刊新潮』と文学の関わりを中心に」、『大宅壮一文庫解体新書　雑誌図書館の全貌とその研究活用』勉誠社、二〇二一年五月参照。
(52) 小田久郎、前掲書（12）、一三六―一三七頁。
(53) 新日本文学会常任幹事会「雑誌『現代詩』の新出発について」、「現代詩」第五巻第八号、飯塚書店、一九五八年八月、一〇八頁。
(54) 関根弘、前掲書（1）、二八〇頁。
(55) 同右、同頁。
(56)「新日本文学通信」、「新日本文学」第一三巻第六号、新日本文学会、一九五八年六月、一八七頁。
(57) 関根弘・鮎川信夫・吉本隆明・小田切秀雄・秋山清・長谷川龍生・大西巨人「座談会　詩は誰が理解するか」、「新日本文学」第一三巻第七号、新日本文学会、一九五八年七月、一〇八頁。

(58) 同右、一一二頁。
(59) 同右、一二二頁。
(60) 「新日本文学通信」、前掲書(57)、一八一頁。
(61) 関根弘「編集ノート」、前掲書(53)、一〇八頁。
(62) 三木卓『わが青春の詩人たち』岩波書店、二〇〇二年二月、七五頁。
(63) 関根弘、前掲書(1)、二八一頁。
(64) 新日本文学会詩委員会「扉をいっぱいに開こう——『現代詩』発刊について——」、前掲書(2)、一頁。
(65) 長谷川龍生「『現代詩の会』結成について」、「現代詩」第五巻第九号、飯塚書店、一九五八年九月、七五頁。
(66) 同右、同頁。
(67) 「現代詩の会」規約」、「現代詩」第七巻第四号、飯塚書店、一九六〇年四月、九四—九五頁参照。
(68) 長谷川龍生、前掲文(65)、七五頁。
(69) 「『現代詩の会』通信」、「現代詩」第五巻第一〇号、飯塚書店、一九五八年一〇月、三五頁参照。
(70) 同右、同頁参照。
(71) 鮎川信夫「四季派の呪い」、「現代詩」第五巻第五号、書肆パトリア、一九五八年五月、四四頁。
(72) 鮎川信夫「詩人のノート」、「現代詩」第五巻第七号、飯塚書店、一九五八年七月、八—九頁。
(73) 牟礼慶子『鮎川信夫からの贈りもの』思潮社、二〇〇三年一〇月、八四頁参照。
(74) 鮎川信夫「後記」『戦中手記　附戦中詩論集』思潮社、一九六五年一一月、二七五頁。
(75) 関根弘、前掲書(1)、二八四頁。
(76) 三木卓、前掲書(62)、七五頁。
(77) 同右、七五—七六頁。
(78) 高良留美子、前掲文(7)、三二九頁。
(79) 牟礼慶子『鮎川信夫——路上のたましい』思潮社、一九九二年一〇月、二五一頁。

第三章　「現代詩」と関根弘

——一九六〇―六二年の雑誌の展開と安保闘争の関わりを中心に——

一、現代詩の会における関根弘の位置

『文藝年鑑　一九六〇年度版』所収の鮎川信夫の展望によれば、「一九五九年度の詩壇は停滞していたというのが、この一年を回顧しての大方の評者の言葉である」(1)。停滞の理由について、鮎川は次のように推測する。

　戦後も一つの曲り角にきたということが言われだして二、三年、相対安定から拡大安定へと日本の社会は大きく変ってきた。消費文化、大衆文化は、マス・コミを媒介として膨脹の一途をたどっている。戦争の記憶は日に日に薄れてゆき、人々はようやく敗戦の痛手から回復しつつあるようである。

　このようなとき、詩人の意識にも変化のあらわれないはずはない。戦後詩人の出発は、多かれ少なかれ戦争体験に根ざしたものであった。しかし、資本制社会の安定化にしたがい、極限状況の実感が失われるとともに、戦後詩人の世代意識を結びつけていて最《ママ》も強固な紐帯の一つが切れたようである。一九五一年以来、十冊のアンソロジーを刊行してきた荒地グループの「荒地詩集」が、本年いちおう休刊となったことなど、その一つのあらわれとみられよう。古い詩的秩序に抵抗して、新しい詩的意識を確立しようと努力しつづけてきた思想的

緊張がゆるむと同時に、個々のメンバーの関心は市民的日常性の中に解体し、グループとしての共通意識の必然性を稀薄にしていったのである。[2]

このように、一九五九年ごろの詩の世界では「資本制社会の安定化にしたが」って「戦後詩人の世代意識」を結びつけていた「思想的緊張」が弱まり、「グループとしての共通意識の必然性」が「稀薄」になっていた。そのような状況下で発足したのが、現代詩の会である。

現代詩の会は、詩誌「現代詩」が新日本文学会から独立するにあたり、その編集母体として一九五八年八月に結成された。最初の運営委員長は鮎川である。ただし、一九五九年には目立った活動は行なっていない。鮎川は以下のようにいう。

戦後詩人を中心として昨年秋に発足した「現代詩の会」は機関誌「現代詩」を編集、刊行したが、主として本年を組織づくりの準備期間として過ごした。在来の詩人集団が陥った種々なる弊害を回避しつつ「詩の上での創造と変革をとおして、日本文学の新しい位置づけを行う」というその方針を、いかにして貫徹発展させるかという問題は一九六〇年の課題として持越された。芸術的前衛の一分派として小さく固まるか、思想的分裂から混乱して運動の方向を見失うか――さしあたって予想されるそのような困難さえ克服すれば、詩壇の停滞を破る新しい運動のエネルギーとなるだろうと思われる。[3]

「主として本年を組織づくりの準備期間として過ごした」現代詩の会の一九五九年におけるほぼ唯一の活動は、「機関誌「現代詩」を編集、刊行」することだった。その中心人物は、現代詩の会結成以前の一九五八年四月号より編集長を務めていた関根弘である。「大方の評者」が「詩壇は停滞していた」という一九五九年中も、「現代詩」では特集企画を中心に充実した誌面づくりが行なわれていた。そこには「詩の枠をはなれないで、最大限の読者をもっているにはどうしたらよいか、やはり企画である」[4]という関根の意向が反映されているだろう。

一九六〇年に入ると、現代詩の会は会員が参加するはじめての総会を二月七日に開催。三月一日時点の会員数は二〇七名で、うち総会参加者は九〇名。この総会で、運営委員に鮎川信夫、長谷川龍生、関根弘、大岡信、菅原克己、岩田宏、安西均、茨木のり子、木島始、谷川俊太郎、木原孝一、飯島耕一、黒田喜夫、岡本潤、山田正弘、会計監査に壺井繁治が選出された。また、同月二二日開催の運営委員会で、鮎川が運営委員長に、関根が「現代詩」編集長にそれぞれ再任され、運営委員を辞退した谷川に代わって次点の山本太郎が委員に、菅原が事務局長に、山田が同補佐に、飯島、石川逸子、茨木、木島、瀬木慎一、谷川、中川敏、長谷川が編集委員に就任した。(5)

以後、「現代詩」の編集は総会や運営委員会で決定した方針に従って行なわれたかというと、必ずしもそうではない。右の総会において、関根は「詩と詩論にかぎらない編集方針を報告」し、「最終的には総合的な芸術運動にしてゆきたい、詩人をせまいわくから開放したい(6)」という希望を述べているが、「現代詩」のその後の動向は関根の語る方針からまったくといっていいほど外れることがない。また、一九六一年三月の第二回総会を前に関根が「現代詩の会も、正式に発足して今年でいよいよ二年目を迎えた。三月には総会を開いて、陣容一新ということになるわけだが、一年を振返つて会が会らしい仕事をまだなにもしていない。ほとんど雑誌の編集だけに終つてしまつたが、今年はそういう弱点もなんとか打開したい(7)」と述べているように、一九六〇年中の現代詩の会は雑誌の編集以外の目立つ活動はなかった。つまり、活動の大半を「現代詩」の編集が占めており、その方針を編集長ほぼひとりで定めていた現代詩の会は、実質的には関根弘のワンマン組織だったのである。

そのことが「現代詩」の誌面や現代詩の会の動向にどう反映しているか。ここでは「現代詩」の動きがもっとも活発だった一九六〇年から編集体制が変わる一九六二年半ばまでの雑誌の展開を、関根を軸にみていきたい。

二、全学連と関根弘

一九六〇年は新安保条約の強行採決が行なわれた年であり、それに伴う安保闘争が激化した年である。一九五九年に共同工業新聞を退社した関根弘は、前年からしばしば行なっていたラジオ番組の録音構成の仕事で全学連とはじめて接触を持った。(8) 全学連に関心を持った関根は、「現代詩」一九六〇年二月号から連載が始まる「こんにちは」というインタビュー欄の第一回ゲストに、当時日本共産党東京都委員だった安東仁兵衛を指名。党員でもあった関根は、日本共産党がトロツキストとして批判する全学連に対する党の考え方を聞きたかったのだ。その際、関根は革共同（革命的共産主義者同盟）、共同（共産主義者同盟）の違いやトロツキズムについての「初歩的な知識(9)」を教わった。

新安保条約調印のために訪米する岸信介首相を阻止する目的で行なわれた一月一六日の羽田闘争を知り、「胸のすっきりするおもいをした」関根は、共産党の機関紙「アカハタ」が相変わらず全学連をトロツキストと批判するのをみて「右からも左からも叩かれ放しでなお屈しない否定の渦の中心に、先進的なとはいえないにしても、現代的課題がひそんでいるような気がしてならなくな(10)」る。そんななか、関根は「現代詩」一九六〇年四月号で三名の大学生を招いて座談会「全学連の革命意識」を企画した。少々長いが、そのリード文を全文引用する。

全学連の一・一六羽田斗争は六〇年代の開始にあたり、いろいろな意味で注目される事件であつた。ごく大雑把に言つて、世代論とインテリゲンチャ論が集中的に表現されたのではあるまいか。政治的評価をせつかちにくだすまえに、わたしたちはもんだいの本資を深く掘り下げてみたい。

全学連の中央指導部は、げんざい、主流派（共産主義者同盟）によつて占められているが、政治的傾向としては、このほかに革命的共産主義者同盟、トロツキスト同志会（社会党左派）、日本共産党などがある。共産主義者同盟の下部組織には、社会主義学生同盟、日本共産党の下部組織には、社会主義学生統一戦線がある。これが二大勢力である。共産党は、自派以外の政治的傾向をすべてトロツキストと規定しているが、トロツキズムの内容はいちようではない。まさに七花八裂的様相を示しているわけである。

この座談会には、なるべく各派の意見を反映したいと計画したのだが、一橋大（革共同系）、女子美（共同系）の二氏が欠席して、いくぶんかたよつたものになつた。しかし、いろいろ批判はあるにせよ、この座談討論を読むならば、現代の学生がいかに真剣に、安保反対斗争にとりくんでいるかがわかるであろう。さきに現代詩新人賞の藤森安和を送つた本誌としては、世代のもんだいをアイマイに放置しておきたくない。ここに結論は示されていないにしても、わたしたちはここから奮起せざるをえないなにものかを受けとるであろう。

いま、国会では安保条約批准に向つて討議が進行中である。わたくしたちの反対の意志に代えて、この座談会を送る。[11]

ここからうかがわれるのは、安保闘争に真剣に取り組む学生たちの態度に関根は心を打たれたこと、その関根が学生たちの動きを「世代のもんだい」として捉えようとしていることである。右のなかに藤森安和の名前がみえるが、関根はその詩を評価する際にも世代差の観点から考えようとした。[12] 後続する世代の理解者あるいは庇護者としての自覚。この座談会が掲載された「現代詩」は「もんだいがもんだいで、きわめて生硬なものになり、詩に直接かんけいはなかつたが、非常な人気を呼び、各書店で売切続出した」[13]というから、編集者としての関根の感覚は悪くない。ところが、関根はその感覚を自身の政治感覚と結びつけてしまった。それが、「自派以外の政治的傾向をすべてトロツキストと規定」する日本共産党への違和感を関根にもたらしている。ただし、この時点の関根はまだ「党は絶対だと思って」[14]おり、「一・一六の羽田事件の犠牲者救援カンパが行われたとき、はじめ発起人になつていないながら、党中央から呼出しを受けたため、発起人を途中から取消[15]」すという出来事もあった。

やがて関根はみずからも安保デモに参加するようになる。「現代詩」一九六〇年五月号には、関根の制作した「安保条約反対闘争歌」が掲載されている。

起ちあがるときだ
今だ！　たいせつなときは
こどもたちの未来のために
憎しみの火
燃えあがらないうちに
ひと足早く
冷やしてしまうのだ
起て　起て　起ちあがれ！

道をえらぶときだ
今だ！　たいせつなときは
民族のしあわせのために
かなしみの涙
溢れないうちに
ひと足早く

堰止めてしまうのだ
道　道　道をえらべ！

歌をうたうときだ
今だ！　たいせつなときは
世界が殺しあわないために
死の灰が空
おおわないうちに
ひと足早く
やめさせてしまうのだ
歌　歌　歌をうたえ！

前進するときだ
今だ！　たいせつなときは
貧しさからの解放のために
戦線が光
うしなわないうちに
ひと足早く
勝利してしまうのだ

進め　進め　前へ進め！[16]

言葉の意味が直接的過ぎて、作品としての出来映えはいまひとつだ。しかし、関根からの依頼で林光が曲を付けると、「安保条約反対闘争歌」は広く歌われるようになった。また、デモでは「たちあがれ」というタイトルで一番が繰り返し歌われた。「わたしはともに歌いながら、ひどく幸福な気分であった。そしてこんな重大なときに、自分が幸福だなんて思っていいのだろうか、と反省もしていた[17]」とは関根の回想だが、大衆に詩がもっと読まれることを願っていた関根らしいナルシスティックな感慨である。そのことを踏まえると、関根の全学連に対する共感とは自分が下の世代、右の歌詞でいえば「こどもたち」の理解者であることに由来するものであり、結局は自己陶酔でしかなく、政治思想など関係なかったのかもしれない。

三、現代詩の会の安保デモへの参加

「現代詩」一九六〇年八月号では安保特集「火花より焔は燃えあがる」が組まれた。そのうちのひとつとして掲載された茨木のり子「怖るべき六月」によれば、現代詩の会の「安保批判の会」への集団加入が運営委員会で決まったのは六月一五日。「遅きに失したが、開かれないよりはましだった」、「現代詩の会が、今頃入ることはまことに間が抜けているようだ[18]」と茨木はいう。また、「今年の総会の時に、安保問題にどう対処するか？　という質問が出れば運営委員会には、それを討議する用意があつたということだが、誰からもその質問が出なかつた[19]」。つまり、それまで「現代詩」誌上に示されていた全学連や安保闘争への関心は関根個人によるもので、編集母体である現代詩の会は関与していなかったわけである。現代詩の会および「現代詩」における関根のワンマンぶりがうかがわれる。

そもそも、現代詩の会に属する詩人たちは新安保条約や安保闘争を果たしてどれほどみずからの問題として考えていたのだろうか。茨木は現代詩の会有志として六月一八、二二日の統一行動に参加したときの感想のなかに「デモも何度も繰返していると、これが行動と呼びうるものか、どうか疑問が頭をもたげて[20]」きたと記している。そのことを考慮すると、茨木に限らずデモに参加した詩人の大半は社会情勢や関根にリードされた「現代詩」の動向に従っただけなのかもしれない。「私は、安保反対運動には参加しなかった。その理由を言わせてもらえば、反対運動に反対だったからにすぎない。安保反対運動を支える理論的根拠も現実的根拠も、すこぶる薄弱なものにみえた」、「なんにしても、ジャーナリズムの論調にしたがって、自分の政治的意見を立てているような人が多すぎる」、「しかし、私は、他人がどのような政治運動をやろうと、それを阻止しょ《ママ》うとするほどの熱意は持っていない。また、説得したいとも思っていないし、説得できるとも思っていない。小さな政治でも、大きな政治でも、理性で動いている部分はわずかだから、あきらめるほかはない[21]」と述べたのは現代詩の会運営委員長の鮎川信夫であるが、この発言は思想も熱意も持たず、流されるままにデモに参加した現代詩の会有志たちへの皮肉にみえなくもない。

ところで、現代詩の会の集団加入が決まった一九六〇年六月一五日は、樺美智子が全学連の国会議事堂突入の際に死亡した日でもある。現代詩の会運営委員会は「それらのことを知らずに」「夜おそくまで話していた[22]」。関根弘は八月号の特集のなかで、樺をトロツキストと批判する日本共産党を激しく糾弾する。

> カラスの鳴かない日はあつても、「アカハタ」にトロツキスト攻撃ののらない日はない。トロツキストというコトバで具体的には誰をさしているかというと、全学連指導部の共産主義者同盟員をさしている。共産主義者同盟の綱領にはソヴエト帝国主義ともたたかわなければならないと書いてあるから反ソ反共であり、かれらは革命の裏切分子であるという筆法である。書記長の宮本顕治までが、そういう三段論法で割切つて、全学連の革命的エネルギーの根源を探つてみようとしないのだから怠慢である。死んだ樺美智子は日本には前衛政党が存在しな

いのだから新しく作るほかないのだとお母さんにいつてたそうだが、樺美智子の英雄的な死を評価できなかつた日本共産党は、そのことによつて、前衛党としての資格喪失をわたしの目にも明らかにしたのである。共産主義者同盟およびその影響下にある全学連主流派が、六・一五の時点ではもつとも勇敢にたたかい、安保斗争の局面を開いたことは客観的な真実である。樺美智子の死によつて共産主義者同盟や全学連主流派の行動を正当化してはならないと主張する日本共産党は、裏を返せば自らの無指導、無能力を正当化しているのである。[23]

この批判はやがて関根個人だけでなく、「現代詩」の動向にも影を落とすことになるが、そのことについては後述する。

七月三一日、現代詩の会拡大運営委員会が開催。出席者は、鮎川信夫、茨木のり子、大岡信、岡本潤、菅原克己、関根弘、山田正弘。編集委員会から石川逸子、中川敏、オブザーバーとして青木実、秋村宏、城侑、三木卓も参加した。[24]「安保条約は今後の十年間、わたしたちを縛ることになつた」ため、「わたしたちは長期の困難を予想しなければならない」。それに伴い、「場当り的にやつてきた雑誌の編集についても、息の長い、落着いたものにする必要を感じた。現象の表面だけ追いかけまわしても仕方があるまいとかんがえた[25]」というのが、このたびの拡大運営委員会開催の趣旨である。委員会では、今後の雑誌の方針として以下のことが確認された。

この会の性格として簡単に結論はでなかつたが、それでもいろいろ示唆に富んだ発言があつた。そのうちのおもなものを拾うと、現代詩の会は、ひとつの運動体であることをあらためて確認した。したがつて雑誌は、会の機関誌としての性格を損なうものであつてはならないこと、啓蒙雑誌のようなものにはしないこと、会員外の創造的エネルギーを触発するためには、作品批評の毎月公募と、新人賞（作品）の年二回発表という形をとつてゆくという基本方針を決めた。

それから会の組織方針としては、安保斗争の経験からかんがえても、左翼イデオロギーの狭い溜り場にしないことをあらためて確認した。異なる立場を認め合うという原則を、単に政治的立場からだけでなく、文学的立場からつらぬくことにした。白でなければ黒、黒でなければ白という割切り方がアトを絶たないが、白でもあれば黒でもあるという存在を認めてゆくことが、げんざいはもつとも重要だと思うからである。[26]

編集長である関根の意向が色濃くあらわれている「現代詩」は、ともすると「啓蒙」的で、「左翼イデオロギーの狭い溜り場」のようにみえる。ただし、関根が肩入れした全学連主流派は「右からも左からも、左のもっとも近いと思われるところからも攻撃の矢玉を浴びていた」[27]。「異なる立場を認め合うという原則」は、委員会で確認された方針とはいえ、日本共産党員でありながら全学連の行動も支持する関根の考えをやはり反映したものである。

また、「会員外の創造的エネルギーを触発する」ために、「作品批評の毎月公募と、新人賞（作品）の年二回発表という形をとつてゆくという基本方針」がこのとき決定した。さっそく実現したのが「作品批評の毎月公募」で、「わたしは批評する」という読者による「現代詩」掲載作品の投稿批評コーナーが右の委員会報告が掲載された翌一〇月号から一九六一年九月号まで続く。さらに、それを継ぐものとして一九六一年一〇月号より「テーマ評論応募エッセイ」のコーナーが設けられた。後者の第一回掲載作品は長田弘「変貌する眦――イメージ試論」。長田は一九六一年六月号の「わたしは批評する」欄に掲載された木原啓允「離婚のチャンス」評が「現代詩」初登場で、以後めきめきと同誌における存在感を増していく。

一方、「新人賞（作品）の年二回発表」は実現せず、それまでと同じく入選作が年一回発表された。年二回にする案は、一九五九年一二月号発表の第三回新人賞に入選した藤森安和が総合週刊誌や一般紙などで話題となったことから出てきたのだろう。つまり、発表回数を多くすることで二匹目のどじょうをねらったわけである。しかし、第三回までそれなりに多かった応募数は一九六〇年一二月号で入選発表が行なわれた第四回以後激減し[28]、一九六二年と翌年発表の第六回、第七回は新人賞受賞作品なしであった。応募数激減の理由は不明だが、雑誌内容と読者の関心の乖離がうかがわれる。

それでも、ほとんどすべての記事を女性が執筆した七月号の特集「婦人現代詩」の売行きもよく、[29]一九六〇年中の「現代詩」は好調であったといえよう。

四、関根弘の日本共産党除名とその余波

一九六一年になると「現代詩」はトーンダウンし、いわば安保闘争という祭りのあとの停滞感がある。なぜトーンダウンしたのか。その理由のひとつとして、池田勇人内閣による所得倍増計画の策定が挙げられる。一九六一年一月号の「編集ノート」に「今年の課題であるが、日本経済の構造把握をじつくりやつてみる必要があるだろう。所得倍増計画で、いろいろ面白い動きが全国にみられるから、ルポ面を強化して、詩のイメージを現実から浮き上らないようにしてゆきたい。その点については、これまでも実績のあることで、とりたてて新しいことはないが、執筆者に新人を起用していきたい[30]」と記されているように、関根は当初この計画を前向きに捉えていたようだが、三月号から「池田内閣の所得倍増というインフレ計画の煽りで、物価が昂騰、印刷代、製本代の値上りで、本誌も、原価計算を再検討しなければならなくなつた[31]」ため、それまでの総一〇八ページを総一〇二ページに変更、カラーページも廃止。一〇月号からは定価を一〇〇円から一二〇円に上げざるをえなくなった。ちなみに、一九六一年九月号で永六輔が「「現代詩」から原稿依頼があるのも、原稿料が貰えないのもショック[32]」と述べているように、執筆者への原稿料は当時はもちろん、創刊以来ずっと支払われていなかった。

こうしたなか、「現代詩」一九六一年三月号の「こんにちは」欄に「さしあたつてこれだけは」という吉本隆明、

谷川雁、関根の対談が掲載された。「こんにちは」は、さきにも触れたように関根を司会とするゲストへのインタビュー欄だが、このときは谷川が司会を担当し、吉本と関根の対談となった。

「さしあたってこれだけは」というタイトルは、前年に発布された同名の共同声明に由来すると考えられる。『谷川雁セレクションⅠ——工作者の論理と背理』（日本経済評論社、二〇〇九年五月）所収の共同声明のまえがきによると、「この声明は、わが国の運動の中に慢性的に生きている、組織内の単独採決的要素、意見のちがう者に対する組織的処分の仕方、集団間の相互批判における留保なしの絶対的排除の傾向、といったごく一般的なことがらを批判したもの」で、「たとえば民社党や全労の人々の共産党への対し方に対する批判」を前提とし、「全学連非難の仕方、共産党非難の仕方などに対する意見としてだされたもの[33]」である。関根によれば、谷川が草案を作成し、数名で本文を確定したこの声明を「武井昭夫、藤田省三、谷川雁、吉本隆明、鶴見俊輔、それにわたしをくわえた六人の共同署名文書として、三百名の文化人、知識人に発送して、賛成署名を募」り、「賛成回答百二十八名の署名簿とまえがきをつけて」「労働組合その他各方面に発送した[34]」。

さきに言及した樺美智子死去の際の批判とこの共同声明を理由に関根が日本共産党を除名されたのは、一九六一年四月七日のことである。

関根弘は、雑誌「現代詩」八月号に『樺美智子の死に思う』を発表して、党を中傷ひぼうし、悪ばをもって攻撃し、また声明文「さしあたってこれだけは」の発起人の一人として、党への攻撃を意味する共同声明を組織し、一貫してトロツキストと同調して、反党的挑発の言動を行ない、党と人民の利益をいちじるしく傷つけた。これは党規約第二条の第一、二、八、九項の義務にいちじるしく反する反党行為である。よって中央委員会は、第六十二条一項にしめされた権限にもとづき第五十九条、第六十条により関根弘を除名処分に付する。[35]

このとき、「共産党を批判したり、悪口を書いたりするかわり[36]」に関根が書いたのが「この部屋を出てゆく」（「新日本文学」一九六一年六月）という詩だ。

この部屋を出てゆく
ぼくの時間の物指しのある部屋を

書物を運びだした
机を運びだした
衣物を運びだした
その他ガラクタもろもろを運びだした
ついでに恋も運びだした

時代おくれになった
炬燵や
瀬戸火鉢
を残してゆく
だがぼくがかなしいのはむろん
そのためじゃない
大型トラックを頼んでも
運べない思い出を

いっぱい残してゆくからだ

がらん洞になった部屋に
思い出をぜんぶ置いてゆく
けれどもぼくはそれをまた
かならず
とりにくるよ
大家さん！(37)

この詩を制作したとき、関根はおそらく中野重治「夜明け前のさよなら」（『中野重治詩集』ナップ出版部、一九三一年一〇月）を意識していたであろう。

僕らは仕事をせねばならぬ
そのために相談をせねばならぬ
然るに僕らが相談をすると
おまはりが来て眼や鼻をたゝく
そこで僕らは二階をかへた
露路や抜け裏を考慮して

こゝに六人の青年が眠つてる
下には一組の夫婦と一人の赤ん坊とが眠つてる
僕は六人の青年の経歴を知らぬ
彼等が僕と仲間であることだけを知つて居る
僕は下の夫婦の名前を知らぬ
たゞ彼らが二階を喜んで貸して呉れたことだけを知つて居る

夜明けは間もない
僕らはまた引越すだらう
鞄をかゝへて
僕らは綿密な打合せをするだらう
着々と仕事を運ぶだらう
明日の夜僕らは別の貸布団に眠るだらう

夜明けは間もない
この四畳半よ
コードに吊るされたおしめよ
煤けた裸の電球よ
セルロイドのおもちやよ

貸布団よ
蚤よ
僕は君達にさよならを言ふ
その花を咲かせるために
僕らの花
下の夫婦の花
下の赤ん坊の花
それらの花を一時にはげしく咲かせるために[38]

中野の詩では、「仕事」を成し遂げ、革命という「花を咲かせるため」に、「仲間であることだけを知つて居」て「経歴を知らな」い「六人の青年」と「僕」が過ごした「四畳半」や、「二階を喜んで貸して呉れた」「名前を知らな」い「夫婦と一人の赤ん坊」のものと思われる「コードに吊るされたおしめ」「セルロイドのおもちゃ」などの日常生活に「さよなら」が告げられており、そこに抒情性がある。

一方、「夜明け前のさよなら」の「僕」とは違って、「この部屋を出てゆく」の「ぼく」は何のために「この部屋を出てゆ」かなければならないのか判然としない。そのため、「ぼく」は「部屋代をためすぎて〈大家さん（資本家）〉から追い出される労働者[39]」と解釈する評者もいるが、伝記的に考えると「大家さん」は日本共産党を指し、「ぼく」は党を除名された関根自身である。追い出される「ぼく」は物を運び出すことはできても、「思い出」すなわち党への思いや自分の政治理念は置いていかざるをえない。「それをまた／かならず／とりにくる」という願望は、「さよなら」をいってみずから「二階」を去っていく中野の詩とは正反対のベクトルで、抒情性どころか党に対する未練しか感じられない。
関根の日本共産党除名は、「現代詩」にも影響を及ぼした。関根によると、発行所の「飯塚書店は木曜会（共産党系出版社の集まり）の会員である関係上、被除名者が中心にいる現代詩の会の機関誌を出していることは都合のいいことではなくなった」[40]。それでも刊行中止に至らなかったのは、「現代詩」が現代詩の会の機関誌だったためである。そうである以上、休刊は関根個人の事情を理由には決められない。ただし、すでに示したように「現代詩」の台所事情は苦しかった。

現代詩の会は一九六一年三月一九日に第二回総会を開催。出席者は四九名で、前回から大幅に減っている。運営委員選挙では、安西均、茨木のり子が辞退するが、鮎川信夫、飯島耕一、岩田宏、大岡信、岡本潤、木島始、木原孝一、菅原克己、関根弘、壺井繁治、中川敏、長谷川龍生、堀川正美、山田正弘が選ばれ、会計監査は新川和江、渋谷定輔に決定した。また、後日行なわれた運営委員会で委員長に大岡信が選出され、編集委員には瀬木慎一が抜ける代わりに岩田弘と堀川正美が新たに加わった[41]。高良留美子は、現代詩の会では「鮎川運営委員長と関根編集長は一貫して変わら[42]」なかったと述べているが、実際はそうではない。

この総会の大きな議題は、「これまでの活動の検討と今後の運動について（安保闘争と現代詩の問題）」だった。総会では、一九六〇年八月号に掲載された関根の樺美智子擁護と日本共産党批判について「編集長が特定の集団を誹謗するようなニュアンスのある巻頭論文を書いたことは、会あるいは現代詩の性格を誤解される恐れがある。今後、特定の政治的主張を述べる場合には注意して欲しい」という抗議があり、「公には編集長でも、個人として意見を述べるのは一向にさしつかえないではないか。反対意見があれば誌上にそれを反映していくことだ」という鮎川信夫、「あれはあくまで詩人として感じたことをかいたものだ」という関根本人の反論などがあった。また、財政的な問題について「催し物からの利潤を運動の費用にあてる腹案もある[43]」という発言が関根によってなされた。

この関根の案は、実行に移される。一九六一年七月一三—一四日にイイノホールで開催されたイベント「詩とショウの大結婚式」がそれである。このイベントでは、寺山修司の講演、土方巽とヨネヤマママコの舞踏、童謡の歌唱、谷川俊太郎作の詩劇上演、藤森安和を被告人とする模擬裁判などが行なわれ[44]、会場は「ほぼ満員の盛況[45]」だったが、にもかかわらず「一万円近い赤字[46]」となった。企画者である関根は「七月におこなつた「詩とショーの大結婚式」は、儲らなかつたので、大成功とはいいがたいが、はじめての試みとしては評判がよかつた。毎度、いうとおり雑誌の上だけでなんかやつているのでは物足りないわけで、涼しくなつたらまたぞろになにかやりたいと思つている[47]」とイベント直後は前向きに捉えていたが、後述するようにまもなく多くの非難を浴びることとなる。

もうひとつの催しとして、当時活躍していた詩人たちを講師とする「詩の教室」が九月一八日から一二月一八日まで開校された[48]。こちらについては「予定の応募者数をはるかにこえた七十名からの聴講者[49]」があり、参加者も「平均三十五名から四十名[50]」と好評で、「千円余りの黒字[51]」となった。

五、単独編集長時代の終焉

一九六一年においても「現代詩」は六月号の「安保2年」などさまざまな特集企画を組んでおり、なかでも「現代の孤独」と「革命史私観」をそれぞれ特集した一月号、二月号は売行きがよかったという[52]。しかし、一九六二年に入ったあたりから雑誌内容への不満の声が大きくなっていく。

「現代詩」では各地に研究会が組織されていたが、東京研究会では「十年先はこうなる」という特集を組んだ一九六一年一一月号について「特集おもしろくねえな！[53]」という声が挙がったという。また、一九六二年一月の東京研究会では前年の誌面を振り返って「昨年の機関誌活動では、特集「安保二年」に比較的力が注がれていた、と言えるが、それ以降、従来続けて来た軽特集の企画ギレの感もあり、思いつきの感じが強く、会の姿勢がボケて来ているのではないか、原則が見失われて来ているのではないか、という意見が出た」[54]。ほかにも、新潟研究会では一九六二年二月号の合評会で「特集のマンネリ化」の指摘があり、「二月号は本当に面白くなかつた、これでは、現代詩から大衆が離れてゆくのも無理はは《ママ》い」と「集つたメンバーが口をそろ[55]」えた。

こうしたなか、一九六二年四月八日に出席者四五名で開催されたのが第三回総会である。飯塚書店の報告によれば、このころの「現代詩」は「平均二千部の売れ行きで約四十%が返本、毎月一万五千円ほどの赤字[56]」で、ますます厳しい状況となっていた。いくら飯塚書店が「発行の面は引き受ける」、「「現代詩」を飯塚書店自身PRの場として考えている[57]」と擁護しても、この赤字額を聞いて総会に参加した会員たちが不安を持たないわけがない。

雑誌に関する報告に続き、前年開催の「詩とショウの大結婚式」について「大へんもうかるという予測のもとにやつたが、舞台裏の費用や作曲料など予期しなかつた出費がかさみ、三万余円が末払《ママ》の状態になつてい」たこと、「交渉の結果、イイノホールが会に対するお祝いとして二万余円を負担してくれることになつたが、差引九千五百三十円が赤字になつている」ことを関根が説明し、赤字分は「一般会計に繰り入れて捻出すること」が決定すると、参加者から「批判、質問が続出」、「会員の中にはかなりの不満をぶちまける者もあつた[58]」。

内容の面白くなさ、雑誌の赤字発行、「詩とショウの大結婚式」の財政的な失敗。これらのうち、内容の面白くなさについては関根編集長時代が長く続いたことによるマンネリ化や、日本共産党除名による関根自身の意気消沈も関係しているだろう。

それらを受けて、総会では次のことが採決された。ひとつは機関誌編集強化について。「十一名から構成される今の編集委員会の組織では、各委員の案を同時に反映させにくい。そのため、編集長が独裁しているような印象をあたえがちだ。そこで編集長を廃止し、運営委員の互選によつて数名の編集委員を選び、編集に対して集団責任をもつような体制（集団責任編集制）を整える」[59]というのがその目的だが、事実上の編集長更迭である。編集体制の変更について、のちに関根は「みんな自分でやりたくなったようなので、それならどうぞと交代制にした」[60]と小田久郎に語ったというが、関根には問題の本質がみえていなかった可能性がある。

もうひとつの採決事項は、事務局強化について。その趣旨は「会の運動をより活潑に円滑にすすめていくために、事務局の仕事を分化させ、事務その他の連絡にあたる部門、運動や催しの企画にあたる部門などの専門部を設立する。さらに飯塚書店との関係を明確にしながら、会員の詩集その他の出版も会でやつていけるようにしたい」[61]というものだ。一九六二年末あたりから、現代詩の会は自費出版の詩集の委託編集を行なうようになるが、それはこのときの決定に基づいている。

運営委員には大岡信、関根弘、岩田宏、長谷川龍生、山田正弘、鮎川信夫、堀川正美、菅原克己、中川敏、飯島耕一、三木卓、岡本潤、木原孝一、吉野弘、安西均が選ばれたが中川が辞退し、次点の高良留美子が委員に加わった。また、会計監査は渋谷定輔、新川和江が再任された[62]。このなかから編集委員になったのは、飯島耕一、岩田宏、大岡信、関根弘、長谷川龍生、堀川正美、三木卓の七名である。

こうして、一九五八年四月号から続いた関根弘の単独編集長時代は一九六二年六月号で終焉し、翌七月号から輪番編集の新体制がスタートする。新体制となった「現代詩」について、小田久郎は「編集上の軋みが目立つようになり、誌面も特集が消えて緊張感が失われていく」[63]と述べている。「特集が消え」たというのは小田の誤解であり、新体制になってからも毎号のように特集は組まれているが、「緊張感が失われていく」点については同感だ。一方、「六〇年代の二つの頂点を、ぼくのプライベートな視点でいっておくと、ひとつは「現代詩」という雑誌で、大岡さんや堀川さんたちが編集委員になった時代。編集委員たちが、巻頭に三十枚の現代詩時評を毎号書く。アクチュアルであると同時に、非常に根源的な感じのする現代詩時評が次々と出た時代ですね」[64]という天沢退二郎の回想もある。

一九六四年一〇月号の廃刊まで、あと二年三ヶ月。その期間の「現代詩」の動向については、次章で検討する。

注

（1）鮎川信夫「詩壇展望・一九五九年」、『文藝年鑑　一九六〇年度版』新潮社、一九六〇年六月、五四頁。
（2）同右、同頁。
（3）同右、同頁。
（4）関根弘「企画病」、「現代詩」第八巻第九号、飯塚書店、一九六一年九月、四四頁。
（5）事務局「「現代詩の会」第一回総会メモ」、「現代詩」第七巻第四号、飯塚書店、一九六〇年四月、九二―九六頁参照。なお、一九五八年八月に現代詩の会準備会として行なわれた結成懇談会がそのまま第一回総会となったが、参加者は限られており、会員参加で行なわれた総会は一九六〇年がはじめてだった。後者も第一回総会とされていて、ややこしい。本書第Ⅲ部第二章参照。
（6）同右、九二頁。
（7）「編集ノート」、「現代詩」第八巻第二号、飯塚書店、一九六一年二月、一〇八頁。
（8）関根弘『針の穴とラクダの夢』草思社、一九七八年一〇月、二六〇―二六四頁参照。
（9）同右、二六八頁。
（10）同右、二七〇頁。
（11）大瀬振・金山千恵子・黒羽純久・関根弘「座談会　全学連の革命意識」、前掲書（5）、六二頁。
（12）本書第Ⅲ部第五章参照。
（13）「編集ノート」、「現代詩」第七巻第五号、飯塚書店、一九六〇年五月、一〇八頁。
（14）関根弘、前掲書（8）、二七三頁。
（15）関根弘「樺美智子の死に思う」、「現代詩」第七巻第八号、飯塚書店、一九六〇年八月、二五頁。
（16）関根弘「安保条約反対闘争歌」、前掲書（13）、一〇七頁。

(17) 関根弘、前掲書(8)、二七四頁。
(18) 茨木のり子「恐るべき六月」、前掲書(15)、三七頁。
(19) 同右、同頁。
(20) 同右、三九頁。
(21) 鮎川信夫「政治嫌いの政治的感想」、「政治公論」第四一号、政治公論社、一九六一年二月、四一、四八—四九頁。
(22) 茨木のり子、前掲文(18)、三八頁。
(23) 関根弘、前掲文(15)、二七頁。
(24) 「現代詩短信」、「現代詩」第七巻第九号、飯塚書店、一九六〇年九月、二〇頁参照。
(25) 「編集ノート」、前掲書(24)、一〇八頁。
(26) 同右、同頁。
(27) 関根弘、前掲書(8)、二七二頁。
(28) 新人賞応募者数の推移は以下の通り。第一回(一九五八年)一二七三篇、第二回(一九五九年)九一三篇、第三回(一九五九年)八五六篇、第四回(一九六〇年)三三二篇、第五回(一九六一年)三九七篇、第六回(一九六二年)三六六篇、第七回(一九六三年)二五三篇。
(29) しま・ようこ「現代詩の会第二回総会ノート」、「現代詩」第八巻第五号、飯塚書店、一九六一年五月、七六頁参照。
(30) 「編集ノート」、「現代詩」第八巻第一号、飯塚書店、一九六一年一月、一〇八頁。
(31) 「編集ノート」、「現代詩」第八巻第三号、飯塚書店、一九六一年三月、一〇二頁。
(32) 永六輔「ショック・ファン」、前掲書(4)、一三三頁。
(33) 谷川雁・関根弘・武井昭夫・鶴見俊輔・藤田省三・吉本隆明「さしあたってこれだけは［共同声明］」、『谷川雁セレクションI——工作者の論理と背理』日本経済評論社、二〇〇九年五月、一九五頁。
(34) 関根弘、前掲書(8)、二九六頁。
(35) 日本共産党中央委員会書記局「関根弘ならびに武井昭夫の規律違反にかんする決定の発表にあたって」、「アカハタ」一九六一年四月一二日、二面。

(36) 関根弘、前掲書(8)、二九八頁。
(37) 関根弘「この部屋を出てゆく」、「新日本文学」第一六巻第六号、新日本文学会、一九六一年六月、一三六―一三七頁。
(38) 中野重治「夜明け前のさよなら」『中野重治詩集』ナップ出版部、一九三一年一〇月、九七―一〇〇頁。
(39) 嶋岡晨「この部屋を出てゆく」鑑賞、『日本名詩集成』學燈社、一九九六年一一月、三九八頁。
(40) 関根弘、前掲書(8)、二八九頁。
(41) しま・ようこ、前掲文(29)、七六―七七頁参照。
(42) 高良留美子「「現代詩の会」解散への道――関根弘・花田清輝・堀川正美・黒田喜夫・吉本隆明・長田弘」『女性・戦争・アジア――詩と会い、世界と出会う』土曜美術社出版販売、二〇一七年二月、三一一頁。
(43) しま・ようこ、前掲文(29)、七六―七七頁。
(44) 「詩とショウの大結婚式」広告、「現代詩」第八巻第八号、飯塚書店、一九六一年八月、一九頁参照。
(45) しま・ようこ「詩とショウの大結婚式」、前掲書(4)、八一頁。
(46) 松本俊夫・関根弘「芸術運動とはなにか――「現代詩の会」解散をめぐって」、「新日本文学」第二〇巻第二号、新日本文学会、一九六五年二月、一三〇頁。
(47) 「編集ノート」、「現代詩」第八巻第一〇号、飯塚書店、一九六一年一〇月、一〇二頁。
(48) 「詩の教室時間割」、「現代詩」第八巻第一一号、飯塚書店、一九六一年一一月、二二頁参照。
(49) 「現代詩短信」、前掲書(48)、一〇一頁。
(50) 名取栄子「「詩の教室」開校から今日まで」、「現代詩」第八巻第一二号、飯塚書店、一九六一年一二月、七七頁。
(51) しま・ようこ「現代詩の会第三回総会ノート」、「現代詩」第九巻第六号、飯塚書店、一九六二年六月、七三頁。
(52) 同右、七二頁参照。
(53) しま・ようこ「現代詩短信」、「現代詩」第九巻第一号、飯塚書店、一九六二年一月、五一頁。
(54) 三木卓「現代詩短信」、「現代詩」第九巻第三号、飯塚書店、一九六二年三月、四三頁。
(55) 野火明文「現代詩短信」、「現代詩」第九巻第五号、飯塚書店、一九六二年五月、一五頁。

(56) しま・ようこ、前掲文(51)、七二頁。
(57) 同右、同頁。
(58) 同右、七三頁。
(59) 同右、七五頁。
(60) 小田久郎『戦後詩壇私史』新潮社、一九九五年二月、二九四頁。
(61) しま・ようこ、前掲文(51)、七五頁。
(62) 同右、同頁参照。
(63) 小田久郎、前掲書(60)、二九三頁。
(64) 天沢退二郎・吉増剛造・長田弘・清水昶「共同討議　現代詩の主題を追う」、「ユリイカ」第三巻第一四号、青土社、一九七一年一二月、一四三頁。

第四章　「現代詩」の終焉

――一九六二―六四年の現代詩の会の動向を中心に――

一、単独編集長から輪番編集制へ

詩誌「現代詩」にもっとも勢いがあったのは、私見では一九六〇年である。その立役者となったのが、一九五八年四月号より編集長を務めていた関根弘だ。さまざまな試みや特集企画の立案によって誌面に活性化をもたらした関根のプロデュース能力は、今日ではほとんど注目されることがないが、もっと高く評価されてよい。

しかし、一九六一年後半ごろより「現代詩」には停滞感があらわれ始め、現代詩の会が主催した「詩とショウの大結婚式」の大赤字をきっかけに「編集長が独裁しているような印象をあたえがち」な関根単独編集長体制から「運営委員の互選によつて数名の編集委員を選び、編集に対して集団責任をもつような体制（集団責任編集制）」へと移行することが、一九六二年四月開催の第三回総会で決定した。[1]

こうして「現代詩」一九六二年七月号から、飯島耕一、岩田宏、大岡信、関根弘、長谷川龍生、堀川正美、三木卓の七名による輪番編集制がスタートする。ところが、その体制は長く続かず、一九六四年一〇月に現代詩の会は解散、「現代詩」も同月号をもって廃刊となった。そこに至るまでの過程には一体何があったのか。「現代詩」が輪番編集制となった一九六二年半ばから廃刊までの展開を概観し、一九六〇年代前半の詩の動向および社会状況と照らしながら「現代詩」の終焉を見届けたい。

二、編集体制の変更に伴う世代交代

輪番編集制になったころの「現代詩」の特色のひとつは、外国詩への注目である。新体制の最初の号である一九六二年七月号で飯島耕一が「「現代詩」は今後も、外国の同時代詩人への関心を、独自な立場でもりあげて行きたいと考えています[2]」と述べている通り、同号ではエフゲニー・エフトゥシェンコとアレン・ギンズバーグ、岩田宏編集の八月号ではエルンスト・トラー、大岡信編集の九月号ではスペイン現代詩抄、といった具合に毎号のように外国詩の特集が組まれている。そのことは、「現代詩」の発行所である飯塚書店の出版物に関係していると思われる。「現代詩」掲載広告をもとに国立国会図書館サーチで検索してみると[3]、『世界の現代詩』全五冊が一九六二―六三年、『世界現代詩集』全一五冊が一九五九―六八年に同書店から刊行されていることがわかる。「現代詩」における外国詩への注目はそれらの宣伝の意味合いもあっただろう。

ただし、外国詩が読者の関心をどれだけ引いたかは疑問である。というのも、外国詩特集は「現代詩」とほかの詩雑誌の相違をみえにくくしてしまうからだ。たとえば、「現代詩手帖」一九六〇年一月号ではアメリカのビート・ジェネレーションとイギリスのアングリ・ヤングメンが特集されており、前者のひとりとして右で触れたギンズバーグが諏訪優訳「悲鳴」とともに紹介されている。また、伊達得夫の逝去によって一九六一年に廃刊となった「ユリイカ」でも多くの外国詩が紹介されており、ギンズバーグについても一九六〇年八月号に翻訳「吠える」が諏訪優の解説付きで掲載されている。

「現代詩」はもともと世間や社会を強く意識した雑誌であった。関根弘単独編集長時代は特にその傾向が顕著で、それが「現代詩」の個性ともなっていた。輪番編集制となってからの外国詩への注目は、当時の詩の読者の関心を反映した結果かもしれない。しかし、そのことによって「現代詩」の個性が失われたと感じた以前からの読者も少なからず存在したのではないだろうか。

輪番編集制になったころのもうひとつの特色は、詩時評である。後年、天沢退二郎は次のように述べている。

六〇年代の二つの頂点を、ぼくのプライベートな視点でいっておくと、ひとつは「現代詩」という雑誌で、大岡さんや堀川さんたちが編集委員になった時代。編集委員たちが、巻頭に三十枚の現代詩時評を毎号書く。アクチュアルであると同時に、非常に根源的な感じのする現代詩時評が次々と出た時代ですね。(4)

この詩時評は新体制になった一九六二年七月号から掲載され、九月号まで大岡信が、一〇月号から堀川正美が担当した。一九六三年の時点で、大岡、堀川はともに三二歳。ついでにほかの編集委員の年齢も記すと、関根弘四三歳、長谷川龍生三五歳、飯島耕一三三歳、岩田宏三一歳、三木卓二八歳で、時評を読んでいた天沢自身は二七歳だった。右の天沢の反応は、編集体制の変更に伴う世代交代を「現代詩」の読者が歓迎していたあらわれのひとつといえるだろう。

見方を変えれば、ひとりだけ年齢の離れている関根の感覚がすでに古くなっていたということでもある。第六回新人賞（受賞作品なし）が発表された一九六二年一二月号における関根の発言は、その一例だ。

応募作品の平均点はここ数年にない飛躍を示していたが、決定的な作品がなかつた。現代詩新人賞はこれまで入賞該当作なしにしたことがなく、多数決で候補作品のなかから最優秀作を選びだしてきたが、新人賞と銘打つ以上、なんらかの意味でそれにふさわしい作品を推したいという気持が今年は強く出た。それは選衡委員の圧倒的支持をかちとる作品がなかつたためもあつたが、この二、三年の新人賞受賞作品の質も問題になつた。

この辺でブレーキをかけないと、新人賞が意味をなくすのではないかという配慮もあつて、新人賞はじまつていらい異例の該当作なしという決定になつた。

美食になれて、ゼイタクになつたのだと理解していただいてもよい。佳作作品の水準は昨年、一昨年の入賞作を越えているからである。ただパンチのききめが弱かつた。

パンチのある仕事を新人に期待する以上、既成の詩人にたいしても、われわれはパンチのある仕事を期待しないわけにはいかない。うまい言葉がみつからないが、現代詩も、安保以後、一種の安定ムードを反映しているのではないだろうか。現代の危機をだんだん切実に感じなくなつているのではなかろうか。(5)

もちろん、新人賞は関根ひとりで決めるわけではない。それでも、「現代詩も、安保以後、一種の安定ムードを反映しているのではないだろうか」という関根の記述に接して、その認識に驚かずにはいられない。「現代詩」が時代に対応していくためには、安保闘争後の「安定ムード」における詩の役割をもっと積極的に探らなければならなかったはずだ。その追究が不十分であったからこそ、新人賞への応募数が減少していたともいえる。「現代の危機をだんだん切実に感じなくなつているのではなかろうか」と警鐘を鳴らす関根は、まるで「狼がきた」と述べているかのようだ。かつての関根は、まさにそうした空虚な危機意識を批判したのではなかったか。(6)

新体制への移行直後に掲載された詩時評は、感覚が古くなりつつあった関根の次世代による「現代詩」起死回生の企画になる可能性を秘めていただろう。少なくとも、他の詩雑誌と区別のつかない外国詩の紹介より、そうなる可能性は高かったと思われる。しかし、この時評は短命で、一九六三年二月号でいったん終了する。誌面では、次の新たな計画が進行していた。

三、年間企画「日本発見」のスタート

一九六三年三月号より、年間企画「日本発見」が開始された。この企画は特集として毎号の誌面を飾り、廃刊まで続く。また、「日本発見」の本格的な開始は三月号からだが、二月号掲載の堀川正美の現代詩時評「「伝統」についての感想風な短見」、大岡信「私の萬葉集」、園部三郎への関根弘によるインタビュー「子どもの歌」は、翌月号からの企画を先取りするものであった(7)。

堀川正美によると、この年間企画は前年に開催された総会で「「現代詩」編集方針への意見として、近代詩および現代詩への本質的な再検討が要望された(8)」ことを踏まえて発案されたものである。「現代詩をわれわれの要求に見合うもの」にするために「日本の文化と伝統をどう考えるかという、ひとまわりおおきなサイクルに密着してゆく(9)」必要がある、と堀川はいう。また、この企画に関して三木卓は「最近の詩の状況を見るにつけても、私たちはいまいちど伝統と創造の問題に立ちかえる必要はあるが、それは、創造という未来の視点を中軸として展開されるものでなければならないと思う(10)」と述べている。つまり、今後の現代詩の方向性を探るために、いま一度日本の伝統ひいては日本そのものと向き合おうというのが「日本発見」の企画趣意であった。高良留美子の指摘するように、おそらく「現代詩」編集サイドにはこの企画を通じて「伝統のなかに新たな可能性を見出して、安保闘争後の挫折感から立ち直ろうとする意欲が働いていた(11)」のだろう。

ただし、この企画が発案されたのは果たしてそれだけが理由かどうか。鳥羽耕史の指摘するように、このころの「現代詩」は毎号ごとに編集長が変わるため、「号によって性格が異なり、一貫性を捉えるのが困難(12)」である。一方、関根弘はこのころの「現代詩」について、後年小田久郎に「みんな自分でやりたくなったようなので、それならど

うぞと交代制にしたが、編集長は偉くみえるが縁の下の力持ち、素人じゃできなかったんだ」、「だから最後のほうは編集にならなかった。それに彼らは自分の才能が発揮できる舞台がほかにできてきて、「現代詩」はいらなくなったのだ」[13]と語ったという。毎号同じ特集を組めば、企画内容や執筆者をその都度新規に検討しなければならない編集の苦労は軽減する。のみならず、編集長が複数存在することによる一貫性のなさも、そのことによってある程度は回避できるだろう。「日本発見」が企画された背景には、輪番編集制という事情もあったのではないかと思われる。

「日本発見」では、松永伍一「やぶにらみ民謡論」（一九六三年三月―同年八月）、同「農民一揆論」（一九六三年一二月―六四年九月）、佐野美津男「日本の女たち」（一九六三年九月―六四年六月）、林光「実践的日本語研究」（一九六四年一月―同年七月）、風山瑕生「美観ぬきの北海道」（一九六四年七月―同年一〇月）などが連載され、ときどき別の執筆者も加わった。読んでみると、いずれもそれなりに面白い。編集サイドも企画内容を自画自賛しており、長田弘は一九六四年一月号で「そろそろパテント料をいただいてもいいんじゃないかとおもわれるぐらいあちこちでもてはやされている「日本発見」。わたしたちはそれをさらに今年もじつくりつづず《ママ》けてゆきたいとおもいます」[14]といい、関根弘も翌月号で「「現代詩」が先鞭をつけた長期研究テーマ「日本発見」は、ジャーナリズムの流行語にすらなつており、この方面での先見の明を誇ることができる」[15]と述べている。

「日本発見」が「あちこちでもてはやされ」たり「ジャーナリズムの流行語にすらなつて」いたりしたこと。おそらくこれらは、テレビ放送を意識した発言だろう。一九五九年ごろより急速に普及し始めたテレビにおいて、一九六一―六二年にＮＥＴ（現テレビ朝日）で放送されたドキュメンタリー番組『日本発見』は「高度経済成長期における日本の各地の地誌・風土を記録した」[16]ものとして高い評価を受けた。一九六三年からはＮＨＫで『新日本紀行』が放送され、「近代化との対比のなかで、その街の消えゆく「伝統」が紹介され」[17]た。長田や関根の反応は、これらのテレビ番組を念頭に置いたものと考えられる。

関根のいうように、確かに「日本発見」という企画には「先見の明」があった。しかし、この企画が「現代詩」にとってどれだけプラスに働いたか。高良留美子は、「この特集はいささか長すぎた。もっと多様な切り口ができなかったのだろうか」としたうえで、「問題は、この特集がどれだけ『現代詩』の編集を担っていた三〇代前半の詩人たちの創作活動と結びついたかということなのだが、その点は弱かったといわざるを得ない[18]」と述べている。創作活動に直接的には結びつかない内容でも、一号だけの特集ならばわからなくもない。しかし、それが二年も続くと新鮮さは失われてしまうし、詩人たちの創作活動に結びつかないのであれば害悪とすらいえる。一方、雑誌の売上げについてもこの企画が話題となって発行部数が伸びた形跡はみられない。厳しい財政状況のなか、一九六三年当初は一二〇円だった「現代詩」の定価は、四月号より一五〇円に、翌年九月号からは一八〇円に値上げせざるをえなくなった。

「日本発見」に限らず、この時期の「現代詩」および現代詩の会では、以前のものを踏襲して行なわれる企画や事業が多い。だが、以前のものを安直に引き継ぐと、活動が停滞してみえることがしばしばある。「詩の教室」はそのひとつだ。

当時活躍していた詩人たちを講師とする「詩の教室」は一九六一年にはじめて開校された。このときの参加者は「平均三十五名から四十名の数[19]」で、「千円余りの黒字[20]」を現代詩の会にもたらした。それに味を占めたのか、この教室は翌年以降も毎年行なわれるが、一九六二年の第二期になると、開校当初は「三五～四〇名くらい」いた参加者は「寒くなつてからは、急に二五名ほどに[21]」落ち込んでしまう。この参加者数の減少は、好評だった企画を翌年も踏襲したことによる新鮮さの乏しさ、停滞感に主たる原因があったのではないだろうか。

もちろん、新しい試みがまったく行なわれなかったわけではない。たとえば、堀川正美と加瀬昌男が担当した「現代詩の会による自費出版の詩集の委託発行[22]」。「現代詩」掲載広告によると、この委託発行によって、渥美育子『九番目の電子』、剣持昭義『顔の行方』、きむら・とおる『無権利の証言』が出版された[23]。しかし、たった三冊では現代詩の会に大きな利益をもたらしたとは思われない。

「現代詩」一九六三年七月号で、「日本発見」に加えて「書物を手がかりにした状況論」という特集を組んだ編集担当の関根弘は「卒直にいってわたしは、現代において、詩は瀕死に瀕していると思う。この状態を放つておけば、詩は白鳥のように死んでしまうだろう。しかしそうしてはならない。この詩の閉塞状況を扇形に開くようにしていかなければならない[24]」と「編集ノート」に記し、「ブック・レビューを兼ねた状況論を特集した[25]」のはそのためだと述べている。ただし、「詩の閉塞状況」を打開するための方法がブック・レビューでは「いささか情けない」のは、高良留美子のいう通りだ[26]。このころの「現代詩」は、「安保闘争後からはじまった高度経済成長のなかで、運動の方向を見出しかねていた[27]」。

四、「現代詩」終盤期の動向

一九六三年六月二三日、現代詩の会第四回総会が開催された。このとき、もっとも話題になったのは「会のマンモス化にともなう運動意識の稀薄化[28]」である。ただし、論議は白熱するも打開策はみつからない。七月一二日に行なわれた運営委員会では、二年間委員長を務めた大岡信に代わって関根弘が新委員長に選出。このとき、編集委員に長谷川龍生と入れ替わるかたちで長田弘が加わった[29]。

年末には第七回新人賞の募集が行なわれ、「編集部としては、このあたりで彗星のごとき新人が現われることを大いに期待し[30]」たが、前年発表の第六回と同じく受賞作品なしに終わった。

ところで、さきに編集委員面々の年齢に触れたが、一九六三―六四年の誌面で目立つのは比較的年齢の若い詩人たち、具体的には編集委員の岩田宏、堀川正美、三木卓、長田弘の活躍である。岩田宏は現代詩の会結成直後に開催された一九五八年の総会、堀川正美は一九六一年開催の第二回総会において運営委員に選出され、その後ともに編集委員に就任した。「現代詩」へのふたりの執筆機会は多く、特に岩田は現代詩の会に編集母体が移行して以降毎号のように原稿を寄せている。三木卓は第一回新人賞の優秀作品入選から詩人として本格的に歩み始めた、まさしく「現代詩」の生んだ詩人のひとり。三木は「詩人ドック」という辛口コラムを一九六二年一月号より連載し、木原孝一や高田敏子などの「タブー視されていた有名詩人」(31)をあげつらって、「現代詩」終盤期に強い存在感を示した。途中から輪番制の編集委員のひとりに加わった長田弘は三木卓より四歳年下で、一九六三年の時点で二四歳。一九六一年六月号の作品批評欄への「現代詩」初登場以降、みるみる目立つ存在になっていった。

長田は一九六三年七月号より評論「戦後の詩と行為」を連載開始。この連載は一年間続いた。また、同号より現代詩時評が復活。この号のみ長谷川龍生が担当し、八、九月号には掲載はないが、一〇月号より一二月号まで片桐ユズル、翌年一月号より五月号まで三木卓、七月号より中桐雅夫が担当した。関根弘は一九六四年二月号の「編集ノート」で、特集「日本発見」、伊織夏彦の連載評論「現代マルクス主義美学への試み」とともに長田の連載と三木の時評を挙げ、これらに「現代詩の問題は、ほぼ網羅されているといってよい」、「雑誌を隅から隅まで読むならば、決して民主主義詩運動の衰退だなどという口がきける道理はないのだが、なかにはそう思いこんでいる詩人も周囲にいるのだから始末が悪い」(32)と述べている。確かにひとつひとつの連載や記事は読み応えがある。しかし、問題は「隅から隅まで読」みたくなるほどの魅力が誌面から感じられないことだろう。

編集委員以外では、三木卓と同年齢の北川透の登場が目を引く。「今月読んだ論文のなかでもう一つ書きとめておきたいのは「あんかるわ」六号の北川透「詩の破壊力について――田村隆一試論」である」(33)と一九六四年三月号の現代詩時評に記した三木は、北川に原稿を依頼。その結果、五月号に掲載されたのが北川の「詩の不可能性――「列島」批判の一側面――」である。この評論は、関根弘の第三詩集『約束したひと』（思潮社、一九六三年六月）が詩における論理や思想とは何かという問いが発せられなければならないときに心情に流されていってしまうこと、関根は「政治」の論理に対して「生活」の論理を対置するにとどまり、詩がもつ「虚構」の論理を見出すことができなかったこと、「列島」の詩人たちには政治の論理のなかに非政治的な主体を埋没させていくときに想像力の破綻が共通してみられることを鋭く指摘した[34]。三木がいうように「まさに力作と呼ぶにふさわしい、魅力のある問題提起[35]」で、詩人としての関根ひいては「列島」の限界がこの評論から浮かび上がってくる。

この北川の文章は、詩史的には一九六〇年代に活躍する詩人が「戦後詩の第一世代」に渡した引導として大きな意味を持っているが、その批判が関根の牽引する「現代詩」誌上に掲載されたことを見逃してはなるまい。この北川の批判を読み、関根は果たして何を思ったか。

ただし、右のように「時代の変化のなかで、関根弘も、新しい世代に追われるような立場になってきていた[36]」にもかかわらず、関根からは「「おれが、おれが」という態度、お山の大将的意識[37]」が抜けなかったらしい。つまり、「関根弘は、六〇年安保以降の文化・思想・芸術状況のなかで、確かなものをつかめなくなってきていた。しかしなおかれは「現代詩」を砦としてあくまでも前進していこうとしてい[38]」たと三木卓が述べているように、関根はみずからの思想が新しい世代にもはや通用しなくなっていることに気づかないまま、単独編集長時代と変わらない態度で雑誌を自分の思い通りに動かそうとしていたのである。小田久郎は「現代詩」の廃刊理由について「マルクス主義を拠りどころとするものとしないものとの思想的対立が、安保後の高度成長期を迎えて、民主主義運動の後退とともにオーバーラップした[39]」ことが根底にあったと述べているが、そこに存在したのは「思想的対立」よりむしろ世代差であるようにわたしには思われる。いずれにせよ、「一九六四年という時期において、関根弘のもとにある「現代詩」は、もはや現実に対して有効に機能する場ではなくなりつつあ[40]」ったことは間違いない。

関根によると、「現代詩」廃刊の直接的な引金となったのは編集部員長坂貞徳の退職だった[41]。「現代詩」が新日本文学会から独立する際、発行所の飯塚書店から支払われる編集費で、加瀬昌男が雇用された。その加瀬が一九六〇年いっぱいで退職すると、後任として雇われたのが長坂貞徳である[42]。しかし、長坂も経済的な理由で一九六三年末に辞職を申し出る。その際、長坂の代わりに編集実務を引き受けたのが堀川正美だった。ただし、堀川は事務局の雑務は引き受けないという条件を付けた。そのことで現代詩の会にはさまざまな混乱があったらしい。そのうちのひとつに、「詩の教室」をめぐる騒動がある。

安西均は一九六一年に開校された第一回より講師を務めており、一九六四年開催の第四回でも一一月二七日に『万葉集』について講義することが募集広告で告知されている[43]。しかし、この第四回および前年の第三回は安西本人に交渉のないまま出演日時が決まっていたという。安西によれば、第三回のときは「一週間ほど前になつて、連絡係のN君がすまなさそうな声で電話してきたので、私はN君を困らせないためと、事情をしらない受講者にたいする義務みたいな感じとで、事後了承した」が、第四回は「会場の係りのひとに電話をしたら、案の定、講師との交渉担当は別の者がやつているとの返事。あとでN君が電話であやまつてきた。N君といえども今年は交渉係りでもないのだが、責任者がズボラなのでその尻ぬぐい役をしているらしく、電話の向こうで頭でもかくような口調であつた[44]」。このNは長坂のことであろう。堀川が事務局の仕事をしないことが、このような事態を引き起こしたのだ。

そうしたなか、一九六四年八月一六日に現代詩の会第五回総会が開催された。「従来のように、組織問題や抽象的な運営論議で一日をつぶしてしまうのではなく、現在一人々々が作家として直面し考えている創造上の問題を、膝をつきあわせて語り合い、考えあうということから始まるものにしなければならないという要望の声が強くなってきているようだ[45]」と事前にアピールしたり、総会では長田弘が「問題提起として詩運動のイメージについて述べた[46]」りしたが、出席者は「全会員の一割にも満た[47]」ず、「議論らしい議論もなくハッスルどころかサッパリだった[48]」。

この総会では、「雑誌編集費のピンチを救うため会費月額二百円をとること、総会を二、三年に一回開くことなど(49)」が決定し、運営委員はこれまでと同じく関根弘、岩田宏、堀川正美、大岡信、鮎川信夫、菅原克己、飯島耕一、三木卓、長谷川龍生、山田正弘、高良留美子、木原孝一、長田弘、岡本潤、吉野弘が選出された。また、毎年一二月号で発表されている新人賞の中止が決定したことも、第五回総会レポートを掲載した一九六四年一〇月号の「現代詩新聞」欄で報告されている(50)。

総会を振り返って、関根弘は同号の「編集ノート」に「会費をとることにきめて、総会のほうは年一回開かないというのは随分、矛盾しているというふうにもうけとられようが、呼吸を長くして、仕事をしたいというのが、真意なのである。運動の成果などというものは、そう簡単にでてくるものではないので、じつくり腰を据えるという構えなのである。お互いに腰を据えようではないか(51)」と記している。しかし、関根の希望は叶わず、この一九六四年一〇月号が「現代詩」の最後の号となった。

五、現代詩の会の解散

一九六四年一〇月、現代詩の会解散が決定した。「新日本文学」一九六五年二月号に、運営委員会による一〇月二六日付の解散声明が掲載されている。

現代詩の会運営委員会は、第五回総会後、わたしたちの会活動が現在の型態をもって継続するかぎり、会の今後の自律的な創造活動は困難であるという結論に達しました。ここにおいて運営委員会は、現代詩の会を解散し、会の理念を会員個々の創造の場で確認・検討すべきであることを決議しました。

詩人にとっての芸術的組織とは、なによりもまず熱気にあふれた創造的関心による連帯でなければならず、共通の仮設への共通の努力と信頼によって維持されねばならないという態度において、運営委員会は、前後三回にわたる討論を通じ、この解散は創造の拠点を個々の詩人に帰し、そのことによって、創造性にみちた詩人をより強固にむすぶみえない組織への発展的解消であるという結論に導かれましたので、まったく自律的かつ能動的に会解散決議を行ないました。

運営委員会は、会員各自がそれぞれの詩的位置において、この決議を受けとることを望みます。わたしたちをつなぐ戦闘的な友情を、会員すべてが各々の時と場において今後あらたに確認・回復することをあらためて希望します。[52]

関根によると、「解散の論陣を張ったのは、岩田宏、堀川正美、長田弘[53]」で、鮎川信夫は中立、関根は解散に反対だった。

現代詩の会が解散に至るまでの過程は、松本俊夫と関根の間で交わされた公開往復書簡「芸術運動とはなにか――「現代詩の会」解散をめぐって」中、関根の「2　松本俊夫氏へ――運動の理念と組織の問題」（『新日本文学』一九六五年二月）に詳しい。[54] この文章によれば、解散声明にある「前後三回にわたる討論」は九月二六日、一〇月七日、同二六日にそれぞれ行なわれた。最初の委員会で関根が飯塚書店に会の解散を通告することが決まり、一〇月一日に書店に赴いたが、このとき関根は前日の加瀬昌男の電話に励まされて解散を伝えなかったらしい。一〇月七日の委員会で、関根が解散の可否をもう一度討議してほしいというとボス的だと批判され、岩田宏に至っては「この会は一貫してボス交的に運営されてきた[55]」とまで述べた。一〇月二六日には臨時総会の開催を関根が提案したが、問題にされなかったという。

関根は現代詩の会が抱えていた問題として、「現代詩」の発行を出版社に頼っていたこと、会費を取らないゆえの組織の形骸化、一九六一年の「詩とショウの大結婚式」の財政的失敗に対する批判とそのことによる関根自身の自信喪失、インフレによる経済問題の四点を挙げている。そこに、関根の性格や後続の詩人たちとの世代差、時代感覚のずれなどが重なって現代詩の会解散に至ったことは、これまで確認してきた通りである。加えてもう一点考慮すべきは、若い詩人たちへの吉本隆明の影響だろう。

そのことに関する資料として、高良留美子の自伝的小説がある。吉本は安保闘争後、「現実政治、とくに反体制運動のあらゆる形態に背を向けて、自己の「自立の思想的拠点」を固めることに精力を注いでいった。そのような吉本の「自立」思想は、若い世代に強烈な影響を与えてい(56)た。九月二六日の運営委員会で、岩田宏と思しき人物が「詩の創造は、あくまで個人のものです。この会の会員はなにか勘違いしているのじゃないかと思うんだ。集団でもたれあうことでは、なにもできない。一度、徹底的に、個の場所に戻るべきですよ(57)」と関根弘らを前に主張する。この「「集団から個の場へ」といういい方には、明らかに吉本隆明の運動否定論の影響が感じられた(58)」。

高良は右の出来事を小説として描いており、しかも主人公が出席しなかった運営委員会の伝聞の描写なので、ただちに事実とみなすことは避けられなくてはならない。ただし、岩田や堀川正美らの世代に吉本の影響が強いのは確実である。堀川は一九六四年に出版された記念碑的な書物として『鮎川信夫詩論集』（思潮社、一九六四年五月）とともに吉本隆明『模写と鏡』（春秋社、一九六四年一二月）を挙げ、次のように述べている。

今日では、無智な大衆というものは殆んど存在しないが、芸術にとって知的な俗物たちはちゃんと存在している。今日の俗物の最たるものは左翼文学官僚である。どのような場合にも彼らのやることは政治状況をあくまで第一義とし、芸術評価はそのために勝手に裁断してはばからないことだ。政治闘争の体験を過去に持ち、また現在に持つ詩人たちに警しめられなければならないことは、政治主義によって一篇の抒情詩をも否定することは許されないということである。これは共産党員体験を持つ詩人の場合だけではない、安保条約反対闘争を通じて詩の世界へ入った若い詩人の場合も同様である。さもないと「現代詩の会」を何度解散したところで追いつかないことになるだろう。

詩人は、吉本隆明によって、状況の利害を第一義に置こうとする政治主義とまず自己の内部で闘争を開始することを要請されていると考える。政治主義の知的俗物と闘うとき、吉本隆明の『模写と鏡』は友人となりあるいは先行者となるにちがいない。しかも、芸術家個人がこの闘いを通じて自己の作品に与えることができるのは、真の政治性である。心情の党派主義と言うものを吉本隆明にしたがって敵とみなすならば、どんな現存する党派にも倚りかからない自立性が要求されなければならないから、作品の持つ政治性は、作品それ自体によって立たなければならない。勿論、一つの言語空間として成り立たないような詩であれば論外とするにすぎないが、その論外が政治的党派主義によって詩として通用するような最低の害悪にとりまかれてきたことを、闘って排除し、なくさなければならない。[59]

右のなかで、現代詩の会の解散について言及されているのは興味深い。堀川は引用に続く文章でも「実情がどうだったか自分から知ろうとしないものに「現代詩の会」解散について何かを言う権利はない」、「わたしにとって「現代詩の会」とは、われわれの戦後における愚劣な恥としか考えられない」が、しかし「いまは、吉本隆明が闘った闘争と同質の一サイクルが、彼と無関係にでもわれわれに訪れたことを言えば足りる」[60]と述べている。

堀川が語っているのは、関根弘を中心とする「左翼文学官僚」の「政治主義の知的俗物」と対決し、現代詩の会およびその機関誌である「現代詩」を解体させることで、詩人は「現存する党派にも倚りかからない自立性」を持つ「芸術家個人」として「真の政治性」を獲得しなければらない、ということだ。その考えが現代詩の会解散声明における「会の理念を会員個々の創造の場で確認・検討すべきである」、「創造性にみちた詩人をより強固にむすぶみえない組織への発展的解消」という主張につながっている。「現在の型態」のように「政治主義の知的俗物」である関根が現代詩の会を主導するままでは「今後の自律的な創造活動は困難である」と堀川らには感じられた。そこで主張されたのが現代詩の会解散であり、その思想的根拠となったのが吉本隆明だったたというわけだ。

この主張に対して、「問題は政治的党派の価値判断などにはない。考えなければならないのは、私たちが全現実意識としてもつ言語と詩的な言語空間の、自立と依存の未知なストラッグルの様相なのだ。その場合の断絶と連続のストラッグルの全様相なのだ。そこで考えられるのでなければ、詩の自立などという言葉は、甘やかな自己肯定のかくれみのになるにすぎない。堀川の論と関連する吉本隆明の自立論もそのようなものでないことは明らかである」(61)という黒田喜夫の批判があることも付け加えておかなければならない。黒田のいうように、現代詩の会解散はそれを主張した人物たちの「甘やかな自己肯定のかくれみの」だったかどうか。そのことは、個々の詩人たちの以後の活動を検証しながら考察される必要があるだろう。

六、詩誌「現代詩」の一〇年間

詩誌「現代詩」の一〇年間をあらためて振り返ると、ただちに思い浮かぶのは関根弘の存在感である。「現代詩」はまぎれもなく関根弘の雑誌だった。その編集方針は、社会と詩を結びつけようとしたところに最大の特色がある。「現代詩」が発掘した新人藤森安和の週刊誌等での反響や安保闘争時の誌面の活況は、その成果といえよう(62)。

ところが、その編集センスおよび熱心さゆえに関根はワンマンになりがちだった。また、単独編集長時代が長く続いたことで誌面には停滞感が感じられ、さらに安保闘争以後および高度経済成長期という時代の変化にうまく対応できなかったことで関根と次世代の詩人たちとの間に軋轢が生じてしまった。安保闘争時、全学連など後続する世代の理解者あるいは庇護者としての自覚が関根にはみられた。その自覚が、なぜ次世代の詩人たちには発現しなかったのか。その最大の要因は、関根が日本共産党を除名となったことにあると思われる。つまり、関根にとって

「現代詩」は党という支柱を失ったあとに残された唯一の寄る辺だったのだ。そのたったひとつ残されたみずからのアイデンティティというべきものを、誰かに譲るわけにはいかない。次世代の詩人たちに関根が「ボス的」と感じられたのは、その結果だろう。

思うに、単独編集長から輪番編集制への移行は、世代交代のひとつのチャンスだった。ここで編集の中心が関根から次世代の詩人たちにスムーズにバトンタッチできていれば、「現代詩」は廃刊とならずに済んだかもしれない。同誌が廃刊となった一九六四年は、思潮社社主の小田久郎には「「詩的黄金時代」のはじまり」[63]の年として記憶されている。また、一九六六年になると「新潮社が「日本詩人全集」を手がけて詩ブームというのをまきおこした」[64]。そのころにも「現代詩」が存続していたら、いまに至るまでの現代詩全体の展開はどう変わっていたか。一九五〇年代、六〇年代の詩において重要な位置にあった詩誌「現代詩」をみていると、つい、そんな妄想をしてみたくなる。

注

(1) しま・ようこ「現代詩の会第三回総会ノート」、「現代詩」第九巻第六号、飯塚書店、一九六二年六月、七五頁。
(2) 飯島耕一「編集ノート」、「現代詩」第九巻第七号、飯塚書店、一九六二年七月、一〇二頁。
(3) 国立国会図書館サーチ https://ndlsearch.ndl.go.jp/（二〇二四年一〇月二八日　最終アクセス）
(4) 天沢退二郎・吉増剛造・長田弘・清水昶「共同討議　現代詩の主題を追う」、「ユリイカ」第三巻第一四号、青土社、一九七一年一二月、一四三頁。
(5) 関根弘「編集ノート」、「現代詩」第九巻第一二号、飯塚書店、一九六二年一二月、一〇二頁。
(6) 新人賞応募数の推移については本書第Ⅲ部第三章、「狼がきた」については本書第Ⅲ部第一章を参照。
(7) 三木卓「編集ノート」、「現代詩」第一〇巻第二号、飯塚書店、一九六三年二月、一〇二頁参照。
(8) 堀川正美「編集ノート」、「現代詩」第一〇巻第一号、飯塚書店、一九六三年一月、一〇二頁。

(9) 同右、同頁。
(10) 三木卓、前掲文(7)、一〇二頁。
(11) 高良留美子「「現代詩の会」解散への道――関根弘・花田清輝・堀川正美・黒田喜夫・吉本隆明・長田弘」『女性・戦争・アジア――詩と会い、世界と出会う』土曜美術社出版販売、二〇一七年二月、三一三頁。
(12) 鳥羽耕史「政治・芸術運動のなかでの『現代詩』」、『『現代詩』復刻版 別冊』三人社、二〇二〇年四月、七四頁。
(13) 小田久郎『戦後詩壇私史』新潮社、一九九五年二月、二九四頁。
(14) 長田弘「編集ノート」、「現代詩」第一一巻第一号、飯塚書店、一九六四年一月、一〇二頁。
(15) 関根弘「編集ノート」、「現代詩」第一一巻第二号、飯塚書店、一九六四年二月、一〇二頁。
(16) 記録映画アーカイブ・プロジェクト「「高度経済成長と地域イメージ――岩波映画『日本発見』を見る」 終了」http://www.kirokueiga-archive.com/event/event101011.html(二〇二四年一〇月二八日 最終アクセス)
(17) 松山秀明「テレビと都市空間――テレビ・ドキュメンタリーにみる東京イメージの変遷」、日本マス・コミュニケーション学会二〇一二年度春季研究発表会研究発表論文、二〇一二年六月、三頁。https://mass-ronbun.up.seesaa.net/image/2012Spring_C1_Matsuyama.pdf(二〇二四年一〇月二八日 最終アクセス)
(18) 高良留美子、前掲文(11)、三一三頁。
(19) 名取栄子「「詩の教室」開校から今日まで」、「現代詩」第八巻第一二号、飯塚書店、一九六一年一二月、七七頁。
(20) しま・ようこ、前掲文(1)、七三頁。
(21) 広川亜紀「現代詩短信」、前掲書(8)、九一頁。
(22) 「現代詩短信」、前掲書(7)、四七頁。
(23) 「詩集の委託製作を引受けます」、前掲書(15)、一〇一頁。
(24) 関根弘「編集ノート」、「現代詩」第一〇巻第七号、飯塚書店、一九六三年七月、一〇二頁。
(25) 同右、同頁。
(26) 高良留美子、前掲文(11)、三一五頁。
(27) 高良留美子『百年の跫音』上巻、御茶の水書房、二〇〇四年三月、二五九頁。

(28)「現代詩新聞」、「現代詩」第一〇巻第八号、飯塚書店、一九六三年八月、八頁。
(29)「現代詩新聞」、「現代詩」第一〇巻第九号、飯塚書店、一九六三年九月、八頁参照。
(30) 岩田宏「編集ノート」、「現代詩」第一〇巻第一一号、飯塚書店、一九六三年一一月、一〇二頁。
(31) 小田久郎、前掲書(13)、二五四頁。
(32) 関根弘、前掲文(15)、一〇二頁。
(33) 三木卓「現代詩時評　「愛」のもたらすもの」、「現代詩」第一一巻第三号、飯塚書店、一九六四年三月、三八頁。
(34) 北川透「詩の不可能性――「列島」批判の一側面――」、「現代詩」第一一巻第五号、飯塚書店、一九六四年五月、一四一―二九頁参照。
(35) 三木卓「編集ノート」、前掲書(34)、一〇二頁。
(36) 三木卓『わが青春の詩人たち』岩波書店、二〇〇二年二月、九九頁。
(37) 小田久郎、前掲書(13)、二九五頁。
(38) 三木卓、前掲書(36)、一〇〇頁。
(39) 小田久郎、前掲書(13)、二九四―二九五頁。
(40) 三木卓、前掲書(36)、九九―一〇〇頁。
(41) 松本俊夫・関根弘「芸術運動とはなにか――「現代詩の会」解散をめぐって」、「新日本文学」第二〇巻第二号、新日本文学会、一九六五年二月、一三一頁参照。
(42)「編集ノート」、「現代詩」第八巻第二号、飯塚書店、一九六一年二月、一〇八頁参照。ただし、加瀬はその後も「現代詩」の編集を補助していたらしい。一九六三年七月に行なわれた運営委員会で、事務局長として菅原克己が再任されているが、このときの事務局のメンバーは、菅原克己、山田正弘、加瀬昌男、しま・ようこ、長坂貞徳だった。「現代詩新聞」、前掲文(29)、八頁参照。加瀬は一九六八年、草思社を創立。長坂はやがて同社社長に就任している。
(43)「第4回詩の教室日割」、「現代詩」第一一巻第九号、飯塚書店、一九六四年九月、八一頁。なお、この第四回が最後まで予定通り行なわれたかは不明。
(44) 安西均「詩壇風俗帖Ⅰ　ずぼらな奴」、「詩学」第一九巻第一一号、詩学社、一九六四年一一月、五頁。

(45)「現代詩新聞」、「現代詩」第一一巻第七号、飯塚書店、一九六四年七月、一〇〇頁。

(46)「現代詩新聞」、「現代詩」第一一巻第一〇号、飯塚書店、一九六四年一〇月、一〇〇頁。ちなみに、「現代詩」一九六四年七月号掲載の長田弘「詩を愛しなさい　第五回現代詩の会総会を前に」は、総会における長田の発言の草稿と思われる。前掲書（45）、二二九―二三三頁参照。

(47)三木卓「「現代詩の会」総会」、「新日本文学」第一九巻第一〇号、新日本文学会、一九六四年一〇月、一八四頁。

(48)「現代詩新聞」、前掲文（46）、一〇〇頁。

(49)同右、同頁。

(50)同右、同頁参照。

(51)関根弘「編集ノート」、前掲書（46）、一〇二頁。

(52)現代詩の会運営委員会「「現代詩の会」解散声明」、前掲書（41）、一八頁。

(53)関根弘『針の穴とラクダの夢』草思社、一九七八年一〇月、二九一頁。

(54)ほかにも、高良留美子の自伝的小説『百年の跫音』上下巻（御茶の水書房、二〇〇四年三月）は、運営委員会における詩人たちの動きを詳細に描いているが、関根、鮎川信夫、事務局長の菅原克己以外は仮名で書かれており、その記述には虚実が入り混じっている。

(55)松本俊夫・関根弘、前掲文（41）、一三三頁。

(56)高良留美子、前掲書（27）、二五七頁。

(57)高良留美子『百年の跫音』下巻、御茶の水書房、二〇〇四年三月、四七一頁。

(58)同右、四七二頁。

(59)堀川正美「詩論展望」、『現代の詩'65』思潮社、一九六五年六月、二六八頁。

(60)同右、二六九頁。

(61)黒田喜夫「保守化と喪失感の表現――一九六五年春の文学」『詩と反詩　黒田喜夫全詩集・全評論集』勁草書房、一九六八年五月、二四三―二四四頁。

(62)藤森安和については、本書第Ⅲ部第五章を参照。

(63) 小田久郎、前掲書（13)、三四四頁。
(64) 関根弘、前掲書（53)、二八九頁。

第五章　一九六〇年前後の詩壇ジャーナリズムの展開と藤森安和

——詩誌「現代詩」を中心に——

一、「詩壇ジャーナリズム」と「現代詩」

小田久郎によれば、「詩学」（一九四七年八月創刊）、「現代詩」（一九五四年七月創刊）、第一次「ユリイカ」（一九五六年一〇月創刊）、「現代詩手帖」（一九五九年六月創刊）の月刊詩雑誌四誌によって、一九六〇年前後の「詩壇ジャーナリズムの第一期の黄金時代」(1)が築かれた。それらの雑誌は「詩壇ジャーナリズム」という呼称の通り、詩人たちの形成している社会にいま何が起こっているかを報告し、詩人たちが考えなくてはならないこと、これからの詩が目指すべき方向性を示す。

ところが、「黄金時代」といわれるわりには、いずれの雑誌も発行部数は少なく、「千部、二千部の壁が破れないので、各誌ともなかなか採算があうところまでいかず、原稿料が払えず、各誌ともタダ原稿が慣習となった」(2)。つまり、当時の詩雑誌は、詩の現状やその役割についての意見を発信しても、少数の人にしか届けられなかったのである。「詩壇ジャーナリズム」としての詩雑誌の問題が、ここにはある。

問題はそればかりでない。「タダ原稿が慣習」のままでは魅力ある執筆者を集められず、将来有望な書き手が登場してもやがて消えてしまう。すると、各誌はますます発行部数を減らさざるをえないし、組織としても個人としても立ち行かなくなるのは目にみえている。ただでさえ厳しかった詩雑誌の台所事情は、一九六〇年に池田勇人内閣が所得倍増計画を策定するとさらに苦しくなった。上記四誌のなかでもっとも強く世間や社会を意識した「現代詩」では、「池田内閣の所得倍増というインフレ計画の煽りで、物価が昂騰、印刷代、製本代の値上りで、本誌も、原価計算を再検討しなければならなくなつた」[3]、「所得倍増という名の合理化によつて、この小さな体には身に余るほどの圧迫がいろいろな形で押しよせている」[4]と、財政上の苦境がたびたび伝えられている。

そのようななか、「現代詩」からひとりの詩人が出現した。詩人の名は藤森安和。後述するように、藤森は文学全体からみれば大江健三郎や石原慎太郎の系統に属し、誰もみたことのないテーマの作品を書いたわけではないが、現代詩の世界に性に関する表現を大胆に持ち込んだという点で画期的な存在だった。藤森の登場は、詩の世界だけの話題にとどまらず、社会的な事件としてマスコミによって世間に広く紹介された。にもかかわらず、藤森が今日ほとんど忘れられた詩人になっているのは、ひとつには一九六〇年前後の詩の様相や展開がわたしたちにはよくわからなくなってしまっているせいではないだろうか。

ここでは、「現代詩」の動向を追跡しながら藤森の詩およびその評価について検討する。そのことを通じて「詩壇ジャーナリズム」を中心とする一九六〇年前後の詩の展開や社会との関係を浮かび上がらせるのがねらいである。また、その考察の過程では、詩が直面していた問題はもちろん、当時のメディア状況や詩とマスコミの関係などもみえてくるだろう。

二、「現代詩」の試みと新人賞

「現代詩」一九五八年四月号より同誌の編集長に就任した関根弘は、「編集ノート」に次のように書いている。

「文学界」二月号で、現代詩がとりあげられてから、「新潮」誌上三月号で大岡昇平が同じく四月号で桑原武吉《ママ》が、現代詩の面白くなさについて書いている。商業取引上の言葉でいうと、これらはクレームということであつて、メーカーとしてはたいへん工合が悪いわけだが、クレームがついたということは、要するに、現代詩の商取引が拡大してきたことを意味するわけで、それらの批判をヤミクモに否定しなければ、販路も開け、これまでわたしたちが想像もできなかつたような大衆を前にして発言することになつてくるだろう。(5)

引用中にみられる「現代詩」は、雑誌のことではなく当時の詩全般のこと。「それらの批判をヤミクモに否定しなければ」以下はわかりにくいが、「現代詩が批判されるのは世間から注目されているということだから、それらをやみくもに否定せず、適切に対応していけばやがて雑誌は売れるようになるだろう」という意味に一応は理解できる。(6)いずれにせよ、詩にあまり関心を持たない読者、すなわち大衆にもっと詩が読まれるためにこそ、雑誌はより売れる必要があると関根が考えていたことは間違いない。

そこで関根は、さまざまな方法で大衆へのアプローチを試みる。だが、それらはなかなか実を結ばない。「現代詩」一九五九年四月号の「編集ノート」の記述。

いろいろなひとからいろいろな批評がくる。「現代詩」くらい批評される雑誌はないのではあるまいか。我田引水ということになるかもしれないが、要するに、この現象は、「現代詩」がなんといつても注目されていることを、端的に証明するわけであろう。しかし、正直に認めなければならないことは、売行部数がその割

には、増加しないことである。(7)

それでもめげるわけにはいかない。関根は「きの早い連中は、読者の満足をじゆうぶんえられていないから、「現代詩」は売行が伸びないのだとかんがえるようだが、ぜつたいにそんなことはない(8)」という信念のもと、とりわけ特集に力を入れて雑誌編集を行なう。その結果、一九五九年の誌面の充実ぶりは、関根が「さいきんの「現代詩」の目次の一覧表でもつくつてみれば新日本文学会の手を離れてからの「現代詩」がどんなにハツラツと仕事をしたかということがわかるであろう(9)」と自画自賛するほどだった。

「現代詩」が一九五九年中に組んだ特集は、次の通りである。

一月号「スーパーマン批判」、二月号「第二回新人賞入選作品」、三月号「青春の文学」、五月号「作品三十六人集」、七月号「詩と哲学」、八月号「日本国家改造法」、九月号「ずいひつ三十二人集」、一〇月号「世代の断層を埋めるもの」、一一月号「世代の断層を埋めるもの・2」、一二月号「第三回新人賞発表」。

一月号の「スーパーマン批判」や八月号の「日本国家改造法」のように、詩と直接関係ない特集もあり、このようなところから「現代詩」は詩と大衆をつなごうとしたと考えられる。一方、雑誌の性質上、詩に関係した特集も多く、書き手も詩人が大半を占めている。そのなかで注目したいのは、二月号、一二月号でそれぞれ発表された新人賞だ。

もともと、新人賞は「現代詩」がまだ新日本文学会の機関誌だったころ、一九五八年二月に創設された。その後、基本的には年一回、廃刊までに計七回の発表が行なわれているが、一九五九年のみ例外で、二月号、一二月号でそれぞれ入選作品が発表されている。

ここで問題にしたいのは、一九五九年一二月号発表の第三回だ。応募作八五六篇のなかから入選作品に選ばれたのは、当時一九歳の藤森安和の詩「一五才の異常者」だった。少々長いが、全文引用する。

ある日、救急車に乗つて病院へ行つた。
労働争議でもめるビルの屋上から
飛込み自殺した男の死体が
めそめそ泣いた。
変だと思い　さわつたら
「ばか野郎！」と死体がどなつた。
慌てて院長さんに
「あの人まだ生きている。」というと
「あの人は寝ておるのだ。おとなしく向こうへ
行つていなさい。いい子だから。」
ばかにしていやがる。いい子だからとはなんだ。
あつ。そうだ。
ここは精神病院だつた。
院長さんの話しだと
僕は精神異常だそうだ。
精神がどんな異常だと聞くと
性欲があまり強すぎるのに
相手がいないからだそうだ。

それじゃあと看護婦さんの手を握つたら
ベットにつれてつてくれた。
そわそわしていると
ズボンを捲つておケツをなぜまわした。
看護婦さんはおケツをださなかつた。
変だなと思つた。瞬間。
頭から下へ向つて
ホルモンがどくどくと流れだした。
にやにや　と笑つたら　ぶすつときた。
でかい注射器で
ホルモンを吸い取つた。
ちくしよう！　おそかつた。
べつぴんにきをつけろ、と親父にいわれていたのに。

帰りに待合室を見ると
男が一人すやすや眠つていた
甘酒一ぱいひつかけて街に出
ガラスごしにウインドウを覗くと

七色パンティがふんわりと飾られ
ナイロンの下着を着た
桃色の肌のすけて見える
マネキン人形が手招きした。

労働争議でもめるビルの屋上から
飛込み自殺した男の死体が
めそめそ泣いていた
そばにいた警官に
「あの人まだ生きている。」というと
「ばか野郎！　生きている人間が生きていなくて
どうする。あれは酔つぱらいだ。」
警官は僕の顔をじろじろ見て電話をかけた。

べつぴんさんがういんくして路地にかくれた。
僕を呼んでいるのだろう　行くと
スカートがあざやかに捲くれて
かがめた白いおケツが
お月さまに照らされておどり

桃色のパンティが舞つた。

とおくから救急車のサイレンが迫る。(10)

「精神病院」に運ばれた「僕」は、「飛込み自殺」したはずの「男の死体」がしゃべるのをみる。そのことを院長に話すが、取り合ってもらえない。「僕」が「精神病院」に入院した理由は、「性欲があまり強すぎる」からだ。「看護婦」に尻を触られると「ホルモン」すなわち精液が出る。病院から帰ろうとすると、今度は「飛込み自殺した男の死体」が泣いているのを目撃する。「僕」はそれを警官にいうが、またもや相手にされない。そのとき、女性の下着の幻想をみるところでこの詩は閉じる。

この詩に面白いところがあるとすれば、「精神病院」に搬送される「異常者」を描いた点だろうか。ただし、一五歳の少年が女性をみて性欲を抱くことは珍しいことではなく、それを詩にしただけにもみえる。つまり、この詩に描かれた「僕」は「異常者」とは思えず、詩想に現実からの飛躍がない。もちろん、そのような詩風をリアリズムと捉えることも可能で、評価が難しいところだ。

案の定、藤森に賞を授けるかどうか選考は揉めた。選考委員たちの投票では藤森の詩は総計一一点で、それよりも高い一一・五点を獲得した詩が二篇あったが、どちらも規定の分量を超過していて失格となった。選考委員のうち、藤森にもっとも高い三点を付けたのは、「現代詩」編集長の関根弘ただひとりである。関根は藤森を推す理由を次のように述べる。

こういう詩を見るととにかく、僕ら、現代詩というものがあるべき姿というものを、こういうものとしては考えて来なかつたわけですよ。むしろ、もつと違つた形の現代詩というものを、詩の理想にしてきたんだけども、しかし突然、時代の必然というのか、こういう詩が出てきて、やはり何か一応ショッキングなものを提出してるんじやないかと思うんですけどね。（中略）これで何かある種の権威をふり回して、こういうものは道徳上よろしくないとか何とかいうようなことをいつてたら、もう少し思想的な詩をとろうとかもう少し技術的に高度な詩をとろうかという意見が出てくるかも知れないけど、僕としてはむしろそういう意見を排して、この詩を積極的に推したいということです。(11)

関根は「もつと違つた形の現代詩」を目指してきた自分たちの世代にないものを藤森の詩にみている。その関根を支持したのが、比較的年齢の若い谷川俊太郎と大岡信だ。ただし、両者は「これを詩と呼べるかどうかは疑問だけどもな」（谷川）、この詩を入選にすると「「現代詩」が今までやつてきた実績というものはどういうことになるかということを問題にしなくてはいけない」(12)（大岡）と、藤森への授賞に慎重な態度もみせている。最終的には、入選該当作なしとするか、藤森の詩を入選させるか選考委員で採決され、藤森授賞に積極的でなかった鮎川信夫が該当作なしはよろしくないという理由から賛成に回り、四票対三票で藤森の入選が決定した。

選考記録全体をみると、関根が藤森を猛プッシュしたという印象が強い。このとき関根の念頭にあったのは「ユリイカ」一九五九年一〇月号で発表された第三回ユリイカ新人賞の当選作、当時一五歳の間宮舜二郎が書いた詩「現代の快感」だった。一部分のみ引用する。

肉屋のおかみさんが
羊肉の
塊の上に乗って
体をやたらにゆするものだから

羊肉から
白い粘液が流れでて
下のコップがいっぱいになる
すると
小僧がでてきて
そのコップの粘液を
おかみさんのへそに
流しこんでやるのだ。(13)

「この二つの新人賞に共通しているのは年齢のもんだいだけではない。その詩のモチーフも瓜二つといっていいほど似通っている」(14)とは、関根が「新潮」一九六〇年一月号に寄せた文章の一節だ。この文章のなかで、関根は「『ユリイカ』新人賞を十五歳の少年で高校在学中の間宮舜二郎が受賞したときには、眉唾ものだと思つたが、今度、わたしの編集している『現代詩』の新人賞が十九歳の藤森安和に決つてみると、詩の世界にもティーン・エイジャーが進出し、いやおうなしに若返らなければならないのだと思いしらされた」(15)とも語っている。ちなみに、間宮は詩作を長くは続けず、のちにリクルートの社長室長になり、一九八九年のリクルート事件で渦中の人となったことでも知られている。(16)

新人賞の選考でも賛否両論あったが、入選発表後も藤森の詩には否定的な意見が多く寄せられた。たとえば、新人賞受賞第一作として「現代詩」一九六〇年一月号に発表された「「やつちまえ、やつちまえ」」について、「ユリイカ」の匿名時評では「この小僧、原稿用紙と便所の壁と、とっちがえてるんじゃねえのかい? 共同便所の共同作品の方が、はるかに芸術づいているし、発情もさせるってこと、とっくりとのみ込むがいい[17]」と揶揄されている。

三、詩集『15才の異常者』の反響

藤森安和は「現代詩」新人賞受賞後、一九六〇年三月に詩集『15才の異常者』を荒地出版社より刊行した。巻頭に藤森自身の言葉をエピグラフとして置き、詩三二篇を収録。詩集の発行時期からうかがわれるように、収録作品の大半は新人賞入選以前に書かれていた[18]。また、当時二三歳だった大倉舜二が写真を担当し、巻末には疋田寛吉による大倉の紹介文も掲載されている。印刷技術の発達もあるのか、このころ「現代詩」誌上でも写真と詩のコラボレーション企画が頻繁に行なわれていた。おそらく、こういうかたちでの他ジャンルとの結びつきのなかから新たな詩の表現方法の獲得、ひいては読者の拡大が目指されていたのだろう。

初版は一九六〇年三月一〇日発行。わたしの手元には、三月二〇日発行の第三版もある。発行部数は三〇〇〇部とも五〇〇〇部ともいわれるが[19]、はっきりしない。いずれにせよ、新人の詩集としては異例ともいえる部数だった。

詩集の刊行は荒地出版社より持ちかけたことが、藤森を取り上げた「週刊サンケイ」の記事中の関保義のコメントからわかる。関によると、間宮舜二郎と天秤にかけて藤森の詩集を出版することにしたという。また、関は藤森の詩集を出版しようと思い立った理由として「この詩によつて、今後詩の主題にも文学同様セックスが広くとりあげられることになるだろう」、「過去の詩は、あまりにも生活の実体から離れた文章語によつて語られてきたが、俗語でも詩は書ける、いいかえれば詩の大衆化に役立つ」、「文学以上に難解とされていた詩が、藤森君の登場によって、若くても詩は書けるということを実証した[20]」という三点を挙げている。

荒地出版社は、鮎川信夫や田村隆一らを中心とする年刊『荒地詩集』の発行所でもあり、当然鮎川とのつながりが深い。この時期、同社は翻訳を中心に出版していたが、藤森の詩集を刊行するにあたって鮎川の推挙もあったと思われる。鮎川は、「現代詩」新人賞選考において藤森に票を入れたひとりであり、同誌の編集母体、現代詩の会の運営委員長でもあった。

その鮎川が「聖なる野蛮人」と題した藤森の紹介文を『15才の異常者』に書いている。冒頭部分のみ引用する。

藤森安和の「十五才の異常者」が「現代詩新人賞」と決まったとき、私は、心中ひそかにさあいよいよおいでなすったと思った。いずれは、こういった詩がでてくるだろうという予感があったからである。「ユリイカ」新人賞間宮舜二郎の場合も同じであった。

だが、日本のビート派というには、ジャズ的でヴァイオレントな藤森のほうがふさわしい。言葉は乱打的で、ずいぶんでたらめにみえるところもあるが、私たちの世代の者には到底とらえることのできない、この時代の独特の気分を、彼はほとんど全身で表現する。一種の演技本能みたいなものがあって、言葉による表現の不足は、烈しい身ぶりが補ってゆく。無意識のうちにロカビリーのやり方になっている。[21]

この評には、当時の時代性やこの詩集について考えるうえで見逃せない点がいくつかある。

まず、「ビート派」について。「ビート派」は一九五〇年代後半よりアメリカで流行していた詩の傾向で、「ビート・ジェネレーション」や「ビート族」ともいわれる。山屋三郎によると、「「ビート」とは第一には「打ちひしがれた(世代)」の意味があ」り、「第二次大戦以後におけるアメリカの反動的な右翼化と、それに伴う自由主義や急進思想に対する弾圧に反抗して、若い作家や詩人が「打ちひしがれながらも、なおそれに属しない世代」だと自ら名乗りをあげたことを意味」していたが、「マス・コミ関係で使われる「ビート族」という言葉は、いささかこの言葉の本来の意味を逸脱して」おり、「いわゆる「かみなり族」や「ゲイ・ボーイ」や非行青少年や麻薬常用者などとほとんど同意語のように解されはじめてい[22]」た。この山屋の文章は、荒地出版社から一九六〇年七月に刊行されたローレンス・リプトン『聖なる野蛮人』邦訳版の解説として同書に収録されており、鮎川による藤森の紹介文もリプトンの邦訳と同じタイトルである。ちなみに、関根弘も藤森や間宮らを紹介する記事の副題を「ビート詩人の性のイメージ」[23]としており、その詩にみられる性表現を「ビート」と結びつけて考えていた。

次に、「ヴァイオレント」について。『15才の異常者』を通読してもそれほど暴力的な印象は抱かない。では、この「ヴァイオレント」という評価はどこから来ているのか。その直後に「言葉は乱打的で、ずいぶんでたらめにみえるところもある」と記されていることから考えると、鮎川は藤森の詩における言葉の使われ方について「ヴァイオレント」と捉えているのだろう。関根弘も、藤森が入選した際の「現代詩」新人賞の応募作の傾向として「コトバの暴力的酷使」[24]を挙げている。

この「ヴァイオレント」に関連して、詩集の帯には「セックスと暴力の世界を謳ってセンセーションを捲き起した」と書かれており、新聞広告でも「セックスと暴力の世界を謳って、俄然マスコミの話題を淩う詩と写真集!!」[25]と類似した文言が使われている。このコピーを考えた人物は不明だが、「コトバの暴力」とせず、「暴力の世界」としたところがうまい。そのほうが、藤森を知らないどころか普段は詩を読まない人々に、より強いインパクトを与えるからだ。

同じことは「セックス」にもいえる。関根弘はさまざまな媒体で藤森の詩にみられる「抑圧されたセックスのイメージ」[26]について語っているが、厳密にはそこに「セックス」など描かれていない。そこにみられるのは体液、精液であり、女体に対する妄想である。にもかかわらず、それらを関根は「セックス」と評し、それが『15才の異常者』の帯や広告でも使われている。「週刊サンケイ」の記事で「この詩集〝15歳の異常者〟にまず飛びついたのは、ハイティーンの高校生だった」、「高校生たちは、詩自体の評価よりも、セックスという言葉の持つ興味《ママ》にひかれたのではなかろうか」[27]と指摘されているように、この戦略的なコピーが衆目を集め、詩集が売れたという面もあっただろう。

ただし、藤森の詩にみられる精液や妄想を「セックス」としたのは、当時の言葉の使い方の問題かもしれない。

鮎川の藤森評で注目したいもう一点は、「無意識のうちにロカビリーのやり方になっている」という評価だ。藤森の詩を「ロカビリー」と結びつける言説は、「ロカビリーみたいなもんで、分析してもつまらない《ママ》と同じように、若い人の生きてる感覚というものとバランスがとれてますよ[28]」というように、「現代詩」新人賞選考時の谷川俊太郎の発言にもみられた。木谷真紀子によると、ロカビリー音楽が流行した一九五八年ごろ、愛好者たちが事件や犯罪を起こし、その結果「多くの人間がロカビリーや愛好者である若者を批判的に見[29]」るようになった。鮎川は、藤森の詩にみられる非道徳性や犯罪への志向を「ロカビリー」と評したのだろう。この鮎川の言葉が、今度は週刊誌の藤森の紹介記事で使われる。さきに言及した「週刊サンケイ」の記事は、そのタイトルが「暴走する詩壇のロカビリー族　15才の異常者　〝セックスと暴力〟の投げた波紋[30]」であった。ただし、「週刊平凡」の取材に藤森は「ロカビリーなんて、見たことも聴いたこともないんですよ[31]」と答えている。

さて、『15才の異常者』は出版されると「たちまち週刊誌の注目するところとな[32]」り、「週刊平凡」一九六〇年三月一六日号、「週刊サンケイ」同月二一日号などで取り上げられたことは、すでに触れた。当時はちょうど「週刊誌ブーム」で、多くの週刊誌が刊行されていた[33]。すると、「週刊サンケイ・週刊平凡など数誌で紹介されて、話題を呼んだ異色詩集!![34]」と、今度はそのことが宣伝の文句に使用される。それらの相乗効果で詩集の売行きはさらによくなったと思われるが、そのことを示す資料は確認されていない。

藤森に関する記事は、週刊誌だけでなく新聞にも掲載された。なかでも特に大きく取り上げたのが「毎日新聞」一九六〇年四月七日の朝刊である。「めったに現代詩を読まぬ人たちでさえ、この詩集をみればいままでの現代詩とは違うなと思うだろう。しかし、感覚は決して新しいものでない。セックスの問題なんか、思春期の少年ならだれでも感じたことだ。が、それをこの作者は、詩として書き、詩として主張しているところに新しさがあるのだ[35]」とは、記事中にみられる谷川俊太郎のコメントだ。

荒木詳二が指摘するように、「一九六〇年に男女一対の人形でセックスの体位を示した謝国権著『性生活の知恵』がベストセラーのトップとなり、同年アメリカ人の性生活の実態調査報告である『キンゼイ報告書』が翻訳・出版されて「性解放」の時代が到来[36]」、文学では「性が最大のテーマ[37]」の作品を書く大江健三郎や野坂昭如が人気を博する。そのうちのひとり、大江が「死者の奢り」に「少女のセクス」に「僕」が「激しく勃起[38]」する場面を記述したのが一九五七年。それ以前、一九五五年には女性と拳闘に「抵抗される人間の喜び[39]」を感じる龍哉の性と暴力を描いた石原慎太郎「太陽の季節」が話題を呼んだ。つまり、小説においては一九五〇年代半ばごろより大胆な性描写や性そのものをテーマとする作品が出現していたのである。

すでに小説にあらわれているテーマをなぞっているという点で、藤森の「感覚は決して新しいものでない」。また、藤森の詩に表現されているのは「思春期の少年ならだれでも感じた」妄想に過ぎず、大江や石原の作品よりも幼い。しかし、こういう作品がそれまでの詩にみられなかったことを谷川は評価した。その評価は、「めったに現代詩を読まぬ人たち」にどう感じられただろうか。

関根弘は、藤森の詩集がマスコミに次々と取り上げられるこのような状況に接し、「現代詩」一九六〇年四月号で「現代詩編集部は、現代詩の閉鎖的な壁を破ろうとして努力してきた。藤森安和の出現によつて、その壁の一角が崩れたことは偶然ではないと信じている[40]」と述べ、翌五月号に感慨を込めて次のように記した。

> 藤森安和の詩集「十五歳の異常者」がついに現代詩の壁を破つた。(中略)
>
> 藤森安和はなぜこんなに騒がれたのか。むろん、われわれは、藤森安和の詩にたいするマスコミの誤解を否定はしない。マス・コミが詩に興味をもつたなどと大それたことをかんがえはしない。けれども、さいしょの興味本位の紹介から、しだいに本格的な詩の本質論の紹介に発展しているのだ。藤森安和は、われわれ詩人と

大衆がつながる巾を広くしたのだ。その意義を認めるだけでもこれはたいした収穫なのだ。この二、三年、現代詩の閉鎖的状況に飽き足りない詩人たちは、詩いがいの領域で、発言の場をひろげたが、ズバリ詩そのもので大勝負を打つまでにはいたらなかつた。この隘路を藤森安和が打開したのだ。(41)

このように関根が狂喜するのは、「現代詩」を含めた詩雑誌が売れていなかったからにほかならない。「現代詩の閉鎖的な壁」「現代詩の閉鎖的状況」を打ち破らなければ、詩雑誌の購読者、ひいては詩の読者は増えていかない。読者の数が増えないと、雑誌発行はますます苦しくなる。だからこそ、詩以外の領域とコラボレーションするなど、さまざまな方法で「閉鎖的な壁を破ろう」と詩誌「現代詩」は努力してきた。いま、その「壁」が関根の強いプッシュによって「現代詩」新人賞を受賞した藤森によって破壊された。これまでの努力がついに実を結んだのである。関根にとって、藤森および『15才の異常者』への世間からの注目は、これ以上ない喜びであっただろう。

四、藤森安和の波紋

『15才の異常者』は、藤森安和の名はもちろん、詩の現在を世間の人々に広く知らしめたという点で、一九六〇年前後の詩の展開において大きな意味を持っていた。しかし、こうした話題は一過性のもので、いつまでも続くものではない。さきに触れたように、折りしも「週刊誌ブーム」の時代である。加藤秀俊「中間文化論」によれば、「週刊誌は一週間という短期的な常識に力点をかけるところに特色があ」り、「一週間経つたら忘れられてもよい、しかしこの一週間のあいだはどうにか興味をつなぎとめておきたい」というのが「週刊誌編集の態度」(42)だ。世間への藤森の紹介が、「週刊サンケイ」や「週刊平凡」といった、まさに週刊誌で行なわれたことを思い出したい。その後、藤森は世間から急速に忘れられていってしまう。

ただし、藤森はそれからも「現代詩」を中心に作品を書き続けた。「現代詩」廃刊までに同誌に掲載された藤森の作品は【資料G】の「藤森安和「現代詩」掲載作品一覧」の通りである。このなかから、藤森が同誌に発表した最後の詩篇「男の僕。だ——僕だって男だ。アジヤの優秀なる民族。日本人だ。」をみてみたい。第三連のみ引用する。

ある日　恋人は関東平野のまんなかで　僕に『けつこんシナイ』といつた。
『そんな　僕はまだ安月給取りで　そんな』といつたら
『すぐにするのよ　ここで』といつてスカートをぬいで
僕がドキリとなるとシュミーズをぬぎ
目が関東平野はどの辺だとビルの窓でトホオにくれ
ヒルトン東京ホテルのでつかさにチンぼつこがむくりむくり立ちあがり
ブラジャーの下からハネおきた五十メガトン級の乳房に口ブルがすいつき
脳細胞がホルモンに爛れ
心臓は逆流する血で胃下垂をつりあげ
僕が　もうすこしで爆発するとき
『もうよして。今日は。わたしアメリカ大陸じやあないのよ』といつた。
本降りの雨も降らず気温もさめた寒冷前線の路上で僕の男根はちぢこまり(43)

この詩に描かれているのは「僕」の性的な妄想である。恋人から「すぐにするのよ　ここで」といわれると、「僕」は「チンぼつこがむくりむくり立ちあがり」、「脳細胞がホルモンに爛れ」るが、「もうすこしで爆発する」寸前で恋

【資料G】藤森安和「現代詩」掲載作品一覧

※括弧内は注記で、断りのないものは詩篇。

・一九五九年一二月号「一五才の異常者」
・一九六〇年一月号「「やつちまえ、やつちまえ」」
・一九六〇年三月号「嘔吐の詩」
・一九六〇年四月号「詩が出来るまで　私の月経期」（エッセイ、文中に詩「詩人の意識」の引用あり）
・一九六〇年八月号「じやぶじやぶ」（童謡）
・一九六〇年一〇月号「万引き」（ショート・ショート）
・一九六一年一月号「墓場から」（「まけるのはいやだ。だがまける。」「生きる」の二篇）
・一九六一年八月号「春の晩年の夏――兄への日記」
・一九六一年一一月号「八月の夏――人間の歌」
・一九六二年二月号「黒い血」
・一九六二年一一月号「暗夜の心臓」
・一九六四年二月号「男の僕。だ――僕だつて男だ。アジヤの優秀なる民族。日本人だ。」

人から止められ、「僕の男根はちぢこま」ってしまう。作品冒頭で「生まれつき脳が変らし[44]」いと規定される「僕」は、「一五才の異常者」の「僕」と同じく「異常者」だ。また、第六連で「僕」は「都電に殺されて／新宿駅で生きかえ[45]」ったりもするが、「一五才の異常者」でも「死体」が「まだ生きている」かのようにどなったり泣いたりしていた。つまり、「男の僕。だ――僕だつて男だ。アジヤの優秀なる民族。日本人だ。」は「一五才の異常者」と詩想が非常に似通っており、驚くほど内容に進展がない。これでは読者にすぐ飽きられてしまうだろう。

また、藤森の詩に欠けているのは思想性ということもできる。谷川俊太郎は「同じセックスをとりあげるにしても、過去は、思想的なものとして自分の中にセックスを意義づけなければならなかった」が、「藤森君の場合は、セックスに意義づけをしようとしていない[46]」と指摘する。つまり、藤森の詩は中身がからっぽなのである。鮎川信夫の評論「現代詩とは何か」（『荒地詩集 1951』早川書房、一九五一年八月）について検討した際、わたしは北川透の文章を引用しながら、「近代詩」「前現代詩」と区別される「現代詩」の「現代」性は「詩を中核に包みながら、それ自体がどうしようもなく思想論として自立するような詩論[47]」を有することにあるのではないか、と述べた[48]。そのことを踏まえていえば、「思想論として自立するような詩論」の中核をなすとは思えない藤森の作品は、さきに示した「これを詩と呼べるかどうかは疑問だけどもな」という谷川俊太郎の発言の通り、よくもあしくも現代詩とは一線を画するものであったといえよう。

「現代詩」新人賞入選時の藤森は定時制高校を卒業してまもないころで、畳屋として一人前となるべく父親の仕事を手伝っていた[49]。だんだん本業が忙しくなるなどの事情もあったのだろう、年々詩作を減らしていった藤森はやがて詩の世界から姿を消した。詩と藤森の直接的な関わりが最後に確認できるのは一九七一年二月に三一書房から刊行された嶋岡晨・大野順一・小川和佑編『戦後詩大系』第四巻で、作者略歴とともに詩集『15才の異常者』から詩九篇が採録されている。

しかしながら、藤森安和の名はいまなお文学の世界に残り続けている。そういえるのは、ほかの作家たちが藤森の詩をみずからの作品に引用し、それらが現在も読まれているからだ。

まず、谷川俊太郎の詩「GO」に、「さあ。いこう。何処へいこう。／と　我が友詩人の藤森安和君は云った[50]」と、『15才の異常者』所収の詩「さあ。いこう。何処へいこう。」からの引用がみられる。谷川は、「こっちの基準みたいなものを押しつけたくないということなんですよ。ハイティーンの作品に[51]」などの発言からうかがわれるように、藤森の新しさをジェネレーションギャップとして受け取った鮎川や関根と違い、自身もまた一八歳のときに詩の世界にデビューした詩人として藤森にシンパシーを感じていた。みずからの作品への藤森の引用は、そのシンパシーのあらわれと思われる。

次に、寺山修司が編んだアンソロジー『戦後詩　ユリシーズの不在』に、藤森の詩「十五才の異常者」「あら。かわいらしい顔。――イヤラシイ子ダヨ――」の二篇が寺山の解説付きで収録されている[52]。同書の初刊は一九六五年に発行された紀伊國屋新書版だが、二〇一三年には講談社文芸文庫版が出版されている。この講談社文芸文庫版で藤森の詩にはじめて触れた読者も多いのではないだろうか。ちなみに、寺山は藤森と直接の交流があったらしく、「消しゴム　自伝抄」で藤森が自宅を訪ねてきたときのエピソードを紹介している。[53]

一方、小説への引用として、大江健三郎「政治少年死す（「セブンティーン」第二部）」が知られている。周知のように、この小説は「文學界」一九六一年二月号への発表後、右翼団体から抗議を受けて長らく単行本未収録だったが、二〇一八年になって『大江健三郎全小説』第三巻（講談社）に収められ、ようやく容易に閲覧できるようになった。この小説は、寺山のアンソロジー以上に当時もいまも藤森の名前を広めているだろう。

大江が「政治少年死す」に引用しているのは、寺山のアンソロジーにも収録されていた「あら。かわいらしい顔。――イヤラシイ子ダヨ――」だ。その第一連。

真夜中のことだった。
おらよ。凍った路へしょうべんたらしたよ。
ゆげが、ほかほか、
上に横にさわやかな夜風になびいたよ。
いけないことだよ。おまえ　ポリさまに怒られるよ。
いけないよ。いけないよ。たんといけないよ。
なんだい、天皇陛下が御馬車で御通りになったからってよ、
天皇陛下だってしるんだよ　あれをさ。バアチャン、アレダヨ。
天皇さまだって人間だものアレしるさ。

アレってなんだい。バアチャン。
アレだよ。
だからアレってなんだい。
だからアレだよ。
あれあれファンキー・ジャンプ。(54)

「天皇陛下だってしる」という「あれ」は、詩篇単独だと光石亜由美の指摘するように排泄行為に読めるが(55)、詩集全体から想起されるのは「セックス」だ。このような天皇に対する不敬な表現は「政治少年死す」の二ヶ月前に発表され、右翼団体から激しく批判された深沢七郎「風流夢譚」(「中央公論」一九六〇年一二月)の先駆けとみることができるという点で注目される。ただし、わたしがむしろ連想するのは二〇一九年に話題となったあいちトリエンナーレの企画展「表現の不自由展」だ。その意味で藤森の詩は大いに現代的である。実際、SNSで「藤森安和」を検索すると結構な数のヒットがあり、しかもいずれも評価が高い。寺山や大江の引用などを通じて藤森の詩が現在という時代にマッチするものとして蘇り、藤森再評価の気運が高まってくると面白いと思うが、果たしてどうだろうか。とはいえ、仮に再評価されることがあったとしても、情報が氾濫するいまの時代において、おそらくその詩はすぐに読者に飽きられてしまうのではないかと思われる。

ちなみに、大江の「政治少年死す」に関連して、「詩学」一九六二年五・六月号に藤森が発表した詩「日常の暗殺者」に「今度は藤森から大江に対する応答(56)」が含まれていることを、本章初出後に宮崎真素美が指摘している。「日常の暗殺者」を一部分のみ引用する。

一九六〇年六月十五日。男は
列車を東京に向けて発車させた。
男にはこの列車をとめる権利がない
義務への幸福であるから。
空虚は男の目をして
のまなくてもよい酒を飲んで
頭の二日酔いが
レールの上を走る。

無関係は男のことなのだ。
列車の自分に
右翼の十七才が乗つていて。
議員の保守派が乗つていて。
進歩派議員を叫ぶ条約反対が乗つていて。
数日後に
日米安保条約が自然成立し
右翼の十七才が
委員長を刺し殺し
近代的なブタ箱で自殺し

セヴンテインの英雄に消えようと
無関係は男のことなのだ[57]

安保闘争で樺美智子が亡くなった「一九六〇年六月十五日」に、「男」が「右翼の十七才」や「保守派」の「議員」、「条約反対」を叫ぶ「進歩派議員」を乗せた「列車を東京に向けて発車させ」る。しかし、その「数日後」に「日米安保条約が自然成立し／右翼の十七才が／委員長を刺し殺し／近代的なブタ箱で自殺し／セヴンテインの英雄に消えようと」も、「男」には「無関係」だ。大江の小説にみずからの詩が引用されても、藤森自身にとっては「無関係」な出来事でしかなかったということだろう。

五、藤森安和と「現代詩」

最後に、藤森と「現代詩」の関係について触れておきたい。関根弘が『15才の異常者』による「現代詩の閉鎖的な壁」の破壊を喜んだことは、さきに確認した。だが、冒頭で触れたように、その後の「現代詩」誌上で伝えられているのは財政上の苦境ばかりで、雑誌の売上げが増加した様子はみられない。おそらく、関根の興奮とは裏腹に、藤森の新人賞入選や『15才の異常者』の反響が雑誌にプラスに働くことはほとんどなかったと思われる。つまり、藤森の出現によって「現代詩の閉鎖的な壁」が破られたという関根の考えは、マスコミによってもたらされた虚しい幻想でしかなかったというわけだ。

それどころか、藤森への授賞は詩誌「現代詩」にとってマイナスに作用した節すらある。藤森が入選した第三回の新人賞への応募数は八五六篇だったが、一九六〇年一二月号で入選発表のあった第四回は応募数が三三二篇に落ち込んでいる。[58] どうしてこんなに応募数が減ったのか。その理由は不明だが、結果だけみると藤森の新人賞入選がその後の応募者たちに何かしらの影響を与えた可能性が考えられる。

現代詩の会運営委員になったこともある高良留美子は、関根弘が「なかなかのワンマン」だったこと、「新人賞で関根が推した詩がいま流行のセックスを風俗化したような詩だったことが、若手の反発[59]」を招き、そのことが一因となって会は解散、「現代詩」が廃刊に追い込まれていったことを、自伝的小説のなかに書いている。事実かどうかは定かでないが、「詩人と大衆がつながる巾を広くした」と関根に評価された藤森が「現代詩」から「詩壇ジャーナリズム」としての役割を永遠に奪う理由のひとつとなったとすれば、何とも皮肉な話である。

こうして一九六四年、「わたしたちが想像もできなかつたような大衆を前にして発言する」という関根弘がかつて思い描いた願望の実現しないまま、「現代詩」は廃刊した。一方、この年は「詩をとりまく「情況」が「確実に変った」年として思潮社の創業者小田久郎には記憶されている。小田がそう感じたのは、アンドレ・ブルトン、ポール・エリュアール／服部伸六訳『処女懐胎』や『鮎川信夫詩論集』『西脇順三郎詩論集』など、思潮社より刊行された詩集や詩論集が「マイナーな詩壇内部のエコーだけではなく、メジャーな新聞、雑誌、マスコミにも届くようなエコーにな」り、多くのメディアで取り上げられたからである。「一九六四年は、まさに「詩的黄金時代」のはじまり」となった年であり、それは同時に「思潮社という無名の一詩壇ジャーナリズムの大きな転換のはじまりでもあった[60]」。

マスコミにもてはやされながらも「現代詩の閉鎖的な壁」を破ることができなかった藤森安和の詩と、マスコミからの注目によって「詩的黄金時代」を導いたブルトン、鮎川らの詩や詩論。両者の相違は、さきに述べたような「現代詩」の「現代」性、すなわち「詩を中核に包みながら、それ自体がどうしようもなく思想論として自立するような詩論」を有するかどうかにこそあるだろう。とすれば、「詩的黄金時代」はマスコミそのものが発生させたのではない。マスコミを通じて世間に紹介される詩の言葉が、「詩壇ジャーナリズム」の転換、そして「詩的黄金時代」を導いたのである。マスコミによる世間への藤森の紹介に浮足立った一九六〇年前後の詩の展開をみていると、詩にとってもっとも大切なものは言葉であるという大前提を、そのころの「詩壇ジャーナリズム」が忘れていたように思えてならない。

注

(1) 小田久郎『戦後詩壇私史』新潮社、一九九五年二月、一三六頁。
(2) 同右、一三六―一三七頁。ただし、木原孝一によると、一九五六年時点での「詩学」の発行部数は七〇〇〇部だった。村野四郎・北川冬彦・壺井繁治・草野心平・城左門・嵯峨信之・木原孝一「一〇〇号記念座談会　詩学の功罪」、「詩学」第一一巻第四号、詩学社、一九五六年三月、一〇二頁参照。
(3) 「編集ノート」、「現代詩」第八巻第三号、飯塚書店、一九六一年三月、一〇二頁。
(4) 「編集ノート」、「現代詩」第八巻第一二号、飯塚書店、一九六一年一二月、一〇二頁。
(5) 関根弘「編集ノート」、「現代詩」第五巻第四号、書肆パトリア、一九五八年四月、一〇八頁。
(6) 本書第Ⅲ部第二章参照。
(7) 「編集ノート」、「現代詩」第六巻第四号、飯塚書店、一九五九年四月、一〇八頁。
(8) 同右、同頁。
(9) 関根弘「リオ・ブラボーの歌――現代詩の会について――」、「新日本文学」第一四巻第一〇号、新日本文学会、一九五九年一〇月、一二〇頁。
(10) 藤森安和「一五才の異常者」、「現代詩」第六巻第一二号、飯塚書店、一九五九年一二月、三三―三五頁。
(11) 鮎川信夫・大岡信・木島始・菅原克己・関根弘・谷川俊太郎・長谷川龍生「第三回新人賞選考記録」、前掲書(10)、五九頁。
(12) 同右、六一―六二頁。
(13) 間宮舜二郎「現代の快感」、「ユリイカ」第四巻第一〇号、書肆ユリイカ、一九五九年一〇月、八―九頁。

(14)関根弘「詩の国のカミナリ族」、「新潮」第五七巻第一号、新潮社、一九六〇年一月、八〇頁。
(15)同右、同頁。
(16)関根弘「間宮舜二郎の詩」、「経済往来」第四一巻第四号、経済往来社、一九八九年四月、二二三―二二五頁、「リクルート疑獄　裁きを待つ〝名士たち〟」、「週刊文春」第三一巻第一〇号、文藝春秋、一九八九年三月二日、四三―四四頁などを参照。
(17)dam7「今月の作品から」、「ユリイカ」第五巻第二号、書肆ユリイカ、一九六〇年二月、三三頁。
(18)本書付録①参照。
(19)上原卓郎・三島豊成「暴走する詩壇のロカビリー族　15才の異常者〝セックスと暴力〟の投げた波紋」、「週刊サンケイ」第九巻第一五号、産経新聞、一九六〇年三月二一日、三一頁、および「反響よぶ大胆な表現　詩壇に波紋〝新しい世代〟詩集『十五才の異常者』」、「毎日新聞」一九六〇年四月七日朝刊、七面参照。
(20)上原卓郎・三島豊成、前掲文(19)、三一頁。
(21)鮎川信夫「聖なる野蛮人」、『15才の異常者』荒地出版社、一九六〇年三月、一二三頁。
(22)山屋三郎「聖なる野蛮人としてのビート族について」、ローレンス・リプトン／山屋三郎・田辺五十鈴訳『聖なる野蛮人』荒地出版社、一九六〇年七月、二四七―二四八頁。
(23)関根弘「詩壇を洗う〝セックスの波〟――ビート詩人の性のイメージ――」、「別冊週刊サンケイ」第四八号、産経新聞出版局、一九六一年一月、三〇頁。
(24)関根弘、前掲文(14)、八一頁。
(25)『15才の異常者』広告、「読売新聞」一九六〇年三月二九日朝刊、一面。
(26)関根弘、前掲文(14)、八〇頁。
(27)上原卓郎・三島豊成、前掲文(19)、三一―三二頁。
(28)鮎川信夫・大岡信・木島始・菅原克己・関根弘・谷川俊太郎・長谷川龍生、前掲文(11)、六一頁。
(29)木谷真紀子「三島由紀夫「むすめごのみ帯取池」論――〈劇場の熱狂〉復活への試み――」、「日本近代文学」第七〇集、日本近代文学会、二〇〇四年五月、六八頁。

(30) 上原卓郎・三島豊成、前掲文(19)、三〇頁。
(31) 「現代詩新人賞の話題　あやまるな!　それはセンチメンタルだ　詩壇のカミナリ族と騒がれた藤森安和君」、「週刊平凡」第二巻第一一号、平凡出版、一九六〇年三月一六日、六六頁。
(32) 「編集ノート」、「現代詩」第七巻第四号、飯塚書店、一九六〇年四月、一〇八頁。
(33) 拙稿「出版社系週刊誌の登場——『週刊新潮』と文学の関わりを中心に」、『大宅壮一文庫解体新書　雑誌図書館の全貌とその研究活用』勉誠社、二〇二一年五月参照。
(34) 『15才の異常者』広告、「現代詩手帖」第三巻第四号、世代社、一九六〇年四月、表4。
(35) 「反響よぶ大胆な表現　詩壇に波紋〝新しい世代〟　詩集『十五才の異常者』」、前掲文(19)、七面。
(36) 荒木詳二「性とメディア——日本における一九六〇年代の性描写——」、「群馬大学社会情報学部研究論集」第一九巻、群馬大学社会情報学部、二〇一二年三月、九七頁。
(37) 同右、同頁。
(38) 大江健三郎「死者の奢り」、「文學界」第一一巻第八号、文藝春秋新社、一九五七年八月、一二八頁。
(39) 石原慎太郎「太陽の季節」、「文學界」第九巻第七号、文藝春秋新社、一九五五年七月、三四頁。
(40) 「編集ノート」、前掲文(32)、一〇八頁。
(41) 「編集ノート」、「現代詩」第七巻第五号、飯塚書店、一九六〇年五月、一〇八頁。
(42) 加藤秀俊「中間文化論」、「中央公論」第七二年第三号、中央公論社、一九五七年三月、二五五頁。
(43) 藤森安和「男の僕。だ——僕だつて男だ。アジヤの優秀なる民族。日本人だ。」、「現代詩」第一一巻第二号、飯塚書店、一九六四年二月、六七—六八頁。
(44) 同右、六七頁。
(45) 同右、六九頁。
(46) 上原卓郎・三島豊成、前掲文(19)、三三頁。
(47) 北川透「「荒地」の詩人と危機の時代　『鮎川信夫詩論集』を読んで」『北川透　現代詩論集成』第一巻「鮎川信夫と「荒地」の世界」思潮社、二〇一四年九月、三六四頁。
(48) 本書第Ⅱ部第一章参照。

（49）「現代詩新人賞の話題　あやまるな！　それはセンチメンタルだ　詩壇のカミナリ族と騒がれた藤森安和君」、前掲文（31）、六七頁参照。
（50）谷川俊太郎「GO」、『21』思潮社、一九六二年九月、二七頁。
（51）鮎川信夫・大岡信・木島始・菅原克己・関根弘・谷川俊太郎・長谷川龍生、前掲文（11）、七一頁。
（52）寺山修司『戦後詩　ユリシーズの不在』紀伊國屋書店、一九六五年一一月、二〇一―二〇二、一四〇―一四二頁参照。なお、ここでの詩篇名表記は詩集『15才の異常者』に従った。
（53）寺山修司「消しゴム　自伝抄」、『作家の自伝』第四〇巻『寺山修司』日本図書センター、一九九五年一一月、二一七頁参照。
（54）藤森安和「あら。かわいらしい顔。――イヤラシイ子ダヨ――」、前掲書（21）、二二―二三頁。なお、引用中にみられる「ファンキー・ジャンプ」は、石原慎太郎の同名小説（「文學界」一九五九年八月）に由来すると思われる。hayasiya7「藤森安和『一五才の異常者』」、「昼の軍隊」二〇一九年四月二二日 https://hayasiya7.hatenablog.com/entry/2019/04/22/211931（二〇二四年一〇月二八日　最終アクセス）参照。この記事では、寺山のアンソロジーや大江の小説に『15才の異常者』からの引用があることなども紹介されている。
（55）光石亜由美「大江健三郎『セヴンティーン』と「トルコ風呂」〈政治〉と〈メディア〉と〈性風俗〉の時代」、『戦後日本文化再考』三人社、二〇一九年一〇月、五二〇―五二一頁参照。
（56）宮崎真素美「詩誌『詩学』の世界（3）――60年代のはじまり」、「愛知県立大学　説林」第七一号、愛知県立大学国文学会、二〇二三年三月、七頁。
（57）藤森安和「日常の暗殺者」、「詩学」第一七巻第五号、詩学社、一九六二年六月、三六―三七頁。この詩はその後、「現代詩手帖」一九六六年二月号にも再掲されているが、異同が多い。「現代詩手帖」第九巻第二号、思潮社、一九六六年二月、四三―四五頁参照。
（58）本書第Ⅲ部第三章参照。
（59）高良留美子『百年の跫音』上巻、御茶の水書房、二〇〇四年三月、二五九―二五九頁。
（60）小田久郎、前掲書（1）、三四四頁。

付録①

弟・藤森安和のこと　杉山高昭氏にうかがう

本書第Ⅲ部第五章で論じた藤森安和について、調査の結果、実兄である杉山高昭氏の連絡先が判明し、二〇二一年一一月に話をうかがう機会を得た。その直後より、氏からうかがった話をどこかで活字化したいと考えていたが、発表媒体をみつけあぐねているうち、氏は二〇二三年に逝去された。この文章を氏が元気なうちにおみせできなかったのは痛恨の極みであり、悔やんでも悔やみきれないが、ご遺族にそのときのインタビューを掲載する許可をいただいたので、ここに掲載する。また、末尾には氏から提供された藤森安和の未発表詩も収録した。

杉山高昭氏のご冥福を心よりお祈りいたします。

――藤森安和さんは、すでにお亡くなりになったとうかがいました。

安和はわたしの三歳下の弟で、本名を杉山安和といいます。ずっと沼津に住んでいましたが、二〇一六年、七六歳で亡くなりました。中学を卒業したのち、定時制高校に通いながら父のもとで畳屋になる修行を行ない、生涯畳屋でした。

――高昭さんは、畳屋を目指さなかったのですか。

わたしも修行したのですが、三日でギブアップしました（笑）。そのころはちょうど就職難の時代でしたが、国鉄の試験を受けたら受かってしまい、機関区という運転担当の部門で働いていました。

――安和さんの文学的素養についておうかがいします。

安和さんは、小さいときから文学少年だったのでしょうか。

そんなことはありません。父も母も小学校にすら行ったことがない人で、終戦時には山本五十六の戦死に関する本があるきりでした。わたしが小学校に入ると、自分たちの住む沼津も焼けてしまったため、最初は野外で授業が行なわれていました。やがて校舎ができると教室に図書コーナーができ、吉屋信子の本を読んだら面白かったんです。それをきっかけに古本屋で講談本なんかを買って読むようになりました。

中学に上がると、短歌をやっている先生がいましてね。その短歌の集まりに混ざったり、教科書で島崎藤村の詩を読んだりしているうちに、文学に興味が湧いてくるようになったんです。

そのころ、家の畳屋で籐製品が盗まれるという事件がありました。そこで父が貴重品置き場として離れを建てて、そこに自分の部屋をつくりました。姉二人、妹一人、安和の下に弟一人がいる大家族でしたから、自分の部屋がほしかったんです。中二階の机一台しか置けないスペースでしたが、満足でした。わたしはそこで本を読みふけるようになりました。

すると、安和がここで寝泊まりするようになるんですよ。そのうち、安和はわたしの本を読むようになりました。安和は本の扱いが悪くて汚すから、部屋から追い出すんですが、しばらくすると戻ってくるんです。当時、『宮本武蔵』を読んで、武蔵とお通の関係が気になって、といっていましたね。また、あるときには『シェイクスピア全集』をゾッキ本で買ってきて驚きました。「リチャード三世」を面白いといっていました。『カラマーゾフの兄弟』や『泥棒日記』を読んでいたこともありましたね。

――安和さんが文学に関心を持つようになったのは、高昭さんの影響なんですね。創作も高昭さんの影響なんでしょうか。

その通りです。わたしが書き始めたのは高校のときです。詩を書く友人がいて、自分も真似して詩を書くようになりました。一方、わたしがそれまで読んだことがないような小説を読む人もいて、授業中に手紙を交換するようになったんです。その人に詩をみせたのが、誰かに詩を読んでもらう最初でした。仲間ができて、嬉しかったですね。

同人誌を始めたのは、高校を卒業してからです。文学をかじったことのある国鉄の人ふたりに声をかけました。(1) 世に出られるのではないかという期待、野心がありましたね。書きたいことがあったわけではありません。しかし、感動する作品を書きたいとは思っていました。

そんなある日、安和がいきなり自分の書いた詩をみせてきたんです。短い詩でした。どういうつもりで書いたのか、よくわかりません。何ともいえませんね。人のないタイプの詩で、いままで読んだことのない作品を批評できるだけの実力がわたしになかったということでしょう。最初は、同人誌のページの穴埋めとして安和の詩を載せていました。

——その安和さんの詩が一九五九年一二月、詩雑誌「現代詩」の新人賞に入選します。

わたしの詩を新人賞に応募したんです。ついでに、安和の詩もわたしが清書して応募しました。安和の詩はいつもわたしが清書していたんですよ。

それ以前にも、わたしが清書した安和の詩を雑誌に投稿して、佳作か何かに当選したことがありました。そのとき、選評で「ムンクのような詩」といわれていて、自分の感じていたことと同じだ、と思った記憶があります。(2)

——安和さんが「現代詩」新人賞を受賞したとき、どんなふうに感じましたか。

率直にいって、頭に来ましたね(笑)。何せ、自分が賞をもらう気で応募しているんですから。

授賞式のとき、鮎川信夫から「ほかにも作品があるだろう、みせてほしい」といわれたそうです。『15才の異常者』(荒地出版社、一九六〇年三月)に入れた詩は、そのとき全部書いてありました。

刊行の際、出版社から寄贈用に何冊ほしいか問い合わせがありました。しかし、寄贈先なんてないからと、本人が断ってしまったんです。同人誌の仲間がほしいというと、やむをえずわたしが本屋で購入して渡していたんですよ。詩を書くことにしか興味がなく、出版には無頓着な人でした。一九七一年、三一書房から刊行された『戦後詩大系』第四巻に安和の詩が収録される際にも、出版社からの手紙に「兄貴、面倒だから代わりに返事しといて」といっていたぐらいですからね。

そういえば、そのころ詩人の工藤直子さんから「詩集が手に入らない、購入方法を教えてもらえないか」という内容のはがきをもらったことがあります。その返事も、わたしに押しつけられました（笑）。

それと、『15才の異常者』に入っている「月夜に萎んだばら」という詩がありますが、第三連の「外人の目」は「死人の目」のミスプリントです。これは安和本人が発見した誤植なのですが、これまで訂正する機会がありませんでしたので話しておきます。

――安和さんと文学者の交遊関係について、お教えいただければと思います。

寺山修司を訪問したことは、話していましたね。谷川俊太郎の家にも行ったけど本人は不在で、お父さんがいたといっていました。大江健三郎とは、付き合いがなかったはずです。でも本人から、自分の詩が引用されている「政治少年死す（「セブンティーン」第二部）」（「文學界」一九六一年二月号）をみせられた記憶があります。

一九六一年七月に現代詩の会が主催した「詩とショウの大結婚式」は、安和が出演者のひとりだったので、同人誌の仲間たちと観にいきました。安和は吃音のくせに、電話に出たり、人前に出たがったりするんですよ。楽屋で金子光晴が安和に「君の詩は面白い」といってくれたのを覚えています。安和出演の模擬裁判のコーナーに、炎加世子を連れてきていた大島渚がいきなり「自分が検事役で出る」といい出して、面白かったですね。

――安和さんは、いつごろまで詩を書かれていましたか。

だいたい一九七〇年ぐらいまででしょうか。わたしにみせることはありましたが、どこかから求められない限り発表しようとしませんでした。未発表の詩もいくつか残っていますから、あとでおみせしますよ。第二詩集を出す構想もあったのですが、わたしだけが乗り気で、本人はあまり興味を持っていないようでした。でも、その後も書く欲望は残っていたみたいで、「詩を書きたい」と時々いっていましたね。安和の奥さんは、安和が詩を書いていたことを全然知らないんですよ。

基本的に、文学の話はわたしとしかしませんでしたし、わたしともそれほどたくさん話したわけではありません。しばしば、安和に「兄貴はしゃべりすぎだ」といわれました。たぶん、しゃべる暇があればもっと思索しろ、という意味だったんでしょうね。

――安和さんは生涯畳屋だったとのことですが、仕事ぶりはいかがでしたか。

上手とか達者とかではなく、きっちり仕事をするタイプでした。父もそういう職人でした。畳屋はたいして儲かりませんが、安和が生きていたころはまだ仕事がありました。いまは廃業してしまった畳屋も多くなりました。時代が変わったんでしょう。

しかし、時代が変わっても、こうして安和のことを思い出したり、詩を読んだりしてくれる人がいるのは、嬉しいことですね。

――貴重なお話をお聞かせいただき、どうもありがとうございました。

(二〇二一年一一月一日　三島市の杉山高昭氏自宅にて)

注

(1)　国鉄と詩といえば「国鉄詩人」などのサークル誌やサークル運動が連想されるが、それらと関連しそうな話はインタビューで出てこなかった。

(2)　「文章クラブ」一九五八年一月号の「今月の詩」に入選した「貧乏な秋」のこと。選者は村野四郎と木原孝一。「詩としてみるとどこかギクシャクしているし、決してうまくはないんですが、この拙なさがかえってこの詩の魅力じゃありませんか」という木原の発言を受けて、村野が「つまり「叫び」を画いたエドアルド・ムンクのような感じがあるんだな」と述べている。

藤森安和　未発表詩抄

すみません。人間です。

ジュークボックスに十円玉を入れ
三分三十秒のブルースに哀しき生活を思い
僕が日本国憲法で尻をふき
天皇皇后両陛下の「日の」御「まる」が黄金色だと
　いったとて
ワットが六十ワットになり
六十ワットが松下電器のケイコウ灯になり
エジソンがエンジンになり
エンジンがフォード財団になり
むかしむかしの「ちんをおもう」道徳教育のあること
　でした。
小学五年卒業の父ちゃんと
ひらがな女工の母ちゃんが
この子がもしも大きくなったなら
お国の為に戦死する　その時に
がぼりがぼりと銭子がくるように
あせみずながして徴兵保険を掛けました。
皇軍の御為に勝ってくるぞといさましく
「日の」御「まる」をふりかざし
勝ってくるくるうちに神国特攻隊
戦艦大和が沈んでは
天皇一家はたえがたきをたえ
父ちゃん母ちゃんは竹槍かついで本土決戦せず。

ああオカワイソウ天皇陛下は
それにもましてああ　父ちゃん母ちゃんかわいそう
僕らが大きくならないで徴兵保険がぱーになり

お陽さまは今日もてるてる　かんかんと
でこぼこ国土一号線
おお今日もはしるはしる
コロナ一五〇〇でらっくす。
お陽さまは今日もてるてる　かんかんと
となりのお家で息子が三人戦死して
棺桶片足突っ込んだぢいさんばあさんに
お国からちょびりちょびりと銭子がはいるとて
お酒に僕が飲まれ
バーの女にがぼりがぼりと銭子をとられてなぜわるい

お陽さまが今日もてるてる　かんかんと
おまわりさんおまわりさん
そこのけそこのけ左官屋さんが通る
おいらは毎日

ぺッたりぺッたりぬるばかり
今日もお陽さまがてるてる　かんかんと
月に二回お休みの日
たまには女のおケツやおッパイを
ぺッたりぺッたりなでたいよ

おい！　こら！　まてーー！
ヘイコラおまわりさんなんですか
天皇皇后両陛下の御「まる」とはなんだ
日の丸の「まる」です
うそをつけ便所の「お・ま・る」だろう
そんなHなこと
Hとはなんだ。天皇皇后の「日の」御「まる」がくさ
　いとはナンダ
くさいなんぞとはもうしません。黄金色だといったの
　です。
コガネイロは黄色でクソの色だ
いや黄金色はくさくありません
いやくさい

どうしてですかおまわりさん
くさいといったらくさい。天皇陛下さまとて人間だ。

そんな。おまわりさんだいそれたこと　くさいなぞど。

天皇陛下が人間であるなぞと
なに！　きさまー！　さからうのか。ぽかり。

すみません。人間です　くさいです。

だれが
すみません。くさいです。人間です。

ぽかり。ぽかり。だれがくさい人間だ。

すみませんすみません。人間ですくさいです。

ぽかり。コツン。ぽかりぽかり。いくじなし。ばかやろう。ろくでなし。だから警職法案が必要なのだ。

雨の中を僕は地にまみれ
ほてった涙腺に性液の涙をため
血にぬれた犬の性器が吠える街を
お陽さまがてるてる　かんかんと。それは。
アジアのボレロ。
それは。僕のアフリカ
次は火だ。

（1964. 3. 25）

僕は食を給するインテリー

僕は、毎日
新刊本屋の
エヤーポケットをあけて
新鮮な希望を夢みて
エロ・グロ売場で倦怠期
貧しい青年が　毎日
銀座名店街の
規制品売場で夢みる
セイ一ッぱいのユートピア

つり竿と坊や
雨と涙にぬれて
大衆酒場

でジュースを一本。
追いつめられたパパは
ビールの小瓶を一本。
やすいネ。
うまいネ。
自由だネ。

女は僕の毛物
僕は母の子。
学問ぎらいの幼年期の僕が
コウモリ傘をつぼめ
英文法一点
もちろん！　日本文語文法一点
口語会話は
平凡明星
「言語にとって
　　美とはなにか」
僕は阿Q正伝。

言語学的にいって
希望
ゼツボウ　がない
あまり気にしないでください
ふと三日ほど前に
フランクリン自伝
富に至る道
を独学したのが
バチあたりの道で
酒場の天使をみかぎって
新鮮なワイシャツに
新鮮なネクタイをしめてみたんです
ぜんぜんだめなんです
希望がゼツボウが
お酒様のように
天使になったりゲロを吐かないんです
福翁さまは幼少の時から
酒をたしなみ学問をすすめたそうです

謙虚になろう
バカはよそう
「うそはよそう」
心の底から
しみじみと
マゴコロなんか　つうじない
そうゆう気持で
ノックアウトしよう
　　赤旗ポートワイン

神は死んだ
僕は神ではない。
ずっとずっと日本書紀の昔し
てんてるさまの神に
性交につながる僕らの祖先が
権力を奪取したならば
僕らがてんこう様だ。

空の青い海
の岸壁で
火の玉エンジンが点火され
ねじり鉢巻の若者が
青銅の仮面に
太陽光線をちりばめて
足に鉛の生活を
オブラートのような
感傷は
質屋の納骨堂

僕は
食を給する
本来の
現在の
にっぽん叛逆
学徒。
自転。

（1965. 5. 31）

もうどこへもほかに行く先がない！

うちでてみれば田子の浦
富士のたかねにゲイシャワルツ
（経済的繁栄絶句）

男の涙を知った。
楯を正さずして切腹に走り
その場しのぎの男性ストリッパー
自ら魂の空白状態へ落ち込んでゆくのを見た

もしあなたが義務教育の最後に
ボディビルの肉体整形をしたのなら
違憲自衛隊の原野を
ただ一人憂国せず
『真の日本』を夢み　十八才の誠
日の丸フンどし
反吐ろ精液もらさぬうちに

技能オリンピック東部方面会場に乱入し
畳針をお尻に注射して
私には信じられなかった二十一才の彼を

もしあなたの職業は
まさか　抒情詩人です　とはいえない

今日は「源さん」ビストロ
今日は「のとや」ビストロ
今日は「しらさぎ」ビストロ
今日は「まつうら」ビストロ

僕はビストロという言葉がすきだ
今日もビストロに酔って
うす明るいネオンの路上
またも頭でブレーキをかけました
キャバレーを焼酎でわったような酔い

闇の朝

しなびたわがものを　なぜなぜして
男根とし　白夜をとばし
朝日明るい室に電灯をともし
ひえきった月熠日の十分間の休日

（1971. 1. 5）

付録②

「現代詩」関連年表

※年は西暦。

年	月	「現代詩」の動向	関連する動き
1945	12	新日本文学会創立。	
1946	3	「新日本文学」創刊。	
1950	11	新日本文学会詩委員会が詩人会議を開催。	
1953	2		人民文庫詩委員会が「詩運動」を創刊。
	8		「狼がきた」論争が起こる。
1954	2	新日本文学会詩委員会が第2回詩人会議を開催。	
	5		『松川詩集』（宝文館）刊行。
	7	「現代詩」創刊。新日本文学会の機関誌。発行所は百合出版。編集は新日本文学会詩委員会、製作経費は発行所が負担。	
	10		『死の灰詩集』（宝文館）刊行。
1955	1	新日本文学会第7回大会。	
	2	新日本文学会詩委員会の委員改選。責任者は岡本潤。委員に関根弘が加わる。	
	3	このころより誌面が活気づく。「現代詩」の「列島」化。	「列島」廃刊。

	7	吉本隆明「高村光太郎ノート――戦争期について――」が掲載。「文学者の戦争責任」論争が起こる。	
	8	黒田喜夫が編集部員に。ほかにも大井川藤光、且原純夫ら。	
1956	2		「週刊新潮」創刊。創刊時の発行部数40万部。出版社系週刊誌が乱立し、「週刊誌」ブームが起こる。
	7	発行所が緑書房に。	
	8	花田清輝・吉本隆明論争。	
	9		吉本隆明・武井昭夫『文学者の戦争責任』（淡路書房）刊行。
	10		「ユリイカ」創刊。
1957	2		詩学社・書肆ユリイカ「シャンソンと朗読の夕べ」開催。
	6	発行所の緑書房が新制作社と改称。	
	8	新日本文学会詩委員会の責任者を岡本潤が辞任。	

	9	編集長が中野秀人から長谷川龍生に、発行所が書肆パトリアに。72ページから108ページに増やし、表紙デザインを変える。定価も80円から100円に値上げ。新日本文学会詩委員会、関根弘、菅原克己、中野秀人、且原純夫を再編委員に選出。	
	10	新日本文学会第8回大会。	
	12	新日本文学会詩委員会の責任者に関根弘が就任。	関根弘『死んだ鼠』（飯塚書店）刊行。
1958	2	新人賞第1回発表。優秀作品は島陽二「淫売婦」、三木卓「白鳥の劇」、山田かん「鯨と馬」。応募数1273篇。長谷川龍生、編集長の任期終了。	「文學界」が特集「現代詩の展望」を組む。
	3	関根弘作詩／林光作曲「シャンソン　死んだ鼠」楽譜が掲載。	
	4	関根弘、編集長に就任。「編集ノート」で「現代詩の面白くなさ」問題に言及。	
	5	鮎川信夫「四季派の呪い」が掲載。	
	7	発行所が飯塚書店に。	

年	月	「現代詩」	関連事項
		「詩人のノート」に鮎川信夫が登場、『戦中手記』を初公開。「新日本文学」が特集「現代詩の存在理由」を組む。	
	8	新日本文学会から独立し、現代詩の会が編集母体となる。委員長に鮎川信夫、編集長に関根弘が就任。	
	12		『荒地詩集1958』（荒地出版社）刊行。年刊詩集、終刊。
1959	2	新人賞第2回発表。入選は谷敬「交通事故」。応募数913篇。	
	5		「無限」創刊。
	6		「現代詩手帖」創刊。H氏賞事件。
	10		「ユリイカ」にて第3回ユリイカ新人賞が発表。間宮舜二郎「現代の快感」が当選。
	12	新人賞第3回発表。入選は藤森安和「一五才の異常者」。応募数856篇。	

年	月	「現代詩」	関連事項
1960	1		1・16羽田闘争。関根は1958年ごろより全学連に興味を持つ。
	2	現代詩の会第1回総会開催。会員206名のうち、90名が参加。インタビューコーナー「こんにちは」が連載開始。司会は関根。第1回目ゲストは安東仁兵衛。	
	3		藤森安和『15才の異常者』（荒地出版社）刊行。週刊誌や新聞等で取り上げられ、話題となる。
	4	座談会「全学連の革命意識」が掲載。関根弘作詩「安保条約反対闘争歌」が掲載。林光が曲を付け、「たちあがれ」というタイトルでデモで頻繁に歌われる。	
	6	15日、現代詩の会の安保批判の会への集団加入が運営委員会で決定。18日、22日、有志がデモに参加。	
	7	特集「婦人現代詩」。	15日、樺美智子がデモで死去。

年	月	事項	関連事項
	8	安保特集「火花より焔は燃え上がる」。関根「樺美智子の死に思う」で日本共産党を批判。	
	12	新人賞第4回発表。入選は秋山兼三「野の涯」。応募数は332篇に激減。編集の加瀬昌男が辞し、長坂貞徳が後任に。	
1961	1		伊達得夫、死去。
	2		「ユリイカ」廃刊。
	3	総ページ数、108ページから102ページに減。カラーページも廃止。所得倍増計画の影響による物価高を受けて。「こんにちは」に吉本隆明・谷川雁を招いた「さしあたってこれだけは」が掲載。現代詩の会第2回総会が開催。「これまでの活動の検討と今度の運動について（安保闘争と現代詩の問題）」が大きな議題。運営委員長に大岡信が選ばれる。	
	4		関根弘、日本共産党を除名。

年	月	事項	関連事項
	6	特集「安保2年」。	
	7	現代詩の会主催「詩とショウの大結婚式」開催。会場はほぼ満席だったが、1万円近い赤字となる。	
	9	「詩の教室」開校。12月まで。当時活躍していた詩人たちが講師となり、1000円あまりの黒字。	
	10	定価が100円から120円に値上げ。	
	12	新人賞第5回発表。入選は菊地勝彦「最前線へ」。応募数は397篇。	
1962	1	寺山修司の長篇詩「李庚順」連載開始。1962年7月まで。このころより誌面に対する不満の声が大きくなっていく。	
	4	現代詩の会第3回総会が開催。「詩とショウの大結婚式」の赤字について批判や質問が続出。「現代詩」を集団責任編集制にすることが決定。	
	6	関根弘単独編集長時代、最後の号。	

年	月	「現代詩」	その他
	7	編集委員による輪番編集制が開始。編集委員は飯島耕一、岩田宏、大岡信、関根弘、長谷川龍生、堀川正美、三木卓。大岡信「現代詩時評」連載開始。10月号からは堀川正美が担当。誌面では外国詩を取り上げることが多くなる。	
	9	第2回「詩の教室」開校。12月まで。	
	12	新人賞第6回発表。入選なし。応募数は366篇。現代詩の会、詩集委託発行開始。1冊目は渥美育子『九番目の電子』。	
1963	1		「詩人会議」創刊。
	3	特集「日本発見」開始。終刊まで毎号掲載。	
	4	定価が120円から150円に値上げ。	
	6	現代詩の会第4回総会が開催。運営委員に長田弘が新選出。	
	7	「現代詩新聞」欄、新設。	

年	月	「現代詩」	その他
		関根弘が運営委員長に。編集委員に長谷川龍生に代わって長田弘が加わる。	
	9	第3回「詩の教室」開校。12月まで。	
	12	新人賞第7回発表。入選なし。応募数は253篇。	
1964	1	編集を辞した長坂貞徳の代わりに、堀川正美が編集を担当。ただし現代詩の会の仕事は行なわず。	
	5	北川透「詩の不可能性――「列島」批判の一側面――」が掲載。	『鮎川信夫詩論集』（思潮社）刊行。
	6	岡本潤「ひんまがつた自伝」連載開始。	『西脇順三郎詩論集』（思潮社）刊行。
	8	第4回「詩の教室」募集開始。現代詩の会第5回総会が開催。出席者数は会員の1割にも満たない。会費制の導入などが決定。	
	9	定価が150円から180円に値上げ。「詩学」「現代詩手帖」もこのとき同時に値上げ。	
	10	現代詩の会解散および「現代詩」の廃刊が決定。	

初出一覧

第Ⅰ部　近代詩人とメディア

第一章　宮沢賢治と『アラビアンナイト』――『春と修羅』収録詩篇を中心に――（『宮沢賢治の切り拓いた世界は何か』笠間書院、二〇一五年五月）

第二章　中原中也と安原喜弘――一九三五年四月二九日付書簡をめぐって――（「日本文学研究」第四八号、梅光学院大学日本文学会、二〇一三年一月）

第Ⅱ部　戦後詩から現代詩へ

第一章　「荒地」というエコールの形成と「現代詩とは何か」――鮎川信夫と「荒地」――（「るる」第一号、現代詩／詩論研究会、二〇一三年一二月）

第二章　近代詩人の死と空虚――鮎川信夫「死んだ男」の「ぼく」と「M」をめぐって――（『文学の力　時代と向き合う作家たち』笠間書院、二〇一四年三月）

第三章　谷川俊太郎の登場、その同時代の反応と評価――『二十億光年の孤独』刊行のころまでの伝記的事項をたどりつつ――（「るる」第三号、現代詩／詩論研究会、二〇一六年五月）

第四章　谷川俊太郎『二十億光年の孤独』が「宇宙的」な詩集になるまで（「るる」第五号、現代詩／詩論研究会、二〇一八年一〇月）

第五章　谷川俊太郎の詩をどうやって読めばいいか（『ユリイカ』三月臨時増刊号、第五六巻第三号、青土社、二〇二四年二月）

第六章　「宿命的なうた」に至るまで――戦後の中原中也受容における大岡信の位置（『中原中也研究』第二三号、中原中也記念館、二〇一八年八月）

第七章　形而上的な問い（『コレクション・戦後詩誌』第一〇巻、ゆまに書房、二〇一七年九月）

第八章　現代詩のなかの宗左近（北九州市立文学館第一八回特別企画展図録『宙のかけらたち――詩人宗左近展――』北九州市立文学館、二〇一四年一〇月）＋「歴程」詩人としての宗左近（『現代詩手帖』第六二巻第九号、思潮社、二〇一九年九月）

第九章　宗左近・『炎える母』に至るまで――その成立過程をめぐって――（『駒澤國文』第六一号、駒澤大学文学部国文学研究室、二〇二四年二月）

第十章　飯島耕一と定型詩（『日本現代詩歌研究』第一三号、日本現代詩歌文学館、二〇一八年三月）

第十一章　中原中也は「押韻定型詩」を書いたか――飯島耕一による評価をめぐって（『中原中也研究』第二五号、中原中也記念館、二〇二〇年八月）

第Ⅲ部　詩壇ジャーナリズムのなかの詩誌「現代詩」

第一章　新日本文学会と「現代詩」（『『現代詩』復刻版　別冊』三人社、二〇二〇年四月）

第二章　新日本文学会から現代詩の会へ――「現代詩」・一九五八年――（『京都語文』第二九号、佛教大学国語国文学会、二〇二一年一一月）

第三章　「現代詩」と関根弘――一九六〇―六二年の雑誌の展開と安保闘争の関わりを中心に――（『京都語文』

第三〇号、佛教大学国語国文学会、二〇二一年一一月）

第四章　「現代詩」の終焉——一九六二—六四年の現代詩の会の動向を中心に——　付・「現代詩」関連年表（「駒澤國文」第六〇号、駒澤大学文学部国文学研究室、二〇二三年二月）

第五章　一九六〇年前後の詩壇ジャーナリズムの展開と藤森安和——詩誌『現代詩』を中心に（「Intelligence」第二二号、二〇世紀メディア研究所、二〇二二年三月）

■付録

①　書き下ろし

②　第Ⅲ部第四章と同じ

あとがき

二〇一二年五月三〇日、わたしは下関市某所で北川透さん、渡辺玄英さんと会っていた。目的は、現代詩に関する研究会を立ち上げる相談である。

当時のわたしは、今後の自分の研究について思い悩んでいた。二〇一〇年ごろまで、わたしは中原中也を中心に戦前の詩について研究していた。その検討内容を踏まえて、戦前の詩の問題が戦中、戦後にどう引き継がれていくか、あるいはまったく切り離されていたところより戦後の詩は展開していったのか、ということを考えようとしていたが、そのことを検討するには戦後の詩に関するわたしの知識はあまりに乏しく、詩そのものも難解で、どこから手をつけていいかわからない。

そんなとき、勤めていた大学を定年退職し、副学長も辞した北川さんが、同じ勤務先で詩の創作指導を担当していた渡辺さんと、やはり同じところで働いていた日本近現代文学を研究するわたしに、研究会開設をご提案くださったのである。創作と研究という違いがあるとはいえ、詩の専門家が複数存在する大学は珍しい。そのこともあって、話はとんとん拍子に進んでいった。

研究会は「現代詩／詩論研究会」と名づけられ、二〇一二年七月から二〇一七年一〇月までの間に計二二回開催された。また、「るる」という研究会誌も五冊発行した。毎回の検討内容をここには示さないが、この研究会があったからこそ、わたしは恐る恐る現代詩研究に足を踏み出すことができたのだ。振り返れば、この研究会はわたしにとって「現代詩研究事始め」の場であった。

その研究会が第一期終了となったのち、またもやわたしは思い悩んでいた。日本現代詩研究を進めていくなかで、一九五〇年代に刊行されていた商業詩雑誌、具体的には「詩学」、「現代詩」、第一次「ユリイカ」について検討しなければならないという課題が自分の脳裏に浮かんでいたが、それらすべてをひとりで調査するには膨大な時間と労力が必要である。そのため、どのように研究を進めていけばいいか、途方に暮れていたのである。

そんなわたしの悩みに理解を示し、共同研究者として手を挙げてくれたのが宮崎真素美さん、疋田雅昭さんだった。三人の共同研究は科研費に採択され、その研究の一環として二〇一九年に「戦後詩雑誌研究会」を立ち上げた。この研究会において、わたしはさきに挙げた詩雑誌のなかでも特に「現代詩」について検討したが、その調査過程はもちろん、宮崎さん、疋田さんの研究報告や参加者との議論のなかで得られた知見は数知れない。この研究会は、対象を「現代詩手帖」へと移していまも継続中であるが、戦後の詩について自信を持って語ることができるようになったのは、この研究会のおかげであるのは間違いない。

本書は、右で述べたふたつの研究会における自分自身の研究報告や、研究会のなかで思索したことをもとに、前著『中原中也と詩の近代』（角川学芸出版、二〇一〇年三月）刊行以後に書き溜めてきた日本近現代詩に関する論考をまとめたものである。

本書を刊行するにあたり、ともに研究会を立ち上げ、さまざまな示唆を与えてくださった北川透さん、渡辺玄英さん、宮崎真素美さん、疋田雅昭さんに、まずは最大の謝辞を申し上げたい。このご四方がいらっしゃらなければ、いまだにわたしは日本現代詩研究に着手できておらず、着手していたとしても何もわからないままだったかもしれない。また、本書のもととなった研究を遂行するにあたって、ふたつの研究会に参加してくださった多くの方々からも、たくさんのヒントやアドバイスをいただいた。本書が成り立ったのは、それらの貴重なご意見のおかげである。この場を借りて御礼申し上げたい。

ほかにも、わたしに発表や講演の機会を与えてくださった諸氏や団体、ちょっとした機会に重要なヒントを授けてくれた詩の書き手や研究仲間、かつて勤めていた梅光学院大学、佛教大学、現任校である駒澤大学の同僚や学生たち、いつも励ましてくれる家族や友人など、御礼を申し上げなければならない人は多い。ひとりひとりの名前を挙げることは差し控えるが、心より感謝している。

また、本書の刊行を快く引き受けてくださった花鳥社の相川晋さんには、適切なご助言とご指示を賜った。記して感謝を表したい。


いま、ここまでの自分の研究を振り返ってあらためて思うのは、研究はひとりでは成立しない、ということだ。さまざまな人との出会い、その方々からいただいたご教示やアドバイスが本書を成り立たせているのはここまで述べてきた通りだが、わたしが直接面識のない、活字上でしか知らない詩人や批評家、研究者諸氏から教わったことも多い。すでに鬼籍に入った方々も含めて、その人たちがいたからこそ、いまのわたしの研究がある。そのことを胸に刻んで、これからもますます研究に励んでいきたいと思う。

「はじめに」で述べたように、現在の日本現代詩研究は盛んとはいえない。本書がそうした状況の改善に少しでも役立てば嬉しいが、まだまだ足りない。わたしひとりでできることには限界がある。また、わたし自身の見落としや、本書の記述に対する異論もたくさんあるだろう。それでも構わない、とわたしは思う。なぜなら、研究はひとりで行なうものではないのだから。

本書の刊行がひとつのきっかけとなって日本現代詩研究が活発になることを、切に願う。

本書は、JSPS科研費JP19K00357、JP22K00313の助成を受けた論考を含んでいる。また、本書の出版に際して、二〇二四年度駒澤大学特別研究出版助成を受けた。

二〇二四年一〇月三〇日

加藤邦彦

人 名 索 引

【あ行】

会田綱雄　200, 202, 203
青木実　323
秋田雨雀　276
秋村宏　323
秋山清　277, 279, 292, 293, 300, 305, 312
秋山兼三　404
秋山基夫　189, 190
芥川龍之介　25, 26, 39
朝倉勇　194, 202, 203, 227
渥美育子　345
阿部岩夫　293, 310
阿部六郎　42
天沢退二郎　334, 338, 341, 355
鮎川信夫　11, 16, 67-82, 84-94, 96-100, 119, 174-176, 178-193, 196, 240, 245, 286, 299, 300, 305, 307-309, 312-316, 322, 323, 331, 334-336, 350-352, 358, 368, 370-373, 377, 378, 383-387, 391, 402, 403, 405
新井豊美　270
荒川洋治　230, 238
荒木詳二　374, 386
荒木経惟　151
アラゴン, ルイ　265, 266, 280, 281
粟津則雄　202, 203
安西均　102, 196, 197, 223, 299, 300, 316, 331, 334, 349, 357
安西禧男　42
安東仁兵衛　317, 403
安東次男　196, 277, 279, 280, 294
飯島耕一　11, 16, 144, 229-253, 255, 257-259, 261-271, 281, 290, 299, 304, 316, 331, 334, 339-341, 350, 355, 405
飯田敏雄　22, 23
いいだもも（宮本治）　160, 173
伊織夏彦　347
池田龍雄　307
池田勇人　325, 361
石川逸子　316, 323
石川道雄　42
石原慎太郎　361, 374, 386, 387
石原吉郎　196
市川團十郎　116
市川浩　118
伊東静雄　42
伊藤眞一郎　118, 135, 145, 153
伊藤信吉　203, 227, 271, 279, 280, 288, 292, 300
伊藤整　301
稲田大貴　202, 218, 221, 225, 227
井上究一郎　42
井上哲次郎　267
井上俊夫　297, 300
井上ひさし　118
井上光晴　294
井上靖　301
茨木のり子　118, 188, 290, 299, 316, 321-323, 331, 336
今川英子　226
入江亮太郎　118
入沢康夫　116, 117, 119, 202
入谷芳孝　156
岩佐東一郎　104
岩田宏　119, 307, 316, 331, 334, 339-341, 347, 350-352, 357, 405
岩野泡鳴　230
ヴァレリー, ポール　96, 233
ヴィヨン, フランソワ　233
ヴェルレーヌ, ポール　94-96, 98, 100
上原卓郎　385, 386
植村諦　279, 280
宇佐見英治　197
宇佐美斉　270

梅本健三　237, 238, 243, 245
永六輔　325, 336
江口渙　276, 288
江藤淳　308
荏原肆夫　180-187, 189, 191-193
エフトゥシェンコ, エヴゲーニー・アレクサンドロヴィチ　340
エリオット, T. S.　71, 76, 77, 89, 90, 94, 97, 177
エリュアール, ポール　162, 163, 383
扇谷義男　18
大井川藤光　279, 293-297, 304, 307, 402
オーウェル, ジョージ　137
大江健三郎　361, 374, 379, 380, 382, 386, 387, 392
大江昭三　297
大江満雄　297
大岡昇平　30, 32, 33, 40, 41, 61, 158, 160, 167, 173-175, 298, 300, 301, 312, 362
大岡信　11, 16, 66, 70-72, 80, 111, 115, 117-119, 124-126, 143, 144, 158-179, 181, 186, 188, 197, 203, 236, 237, 245, 263, 281-283, 285, 290, 301, 307, 308, 316, 323, 331, 334, 339-343, 346, 350, 368, 384, 385, 387, 404, 405
大川内夏樹　227
大木惇夫　107, 118
大木実　107
大倉舜二　370
大崎二郎　297
大島渚　392
大瀬振　335
太田裕雄　159
大滝清雄　18
大谷従二　42
大塚常樹　102, 117
大西巨人　300, 305, 312
大野順一　378
大場正史　40
大原三八雄　181
岡井隆　236, 248, 249, 269
小笠原鳥類　146, 156
岡本帰一　30
岡本潤　276, 277, 279-281, 283, 286, 289, 290, 293, 296, 297, 316, 331, 334, 350, 401, 402, 405
岡本信二郎　161
岡本喬　202, 227
小川和佑　378
奥山文幸　37, 40
尾崎真理子　118
長田弘　80, 310, 324, 337, 338, 344, 346, 347, 349-351, 355, 356, 358, 405
小田久郎　18, 181, 191, 192, 288, 293, 308, 312, 334, 338, 343, 348, 355-357, 359, 360, 383, 384, 387
小田切秀雄　300, 305, 312
小野十三郎　297, 304

【か行】

ガーシュイン, ジョージ　137
風山瑕生　344
加瀬昌男　304, 345, 349, 351, 357, 404
片桐ユズル　347
且原純夫　277, 279, 280, 293, 296, 297, 307, 402
加藤周一　160, 231, 232, 263, 301
加藤秀俊　375, 386
金山千恵子　335
金子民雄　22, 23, 28, 31, 38-40
金子兜太　231, 236, 238, 248
金子光晴　231, 238, 248, 277, 279, 299, 392
亀井勝一郎　299
ガラン, アントワーヌ　24, 25
河合俊郎　297
河上徹太郎　41, 42, 50, 61, 167
川口松太郎　214
川崎洋　144, 188
川路柳虹　65, 234, 300
菅野昭正　80
樺美智子　322, 323, 326, 331, 335, 382, 403, 404
キーツ, ジョン　169
菊地勝彦　404
衣更着信　189
岸信介　317
木島始　297, 307, 308, 316, 331, 384, 385, 387
北川幸比古　104, 113, 118
北川透　66, 70, 73, 76, 80, 81, 87, 94, 95, 100, 120, 126, 133, 139, 143, 144, 172, 173, 175, 236, 243-246, 252, 253, 255, 257-259, 269, 270, 286, 347, 348, 357, 377, 386, 405, 409, 410
北川冬彦　384
木谷真紀子　373, 385
北原白秋　30

北村太郎　71, 72, 80, 81
城戸朱理　80, 143
木下常太郎　178, 179, 191
木下夕爾　181
木原孝一　18, 81, 115, 119, 144, 299, 300, 316, 331, 334, 347, 350, 384, 393
木原啓允　297, 324
きむら・とおる　346
清岡卓行　102, 164, 174, 176, 279, 281, 285, 290, 292, 293, 297, 299, 304
ギンズバーグ, アレン　340
キンゼイ, アルフレッド　374
九鬼周造　237-239, 243, 245, 250, 263, 270
草野心平　198, 199, 202, 203, 220, 221, 225, 227, 384
工藤直子　392
クノー, レーモン　265
窪川鶴次郎　276
窪田啓作　231
雲井貞長（雲井書店）　141
蔵原惟人　276
栗原貞子　181
黒田喜夫　285, 292-297, 304, 307, 310, 316, 337, 354, 356, 358, 402
黒田三郎　72, 73, 79, 81, 113, 119, 176, 191, 196, 299, 300
黒羽純久　335
桑原武夫　298, 300, 301, 308, 312, 362
剣持昭義　346
小出直三郎　42
皇后　394, 395
皇太子　114
郷原宏　118, 174
高良留美子　293, 309, 310, 313, 331, 334, 337, 343, 345, 346, 350, 352, 356, 358, 383, 387
小海永二　133-135, 145, 176, 177, 191
国分一太郎　277, 279
小杉未醒　30
小園好　118
児玉惇　264, 270
五藤俊弘　181
後藤信一　42
小林永二郎　30
小林秀雄　42, 100, 160, 166
小森陽一　118
近藤東　104

【さ行】

嵯峨信之　18, 119, 144, 162, 299, 300, 384
相良平八郎　181, 185, 190
酒匂直哉　180
佐々木敦　14, 17, 18
佐々木幹郎　61, 71, 80, 119, 148, 156, 229
サド, ドナシヤン＝アルフォンス＝フランソワ・ド　256
佐藤圭子　114
佐藤丈夫　118
佐藤春夫　300
佐野美津男　344
更科源蔵　42
晒名昇　202
沢野ひとし　134, 153
シェイクスピア, ウィリアム　390
篠田一士　169, 175
渋谷定輔　331, 334
しま・ようこ　336-338, 355-357
島陽二　402
嶋岡晨　337, 378
島崎藤村　224, 390
清水昶　338, 355
清水一継　42
清水哲男　241, 271
清水深生子　118
清水康雄　15, 18
謝国権　374
城左門　104, 119, 384
城侑　311, 323
新川和江　331, 334
新藤千恵　177, 178
神保光太郎　42, 43, 104, 106, 107, 118, 161
菅谷規矩雄　97, 100, 229, 230
菅原克己　279, 280, 285, 293, 294, 296, 297, 307, 316, 323, 331, 334, 350, 357, 358, 384, 385, 387, 402
杉浦静　284, 290
杉田英明　26, 29, 30, 38, 39
杉谷代水　29, 40
杉本春生　66, 80, 180, 182, 183, 185, 186, 190-193, 294

杉山高昭　17, 389, 390, 393
鈴木信太郎　42, 43, 233, 236
鈴木琢二　214, 227
スティーヴンソン, ロバート・ルイス　23
スペンダー, スティーヴン　76, 90
諏訪優　340
世阿弥　227
瀬尾育生　86, 99
関保義　370
関義　164
瀬木慎一　285, 294, 298, 307, 308, 316, 331
関根弘　66, 176, 244, 279-287, 289-291, 293, 295-313, 315-319, 321-326, 328, 330-337, 339, 341-359, 362, 363, 367-369, 372, 374, 375, 378, 382-385, 387, 401-405
宗左近　16, 194-200, 202-205, 208, 210, 213-216, 218, 221-228
園部三郎　343
染谷洋　277

【た行】

高杉晋作　56
高田敏子　347
高田博厚　42
高野喜久雄　187
高橋順子　195, 202, 226
高橋新吉　42
高橋宗近　102, 103, 114, 117, 122, 123, 144
高見順　299
高村光太郎　286, 402
高森文夫　42, 61
瀧口武士　42, 43
滝口雅子　279, 297
田口麻奈　87, 91, 93-95, 99, 100, 114, 119, 180-182, 188, 189, 191-193
武井昭夫　286, 287, 290, 294, 326, 336, 402
武内辰郎　288
竹下彦一　42, 43
竹田鎌二郎　42
武田文章　244
立原道造　159-161, 232
辰野隆　233
伊達得夫　163, 164, 174, 191, 294, 304, 340, 404
田所泉　291
田中栞　80
田辺五十鈴　385
谷敬　403
谷川俊太郎（棚川新太郎）　11, 12, 14, 16-18, 101-104, 106-126, 130-135, 139, 141-157, 177-179, 181, 186, 188, 189, 195, 196, 202, 232, 253, 298-300, 307, 308, 316, 332, 368, 373, 374, 377, 378, 384, 385, 387, 392
谷川多喜子（谷川たき）　103, 113
谷川徹三　101, 103, 108, 110, 112-114, 116, 118, 141-143, 145, 177
谷川雁　155, 196, 236, 249, 299, 304, 326, 336, 404
谷崎潤一郎　26, 39
玉井五一　311
dam7　385
田村圭司　17, 191
田村正也　297
田村隆一　72, 73, 81, 178, 187, 196, 347, 370
チェーホフ, アントン・パーヴロヴィチ　61
ツァラ, トリスタン　266
辻征夫　268, 271
津田欣二　181
壺井繁治　276, 277, 279, 286, 292, 296, 297, 307, 316, 331, 384
坪内逍遙　34
津村信夫　42
鶴見俊輔　326, 336
鶴山裕司　245
デスノス, ロベール　265-266
手塚治虫　120
デュアメル, ジョルジュ　245
寺山修司　332, 378-380, 387, 392, 404
田原　117
天皇　212, 379, 380, 394-396
峠三吉　181
徳永直　276
利根山光人　290
鳥羽耕史　293, 310, 343, 356
鳥見迅彦　119
富田砕花　65
富永次郎　43
富永太郎　43, 231, 263
友竹辰（友竹辰比古）　116-119

友野代三　43
トラー, エルンスト　340

【な行】

那珂太郎　163, 177, 196, 202, 246
長江道太郎　176
中垣竹之助　43
中川敏　316, 323, 331, 334
中桐雅夫　72-75, 79, 81, 102, 103, 117, 191, 196, 290, 305, 347
長坂貞徳　349, 357, 404, 405
中里恒子　114
中島孤島　29
中島大　300
長谷敏男　43
中野重治　276, 287, 288, 291, 311, 328, 330, 337
中野秀人　279, 280, 292, 293, 297, 402
中原孝子　43
中原中也　16, 38, 41-44, 46-53, 55-62, 107, 119, 157-175, 199, 203, 227, 232, 243, 244, 246-248, 258, 259, 262-271, 301, 409, 410
中原フク　43
中原豊　59, 61, 62, 246
中村古峡　43
中村真一郎　160, 162, 174, 231-233, 239, 240, 244, 245, 263, 299, 300
中村稔　16, 18, 46, 61, 66, 80, 124, 144, 158-161, 164, 166-168, 173-179, 191, 196, 203-205, 214, 226, 232, 285, 299, 301, 312
中山晋平　30
夏目漱石　30
名取栄子　337, 356
西尾哲夫　38, 39
西川マリヱ　43
西川満　43
錦米次郎　297
西沢爽　62
西出朝風　65
西原茂　181
西脇順三郎　248, 383, 405
野坂昭如　214, 215, 227, 374
野田理一　189
野火明文　337
野間宏　277, 280, 281, 301
野村喜和夫　80, 101, 117, 121, 143, 244

【は行】

バートン, リチャード　25, 26, 36, 37, 39, 40
パウロ　184, 185
パウンド, エズラ　245
萩原朔太郎　66, 67, 171, 243, 259, 263
萩原得司　277, 280
橋本典子　118, 135, 145, 153
長谷川四郎　297, 307, 312
長谷川泰子（小林佐規子）　43, 47-49
長谷川龍生　285, 293-300, 305, 307-313, 316, 331, 334, 339, 341, 346, 347, 350, 384, 385, 387, 402, 405
蜂飼耳　230, 244
服部伸六　383
花田英介　224, 225, 227
花田英三　203, 228
花田清輝　287, 293, 310, 337, 356, 402
埴谷雄高　221
浜田知章　297
林光　119, 290, 297, 311, 321, 344, 402, 403
hayasiya7　387
原満三寿　234, 245, 248
原條あき子　237
疋田寛吉　370
疋田雅昭　246, 410
樋口良澄　192
久井茂　180
土方巽　242, 332
日夏耿之介　29
日野啓三　159
平石裕一　118
平塚綾子　107
平林敏彦　119
広川亜紀　356
広田国臣　186
深沢七郎　380
深沢由次郎　28
深瀬基寛　299
福沢諭吉（福翁）　397
福島泰樹　62
福永武彦　231
藤一也　118
藤井貞和　143, 271

藤田省三　326, 336
藤本寿彦　106, 118, 125, 135, 144, 145
藤森成吉　276
藤森安和　17, 318, 324, 332, 354, 358, 361, 363, 367-380, 382-384, 386, 387, 389-393, 403
冬園節　118
フランクリン, ベンジャミン　397
ブルトン, アンドレ　383
古谷綱武　113
分銅惇作　289
ポー, エドガー・アラン　96
ボードレール, シャルル　96
細見和之　311
炎加世子　392
堀辰雄　101, 160
堀内敬三　62
堀川正美　80, 310, 331, 334, 337, 339, 341, 343, 345, 347, 349-356, 358, 405
堀口大學　100
堀籠文之進　27, 39
本田茂光　43

【ま行】

前川佐美雄　43
正岡忠三郎　43
柾木恭介　296
政田岑生　181
松浦寿輝　230, 231
松下康雄　160, 173
松田利勝　43
松永伍一　344
松原至文　65
松村又一　304
松本清張　214
松本俊夫　337, 351, 357, 358
松山秀明　356
間宮舜二郎　368-372, 384, 385, 403
マヤコフスキー, ウラジーミル・ウラジーミロヴィチ　281
マラルメ, ステファーヌ　96, 232, 233
丸元淑生　294
丸山薫　161
三浦仁　80, 117
三浦雅士　119, 174, 213, 226
三木卓　306, 308, 309, 313, 323, 334, 337, 339, 341, 343, 347, 348, 350, 355-358, 402, 405
三沢浩二（三沢信弘）　180, 185, 186, 189-192
三島豊成　385, 386
三島由紀夫　114, 385
水尾比呂志　187, 188
水上勉　214
美智子　302
光石亜由美　380, 387
緑川昇　293
港野喜代子　297
宮崎真素美　69, 79-81, 86, 99, 132, 144, 380, 387, 410
宮沢賢治　16, 21, 23, 25, 27, 28, 30, 31, 33-35, 37-40, 66, 119, 142, 160, 177, 198, 248, 271
宮田千秋　179-193
宮本顕治　322
宮本武蔵　390
宮本百合子　276
三好達治　101, 108-112, 116, 119, 122, 141-144, 159, 161, 171, 239, 245
三好豊一郎　81, 182
向井孝　297
村野四郎　108, 109, 112, 118, 119, 122, 143, 286, 289, 300, 384, 393
牟礼慶子　94, 308, 309, 313
ムンク, エドヴァルド　393
毛澤東　236, 249
毛利碧堂　107
百田宗治　65
森川義信　84-89, 91-94, 99
森田草平　29
森谷均　294

【や行】

安原喜秀　59, 61, 62
安原喜弘　41, 43, 44, 46-53, 55, 58-62, 167
谷内修三　242
柳沢健　65
梁瀬和男　118
山岸光吉　43
山田馨　104, 117
山田かん　402
山田兼士　11, 17, 147, 152, 153, 156, 311
山田正弘　316, 323, 331, 334, 350, 357

山本五十六　390
山本健吉　299, 300
山本太郎　15, 18, 119, 144, 177, 178, 203, 220, 231, 244, 285, 299, 300, 316
山屋三郎　371, 385
横山浩士　279, 292
吉岡実　80, 196, 236, 241, 249
吉田進　43
吉田精一　300
吉田文憲　230, 244
吉塚勤治　277, 279, 289, 292, 293
吉野弘　196, 299, 334, 350
吉増剛造　338, 355
吉本隆明　190, 286, 287, 293, 300, 305, 307, 308, 310, 312, 325, 326, 336, 352-354, 356, 402, 404
吉屋信子　390
四元康祐　117, 119, 139, 141, 145
米川丹佳子　174
ヨネヤマママコ　332

【ら行】

ラカン, ジャック　241, 246, 253-255, 269
ラング, アンドルー　29
ランボー, アルチュール　95, 96, 98, 227
リプトン, ローレンス　372, 385
リルケ, ライナー・マリーア　177
レイン, エドワード　28, 29

【わ行】

若山牧水　61
渡辺一夫　233
渡辺玄英　213, 226, 409, 410

【著者紹介】

加藤 邦彦（かとう くにひこ）

駒澤大学文学部教授

1974 年生。早稲田大学大学院文学研究科博士後期課程修了。博士（文学）。

早稲田大学文学部助手、梅光学院大学文学部専任講師、同准教授、佛教大学文学部教授、駒澤大学文学部准教授を経て、現職。

専門は日本近現代文学、特に近現代詩。

著書に『中原中也と詩の近代』（角川学芸出版、2010 年 3 月）、共著に『『現代詩』復刻版　別冊』（三人社、2020 年 4 月）、論文に「「女性自身」と三島由紀夫――「雨のなかの噴水」の再掲をめぐって――」（「三島由紀夫研究」第 15 号、2015 年 3 月）、「出版社系週刊誌の登場――『週刊新潮』と文学の関わりを中心に」（『大宅壮一文庫解体新書』勉誠出版、2021 年 5 月）、「『文章倶楽部』時代の小田久郎」（「ユリイカ」第 55 巻第 11 号、2023 年 8 月）など。

『新編中原中也全集』全 5 巻・別巻上下（角川書店、2000 年 3 月～ 2004 年 11 月）編集協力。

詩壇ジャーナリズムと詩人たち
戦後詩の成立、現代詩の展開

二〇二五年二月二十五日　初版第一刷発行

著者……加藤邦彦
装幀……宗利淳一
発行者……相川 晋
発行所……株式会社花鳥社
〒一〇一-〇〇五一 東京都千代田区神田神保町一-五十八-四〇二
電話 〇三-六三〇三-二五〇五
ファクス 〇三-六二六〇-五〇五〇
ISBN978-4-86803-015-7
組版……松浦法子（組猫屋）
印刷・製本……モリモト印刷